W0345131

BLUTCAPPUCHINO

Ein neuer Fall für die SOKO Amstetten

Josef Marksteiner

Kriminalroman

© 2023, Josef Marksteiner

Autor: Josef Marksteiner
Umschlaggestaltung: Buchschmiede
Lektorat / Korrektorat: Manuela Tengler

Druck und Vertrieb im Auftrag des Autors:
Buchschmiede von Dataform Media GmbH, Wien
www.buchschmiede.at - Folge deinem Buchgefühl!

Besuche uns online

ISBN:
978-3-99152-533-2 (Paperback)
978-3-99152-532-5 (E-Book)

PRINTED IN AUSTRIA

Das Werk, einschließlich seiner Teile, ist urheberrechtlich geschützt. Jede Verwertung ist ohne Zustimmung des Verlages und des Autors unzulässig. Dies gilt insbesondere für die elektronische oder sonstige Vervielfältigung, Übersetzung, Verbreitung und öffentliche Zugänglichmachung.

Anmerkung des Autors

Sämtliche Ereignisse und Namen in diesem Roman entspringen meiner Fantasie.

Namensgleichheiten sind reiner Zufall.

Natürlich fällt es mir als ehemaliger Polizist mit entsprechendem Hintergrundwissen leichter, gewisse Vorgangsweisen bei den Ermittlungen und Abläufe annähernd authentisch darzustellen. Ortschaften, die erwähnt werden, gibt es zum Teil, sie stehen mit den Ereignissen im Roman jedoch in keinerlei Hinsicht im Zusammenhang. Sie beruhen einzig auf meiner geistigen Vorstellung dieser Kriminalgeschichte.

Jegliche Ähnlichkeit mit realen Personen und Institutionen ist nicht beabsichtigt.

Wichtige Charaktere

Polizisten:

Team der SOKO-Amstetten

Michael Ebert – Leiter der SOKO

Jörg Strasser, alias Strotti - Mitarbeiter der SOKO und Stellvertreter von Ebert

Hans Spatt – Mitarbeiter

Fred Meier – Mitarbeiter

Johnny Maier – Mitarbeiter

Anita Stohl – Mitarbeiterin und Analystin

Paul Stohl – Mitarbeiter und IT-Spezialist

Vorgesetzte:

Oberst Herbert Stummer - Bezirkspolizeikommandant

Oberst Gerhard Schöndorfer - Leiter des LKA NÖ

Dr. Manfred Hauser - Gerichtsmediziner

Abkürzungen

BPK...Bezirkspolizeikommando

BKA...Bundeskriminalamt

LKA... Landeskriminalamt

HD...Hausdurchsuchung

TKÜ...Telefonkomminikationsüberwachung

HB...Haftbefehl

RA...Rechtsanwalt

StA...Staatsanwalt / Staatsanwaltschaft

OK...organisierte Kriminalität

KTU – Kriminaltechnische Untersuchungstelle

Einige dieser Personen wirken bereits in meinen Romanen „Nie gelebt und doch gestorben“ und „Korruption – eine dunkle Macht greift ein“ mit.

Kapitel 1

In der Stadthalle Amstetten fand erstmals nach zwei Jahren wieder der Gastgewerbeball statt. Aufgrund der Coronavirus-Pandemie war diese Veranstaltung die vergangenen Jahre ausgefallen. Diesmal war er besonders gut besucht. Gastwirte, Hoteliers und Betreiber kleinerer Lokalitäten wollten sich austauschen, wie hart sie von der Pandemie getroffen und ob die staatlichen Förderungen wie versprochen ausbezahlt wurden. Insgesamt bot das Event genügend Gesprächsstoff und selbstverständlich durfte auch die Unterhaltung nicht zu kurz kommen. Eine Live-Band sorgte für den musikalischen Rahmen.

Klaus Kargl war als Pächter des Café Komfort ebenfalls Besucher dieser Ballveranstaltung. Der 40-jährige hatte sich vor sechs Wochen kurz nach seinem Geburtstag von seiner Frau scheiden lassen. Das Ehepaar hatte sich schlichtweg auseinandergelebt, wie es in Scheidungsfällen oft formuliert und nach außen getragen wird. Ganz so war es nicht, Klaus hatte es mit der ehelichen Treue nicht unbedingt ernst genommen. Schließlich reichte es seiner Frau Gertrud und sie sah sich ebenfalls anderweitig um. Er konnte mit dieser Situation nicht besonders gut umgehen, aber es gab keinen Weg mehr zurück. Gertrud verlangte die Scheidung. Außerdem teilte sie das Interesse ihres Mannes für die Gastronomie in keiner Weise. Nicht einmal, wenn eine Kellnerin krankheitshalber ausfiel, sprang sie wie früher kurzfristig ein. Er betrieb sein Lokal mit drei Halbtagskräften. Mit seinen Perlen, wie er sie nannte, hatte er wirklich das große Los gezogen. In dieser Zeit waren gute Kräfte für die Gastronomie schwer zu finden.

Klaus liebte die Arbeit im Lokal und den Umgang mit den Gästen. Gertrud hingegen widmete sich vollends ihrem Beruf als Friseurin. Die 14- und 15-jährigen Söhne Moritz und Niklas blieben bei ihrer Mutter, die sich mit der Scheidungsabfindung eine 80 m^2 große Eigentumswohnung in Amstetten gekauft hatte. Das Gericht hatte beiden Elternteilen das Sorgerecht zugesprochen. Die pubertierenden Burschen benötigten in dieser Phase beide Eltern. Das Ehe-Aus von Gertrud und Klaus führte zu einem dauerhaften Frieden zwischen den beiden. Sie fanden Lösungen, die sowohl für ihre Kinder als auch für sie selbst akzeptabel waren.

Klaus unterhielt sich während der Ballveranstaltung prächtig. Als Frischgeschiedener und auch wegen seines ansehnlichen Äußeren weckte er das Interesse so mancher Dame. Eine dieser Frauen begann ungeniert mit ihm zu flirten, obwohl sich ihr Ehemann daneben an einem Stehtisch mit anderen Gästen unterhielt und dazwischen immer wieder eifersüchtig auf seine Frau blickte. Schließlich wurde es ihm zu bunt, wonach er seine Frau in den Arm nahm und auf das Tanzparkett führte. Dort machte er ihr heftige Vorwürfe wegen der Flirterei mit dem geschiedenen Wirt.

Folglich entzog sie sich frustriert den Armen ihres Ehemannes und kehrte zum Tisch zurück.

Klaus wollte sich nicht schon an diesem Abend in ein Abenteuer stürzen, obwohl er kein Kind von Traurigkeit war. Jetzt, nach der Pandemie suchte er nach Ideen und Vorschlägen, wie er sein Lokal voranbringen konnte. Den nötigen Input hoffte er von Kollegen aus dem Gastgewerbe zu erhalten. Klaus hielt sich auch deshalb beim Alkoholkonsum zurück, weil er auf der Heimfahrt nach Ferschnitz noch bei seinem Lokal in Pindorf vorbeischauen wollte. Der Gefrierschrank hatte in den vergangenen Tagen Probleme bereitet, weshalb er sich vergewissern musste, ob das Gerät funktionierte.

Es war weit nach Mitternacht, als er mit seinem weißen Ford vom Parkplatz der Stadthalle wegfuhr. Klaus hatte seinen Betrieb vom Besitzer eines Möbelgeschäftes gepachtet. Das Lokal war Teil des Geschäfts und verfügte sogar über einen Zugang von den Verkaufsräumen her. Kunden konnten nach einem Einkauf direkt in das Bistro gehen, dort Kaffee trinken und frische Mehlspeisen genießen. Er führte eine Speisekarte, auf der er verschiedene Gerichte und täglich ein Menü anbot. Die Mitarbeiter der umliegenden Unternehmen nahmen diese Gelegenheit gerne zur Einnahme eines warmen Mittagsmahls wahr.

Als er vor seinem Lokal einparkte, fiel ihm auf, dass die Überwachungskamera für den Parkplatz nach unten gedreht worden war. Er maß dem keine große Bedeutung bei, denn es gab Gäste, die nicht gefilmt werden wollten, wenn sie das Café besuchten. Die Kamerastellung war bereits wiederholt verändert worden.

Klaus bemerkte beim Betreten des Lokales sofort, dass die Kellnerin des Schlussdienstes die Kaffeemaschine nicht ausgeschaltet hatte. Sein Ärger verflog, da er das Verlangen nach einem Cappuccino verspürte. Er stellte eine Tasse unter den Kaffeeabscheider und drückte die Taste, um danach in der Küche nach dem Gefrierschrank zu sehen. Dazu hatte er nur die Leuchte unter dem Geschirrkasten angemacht, dieses Licht reichte für sein Vorhaben völlig aus. Das Gerät funktionierte einwandfrei, und er wollte nun den Kaffee genießen. Als er in den Schankraum zurückkehrte, nahm er die Tasse von der Kaffeemaschine und drehte sich um.

In diesem Moment blickte er direkt in die erbarmungslosen Augen eines mutmaßlichen Einbrechers. Die Kaffeetasse fiel zu Boden und zerbrach. Das waren seine letzten Wahrnehmungen und Gedanken, bevor er starb. Der Eindringling stach mit einem großen Küchenmesser, das er von der Anrichte genommen hatte, wie von Sinnen auf den Gastwirt ein. Ein Stich traf die Halsschlagader und Blut spritzte über die Schank.

Erst nach Minuten, als sein Opfer längst auf dem Boden lag, beendete der Einbrecher keuchend seine mörderischen Attacken und flüchtete. Auf den Fliesen mischte sich das Blut mit dem Kaffee zu einer seltsamen braunroten Farbe.

Kapitel 2

Erika Brunner arbeitete im Möbelgeschäft Krüger als Leiterin der Filiale in Pindorf. Am Montagmorgen kurz vor 08.00 Uhr fuhr sie auf den Parkplatz vor das Geschäft und wunderte sich, dass das Auto des Kaffeehausbetreibers bereits vor dem Lokal parkte. Normalerweise öffnete Kargl das Café erst um 9.00 Uhr. Der Eingang zu den Verkaufsräumen des Möbelhauses befand sich auf der Ostseite.

Nachdem Brunner ihr Fahrzeug abgestellt hatte, ging sie in Richtung Geschäftsportal. Dort fielen ihr sofort das eingeschlagene Fenster zum Büroraum und der Flügel auf, der einen Spalt offen stand. Sie wusste gleich, dass wieder einmal eingebrochen worden war. Es war nicht das erste Mal, dass sie meist an einem Montagmorgen diese Überraschung erleben musste. Umgehend verständigte sie über Notruf die Polizei. Die allmählich ankommenden Angestellten mussten so lange vor dem Geschäft warten, bis die Polizeibeamten den Tatort wieder freigaben. Mittlerweile war es für Brunner wie auch einige ältere Kolleginnen schon Routine, was das Verhalten nach einem Einbruch betraf. Die Filialleiterin nutzte die Wartezeit bis zum Eintreffen der Beamten, um den Mitarbeiter einer ortsansässigen Glasfirma über den Vorfall zu informieren und die Reparatur in Auftrag zu geben.

Zehn Minuten nach der Anzeigeerstattung trafen zwei uniformierte Polizeibeamte ein. Die Angestellten der Möbelfirma saßen indessen in ihren Autos, weil die Außentemperatur knapp unter 0 Grad C lag. Erika Brunner empfing die Beamten, von denen sie einen persönlich kannte. Nach einer höflichen Begrüßung sagte sie: „Franz, das wievielte Male treffen wir uns jetzt schon hier nach einem Einbruch?

Trotz der neuen Alarmanlage brechen sie immer noch in das Objekt ein."

Franz Kriener, der Polizist, war in Begleitung einer jungen Kollegin. Diese stellte sich der Geschäftsführerin höflich vor.

Franz bat Erika, das Geschäftsportal aufzusperren, denn er wollte sich zuerst einen Überblick über den Einbruch verschaffen.„Erika, bitte folge mir nach und überprüfe, ob alles so ist, wie ihr das Kaufhaus verlassen habt. Achte darauf, nichts zu berühren."

Die Beamtin informierte sich, ob es letzte Nacht zu einer Alarmauslösung im Möbelhaus gekommen war. Die Kollegen der Nachtstreife hatten auf jeden Fall keine Erwähnung gemacht.

Auf Rückfrage in der Bezirksleitzentrale erhielt die Polizistin die Auskunft, dass in den Vormerkungen der letzten beiden Nächte, also sowohl von Samstag auf Sonntag und von Sonntag auf Montag nichts von einer Alarmauslösung im Möbelhaus Krüger eingetragen sei.

Es war nicht auszuschließen, dass der Einbruch bereits in der Nacht zum Sonntag verübt wurde.

Vorsichtig machte sich Franz, dicht gefolgt von der Geschäftsführerin, einen ersten Eindruck vom Tatort, während die Beamtin die Außenseiten des Objektes überprüfte.

Im Geschäft stellten der Polizist und die Marktleiterin fest, dass die zweiflügelige Verbindungsschiebetür zum Café einen Spalt offen stand und der Schlüssel steckte. Erika Brunner erklärte dem Beamten, dass der Schlüssel zum Lokal immer im Schloss stecke, aber die Tür außerhalb der Betriebszeit abgeschlossen sei. Für den Spalt fand sie keine Erklärung. Franz hatte sich indessen Gummihandschuhe übergezogen und seiner Begleiterin noch einmal aufgetragen, ja nichts anzufassen. Vorsorglich übergab er ihr Handschuhe. Franz Kriener schob die Schiebetür auf und betrat das Lokal vom Geschäft her.

Fast zur gleichen Zeit kam die junge Polizistin durch die Eingangstür herein und traf auf ihren Kollegen. „Die Tür zum Lokal ist nicht versperrt. Auf dem Parkplatz vor dem Lokal steht ein weißer Ford. Mit dem Ellbogen habe ich die Klinke gedrückt, wonach die Tür aufging. Etwaige Spuren sind daher nicht von mir", ergänzte die Polizistin, um einer Nachfrage des Kollegen vorzubauen.

„Der gehört Klaus Kargl, dem Pächter des Kaffeehauses. Ich rufe ihn gleich an. Normalerweise ist er um diese Zeit noch nicht hier, das Café öffnet um neun." Sie wählte die Nummer von Kargl. Sie hörten sofort aus dem Schankbereich des Lokales den Rocksong House of the rising sun. „Das ist der Klingelton von Klaus", bemerkte Erika knapp.

Franz Kriener näherte sich langsam der Küchentür und deutete seiner Kollegin und der Marktleiterin, dass sie stehen bleiben sollen. Vor der Küchentür hatte er einen Blick hinter die Schank und schreckte kurz zurück. „Hinter der Schank liegt ein Toter", sagte er mit einer verschlagenen Stimme. Ein unangenehmer Geruch schlug ihm entgegen, weshalb er die Eingangstür öffnete, um die Räume zu lüften. Kriener erholte sich rasch. Mit 20 Dienstjahren war es nicht der erste Tote, den er zu Gesicht bekam.„Es tut mir leid, Erika. Bitte wirf einen Blick auf den Toten und sag uns, ob es sich um Klaus Kargl handelt."

Die Marktleiterin riss sie sich zusammen und mimte eine starke Frau, die sie nicht wirklich war. Sie stand unter Schock, doch das half ihr hinter die Schank zu blicken und mit fester Stimme zu sagen: „Ja, der Tote im Raum ist Klaus."Danach verließ sie das Lokal in Richtung Parkplatz.

Kriener und seine Kollegin folgten ihr. Franz bat Erika, alle Angestellten nach Hause zu schicken. Es reiche einstweilen, wenn sie sich zur Verfügung halte.

Nun traf auch BezInsp Hans Spatt in Zivilbekleidung auf dem Tatort ein. Franz hatte ihm vor der Abfahrt mitgeteilt, dass sie zu einem Einbruchstatort fahren würden, und bat ihn, zur Spurensicherung nachzukommen. Hans Spatt verrichtet auf der Inspektion in Pindorf als Kriminalist Dienst. Dem Mittfünfziger war die Arbeit als Ermittler und Spurensicherer eine willkommene Abwechslung zu seiner Tätigkeit als Nebenerwerbsbauer. Die uniformierten Polizisten waren erleichtert, als sie Hans sahen. Kein Fall konnte noch so knifflig und unübersichtlich sein: Hans behielt stets die Ruhe und ließ von Haus aus keine Hektik aufkommen. Nachdem er sich kurz einen Überblick verschafft und den Bericht seiner Kollegen gehört hatte, bat er Kriener, weitere Beamte anzufordern. Sie sollten das ganze Grundstück und wenn nötig noch weitere mit den rot-weißen Kunststoffbändern abgrenzen.

Zur Kollegin meinte er: „Verständige bitte einen Arzt. Wir wissen zwar, dass der Lokalbetreiber tot ist, trotzdem muss der Tod von einem Arzt bestätigt werden. Ich informiere inzwischen unser Bezirkskommando und das Landeskriminalamt."

Kriener hatte bei der Anforderung um Unterstützung erwähnt, dass es sich höchstwahrscheinlich um ein Tötungsdelikt handeln würde. Allein durch die Nennung dieses Wortes dauerte es nicht lange, bis allmählich immer mehr Polizeistreifen eintrafen. Das war gut so, bei dem großen Bereich, der abgesperrt werden musste. Außerdem wollten bereits die ersten Kunden zum Geschäft zufahren. Zwei Polizisten hatten in der Einfahrt zum Parkplatz Standort bezogen und erklärten den Besuchern, dass wegen eines Polizeieinsatzes heute und wahrscheinlich auch am nächsten Tag geschlossen wäre.

Der Bezirkspolizeikommandant Oberst Herbert Stummer hatte sofort zwei Beamte der Kriminaldienstgruppe der Inspektion Amstetten zur Unterstützung nach Pindorf beordert. Das

Geschäft in Pindorf lag direkt neben einer stark befahrenen Bundesstraße. Schon bald würde die Presse von dem Polizeieinsatz Wind bekommen und Fragen stellen. Daher hatte Stummer verfügt, dass jede Anfrage eines Reporters sofort an ihn weiterzuleiten sei. Unabhängig davon würden die nächsten Stunden ohnehin Kriminalbeamte des Landeskriminalamtes Niederösterreich sowohl Mordermittler als auch Spurensicherer zum Tatort kommen und die Amtshandlung übernehmen. Ob er sich da eben nicht getäuscht hatte?

Herbert Stummer und sein Kollege des Landeskriminalamtes, Oberst Gerhard Schöndorfer redeten sich am Telefon ziemlich heiß, weil der LKA-Chef keine Ermittler für den Fall in Pindorf abstellen wollte. Er begründete es mit einer „Home Invasion" im Waldviertel, wo zwei Räuber ein betagtes Ehepaar zuerst gequält und anschließend erdrosselt hatten. Außerdem waren zwei weitere Mordfälle in Niederösterreich zu bearbeiten. Einer, bei dem ein junges Mädchen von ihren Peinigern vergewaltigt, dann erstickt und auf einer Müllhalde weggeworfen worden war, sorgte für erhebliches Aufsehen. In diesem Fall war der Ermittlungsdruck entsprechend hoch.

Schließlich musste der Bezirkskommandant klein beigeben und erkennen, dass das Landeskriminalamt wegen der bereits anhängigen Bluttaten voll ausgelastet war. Gerhard Schöndorfer versuchte Stummer dahingehend zu beruhigen, dass er ihm riet, eine SOKO zusammenzustellen, die sich des Mordfalles in Pindorf annehmen sollte.

„Du hast meine Abteilung mit einer SOKO damals nach einem Bauernhausbrand und unbekannten völlig verbrannten Leichen, um es milde auszudrücken, völlig in den Schatten gestellt. Ihr habt seinerzeit wirklich großartige Arbeit geleistet, dafür haben deine Ermittler und du noch heute meinen Respekt. Das ist auch der Grund, warum ich euch den offenbaren Mordfall – noch gibt es ja kein gerichtsmedizinisches Gutachten – bedenkenlos zur Bearbeitung überlasse. Also viel Glück. Und Herbert: Scheu dich nicht anzurufen, wenn euch etwas unklar ist und vielleicht gar ein Zusammenhang zu einer anderen Mordtat möglich ist. Du weißt, wir haben aus dem Vorjahr noch vier ungeklärte Mordfälle."

„Danke Gerhard, ich muss wohl Verständnis für deine Entscheidung haben, also werde ich Kontrollinspektor Michael Ebert eine SOKO zusammenstellen lassen. Der Leiter der SOKO beim Fall mit den unbekannten Leichen nach einem Bauernhofbrand, August Klein, ist letzten Dezember in den Ruhestand getreten."

Ganz glücklich war Stummer nicht, aber was blieb ihm anderes übrig, als Ebert mit der Zusammenstellung einer SOKO zu beauftragen. Als er über den Fall nachdachte, schalt er sich selbst, da er seinen Mitarbeitern nicht ausreichend vertraut hatte. Er setzte sich gerade in seinen Stuhl und sprach vor sich hin: „Was können die LKA-Leute, das meine Beamten nicht auch zustande bringen?"

Zuerst rief er Michael Ebert in seine Kanzlei und danach informierte er Hans Spatt auf dem Tatort, dass die Amtshandlung nicht von Beamten des Landeskriminalamtes übernommen werde und er deshalb eine SOKO zusammenstellen lasse. „Hans, schau, dass auf dem Tatort alles läuft. Du wirst bald Unterstützung bekommen."

Gerade als er das Telefonat mit Spatt beendet hatte, betrat Michael Ebert das Büro des Bezirkskommandanten. „Guten Morgen Herbert, was liegt an und ist so dringend?"

„Servus Michael, es pressiert tatsächlich. Wir haben einen Mordfall in Pindorf, der Betreiber des Café Komfort im Möbelhaus Krüger wurde nach ersten Feststellungen erstochen. Spatt ist auf dem Tatort, er organisiert die Absicherung und andere notwendige erste Maßnahmen nach dieser Bluttat. Aber zum Punkt: Die Mordgruppe des LKA übernimmt die Amtshandlung nicht, die Beamten dort sind wegen der kürzlich angefallenen Mordfälle völlig ausgelastet. Oberst Schöndorfer hat mich an die großartige Arbeit der SOKO nach dem Bauernhausbrand in Reifberg, den ihr geklärt habt, erinnert. Wir werden eine SOKO zusammenstellen, die die Erhebungen durchführen wird. Such dir deine Beamten und die Anzahl aus. Gespart wird in diesem Fall nicht. Wo kommen wir denn hin, wenn wir schon bei den Ermittlungen nach Kapitalverbrechen Personal und Überstunden einsparen müssten? Bitte melde dich bei mir, falls du etwas benötigen oder von einer Seite Gegenwind spüren solltest."

Michael ließ das eben Gehörte kurz auf sich einwirken. „Danke für das Vertrauen, das du mir schenkst", sagte Michael, der im Gedanken schon beim Fall war. „Ich werde sofort die besten Spurensicherer und Tatortbeamten des Bezirkes zusammentrommeln und sie mit ihrem Equipment zum Tatort schicken. Wenn sich ein Kommandant dieser Ermittler etwas ziert, werde ich mich auf dich berufen."

„Tu das", war die knappe Antwort.

Bevor Michael die Kanzlei des Bezirkskommandanten verließ, drehte er sich noch einmal um und meinte: „Presse nur über dich." Die Antwort wartete er nicht ab, er kannte sie ohnehin. Auf dem Weg in seine Kanzlei wählte er die Handynummer von Hans Spatt, der sich aufgeregt meldete.

„Servus Michael! Du glaubst nicht, wie schwer es manchen Leuten zu erklären ist, dass das Möbelgeschäft wegen des Polizeieinsatzes geschlossen bleibt. Die Kollegen und ich müssen uns oft zusammenreißen, um die Fassung zu bewahren und nicht mit deftigen Worten zu reagieren."

„Hans, bitte halte dich an, das LKA übernimmt die Amtshandlung nicht. Wir werden eine Sonderkommission bilden, die die Ermittlungen führen wird. Als örtlich zuständiger Kriminalbeamter wirst du natürlich der SOKO angehören, außer du willst nicht mehr mit uns ein Team bilden."

„Blödsinn! Nichts lieber als das, aber ich habe hier so viel um die Ohren. Die Koordination der Polizeikräfte ist nicht immer ganz einfach, obwohl ich durchwegs engagierte Polizisten vor Ort habe."

Michael unterbrach ihn und unterrichtete ihn, dass in der nächsten Stunde acht Spurensicherer von verschiedenen Inspektionen des Bezirks bei ihm eintreffen würden. „Außerdem schicke ich dir unseren IT-Spezialisten Paul Stohl mit seinem Laptop. Er soll dir zur Seite stehen, alle gesetzten Maßnahmen dokumentieren und auch festhalten, welcher Beamter, wo und wann zum Einsatz kommt. Weise deine Leute vor Ort eindringlich darauf hin, dass du von ihnen Berichte über ihre Tätigkeiten erwartest. Pauls Frau Anita wird ebenfalls in der SOKO mitarbeiten. Sie zeichnet sich durch ihre analytischen Fähigkeiten und ihre Gabe, Zusammenhänge schneller zu erkennen, besonders aus. Die Spusi sollen zunächst ihre Arbeit machen. Ruf mich an, sobald du abkömmlich bist. Dann komm bitte zu mir in die Kanzlei und wir besprechen die Zusammenstellung der SOKO. Du kannst mir dann auch gleich Einzelheiten zum Fall mitteilen. Ich bleibe zunächst auf der Dienststelle, ich kann dir auf dem Tatort derzeit keine Arbeit abnehmen."

„Michael, das geht in Ordnung. Ich bin froh, dass du die SOKO leitest. Gerne erinnere ich mich noch an die erfolgreiche Arbeit bei der SOKO Reifberg zurück. Ein engagiertes und motiviertes Team zu haben, ist die halbe Miete."

Nachdem Michael noch mit dem Kollegen Paul Stohl gesprochen hatte, holte er sich eine Tasse Kaffee aus der Kantine und setzte sich an seinen Schreibtisch. Er hatte kurz Zeit zum

Durchatmen, war sich aber im Klaren, dass er die nächsten Wochen gefordert sein würde.

Mit seinen 41 Jahren war er schon 15 Jahre Mitarbeiter bei der Kriminaldienstgruppe der Polizeiinspektion Amstetten. Seit drei Monaten leitete er die Gruppe, nach dem wohlverdienten Ruhestand von August Klein. Mike, wie er von vielen der Kollegen gerufen wurde, wollte es in puncto Menschenführung genauso halten wie sein Vorgänger. August hatte immer ein offenes Ohr für seine Kollegen gehabt. Auch für ihn, als er ihm nach einer persönlichen Lebenskrise nach dem Ende seiner Partnerschaft wieder auf die Sprünge geholfen hatte. Michael war auf Anraten von August fast zwei Jahre zu einer SOKO beim Bundeskriminalamt zugeteilt gewesen. Die Zeit beim Bundeskriminalamt hatte Michael in vielen Bereichen die Augen geöffnet. Aufgrund dieser Tätigkeit schätzte er die Arbeit bei der Kriminaldienstgruppe umso mehr. Er wollte die Zeit der Intrigen und gegenseitigen Vernaderungen in Wien so schnell wie möglich vergessen. Wo konnte ihm das leichter gelingen als bei seinen Kollegen in der Kriminaldienstgruppe? Was Beziehungen betraf, war er vorsichtig geworden, seit letztem Silvester sah er auch beziehungstechnisch wieder einen Schimmer am Horizont. Die gute Dame war zwar noch verheiratet, ihr Ehemann aber längst bei einer anderen Frau eingezogen. Michael wollte auf Abwarten spielen und keine übereiligen Entscheidungen treffen. Die letzte Beziehung mit einer Lehrerin, die ihn wegen eines Schuldirektors verlassen hatte, hatte ihn gegenüber der Frauenwelt misstrauisch gemacht. Schlussendlich bewirkte dieses Verhalten, dass so manche Angebetete rasch das Weite suchte.

Als Michael so vor seinem Schreibtisch sitzend sinnierte, klopfte es an die Tür und Fred Meier trat ein.

„Habe ich dich gestört, Chef?“, fragte Fred, weil ihn Michael überrascht anblickte.

„Nein, nein, ich war nur mit meinen Gedanken gerade woanders, aber nicht dort, wo du schon wieder denkst. Wir haben in Pindorf einen ermordeten Kaffeehausbetreiber.“

Fred unterbrach Michael: „Chef, das weiß ich. Deshalb bin ich auch hier. Ich wollte fragen, ob die Unterstützung von Johnny und mir benötigt wird.“

„Gut, dass du da bist. Momentan noch nicht, aber ich mache mir gerade Gedanken über die Zusammenstellung einer SOKO, weil das LKA die Ermittlungen uns überlässt. Wie schauts bei euch ‚Giftlern‘ aus. Habt ihr zurzeit brisante, unaufschiebbaren Ermittlungen am Laufen?“

Fred Meier und Johnny Maier ermittelten bei der Kriminaldienstgruppe vorwiegend im Suchtgiftbereich. Sie halfen natürlich aus, wenn in einem anderen Bereich Sofortmaßnahmen wie Vernehmungen, Hausdurchsuchungen oder Verhaftungen anstanden.

Fred und Johnny waren stolze, verantwortungsvolle Familienväter und galten als besonnene Polizisten, auf die ihre Vorgesetzten immer zählen konnten.

Auf Michaels Frage antwortete Fred, dass sie derzeit jederzeit abkömmlich wären. Das stimmte, weil sie vor zwei Monaten einen

Suchtgiftring, der in Amstetten und Umgebung bis hin nach Scheibbs aktiv gewesen war, zerschlagen hatten. Die letzten Anzeigen waren der Staatsanwaltschaft vorgelegt worden, neue Hinweise auf Straftaten nach dem Suchtmittelgesetz konnten warten.

„Passt super, da steht die Zusammensetzung der SOKO nahezu fest." Michael wollte von Fred noch wissen, ob die SOKO mit sechs Ermittlern das Auslangen fände.

„Aufstocken kannst du das Team bei Bedarf immer", erwiderte Fred. Damit gab sich der künftige SOKO-Leiter zufrieden. Jetzt galt es einmal die Spusi-Beamten in aller Ruhe arbeiten zu lassen. Bevor diese nicht fertig waren, war an ein Betreten des Tatortes nicht zu denken.

Mittlerweile hatte der Gemeindearzt von Pindorf den Tod des Kaffeehauspächters bestätigt. Auf den Totenschein schrieb er „Todesursache durch gewaltsame Fremdeinwirkung". Nachdem Hans die Spusi-Beamten eingewiesen hatte, fand er Zeit, Michael in seinem Büro in Amstetten aufzusuchen. Paul Stohl blieb auf dem Tatort und koordinierte die Einsatzkräfte. Einem Beamten, von dem er wusste, dass er sich auch in der Freizeit für das Fotografieren interessierte, trug er auf, das ganze Objekt von außen und ebenso die angrenzenden Grundstücke abzulichten. Paul hatte sogar die Feuerwehr Amstetten mit dem Hubsteiger angefordert. Er wollte, dass der Fotograf den gesamten Bereich aus den verschiedensten Blickwinkeln auch von oben fotografierte. Zwei Beamte sollten versuchen, den möglichen Standort des

Fluchtfahrzeuges ausfindig zu machen. Er wies die Kollegen an, vorrangig auf Plätze zu achten, wo frische Zigarettenkippen weggeworfen wurden. Die Erfahrung hatte gezeigt, dass der Lenker eines Fluchtfahrzeuges oft im Auto wartete, während seine Komplizen die Einbrüche verübten. Der Fahrer versuchte, die angespannte Situation durch das Rauchen einer Zigarette nach der anderen zu überbrücken. Die Kippen warfen sie häufig achtlos aus dem Auto. Wenn die Ermittler später die Zigarettenstummel entdeckten, war das ein wichtiger Faktor zur Aufklärung der Straftat.

Michael entschied sich zunächst, den Bericht von Hans allein anzuhören. Er hängte einen Karton mit der Aufschrift Bitte nicht stören auf seine Bürotür. Dies geschah nur in Ausnahmefällen, wenn es sich um etwas wirklich Wichtiges handelte. Fred wusste, was die beiden Kollegen zu besprechen hatten. Deshalb brachte er zwei Tassen Kaffee und teilte ihnen mit, dass er alle eingehenden Telefonate übernehmen werde.

Indessen war es später Vormittag, die wichtigsten Maßnahmen waren getroffen. Nun konnte langsam mit den Detailermittlungen begonnen werden.

Die Täter sind nach dem Einschlagen des Bürofensters in das Objekt gelangt. Hans berichtete ihm von der Entdeckung der Leiche und dass Klaus Kargl laut Gemeindearzt bereits in der Nacht zum Sonntag durch Stiche in die Brust und den Hals getötet wurde. Seine Dienststelle kümmere sich zurzeit um die Verständigung der Angehörigen.

„Den zuständigen Staatsanwalt habe ich telefonisch bereits informiert. Er hat ohne großes Nachfragen die Beschlagnahme der Leiche verfügt und wird ein Team der Gerichtsmedizin nach Amstetten beordern. Der Tote bleibt vorerst noch auf dem Tatort, die Gerichtsmediziner möchten sich die Lage vor Ort ansehen. Michael, das wäre es in aller Kürze. Ich muss jetzt einen Bericht schreiben. Der Staatsanwalt will ihn ehestmöglich haben."

„Mach das, Hans. Die SOKO hat sich ohnedies schon von selbst zusammengestellt. Fred und Johnny arbeiten diesmal von Anfang an mit, ansonsten besteht die SOKO aus denselben Beamten wie damals die SOKO Reifberg, mit Ausnahme meines pensionierten Vorgängers."

Hans klopfte Michael auf die Schulter und meinte: „Du wirst deine Sache als SOKO-Leiter gut machen", sprach er ihm sein Vertrauen aus. Es hatte kurz den Anschein, als würde Michael an sich zweifeln und Klein nachtrauern.

Das ist eben der Lauf der Zeit. Niemand wird jemals unersetzbar sein.

Kapitel 3

Der Montag war von Anfang an ein ereignisreicher Tag. Neben den Morden in Niederösterreich wurde eine Prostituierte in ihrer Wohnung in Leonding erdrosselt aufgefunden. In diesem Fall fahndete die Polizei nach ihrer Mitbewohnerin, die unauffindbar war und als dringend verdächtig galt. Dem noch nicht genug wurde in Mauthausen von einem unbekannten Schützen durch die Tür eines Frisiersalons geschossen, das 9-Millimeter-Projektil zertrümmerte einen Spiegel und wurde später unter den Scherben gefunden.

Wegen der geografischen Nähe zu den Tatorten in Oberösterreich wurden die Polizeikräfte im Bezirk Amstetten in die Fahndung eingebunden. Allein die Einteilung der Polizisten war an diesem Tag eine besondere Herausforderung. Laut Wetterbericht waren am frühen Nachmittag schwere Schneefälle im Mostviertel angesagt. Michael veranlasste daher, dass die Spurensicherer ihre Arbeiten im Außenbereich noch vor den Niederschlägen beenden sollten. Es hätte gerade gefehlt, dass Spuren vernichtet wurden.

Michael hatte alle Hände voll zu tun. Es schien, als wollten heute alle etwas von ihm, obwohl auch der Bezirkskommandant und sein Stellvertreter anwesend waren. Daher wies er die diensthabenden Beamten in der Leitzentrale an, keine Anrufe mehr in seine Kanzlei durchzustellen. Die Leute der SOKO und der Spusi würden ihn ohnedies auf seinem Handy anrufen.

An diesem Tag blieb den Polizeikräften keine Zeit für die Einnahme eines warmen Mittagessens. Die meisten kauften sich Wurstsemmeln und tranken dazu Getränke aus der Kantine. Auch die Kollegen auf dem Tatort wurden versorgt.

Paul war inzwischen vom Möbelhaus zur Dienststelle zurückgekehrt und berichtete, dass die Spurensicherer gerade noch vor Beginn des Schneefalles mit ihrer Arbeit im Außenbereich des Tatortes fertig geworden seien und ihre Tätigkeiten nun im Objekt fortsetzen würden. Er selbst werde vor Ort nicht mehr gebraucht.

Michael war froh darüber, vielleicht konnte er am späteren Nachmittag alle Mitarbeiter der SOKO erstmalig in seinem Büro zusammenrufen und die notwendigen Einteilungen treffen.

Für den späten Abend war die Obduktion der Leiche im Krankenhaus Amstetten geplant. Beamte der Spurensicherung würden wie vorgesehen teilnehmen.

Hans hatte seinen Bericht bereits an die Staatsanwaltschaft St. Pölten übermittelt und kam jetzt zu Michael ins Büro. Der SOKO-Leiter wollte den Text nicht lesen. Hans sollte Paul und ihm eine Kurzversion des Mordfalles berichten.

„Wie und wo fange ich am besten an?", begann er seine Ausführungen. „Die unbekannten Täter zertrümmerten mit einem Stein das Glas des Bürofensters, wonach sie es von ihnen öffneten und einstiegen. Zwischen dem Möbelhaus und dem Café gibt es eine zweiflügelige Verbindungstür. Als die Täter ins Lokal kamen, wurden sie offenbar vom Betreiber Klaus Kargl überrascht. Das bedeutete sein Todesurteil. Wie der Gerichtsmediziner mir vorhin am Telefon mitgeteilt hat, wurde das Opfer durch mehrere Messerstiche in Brust und Hals getötet. Wir werden nach der Obduktion mehr wissen. Kollegen, ich habe so viele offene Fragen im Kopf, dass mir schwindelig wird. Diese Fragen betreffen noch nicht die Person des Mörders, es kommt noch einiges an Arbeit auf uns zu. Übrigens, wann gedenkst du die Beamten der SOKO zur ersten Besprechung zusammenzurufen?", fragte Hans am Ende seines Vortrags.

„Eigentlich wollte ich heute Nachmittag das gesamte Team zusammenkommen lassen. Ich habe aber umdisponiert und werde zuerst mit jedem Einzelnen sprechen. Wahrscheinlich findet die Besprechung erst morgen Vormittag statt. Anita Stohl hält zurzeit einen Vortrag in der polytechnischen Schule über Jugendkriminalität und deren Folgen. Paul, wie sieht es bei euch familiär aus? Bringt ihr es auf die Reihe, bei der SOKO mitzuarbeiten?"

„Chef, du kennst doch Anita. Sie wird unbedingt in der SOKO ermitteln wollen. Außerdem besuchen unsere siebenjährigen Zwillinge Theo und Jonas bereits die Schule und Anita wird ihre

Eltern vermehrt zur Kinderaufsicht heranziehen. Die freuen sich und meine Frau kann sich ihrer Aufgabe bei der SOKO widmen. Eines aber bitte ich dich, Michael: Wenn es zu gefährlichen Einsätzen kommt, teile sie nicht ein. Dir wird schon ein Vorwand einfallen. In der heutigen Zeit wissen wir Polizisten nie, was uns in einer Wohnung oder hinter einer Tür erwartet. Diese Bitte darfst du ihr aber auf keinen Fall weitergeben, sonst habe ich zu Hause dicke Luft."

Michael nickte zustimmend. „Ich hätte sie ohnehin hauptsächlich für Analysearbeiten und Aufbereitung von Ermittlungstätigkeiten eingeteilt. Anita soll jedes einzelne Detail des Aktes kennen, daraus Schlüsse ableiten und Zusammenhänge herausfinden. Im Sinne dieser Betrachtung werden wir die einzelnen Schritte bei den Erhebungen setzen. Obendrein würde mir Anita viel Koordinationsarbeit abnehmen und ich könnte mehr an den direkten Ermittlungen mitwirken. Paul, das wiederum darfst du auf keinen Fall Anita sagen."

Kaum hatte Michael ausgeredet, betrat Anita die Kanzlei, worauf es prompt still wurde. Anita blickte die Männer an und fragte: „Was ist los? Worüber habt ihr euch gerade unterhalten, weil ihr durch mein Eintreten geradezu in Schockstarre verfallen seid? Egal, mein lieber Mann wird es mir ohnehin zu Hause erzählen."

Anita wusste zwar schon von dem Mordfall in Pindorf, aber noch nicht, dass eine SOKO der Kriminaldienstgruppe Amstetten die Ermittlungen übernehmen musste, weil die Mordermittler des

LKA zurzeit mit der Bearbeitung von Tötungsdelikten eingedeckt waren.

„Anita, wenn du uns schon dermaßen überrascht hast, gut, dass du da bist. Ich muss ohnehin mit dir sprechen.“ Die Heiterkeit der Beamtin wechselte nun zu Verunsicherung. Hatte sich jemand über sie beschwert oder wurde ihr gar eine Dienstverfehlung angelastet? Bevor sie noch mehr in Grübeln kam, ließ Michael sie den Grund der Unterredung wissen. Umgehend schlug Anitas Laune in Euphorie um, sie wollte sogleich auf den letzten Stand der Ermittlungen gebracht werden.

„Langsam, junge Dame, wir wissen selbst noch kaum etwas. Als du ohne zu klopfen eingetreten bist, sprachen wir gerade über die Zusammensetzung der SOKO, der du auch angehören sollst. Jetzt weißt du, warum uns dein Eintreten überrascht hat. Wir haben eine Stunde später mit dir gerechnet.“

Anita entschuldigte sich für ihr unhöfliches Verhalten und wollte das Chefbüro wieder verlassen.

„Nichts da!“, rief ihr Michael nach, „du bleibst schön hier und bringst dich mit deiner Meinung zur SOKO ein.“ Dann griff er zum Telefon und rief auch noch die beiden Suchtgiftermittler Fred und Johnny in seine Kanzlei, um entgegen seiner ursprünglichen Absicht jetzt doch die erste Teamsitzung abzuhalten.

Michael erläuterte wenig später mit wenigen Worten offiziell seinen Kollegen die Begründung, warum die Bildung einer Sonderermittlungsgruppe notwendig war. Ohne Ausnahme freuten sich alle, wieder einmal in einer SOKO zusammenarbeiten zu dürfen. Die SOKO Reifberg, in der sie gemeinsam nach einer Brandstiftung auch Morde geklärt hatten, lag doch schon acht Jahre zurück.

Nach Michael informierte Hans, der wie seinerzeit mit ihnen ermitteln würde, seine Kollegen über den momentanen Stand der Dinge. Anschließend trug Michael seinen Mitarbeitern auf, die anhängigen dringenden Akten zu erledigen, damit sie sich die kommenden Tage und wahrscheinlich sogar Wochen voll auf diesen ungeklärten Mordfall konzentrieren konnten.

Hans fuhr zurück zu seiner Dienstelle in Pindorf. Es war längst fällig, dass er seinem Kommandanten detailliert berichtete. Schließlich fiel der Mord in seinen Überwachungsbereich, weshalb sich Medienleute auch an ihn wandten.

Als er in Pindorf ankam, war seinem Chef die Belastung bereits anzumerken. Die jungen Kollegen waren noch auf dem Tatort, daher musste der Dienststellenleiter allein die zahlreichen Anrufe bewältigen. Obwohl er auch die Journalisten an den Bezirkskommandanten weitervermittelte, blieb ihm nichts übrig, als jeden Anruf entgegenzunehmen. Der Inspektionskommandant war heilfroh, als Hans zu ihm in die Kanzlei trat, ihn über das weitere Vorgehen informierte und bis zum Dienstschluss die Parteienabwicklung übernahm.

Wenn die Beamten die ersten Tage hinter sich hatten, würde es für sie ruhiger werden, zumindest in Bezug auf die Presse.

Am kommenden Tag war am späten Vormittag ein Pressetermin im Schulungsraum der Inspektion Amstetten geplant. Der Bezirkskommandant wollte neben dem SOKO-Leiter auch den Kommandanten der Inspektion Pindorf dabeihaben. Dieser mochte es überhaupt nicht, in der Öffentlichkeit zu stehen, weshalb er sich entschuldigte und sein Fernbleiben mit einem wichtigen Arztbesuch begründete. Wer seine Hustenanfälle kannte, wunderte sich nicht, dass ihn sein Hausarzt zum Lungenröntgen schickte.

Gleich nach Dienstbeginn am nächsten Tag bereiteten sich der Bezirkspolizeikommandant Herbert Stummer und der SOKO-Leiter Michael Ebert in der kleinen Teeküche des Bezirkskommandos auf die Pressekonferenz vor. Sie mussten entscheiden, wie weit sie Erkenntnisse an die Journalisten weitergeben konnten.

Die anderen Beamten der SOKO studierten zwischenzeitig den Akt und notierten jeder für sich Ermittlungsschritte, die in eine Erhebungsstrategie eingearbeitet werden sollten. Für den frühen Nachmittag war eine Ermittlungsbesprechung im Büro des Leiters angesetzt. Auch der Einsatzleiter der Spurensicherer sollte mit einem Kollegen teilnehmen. Der Gerichtsmediziner hatte der Polizei bereits vorab mitgeteilt, dass der Täter insgesamt zwölfmal auf Kargl eingestochen hatte, wobei drei Stiche direkt das Herz trafen und sofort zum Tod des Opfers führten. Der hohe Blutverlust war auf die Stichverletzung am Hals zurückzuführen. Abwehrverletzungen konnte der Obduzent beim Toten nicht feststellen.

Die Pressekonferenz verlief ruhiger als sonst nach Bekanntwerden von Kapitalverbrechen. Geschuldet war die geringe Anzahl von Reportern der Häufung von Gewaltdelikten über das letzte Wochenende. Herbert Stummer und Michael Ebert war das nur recht. Es schien, dass einige der Journalisten es eilig hatten, ihre Chefredakteure übten offenbar gehörigen Druck auf sie aus. Die Konkurrenzsituation in der Medienbranche hat sich in den vergangenen Jahren verschärft.

Michael und Herbert trafen sich nach dem Pressetermin im Lokal gegenüber dem Inspektionsgebäude zum Mittagessen. Natürlich wurde auch dort über den laufenden Mordfall gesprochen. Herbert unterbrach die Unterhaltung und wandte sich einem anderen Thema zu.

„Michael, ich habe heute von der Personalabteilung der Landespolizeidirektion einen Bescheid erhalten, wonach AbtInsp Jörg Strasser mit dem nächsten Ersten, also bereits übermorgen, zur Inspektion Amstetten versetzt wird. Dieser Strasser soll nach Möglichkeit im Kriminaldienst eingesetzt werden. Der Name Strasser kommt mir bekannt vor, da kannst du mir sicher auf die Sprünge helfen."

„Strotti", murmelte Michael, „das ist sein Spitzname, weil er viele Jahre in der Suchtgiftgruppe des Landeskriminalamtes NÖ ermittelt und sich entsprechend schleißig gekleidet hat. Er hat mir vor einigen Monaten mitgeteilt, dass er vorhabe, sich zur Inspektion nach Amstetten versetzen zu lassen, da er die Ermittlungen, die er hauptsächlich in Wien zu führen hatte, bereits dermaßen satthabe. Ich kenne ihn schon seit seiner Zeit an der Polizeischule. Kurze Zeit nach der Ausbildung hat er sich bereits dem Kriminaldienst zugewendet. Daher habe ich seine damalige Aussage als Scherz abgetan. Wie wir jetzt sehen, war es sein voller Ernst. Herbert, du kennst Jörg Strasser doch auch. Erinnere dich an den Fall in Reifberg. Wer rettete damals nach dieser dubiosen Vernehmung dem Bauern das Leben?"

„Richtig, wo du es jetzt erwähnst, Strasser rettete seinerzeit mit einem Defibrillator dem Landwirt das Leben. Michael, du weißt, dass wir ihn nicht sofort in deiner Gruppe einsetzen können. Er soll einen Monat in Uniform Dienst verrichten und das Überwachungsgebiet, überhaupt den ganzen Bezirk und die Kollegen kennenlernen. Danach werden wir weitersehen."

Michael stimmte seinem Vorgesetzten in diesem Punkt vollends zu. Es würde Strotti nicht schaden, sich mit den Gegebenheiten in Amstetten vertraut zu machen. Eigentlich reichte dazu ein Monat gar nicht aus, aber in Anbetracht des Mordfalles wurde jeder erfahrene Ermittler benötigt.

Am frühen Nachmittag trafen sich die SOKO-Beamten zur ersten Ermittlungsbesprechung. Michael begrüßte die Kollegen und fragte, ob es gegen die Bezeichnung SOKO-Amstetten Einwände gäbe. Nachvollziehbarerweise stimmten sie zu, schließlich waren sämtliche Kriminalisten, mit Ausnahme von Hans bei der Kriminaldienstgruppe der Inspektion hier tätig.

Die Spurensicherungsbeamten hielten sich mit ihren Ausführungen zurück, schließlich waren noch keine Fingerabdrücke und biologische Spuren ausgewertet worden. Der Wortführer der Spusi erklärte, dass der Täter die Tatwaffe, laut Gerichtsmediziner vermutlich ein großes Küchenmesser, mitgenommen habe. Die Suche danach im weiteren Umkreis, wo auch zwei Spurensuchhunde zum Einsatz gekommen waren, habe keinen Erfolg gebracht. Der Spusi-Mann erwähnte bei seinem Bericht letztlich die halb volle Sektflasche, die auf dem Tresen gestanden hatte, und verlangte, dass die Kellnerin des letzten Schlussdienstes unbedingt zur Herkunft der Flasche befragt werden müsse. Michael schrieb auf ein Blatt Papier ‚Sektflasche' mit einem großen Fragezeichen.

Paul sagte, er werde sich die Alarmanlage samt Kameraüberwachung am nächsten Tag vornehmen und begründete die Verzögerung damit, dass er noch Recherchen zu früheren Auslösungen führen müsse. Außerdem wolle er im Internet Informationen zu Marke und Typ des Gerätes einholen.

Hans meinte dazu: „Paul, ich will dich nicht drängen, aber die Videoüberwachung ist zurzeit eine große Hoffnung, obwohl ich festgestellt habe, dass der oder die Täter bei einigen Kameras vor dem Objekt die Linsen nach unten oder oben gekippt haben. Dazu verwendeten sie vermutlich das lange Brett, das hinter dem Gebäude lag. Die Einvernahme der Filialleiterin Erika Brunner würde ich gerne mit Anita vornehmen. Vielleicht gibt es ein paar delikate Geheimnisse, über die ich noch nicht sprechen kann. Es könnte sich lediglich um ein Gerücht handeln und würde uns bloß verunsichern."

Hans freute sich, dass er seine Kollegen neugierig gemacht hatte. Bekanntlich ist die Neugier bei prekären Angelegenheiten am größten, womit sie wohl jetzt ein paar Tage leben mussten. Die Beamten sahen das auch ein, sie hatten schließlich ein Kapitalverbrechen aufzuklären.

„Wie es scheint, haben wir es mit Einbrechern zu tun, die vom Kaffeehausbetreiber überrascht wurden. Warum aber haben sie Kargl sofort nach dem Zusammentreffen dermaßen brutal ermordet? Laut Gerichtsmediziner hat sich Kargl nicht einmal zur Wehr gesetzt. Warum sind sie nicht einfach geflohen? Einbrecher im Sinne der Kriminalgeschichte ergreifen eher die Flucht, als dass sie jemanden umbringen. Hat Kargl die Einbrecher gar erkannt und musste deshalb sterben?"

Fragen über Fragen, die der SOKO-Chef in den Raum stellte. „Also Leute, Johnny und Fred werden das Umfeld des

Ermordeten durchleuchten und primär den Ablauf der Tatnacht des Opfers rekonstruieren."

Den Blick auf Anita gerichtet, meinte Michael: „Du weißt, was ich von deinen Analysefähigkeiten halte. Daher möchte ich, dass du eine eigene Datei anlegst, in der du die einzelnen Erhebungstätigkeiten aufschlüsselst und die jeweiligen Ermittler anführst. Wir werden diese Schritte gemeinsam besprechen und beurteilen, ob noch weitere Befragungen und Untersuchungen notwendig sind. Anita, das heißt für dich, dass du den ganzen Akt und die Zusammenhänge von uns allen am besten kennen wirst. Daher wird deine Arbeit vorwiegend im Büro erfolgen. Du bist prädestiniert für diese Aufgabe und das weißt du auch selbst."

Paul gefiel außerordentlich, wie geschickt Michael seiner Frau ihr künftiges wichtigstes Tätigkeitsfeld zugewiesen hatte. Anita dagegen war von der Ansage ihres Chefs wenig erfreut, war sie doch auch eine Polizistin, die gerne im Außendienst ermittelte. Nun musste sie sich wohl der Anordnung fügen. Sie war jedoch zuversichtlich, dass sich ihre Erhebungen nicht nur auf die Dienststelle beschränken würden.

Nachdem die einzelnen Ermittlungsschritte festgelegt worden waren, empfahl Michael seinem Team, sich für den morgigen Tag vorzubereiten und etwaige Auskünfte zu Personen einzuholen, denn jetzt müsse mit den Nachforschungen begonnen werden. Danach schickte er seine Mitarbeiter in ihre Kanzleien. Anita rief er hinterher, dass sie in die Ermittlungsdatei die ersten Schritte eintragen möge.

Kapitel 4

Der Chef der Spurensicherungsbeamten überbrachte am Vormittag des nächsten Tages ein Exemplar der Lichtbildermappe des Tatorts und meinte: „Ihr könnt euch die Fotos ansehen. Vielleicht ist etwas auffällig und passt nicht in das Tatbild.“

Michael überließ die Fotomappe Anita. Mit ihren Fähigkeiten konnte sie am ehesten Ungereimtheiten erkennen. Die Beamtin kannte zudem auch das Möbelgeschäft, ihr Ehemann Paul und sie hatten dort bereits mehrfach eingekauft. Etwas widerwillig begann sie mit der Begutachtung der Fotos. Bei der Aufnahme mit dem eingeschlagenen Fenster hielt sie kurz inne, um anhand des Berichtes von Hans das Vorgehen der Täter zu prüfen. Demnach hatten die späteren Mörder, zu diesem Zeitpunkt musste von mehreren Verdächtigen ausgegangen werden, das Bürofenster eingeschlagen, durch das Loch hindurchgegriffen und daraufhin das Fenster von innen entriegelt.

Anita gefiel die Perforation in der Scheibe nicht, sie war ihrer Ansicht nach zu weit vom Fenstergriff entfernt. Sie begab sich mit den Unterlagen zu ihrem Ehemann ins Büro und teilte ihm ihre Feststellung mit.

„Paul, wir müssen das nochmals überprüfen. Du hast doch einen Bekannten, der in der großen Fensterproduktionsfirma bei uns in Amstetten arbeitet. Ruf ihn an und frage ihn, ob wir mit einem Ausschussfenster einen Versuch machen können. Das

Loch im Einstiegsfenster ist mir zu weit vom Griff entfernt. Wir müssen unbedingt einen Test durchführen. Das Fenster im Büro des Möbelhauses wurde bereits neu verglast."

Während Paul seinen Bekannten in der betreffenden Fensterfirma zu erreichen versuchte, ging Anita ins Chefbüro. Sie hatte vorher angeklopft und gewartet, bis sie ein „Herein" zu hören bekam.

Michael grinste sie fröhlich an und meinte flapsig: „Geht doch! Was führt meine Lieblingskollegin zu mir, hat sie bereits eine wichtige Entdeckung bei der Durchsicht der Fotos gemacht?"

Fröhlich entgegnete Anita ihrem Chef: „Ich kann leicht deine Lieblingskollegin sein, weil ich die einzige Frau in der Gruppe bin, aber du hast recht: Mir ist beim eingeschlagenen Fenster etwas aufgefallen. Das Loch im Glas ist zu weit vom Fenstergriff entfernt. Deshalb ersuche ich um deine Zustimmung, dass Paul und ich zu der großen Fensterproduktionsfirma am Stadtrand fahren, um dort mit einem Ausschussfenster einen praktischen Versuch vorzunehmen. Wir müssen sicher sein, ob der Täter beim Durchgreifen überhaupt den Griff erreichen konnte. Wir wollen zudem klären, wie sich die Scherben nach dem Steinwurf auf dem Boden verteilen. Kurz und knapp, wir wollen den Einbruch rekonstruieren und dazu sogar den Stein vom Tatort verwenden, wenn die Spusi ihn freigibt. Paul hat bereits mit seinem Bekannten in der Firma telefoniert."

„Der nächste Kaffee geht auf mich", äußerte sich Michael bewundernd und freute sich über Anitas Mitteilung. „Alles klar, mach diese Rekonstruktion mit deinem Mann. Sprich dich vorher mit Hans bezüglich der Einvernahme der Geschäftsführerin des Möbelhauses ab."

„Mache ich", antwortete sie und verließ die Kanzlei. Die Rekonstruktion des Einbruches an einem Ausschussfenster in der Produktionsfirma war erst am späten Nachmittag möglich, weil da ein für den Versuch passendes Fenster von einer Baustelle zurückgebracht wurde.

Für die Ermittlungen hatte die Nachstellung des Einbruches zurzeit nicht unbedingt Vorrang. Wichtiger war, dass Paul mit seinen Erhebungen zur Alarmanlage und den Videoaufzeichnungen vorankam.

Beim Auswerten der Kameras stellte Paul fest, dass die Täter offenbar die Kamera an der Rückseite des Gebäudes übersehen hatten, denn die Einstellung des Neigungswinkels war unverändert. Die große Überraschung brachte aber das aufgezeichnete Filmmaterial, das von der Bildqualität her allerdings äußerst dürftig war.

Trotzdem war gut zu erkennen, dass ein Mann vom Geschäftsgebäude in Richtung eines Nachbarobjektes weglief. Der mutmaßliche Täter war bis auf ein Handtuch um die Schultern und einem Paar heller Socken nackt. Er trug die Schuhe in der rechten und wie es aussah, seine zusammengeknüllte Kleidung in der linken Hand. Es war nur eine Sequenz von ein paar Sekunden, die der

Flüchtige gefilmt wurde. Paul versuchte, das Videomaterial auf seinem Computer mit einem eigenen Programm zu bearbeiten und die Qualität zu verbessern. Das gelang ihm nur bedingt, zumindest konnten jetzt mit Sicherheit verifiziert werden, dass der Verdächtige Handschuhe trug. Auf dem Tuch, mit dem er seine Schultern abdeckte, waren kleine Elefanten zu erkennen. Nachdem Paul die Videosequenz auf seinem Computer und zusätzlich auf einem USB-Stick abgespeichert hatte, begab er sich umgehend zum SOKO-Leiter und teilte ihm das Ergebnis der Kameraauswertung mit.

„Das ist doch ein Ding. Gut gemacht, Paul, nun haben wir den ersten Ansatz zum Täter und neue Fragen, die es zu beantworten gilt. Warum flüchtete der Täter – bis auf das Schultertuch und die Socken – nackt? Wollte er mit dem Tuch seine Tätowierungen verbergen?" Michael entschied, dass zunächst niemand außerhalb des Teams von der Kameraauswertung erfahren sollte. Er wollte diese Angelegenheit mit seinen Beamten erörtern und Antworten finden. Paul fuhr nach diesem Gespräch zum Tatort. Er wollte erkunden, ob unter Umständen an Nachbarobjekten des Möbelhauses Außenkameras zur Überwachung installiert waren. In diesem Gewerbegebiet kam es häufig zu Einbrüchen, weshalb einige Firmenbetreiber ihre Häuser mit Kameras und Alarmanlagen abgesichert hatten. Paul hoffte, dass sich die Gewerbetreibenden nicht in vollem Umfang an die Datenschutzrichtlinien hielten, denn diese besagten, dass Überwachungskameras nicht über das eigene Grundstück hinaus filmen durften. Tatsächlich fand Paul eine Firma neben der Zufahrtsstraße zum Möbelhaus, die im Bereich des Eingangsportals eine Kamera installiert hatte. Zum Leidwesen des Beamten hatte die Installationsfirma das Gerät exakt nach den rechtlichen Vorgaben montiert. Enttäuscht fuhr Paul wieder zurück zur Dienststelle, um über die Filmsequenz mit dem Täter einen detaillierten Bericht zu verfassen. Vor allem wollte er die genaue Tatzeit festlegen. Dazu musste er die Uhrzeit der Aufnahme überprüfen. Zunächst einmal, ob die Kamerauhr richtig eingestellt war. Dann musste er die Zeit nur noch mit dem Todeszeitpunkt laut Gerichtsmediziner abgleichen. Nach diesen Tätigkeiten konnte Paul den Todeszeitpunkt auf 02.30 Uhr am Sonntagmorgen, plus minus eine halbe Stunde, beschränken. Laut Videoauswertung war der Täter um 03.02 Uhr aus dem Möbelhaus geflohen. Bis zur Rekonstruktion des Einbruches in der Fensterfirma blieb Paul noch Zeit, das Handy des Ermordeten zu untersuchen.

Während Paul seine Aufgaben als IT-Ermittler erledigte, vernahmen Anita und Hans die Geschäftsführerin des Möbelhauses Erika Brunner. Sie war seit 20 Jahren in der Firma Krüger tätig und leitete seit fünf Jahren die Filiale in Pindorf. Zunächst wollten die Beamten klären, warum die Alarmanlage keinen stillen Alarm ausgelöst hatte, obwohl der Täter ein Fenster eingeschlagen und sich danach im Verkaufsraum bewegt hatte.

Brunner errötete bei der Frage zur Alarmauslösung und suchte verzweifelt nach einer Erklärung für das Versagen der Anlage. Sie schaffte es nicht annähernd, stattdessen geriet sie noch tiefer in die Zwickmühle. Schließlich übermannte sie ein Weinkrampf und sie schluchzte einem Nervenzusammenbruch nahe, dass sie mit dem Mord nichts zu tun habe.

Anita benötigte einiges an Einfühlungsvermögen und gutem Zureden, um die Geschäftsführerin wieder zu beruhigen. Hans verließ die Kanzlei. Er befand, dass es besser war, wenn die Frauen unter sich waren.

Nachdem sich Erika wieder halbwegs gefangen hatte, fragte Anita: „Frau Brunner, wir haben mit keinem Wort behauptet, dass Sie etwas mit dem Mord zu tun haben könnten, aber bitte erklären Sie mir jetzt, warum die Anlage keinen stillen Alarm zur Polizei ausgelöst hat.“ Anita war sich einigermaßen sicher, die Ursache zu kennen, aber sie wollte und musste es aus dem Mund der Geschäftsführerin hören.

„Damit Sie es gleich wissen: Ich habe nicht eigenständig gehandelt“, rechtfertigte sich die Geschäftsführerin. „Seit dem Betrieb der Alarmanlage vor etwa vier Jahren sind bei uns immer wieder Alarmauslösungen aufgetreten. In den meisten Fällen handelte es sich dabei um Fehlalarme. Frau Inspektor, wie Sie wissen, wird für alle Alarmauslösungen der Einsatz von der Polizei verrechnet. Es ist vorgekommen, dass unsere Firma mehrmals im Monat von der Polizei überprüft wurde, weil Alarm ausgelöst wurde. Demnach summierten sich die Rechnungen für die Einsätze. Die Ursachen der Alarmauslösungen waren manchmal Vögel, die sich ins Gebäude verirrt hatten oder auch gekippte Fenster, wodurch der Wind einen Vorhang bewegte bis zu einem Fax, das außerhalb der Geschäftszeit ankam und aus dem Drucker zu Boden flatterte. Daher riet mir mein Chef Arnold Krüger, die Alarmanlage nach Geschäftsschluss nicht mehr zu aktivieren. Er war richtig wütend auf die Polizei, weil Firmenbesitzern bei den verschiedenen Sicherheitsveranstaltungen von vortragenden Polizisten geraten wurde, dringend eine Alarmanlage installieren zu lassen. Krüger zeigte für die Berechnung der Einsätze überhaupt kein Verständnis. Leider habe ich den Ratschlag meines Chefs befolgt, zumal er mir auch angedroht hat, dass mir künftig die Kosten für die Polizeieinsätze vom Gehalt abgezogen werden. Seit diesem Gespräch vor zweieinhalb Jahren haben wir die Alarmanlage nicht mehr aktiviert. Anfangs wusste nur meine Stellvertreterin von dieser Maßnahme. Mittlerweile dürften alle Angestellten Bescheid wissen."

Indessen war Hans wieder in die Vernehmungskanzlei zurückgekommen. Er hatte sich bei Paul über seine Fortschritte beim Überprüfen der Kameras erkundigt. Dieser hatte ihn ersucht, die Filialleiterin zu fragen, ob im Geschäft Handtücher mit kleinen Elefanten als Motiv vertrieben werden.

Erika Brunner berichtete über ihr Verhältnis zum Pächter des Cafés Komfort, das über eine geschäftliche Bekanntschaft nicht hinausging. Die Mittagspause verbrachten zumeist einige Angestellten des Möbelhauses im Kaffeehaus. Über Privates wurde nur sehr wenig gesprochen. Es war natürlich bekannt, dass sich der

Kaffeehauspächter vor einigen Wochen hatte scheiden lassen. Die Ehe habe ohnehin nur auf dem Papier bestanden, sei man sich unter den Angestellten einig gewesen.

„Erika, kannst du dich noch an unsere Unterhaltung beim letzten Oktoberfest in Pindorf erinnern? Du warst in Begleitung deines Mannes, meine Frau stand hinter der Theke und bediente die Besucher. Die Gäste drängten sich um die Schank, alle waren gut gelaunt. In weinseliger Runde wurde natürlich auch, wie könnte es auch anders sein, das Thema Nummer 1 angesprochen. Es wurde gelacht und gekichert, jeder wollte seinen Senf dazugeben. Du hast verschmitzt gemeint, dass die Betten im Möbelhaus so einiges erzählen könnten, was dort des Nachts alles passiert. Wie hast du das damals gemeint? Handelte es sich dabei um eine scherzhafte Äußerung oder gibt es einen wahren Hintergrund?"

Die Filialleiterin konnte sich noch gut an den Spaß in der Weinbar und ihre Aussage erinnern. „Ich kann es nicht beweisen, aber einige Male, als ich am Morgen das Geschäft aufsperrte und durch die Räume ging, roch ich einen eigenartigen Duft wie eine Mischung aus Schweiß, Parfums und Deos. Ich hatte den Eindruck, dass sich jemand in der Nacht im Geschäft vergnügt hatte."

„Wie konnten diese Personen unbemerkt an der Überwachungskamera vorbeikommen?", unterbrach Hans ihren Redefluss.

„Wenn man den Radius der Kameras kennt und weiß, wo sie montiert sind, ist das kein Problem. Außerdem, der Lieferanteneingang wird nicht überwacht. Warum auch, das zweiflügelige

Eisentor ist nicht einfach zu knacken. Da müssten die Einbrecher schon mit schwerem Gerät auffahren", erklärte Erika.

Anita und Hans gaben sich mit dieser Antwort zufrieden. Sie mussten jetzt aber einkalkulieren, dass ihnen delikate Ermittlungen bevorstanden, zumal es nicht unerheblich war, welche Personen sich zur Nachtzeit im Möbelhaus zu einem Techtelmechtel getroffen hatten.

Die Beamten wollten nun von Erika wissen, ob sie eine Ahnung habe, wer es zur Nachtzeit dermaßen habe krachen lassen.

Die Zeugin zögerte mit ihrer Antwort und berichtete dann leise: „Ich weiß, dass eine verheiratete Kollegin mit dem Kaffeehausbetreiber vor etwa einem Jahr eine kurze Affäre hatte. Allerdings kann ich nicht sagen, ob sie sich in der Bettenabteilung des Geschäftes oder sonst wo im Haus vergnügt haben."

Bei der Nennung des Namens der Kollegin bat Erika die Kriminalisten, die betreffende Angestellte diskret zu befragen, am besten im Büro der Firma. „Weitere Namen kann ich nicht nennen, aber eine Feststellung vor ca. drei Wochen möchte ich Ihnen nicht vorenthalten. Auf einer Couch mit grauem Stoffbezug haben eine Mitarbeiterin und ich am hinteren Rand eine Verschmutzung wahrgenommen. Wir vermuteten, dass dort ein Kind Rotz auf den Stoff geschmiert hatte. Der Farbe und dem Aussehen nach könnte es auch etwas anderes gewesen sein. Sie wissen schon, was ich meine. Eine Mitarbeiterin versuchte die Couch mit Wasser zu reinigen. Es gelang ihr jedoch nicht, den Fleck vollständig zu entfernen. Von der Verwendung eines chemischen Putzmittels sah die

Kollegin ab, weil nicht absehbar war, wie der Stoff reagierte. Daher wurde dem späteren Käufer, der den kleinen Klecks anfangs gar nicht bemerkt hatte, ein Preisnachlass gewährt. Vor Jahren soll auch der Vater des jetzigen Firmenbesitzers ein ziemlich schlimmer Finger gewesen sein und sein Möbelhaus gar nicht so selten mit seinen vielen Affären als Liebesnest benutzt haben. Krüger sen. ist vor über zehn Jahren verstorben, und zwar wahrscheinlich so, wie er sich seinen letzten Atemzug vorgestellt hatte. Hinter vorgehaltener Hand wurde erzählt, dass er in einem Etablissement, wo gegen Bezahlung Liebesdienste angeboten werden, aus dem Leben geschieden ist. Jetzt habe ich Ihnen aber wirklich alles gesagt. Wenn mir noch etwas einfallen sollte, melde ich mich bei dir, Hans."

„Frau Brunner, zwei Fragen habe ich noch. Kann zurückverfolgt werden, wer die beschmutzte Couch und wann gekauft hat? Ferner führen Sie in der Stoffabteilung auch Handtücher mit Elefantenmotiven?", fragte Anita.

„Wenn ich kurz telefonieren darf, kann ich Ihnen die Fragen gleich beantworten."

„Bitte", meinte Hans.

Die Filialleiterin griff zu ihrem Handy und rief eine Kollegin in der Firma an. Keine drei Minuten später gab die Geschäftsleiterin Hans einen Zettel mit Namen und Anschrift des Käufers der Couch, wandte danach ihren Blick Anita zu und bestätigte, dass die beschriebenen Handtücher im Sortiment geführt werden.

Da die Kriminalisten momentan keine Fragen mehr hatten, bedankten sie sich für die Aussage. Erika meinte bei der Verabschiedung zu Hans: „Vielleicht trifft man sich einmal wieder unter netteren Umständen."

Hans blieb ihr die Antwort schuldig.

Nachdem die Geschäftsführerin den Vernehmungsraum verlassen hatte, konnte es sich Anita nicht verkneifen, ihren Kollegen auf die von Erika erwähnten netteren Umstände anzusprechen. „Hans, ich glaube, die steht auf dich", meinte sie scherzhaft.

„Woran du schon wieder denkst. Unsere Familien sind privat befreundet und außerdem bin ich dir keine Rechenschaft schuldig."

Anita hatte da wohl bei Hans einen Nerv getroffen, weshalb sie umgehend auf ein anderes Thema umschwenkte. Dabei blickte sie auf die Uhr und meinte, dass sie mit Paul noch kurz etwas essen wolle und sie danach zur Fensterfirma fahren würden.

„Bin neugierig, ob ihr mit neuen Fakten zurückkommt. Ich werde inzwischen über Brunners Aussage ein Protokoll niederschreiben", meinte er zu Anita mit freundlicher Stimme. Hans war nicht nachtragend, wusste er doch, dass ihn Anita nur spaßeshalber necken wollte.

Kapitel 5

Beim Eintreffen von Anita und Paul in der Fensterfirma hatte der Bekannte bereits alles für die Tests vorbereitet. Anitas Mann hatte ihn telefonisch instruiert, wie er sich den Ablauf vorstellte.

Der Fenstermonteur hatte auf zwei Zimmerstöcken jeweils ein Fenster aufgestellt und provisorisch fixiert, sodass sie annähernd den Halt wie in einer Wand hatten.

Nach einer kurzen Begrüßung nahm Paul den Stein, den der Täter verwendet hatte, und schleuderte ihn mit voller Wucht in den von Anita markierten Bereich gegen die Doppelverglasung. Die Scherben fielen in einem Umkreis von ca. zwei Metern zu Boden. Die Kriminalistin filmte die gesamte Aktion und fertigte anschließend von dem Streubild der Bruchstücke aus verschiedenen Blickwinkeln Fotos an. Das entstandene Loch war zu klein, um eine Hand durchzustecken, ohne sich dabei zu verletzen. Der Glasschaden am Bürofenster war erheblich größer gewesen. Das war nicht ungewöhnlich. Sobald einmal ein Loch im Glas war, ließ es sich leicht mit einem kleinen Werkzeug oder harten Gegenstand vergrößern. Beim Fenster zum Büro des Möbelhauses hatte der Täter die durch den Steinwurf entstandene Öffnung wohl auf die beschriebene Weise vergrößert.

Beim zweitem Versuch war das Fenster nicht verriegelt, sondern zehn Zentimeter geöffnet. Die Beamten wiederholten das Szenario wie beim ersten Fenster.

Durch die Wucht des Wurfes durchschlug der Stein wie erwartet die Scheiben, jedoch vergrößerte sich der Spalt zwischen Fensterflügel und Fensterstock doch um einige Zentimeter.

Die Glasscherben zeigten beim zweiten Versuch ein anderes Streubild als beim ersten. Es war ihnen jetzt möglich, die Streubilder der Scherben mit jenem auf dem Tatort zu vergleichen. Dieser Vergleich sprach eindeutig dafür, dass das Bürofenster einen Spalt offen stand, als der Täter den Stein durch die Scheiben geschleudert hatte. Dies bestätigte den Verdacht, dass das Fenster bei dem Angriff des Mörders einen Spalt offen stand.

Das Resultat aus der Rekonstruktion ließ den zwingenden Schluss zu, dass in das Möbelhaus gar nicht eingebrochen, sondern ein Einbruch, warum auch immer vorgetäuscht wurde.

Paul versuchte abschließend noch beim ersten Fenster mit seiner linken Hand den Fenstergriff auf der Innenseite zu erreichen. Dazu vergrößerte er das Loch im Glas und griff durch. Es war ihm unmöglich, das Griffstück zu erreichen.

Für Anita und Paul war das Ergebnis ihrer Versuche ein wesentlicher Beweis, dass das Mordmotiv nicht mit einem überraschten Einbrecher im Zusammenhang stand. Der Täter hatte offenbar versucht, die Kriminalisten auf eine falsche Fährte zu locken.

Die Rekonstruktion der Ermittler brachte eine völlig neue Sichtweise auf den Mordfall. Wieder einmal war es Anitas Scharfsinnigkeit zuzuschreiben, dass wichtige neue Erkenntnisse zur Tat gewonnen wurden.

Die Beamten luden den Mitarbeiter der Fensterproduktionsfirma als Dank für seine Mithilfe noch in ein nahe gelegenes Lokal auf ein Getränk ein. Anita und ihr Mann hatten heute ohnedies schon viel erreicht und in einer Stunde war Dienstschluss. Daher wollten sie mit der geänderten Sachlage erst am nächsten Tag bei der Morgenbesprechung auftrumpfen.

Die Stohls waren natürlich stolz auf ihren kleinen Erfolg. Jetzt konnte wohl die Annahme, dass Einbrecher bei einem Einbruch ertappt und in der Folge den Kaffeehausbetreiber erstochen haben, mehr oder weniger entkräftet werden.

Paul rief nach dem Lokalbesuch Michael an und machte ihn neugierig ob der neuen Erkenntnisse. Zugleich holte er sich die Zustimmung, mit Anita direkt nach Hause fahren zu dürfen.

Michael war leicht gereizt, als er heute erkannt hatte, dass der Leiter einer SOKO nicht direkt an der Front ermitteln konnte, sondern sich um das ganze logistische Drumherum kümmern musste. Das bedeutete, eingehende Hinweise verifizieren und dann entscheiden, ob ihnen nachgegangen würde oder nicht. Zudem klingelte ständig das Telefon. Viele Reporter wollten mit ihm sprechen, obwohl sie längst wussten, dass die Pressearbeit über den BPK-Kommandanten Herbert Stummer lief.

Kapitel 6

Michael brachte am nächsten Tag ein Tablett mit Kaffee in seine Kanzlei, wo das Team bereits wartete, um die neuen Ermittlungserkenntnisse untereinander auszutauschen.

Höflich bedankten sich alle beim SOKO-Leiter für die Einladung.

Michael eröffnete sogleich mit seinen Ausführungen. Er erklärte, dass er zu dem Fall praktisch nichts beitragen könne, weil er sich mit Reportern und angeblichen Zeugen herumzuschlagen habe müssen. Sogar eine Hellseherin habe ihm seine Dienste angeboten. Es sei kein einziger Hinweis eingegangen, der ihnen weiterhelfen würde. Über diese Mitteilungen habe er Vermerke angelegt und im Ordner ‚Hinweise' abgespeichert.

Anschließend ersuchte er seine Mitarbeiter, bei Gelegenheit auch die Aktennotizen zu prüfen. Es sei nie auszuschließen, dass sich ein vorerst nichtssagender Tipp im Verlaufe der Erhebungen als bedeutsam erweisen konnte.

Nach Michael berichteten Fred und Johnny über ihre Recherchen im Umfeld des Opfers und über die Rekonstruktion der letzten Stunden vor seinem gewaltsamen Tod.

Fred übernahm das Reden: „Wir wollten so kurz nach dem Tod den nahen Angehörigen noch keine direkten Fragen zu Klaus

Kargl und dessen Art zu leben stellen. Bevor er ermordet wurde, war er noch auf dem Gastgewerbeball in Amstetten. Wie wir von männlichen Gästen, die ihn persönlich kannten, erfahren haben, ließ er in Bezug auf das weibliche Geschlecht salopp gesagt nichts anbrennen. Der Café-Betreiber war erst seit einigen Wochen geschieden. Seine attraktive Erscheinung und seine Art, Damen zu hofieren, machte ihn zu einem begehrten Mann in der Frauenwelt. Auf der Veranstaltung soll er einen eifersüchtigen Ehemann derart in Rage versetzt haben, dass dieser sich mit seiner Frau auf dem Tanzparkett heftig stritt. Kurz gefasst, Klaus Kargl war ein Macho, der kein Abenteuer ausließ. Dieser Umstand brachte ihm sicherlich viele Feinde ein. Einer der Ballbesucher hat uns gegenüber sogar hinter vorgehaltener Hand die Vermutung geäußert, dass er auch mit Männern Sex gehabt haben soll. Nach dem Begräbnis werden wir mit seinen Eltern, seiner Ex-Frau, Nachbarn und Freunden sprechen."

Hans berichtete von der Einvernahme der Geschäftsführerin Erika Brunner, der zufolge es in der Nachtzeit im Möbelhaus oft hoch herging. Er erwähnte auch den mutmaßlichen Spermafleck auf einer verkauften Couch und dass der Täter mit einem Handtuch aus dem Sortiment der Möbelfirma geflüchtet war. Zum Ende seines Berichtes informierte er seine Kollegen, dass die Alarmanlage nicht mehr scharf geschaltet wurde, weil der Firma durch die Fehlalarme zu hohe Kosten für die Polizeieinsätze entstanden waren.

Ein Beamter der Spusi war bei der Besprechung anwesend. Er erkundigte sich bei Hans, ob die Untersuchung der mutmaßlichen Spermaspur noch möglich sei und ob schon bekannt sei, was es mit der halb vollen Sektflasche auf sich habe.

Anstatt Hans antwortete Michael: „Wir ermitteln hier in einem Mord, da wird nichts unversucht gelassen. Hans, bitte begleite den Kollegen der Spusi zum neuen Besitzer der Couch. Vielleicht haben wir wirklich die Chance, einen der nächtlichen ‚Sexgockel' aus dem Möbelhaus auszuforschen. Mit der Kellnerin des Schlussdienstes habe ich telefoniert. Sie ist sich sicher, dass niemand Sekt konsumiert hat. Vor dem Verlassen ihres Arbeitsplatzes hatte sie die Theke noch gereinigt. Eine Erklärung für die Sektflasche fand sie nicht."

Die Verwendung des Wortes ‚Sexgockel' zauberte bei den Anwesenden ein Grinsen ins Gesicht, weil es diesen Begriff in der deutschen Sprache gar nicht gibt.

Während sich alle noch über Michaels neue Wortkreation belustigten, stellte Paul seinen Laptop in eine Position, sodass alle auf den Bildschirm blicken konnten.

„Was wird das denn?", fragte Fred neugierig.

Paul ließ sich auf die Neugier seines Kollegen gar nicht ein, sondern begann seinen Vortrag, warum Anita und er bei der Fensterproduktionsfirma den Einbruch anhand von Ausschussfenstern rekonstruiert hatten. Er vergaß nicht zu erwähnen, dass Anita auf dem Bild mit dem eingeschlagenen Fenster des Möbelhauses eine bedenkliche Entdeckung gemacht hatte, die sie zu weiteren

Versuchen veranlasst hatte. Danach reichte er drei Bilder durch die Reihen und forderte seine Kollegen auf, gut hinzuschauen. Schließlich startete er den Computer und spielte den Test mit dem ersten Fenster ab. Bislang war keiner der Kollegen bereit, einen Kommentar abzugeben, zu sehr waren sie verunsichert. Einen gravierenden Unterschied konnten sie nicht erkennen. Erst als Paul ihnen das Foto, auf dem er die Hand durch das Loch im Glas steckte, vorlegte, begannen sie zu begreifen, worauf ihr Kollege hinaus wollte. Danach herrschte wildes Durcheinander. Jeder wollte als Erster seinen Kommentar abgeben, bis Michael dem Ganzen mit einem lauten „Hallo Leute, Ruhe bitte!“ ein Ende bereitete. Nachdem sich alle halbwegs beruhigt hatten, begann Michael die Tatrekonstruktion von Paul und Anita einzuschätzen, nicht ohne ihre Arbeit vorher gewürdigt zu haben.

„Kollegen, ihr seht, dass durch die Arbeit der Stohls der ganze Fall nun in ein anderes Licht gerückt ist. Wir müssen davon ausgehen, dass der Einbruch in das Objekt nur vorgetäuscht wurde und das Motiv des oder der Täter nicht mit einem Einbruchsdiebstahl zusammenhängt. Also, wobei wurde der Täter vom Kaffeehausbetreiber überrascht? Wie kam der Mörder in das Objekt? War er in Begleitung, wenn ja, wer waren seine Mittäter? Wir können den Verdacht des Einbruchs durch eine Einbrecherbande vorläufig zurückstellen. Das eingeschlagene Fenster diente wohl nur als Täuschungsmanöver, um das eigentliche Motiv zu vertuschen. Von den neuen Entwicklungen geht kein Wort an die Presse. Ich bitte euch, erzählt es ebenso nicht im Kollegenkreis herum. Macht euch Gedanken, wie wir weiter vorgehen und dokumentiert eure Erhebungen. Nach dem Mittagessen treffen wir uns wieder in meiner Kanzlei."

„Wenn du nichts dagegen hast, fahren der Kollege der Spusi und ich nach dem Mittagessen zum jetzigen Besitzer der verruchten Couch nach Seitenstetten. Er soll Frühpensionist sein und allein wohnen", meldete sich Hans zu Wort.

„Macht das", erteilte Michael seine Zustimmung.

Hans hatte bereits zuvor einen Termin mit dem neuen Besitzer des Möbelstücks für den Nachmittag vereinbart, da er wusste, dass der SOKO-Chef keine Einwände haben würde. Er wollte Michaels Autorität nicht untergraben, da dieser noch nicht ganz in seiner Führungsposition angekommen war. Es galt in dieser ersten Phase Michael entsprechend Respekt zu zollen, um ihn allmählich in seiner Position zu stärken. Das ganze Team der SOKO dachte wohl so, die Kriminalisten konnten sich keinen kompetenteren Ermittlungsleiter vorstellen.

Michael zeigte sich aber nicht wegen seiner Aufgabe als Leiter der SOKO und überhaupt der Kriminaldienstgruppe verunsichert, vielmehr bereitete ihm Sorgen, dass sein Freund Strotti zur Inspektion nach Amstetten versetzt wurde. Er schätzte zwar die Arbeit, die dieser bei der Suchtmittelabteilung des Landeskriminalamtes NÖ geleistet hatte. Abseits dessen konnte Michael nicht vergessen, was Jörg Strasser alias Strotti teilweise mit seinem Wissen mithilfe von Kriminellen als Privatdetektiv bei den Ermittlungen in Korruptionsfällen abgezogen hatte. Strotti hatte sich seinerzeit vom Polizeidienst für zwei Jahre karenzieren lassen und während dieser Zeit allein eine Detektei geführt.

Da ihm die Detektivarbeit nicht wie erwartet zusagte, ließ er seine Karenzierung vorzeitig aufheben. Michael lagen Strottis damalige Tätigkeiten außerhalb der Rechtsordnung noch schwer im Magen. Er machte sich immer noch Vorwürfe, sie nicht verhindert zu haben, war sich aber bewusst, dass ohne diese unkonventionellen Mittel die Korruptionsfälle nicht zu lösen gewesen wären. Er nahm sich vor, mit Strotti ehestens nach seinem Dienstantritt in Amstetten ein Gespräch zu führen und die Grenzen klar abzustecken.

Wie besprochen, trafen sich die Kriminalisten der SOKO nach dem Mittagessen mit Ausnahme von Hans und Anita wieder in der Kanzlei von Michael. Anita hatte ihren Dienst zu Mittag beendet, sie musste nach Hause zu den Zwillingen, die um diese Zeit von der Schule heimkamen. Bei ihrer Wochendienstzeit von 20 Stunden konnte ihr Vorgesetzter diese familienfreundliche Planung vornehmen. Michael wusste, dass Anita sich auch zu Hause Gedanken über den Fall machte, sofern ihr die beiden Jungen und die Hausarbeit etwas Zeit ließen. Insgeheim bewunderte Michael das Ehepaar Stohl, wie sie Job, Haushalt und Kinder unter einen Hut brachten. Er hatte sie noch nie jammern gehört.

Die Besprechung war eigentlich eine Koordinierung, wie die Ermittlungen nach den neuen Hinweisen fortgesetzt werden sollten.

Wie erwartet hatte Paul bereits einen Plan, der größtenteils seiner Frau zuzuschreiben war.

Anitas Anschauungen zufolge sollte weiter, aber unter den neuen Aspekten der Beweislage vordringlich im Umfeld des Opfers ermittelt werden. Bei diesem brutalen Mord mit zahlreichen Messerstichen konnte auch Eifersucht oder ein anderes von Hass getriebenes Motiv eine entscheidende Rolle spielen. Der Täter muss regelrecht in einem Blutrausch gehandelt haben, wie die große Anzahl von Messerstichen bestätigte. Handelte der Täter aus Rache oder geriet er beim Zusammentreffen mit Kargl in Panik? Das galt es vorrangig herauszufinden.

Neben diesen Erhebungen war es unumgänglich festzustellen, wer aller einen Schlüssel zum Möbelhaus besaß, wie viele es gab, welche Türen sie verschlossen und ob die Schlösser einmal ausgetauscht wurden.

Paul bemerkte, dass Ermittlungen zur Historie und den Besitzverhältnissen des Möbelhauses ebenso unerlässlich seien. Er schlug daher vor, dass seine Frau sämtliche möglichen Recherchen von zu Hause am Computer führen sollte.

Fred und Jonny sollten wie gehabt weiter im Umfeld des Opfers recherchieren, während Hans und er das Firmenpersonal und firmeninterne Gewohnheiten wie den Umgang mit der Alarmanlage und den Hausschlüsseln überprüfen würden.

„Das ist alles gut und schön, was du uns gerade erzählt hast. Aber zum einen leite ich die SOKO und lege fest, wer welche Erhebungen zu führen hat und zum anderen hast du völlig recht mit deiner Vorstellung der Ermittlungsweiterführung, doch lassen wir auch einmal die Kollegen zu Wort kommen. Schließlich haben Fred und Jonny bereits mit den Befragungen im Dunstkreis des Opfers begonnen.“

Fred, der sich meist als Wortführer der beiden ‚Giftler‘ hervortat, stimmte Pauls Vorschlag zu. Er fand auch, dass Johnny und er das Leben des Ermordeten so vollständig wie möglich nachvollziehen zu versuchen sollten. Es musste ein Hinweis zu finden sein, der das Motiv und die meuchlerische Tat annähernd erklären konnte. Fred und Johnny mussten bei ihren Befragungen äußerste Diskretion walten lassen, sie wollten nicht unnötig Ehekrisen heraufbeschwören. Ihnen war klar, dass Kargl zu Lebzeiten so manchem Ehemann zusammen mit dessen besserer Hälfte Hörner aufgesetzt hatte. Dics war bereits bei den ersten Befragungen deutlich geworden.

Schließlich einigten sich die Kriminalisten auf die besprochene Vorgangsweise. Michael bestimmte letztlich, dass jede Befragung, sei sie noch so unwichtig und substanzlos, mit einem Amtsvermerk zu dokumentieren und ihm vorzulegen sei.

Bevor sie die Chefkanzlei verließen, informierte Fred Michael, dass sie sich noch einmal den eifersüchtigen Ehemann vom Gewerbeball, dessen Frau so unverhohlen mit dem späteren Opfer geflirtet haben soll, vornehmen würden.

Kapitel 7

Die ersten Recherchen brachten keinen Hinweis auf den Mörder. Die Indizien, dass der Lokalpächter ein Lotterleben geführt hatte, wurden immer offensichtlicher. Er hatte sprichwörtlich ausgedrückt ‚mit jeder Frau geschlafen, die nicht bei drei auf einem Baum war'.

Eine Auskunftsperson hatte zugegeben, mit dem späteren Mordopfer Sex gehabt zu haben, und gab auch gleich die Namen weiterer Liebhaberinnen preis. Der Kreis, aus dem der mögliche Täter kommen konnte, vergrößerte sich damit. Kargl hatte bei einigen Lieferanten Schulden und war trotz mehrerer Mahnungen keiner Bezahlung nachgekommen. Wie konnte es auch anders sein, hatte er sogar mit der Obstbäuerin, die ihm Säfte, Bauernbrot und andere bäuerliche Produkte lieferte, ein Verhältnis angefangen. Ihr Mann war dahintergekommen, wonach sich der Kaffeehauspächter einen neuen Obstbauern suchen musste. Dieser stellte die Waren vorsorglich selbst zu, weil er über seinen Kollegen von der Triebhaftigkeit des Kaffeehausbetreibers erfahren hatte. Die Einvernahmen zeigten, dass Klaus Kargl seine erotischen Abenteuer mit den Damen nie im Möbelhaus ausgelebt hatte.

Die Anzahl der Personen mit einem Beweggrund stieg beinahe mit jeder Befragung. Es durfte trotzdem nicht ausgeschlossen werden, dass es noch weitere Verdächtige mit anderen Motiven gab. Oder war Klaus Kargl letztlich nur ein Zufallsopfer? Die Ermittler der SOKO waren sich inzwischen bewusst, dass der Fall nicht einfach zu lösen war. Aufgrund der Umtriebigkeit des Opfers war es nicht möglich, sich auf einen bestimmten Personenkreis zu konzentrieren. Die Ermittlungen würden noch Wochen und Monate in Anspruch nehmen, falls nicht der entscheidende Hinweis kam. Dennoch war sich Michael sicher, dass seine Kollegen niemals resignieren oder sich durch Druck von außen beeinflussen lassen würden. Die gute Seite an dem Fall war, dass die Ansätze an Ermittlungen nicht weniger, sondern eher mehr wurden.

Es bestand allerdings die berechtigte Hoffnung, dass sie die Spurenauswertung weiterbrachte.

Michael hatte derzeit vorrangig dafür zu sorgen, dass seine Mitarbeiter nicht ungeduldig wurden. Sie mussten auch mit Fehlschlägen umgehen lernen. Wiederholt verpufften hoffnungsvolle Aussagen und Hinweise letztlich doch wieder in Schall und Rauch.

Den Umgang mit der Presse hatten sie dank des Bezirkskommandanten bestens im Griff. Michael hatte Herbert Stummer natürlich erzählt, dass der Mord im Möbelhaus nichts mit einem Einbruch zu tun hatte und es ihm auch anschaulich erklärt. Herbert war, ohne zu zögern, einverstanden, die Medien im Glauben eines überraschten Einbrechers zu lassen. Die Täter sollten sich sicher fühlen und nicht durch einen Artikel in einer Zeitung vorgewarnt werden.

Mittlerweile war das Mordopfer auf dem Friedhof seiner Heimatgemeinde in Ferschnitz beigesetzt worden. Die Ermittler wollten noch zwei Tage warten, dann würden die Angehörigen von Klaus Kargl wieder halbwegs in einen normalen Alltag übergegangen sein und konnten ihnen Fragen zugemutet werden. Wichtige Informationen erwarteten sie sich von Herta Kargl, der Ex-Frau des Opfers. Die Scheidung war einvernehmlich, ohne Streit abgewickelt worden.

Die Spurensicherer hatten sich für den heutigen Nachmittag angemeldet, weshalb Michael sein Team in seine Kanzlei bestellte, denn alle sollten von dem Ergebnis der Auswertung erfahren.

Es gab tatsächlich Neuigkeiten, die ihnen bei ihren Nachforschungen weiterhelfen konnten.

Pünktlich versammelten sich die SOKO-Beamten in der Chefkanzlei. Mit großem Interesse nahmen sie die neue Entwicklung des Falles auf. Die erste Überraschung war, dass es sich bei der Verschmutzung der Couch wirklich um Sperma handelt, das sogar einer Person zugeordnet werden konnte.

Der neue Besitzer der Couch hatte wenig für Sauberkeit über. Hans und ein Spusi-Mann hatte sich in seiner 30 m²-Wohnung davon überzeugen können. Dieses Verhalten des Frühpensionisten bot keinen Nachteil für den Spurensicherer. Kurzerhand schnitt der Spusi-Beamte den kontaminierten Stoff aus der Couch, nicht ohne den Besitzer vorher geraten zu haben, der Polizei Amstetten eine Rechnung für die Reparatur oder eine

Neuanschaffung vorzulegen. Zuerst wollte der Pensionist noch aufbegehren, beim Wort Neuanschaffung verstummte er gleich. Verständlich in Anbetracht der Aussicht auf ein neues Möbelstück.

„Die biologische Spur auf dem Stoffteil wurde bereits untersucht. Sie stammt von dem mehrfach vorbestraften Einbrecher Eduard Kleist“, rückte der Spurensicherer endlich mit dieser wichtigen Information heraus.

Diese Mitteilung ließ die Ermittler kurz Hoffnung schöpfen. Eddy, wie sein Spitzname in den Akten angeführt war, kam als Täter nicht infrage. Für die Tatzeit hatte er ein wasserdichtes Alibi, wie die Spusi-Beamten herausgefunden hatten. Er verbüßte zurzeit eine mehrmonatige Freiheitsstrafe in der Haftanstalt in Garsten.

„Dennoch werden wir dem Häftling in der Anstalt einen Besuch abstatten müssen“, meinte Fred. Keiner der Anwesenden ging auf diese Wortmeldung ein.

Schließlich setzte der Spusi-Beamte seinen Bericht fort. Er hielt es für erstaunlich, dass bei der Sicherung der Fußabdrücke im Möbelgeschäft auch die Abdrücke von nackten Füßen gesichert werden konnten. Der Größe zu schließen, handelte es sich um die Füße einer Frau. Sogar die Papillarlinien der rechten großen Zehe konnten gesichert werden. Die Fußspur führte bis zum Lieferanteneingang. Der Vortragende musste zu dieser Spur ebenfalls erklären, dass sie nicht aus der Tatnacht stammen musste und ergänzte: „Ihr habt selbst gesagt, dass es im Möbelhaus zur Nachtzeit oft hoch herging. Außerdem wissen wir noch nicht, wann die Reinigungskräfte den Fußboden zuletzt aufgewischt haben. Ihr befragt ohnehin jeden Mitarbeiter, da könnt ihr bei den Reinigungsfrauen auf ihre Putzzeiten eingehen. Ich kann mir nicht vorstellen, dass die Böden täglich gereinigt werden, weil wir eine Vielzahl von Schuhprofilen feststellen konnten. Im Lokal selbst war dieser Fußabdruck nicht zu finden. Wir entdeckten obendrein auf dem Boden im Geschäft Wischer von Fußabdrücken, als wäre zumindest eine Person in Socken herumgelaufen. Das ist nicht überraschend, weil auf dem Video eindeutig zu sehen ist, dass ein Täter in Socken geflüchtet ist."

Nach seinen Ausführungen übergab er Michael eine Mappe mit Beweisaufnahmen sowie einer genauen Beschreibung der Spuren und wo sie gesichert wurden.

Der SOKO-Leiter lud den Beamten der Spurensicherung auf einen Kaffee ein, er wollte sich seine persönliche Meinung einholen. Der Leiter der Tatort-Beamten war ein erfahrener Mann, der acht Jahre lang bei der Tatortgruppe des Landeskriminalamtes Spuren gesichert und seine eigene Vorstellung zum Spurenbild hatte.

„Leute, kopiert euch die Tatbestandsmappe. Studiert die Berichte und Fotos durch, möglicherweise findet ihr weitere Ansätze", forderte Michael seine Ermittler auf und schickte sie in ihre Büros.

Als der Spusi-Ermittler mit Michael allein war, meinte er zum SOKO-Leiter: „Du, die Rekonstruktion des Einbruches, die deine Beamten mit Ausschussfenstern in der Fensterfirma vorgenommen haben, verdient meinen vollen Respekt. Selbst ich habe nicht auf diese Möglichkeit geachtet."

„Ich habe ihnen auch meine Anerkennung ausgedrückt, aber nun zu dir: Wie denkst du über den Tathergang?", fragte Michael neugierig.

„Die naheliegendste Lösung ist oft die richtige. Ein Pärchen wurde vom Wirt beim Liebesspiel ertappt, deshalb wurde er getötet. Wahrscheinlich besteht eine Verbindung zwischen den drei Leuten im Möbelhaus, aber ihr werdet es ohnedies herausfinden, da bin ich mir sicher. Deine Leute strotzen vor Motivation und Arbeitseifer."

Michael stimmte ihm zu, schien aber gedanklich bereits woanders zu sein.

Nach der Kaffeepause und einem Plausch über allgemeine polizeiliche Angelegenheiten verabschiedete sich der Leiter der Spusi.

Michael war in den Sinn gekommen, dass Strotti am kommenden Tag seinen Dienst auf der Inspektion in Amstetten antreten würde. Er beschloss, schon morgen mit seinem Freund aus der Polizeischule ein Gespräch zu führen. Im Rahmen seiner Zeit bei der SOKO-Korruption in Wien musste er mit Strotti über einige Vorkommnisse sprechen. Michael wusste nicht, wo er beginnen sollte. Damals war viel außerhalb jeglicher Rechtsnorm passiert, das niemals bekannt werden durfte.

Er suchte den Inspektionskommandanten in seiner Kanzlei auf. Dieser war ein väterlicher, umgänglicher Typ, der hinter seinen Beamten stand. Nur eines mochte er absolut nicht: angelogen zu werden. Michael wollte mit ihm über Jörg Strasser alias Strotti sprechen und beratschlagen, wie sie diesen am besten einsetzen konnten. Strotti war vom Dienstgrad her AbtInsp und daher musste ihm auch ein Sachgebiet zugeordnet werden. Diese Frage war schnell beantwortet, der Neue sollte die Sachgebiete Fahndung und Suchtgift übernehmen. Bei seiner jahrelangen Erfahrung im Kriminaldienst wäre es wohl ein großer Fehler gewesen, ihn mit einem Sachgebiet aus dem Verkehrsdienst zu betrauen. Wie vereinbart, sollte Strotti zwei bis drei Monate lang Dienst in Uniform verrichten und auf diese Weise gleich das Überwachungsgebiet samt seinen Kollegen kennenlernen.

Michael bat den Kommandanten, ihm Strotti in die Kanzlei zu schicken, weil er mit ihm einige Formalitäten zu erledigen habe.

Dieser meinte: „Wenn wir schon gerade davon sprechen: Sollte es deine Zeit erlauben, kannst du ihn dem Bezirkshauptmann, dem Bürgermeister und dem Bezirksrichter vorstellen. Es muss nicht alles an einem Tag sein.“

Michael freute sich über diese Ansage des Kommandanten. So konnte er doch am ersten Tag einige Zeit mit Strotti verbringen. Bevor der SOKO-Leiter den Inspektionskommandanten verließ, gab er ihm noch einen Überblick über die aktuellen Ermittlungsergebnisse.

Kapitel 8

Michael und sein Team hatten sich auf die nächsten Ermittlungsschritte geeinigt. Daher sollten Hans und Paul das Gefängnis in Garsten aufsuchen und dort den Einbrecher Eduard Kleist erklären lassen, wie sein Sperma im Möbelhaus in Pindorf auf eine Couch gelangen konnte.

Fred und Johnny setzten ihre Befragungen inzwischen fort. Vielleicht gab es jemanden, der ein starkes Motiv hatte, obwohl schon mehrere solche Personen bekannt waren.

Anita erhielt die Aufgabe, die bisherigen Berichte zu ordnen und entsprechend zu kategorisieren. Zusätzlich wollte sie im Computer Recherchen zu einzelnen Personen durchführen und ihre Lebensgeschichte so gut wie möglich nachvollziehen. Sie entschied sich zunächst die Mitarbeiter der Firma zu überprüfen.

Michael hatte eben die Anweisungen verteilt, nun hielt sich nur mehr Anita bei ihm in der Kanzlei auf, als es klopfte und Jörg Strasser nach einem „Herein" eintrat. Etwas perplex blickte der SOKO-Leiter in Richtung Tür.

„Chef, kennst du deinen Kollegen aus der Polizeischule nicht? Er hat dir doch auch bei den damaligen Ermittlungen beim Bauernhausbrand in Reifberg brisante Informationen zugespielt", konnte sich Anita nicht zurückhalten.

Anstatt einer Antwort deutete Michael seiner Kollegin, sein Büro zu verlassen. Etwas verstört, kam Anita der Anordnung ihres Chefs nach.

Als die beiden Männer allein waren, ergriff Strotti als erster das Wort. „Gefalle ich dir nicht? Ich habe bewusst für meine neue Dienststelle eine Veränderung an meinem Stil vorgenommen."

Michael war erstaunt. Solange er Strotti kannte, und das waren schon viele Jahre, war ihm dieser noch nie so dezent gekleidet begegnet. Er steckte in einer nagelneuen Uniform, die ihm wie angegossen passte. Anstatt der fettigen langen Haare trug er sie nach dem aktuellen Style kurz geschnitten. Er bot das Bild eines Polizisten, das für die Anwerbung von jungen Beamten in Medienkampagnen genutzt werden konnte. Strotti konnte mit jedem professionellen Model mithalten. Diese Gedanken musste Michael natürlich für sich behalten. Endlich fand sich der SOKO-Chef in seiner Rolle zurecht. Die beiden Männer umarmten einander wie gute Freunde, die sich längere Zeit nicht gesehen hatten.

Schließlich bot Michael seinem Freund an, sich zu setzen, und begann mit seinem Vortrag, den er bereits seit Tagen auf dem Herzen hatte. „Strotti, ich weiß nicht, wie weit du mit deinen finsteren Mächten, die uns im Hintergrund damals bei den Ermittlungen in der SOKO-Korruption unterstützt haben, noch im Kontakt bist, ich will es auch gar nicht wissen. Bitte versprich mir, dass du in Amstetten niemals auf ihre Hilfe zurückgreifen wirst, selbst wenn du bei Ermittlungen noch so in der Zwickmühle bist. Ich habe heute noch ein flaues Gefühl im Magen, wenn ich bloß an die Zeit zurückdenke, wie du bei den Ermittlungen im Hintergrund mitgemischt hast. Hier werden wir uns an die Rechtsgrundsätze halten. Ist das klar?"

„Michael, du kannst dich verlassen, ich werde mich an die gesetzlichen Vorgaben halten. Außerdem möchte ich in Amstetten oder Umgebung sesshaft werden und so Gott will auch wieder eine richtige Beziehung eingehen. Zumindest ist das mein Plan. Es ist an der Zeit, mein bisheriges Leben völlig umzukrempeln, schließlich werde ich nicht jünger. Dennoch möchte ich dich erinnern und fragen, ob du deinen jetzigen Posten innehättest, wenn damals der Richter umgebracht worden wäre?"

Damit war fürs Erste alles gesagt. Jetzt galt es Strotti bei den maßgeblichen Vorgesetzten und Leitern der verschiedenen Behörden vorzustellen. Das nahm ohnehin den ganzen Tag in Anspruch.

In der Haftanstalt Garsten ließen sich Hans und Paul den Serieneinbrecher Eduard Kleist in das Vernehmungszimmer vorführen.

Anstatt einer Begrüßung ließ dieser gleich eine deftige Beleidigung los: „Was wollt ihr Arschlöcher? Wer hat euch eingeladen? Ich rede ohnehin nicht mit euch."

Paul merkte, dass sein Kollege richtiggehend wütend wurde und diesem Eddy an die Gurgel gehen wollte.

„Lass mich. Nur nicht aufregen, Hans. Der weiß noch nicht, dass es um Mord geht. Seine heldenhaften Einbrüche kann er sich sonst wo hinschieben."Paul war seit Beginn der SOKO-Ermittlungen aufgefallen, dass sich Hans anders verhielt als sonst. Er wusste nicht wie, aber eben verändert. Hans wurde aus dem geringsten Anlass zornig und kritisierte Themen, die ihn früher wenig berührt hatten. Von einem Hans, die Ruhe selbst war er weit entfernt, aber vielleicht täuschte sich Paul.

Als Eddy ‚Mord' hörte, zuckte er zusammen und stellte sofort jeden Zusammenhang mit einer Tötung in Abrede. „Mit Mord habe ich nichts zu tun, da könnt ihr Waterboarding mit mir machen oder mich auf eine andere Art foltern, ihr beschuldigt den Falschen."

„Ruhig ‚Brauner'", redete Paul beschwichtigend auf den Häftling ein, „niemand hat dich eines Mordes bezichtigt. Du schuldest uns nur ein paar Erklärungen."

Eddy wurde augenblicklich ruhiger. „Bitte, was wollen Sie von mir wissen?", fragte er ungeduldig, aber in einem freundlicheren Ton. Ohne zu zögern, erklärte er den Beamten, nachdem sie ihm den Grund ihres Besuches gesagt hatten, dass er nach einem erfolgreichen Einbruchscoup im Bereich des Linzer Hauptbahnhofes eine Nutte angesprochen und diese ihm ein besonderes Erlebnis für 300 € versprochen habe. Er sei schon etwas betrunken gewesen, weshalb ihn das Angebot der Prostituierten neugierig gemacht habe und er dann zu ihr ins Auto gestiegen sei. Die Dame sei mit ihm zu einem Möbelhaus in Amstetten gefahren, für das sie einen Türschlüssel besaß. Im Geschäft hätte sie ihn schnell abgefertigt, wonach sie wieder nach Linz zurückgefahren seien.

Die Kriminalisten hatten mit viel gerechnet, aber nicht damit, dass eine Linzer Prostituierte einen Schlüssel zur Filiale des Möbelhauses in Pindorf besaß.

Eddy musste bei seiner Aussage auf Drängen der Beamten weiter ins Detail gehen. Der Häftling konnte die Animierdame nur bedingt beschreiben. Er äußerte sich verächtlich über ihr Erscheinungsbild und sagte: „Wie eine Nutte eben aussieht: blonde Perücke, Netzstrümpfe, hohe Stiefel und ein Lederminirock. Ich würde sie sicher nicht wiedererkennen, weil ich sie immer nur im Halbdunkel gesehen habe."

„Und welches Auto ist sie gefahren?", bohrte Paul nach.

„Soweit ich mich erinnern kann, einen ‚Japaner', älteres Baujahr, dunkelblau lackiert und ach ja, eines kann ich noch sagen: Auf der Rückbank lag ein großer rosa Plüschhase. Die Nutte ist mit Sicherheit schon öfter mit Kunden im Möbelhaus gewesen. Sie hat die Strecke genau gekannt."

Hans hakte nach: „Es klingt, als wärst du mit dieser Nutte nicht nur einmal im Möbelhaus zugange gewesen. Also, wir hören."

„Damit ihr mich endlich in Ruhe lasst. Ja, ich war öfter mit ihr im Möbelhaus. Wie oft kann ich nicht sagen, weil ich jedes Mal betrunken war. Vielleicht zweimal im Jahr, wenn ich nicht gerade eingesessen bin. In ihren Kreisen ist sie als Gina bekannt."

„Wann warst du mit ihr zum ersten Mal im Möbelhaus?“, bohrte Paul weiter.

„Vielleicht vor zehn Jahren, was weiß ich. Ich führe über meine Bumsereien doch nicht Buch.“

Trotz weiterem Nachfragen der Beamten konnte ihnen der Häftling keine hilfreichen Informationen mehr geben. Sie fanden, dass sie mit dem großen Plüschhasen auf der Rückbank einen Hinweis hatten, mit dem sie durch Befragungen im Milieu die Prostituierte mit dem Schlüssel zum Möbelhaus ausforschen konnten.

Auf der Heimfahrt fragte Paul seinen Kollegen, ob sie noch bei der Kriminalpolizei in Linz vorbeifahren und bei der ‚Sitte' Erkundigungen zu einer Animierdame mit einem Plüschhasen einholen sollten.

„Was hast du gesagt?“, fragte Hans, der offenbar mit seinen Gedanken ganz woanders war. Hans war egal, dass Paul seine Frage nicht wiederholte, so fuhren sie direkt zurück nach Amstetten.

Auf der Dienststelle berichtete Paul dem SOKO-Leiter von der Vernehmung, während Hans ihn wissen ließ, dass er noch einmal dringend mit der Filialleiterin Erika Brunner sprechen müsse und anschließend direkt nach Hause fahren werde. Michael war mit dem Vorhaben einverstanden, jedoch fand er die Häufigkeit von Hans' Besuchen im Möbelhaus schon etwas ungewöhnlich.

Nachdem Hans die Chef-Kanzlei verlassen hatte, fragte Paul seinen Vorgesetzten, ob Hans Probleme habe. „Er wirkt oft abwesend und in der Haftanstalt wollte er dem Einbrecher gleich an die

Gurgel, weil uns dieser geschimpft hat. So hitzig kenne ich Hans nicht."

Michael äußerte nur: „Ich werde morgen mit ihm reden, das eben Besprochene bleibt unter uns. Mir scheint, die Filialleiterin hat ihm den Kopf verdreht. Der fährt schon jeden Tag kurz vor Dienstschluss unter einem Vorwand zum Möbelhaus. Am nächsten Tag erzählt er etwas, das schon längst bekannt ist."

Paul unterhielt sich noch am selben Abend mit seiner Frau über das eigenartige Verhalten von Hans.

Anita meinte nur lachend: „Da habt ihr aber lange gebraucht, bis ihr erkannt habt, dass ihm es die Filialleiterin angetan hat. Nur ist diese Vernarrtheit einseitig, wie ich unschwer bei einer Unterhaltung der beiden erkennen konnte. Erika Brunner ist eine nette, freundliche Frau knapp über 40 – und Hans ist 55. Das sagt zwar heutzutage nichts, was zahlreiche Promiehen belegen, aber Hans ist wohl in eine Midlife-Crisis geschlittert."

„Nun bestätigt sich wieder, warum du die Analystin bist", stellte Paul fest, während er seine Frau liebevoll in die Arme nahm und ihr etwas ins Ohr flüsterte.

Sie zog ihn lächelnd leicht an einem Lauscher und lispelte: „Du Schlimmer." Überhaupt wurde im Hause in gewissen Situationen leiser gesprochen, da immer damit zu rechnen war, dass einer der Söhne auftauchte und vor dem Einschlafen noch einen Wunsch äußerte.

Hans war von der Dienststelle wieder zu Erika in das Möbelhaus gefahren, um sie zum wiederholten Mal das Gleiche zu fragen. Diesmal sagte sie ihm deutlich, dass sie seine Fragen und seine plumpen Annäherungsversuche bereits satthabe. Kollegen hätten sie wegen seiner Besuche auch schon gehänselt. Wie ein begossener Pudel verließ Hans das Möbelhaus und fuhr nach Hause. Auf der Fahrt wurde ihm klar, wie sehr er sich zum Deppen gemacht hatte. Er musste schleunigst wieder seinen gewohnten Alltag finden und aus dieser peinlichen Lage herauskommen.

Er erkannte, dass seine Vernarrtheit auch die Arbeit beeinträchtigt hatte, und war froh, dass Paul ihn in Garsten vor Handgreiflichkeiten gegen den Häftling abgehalten hatte.

Hans beschloss, das Thema hinter sich zu lassen und nicht weiter darüber zu sprechen. In Gedanken würde er sicher noch einige Zeit zu leiden haben, aber nicht, weil er bei Erika abgeblitzt war, sondern wegen seines naiven Verhaltens.

Kapitel 9

Als sich das gesamte Team der SOKO am nächsten Tag in der Kanzlei von Michael traf, waren Paul und Michael erstaunt, wie gut gelaunt Hans zum Dienst erschien. Die weitere Handlungsweise nach den neuen Hinweisen des Häftlings Eduard Kleist stand im Vordergrund.

Michael erklärte: „Es gibt keine andere Möglichkeit, als im Linzer Zuhälter- und Prostituiertenmilieu zu ermitteln. Die Animierdame mit einem alten Pkw, japanisches Fabrikat und dem Plüschhasen als Maskottchen muss doch zu finden sein. Wegen ihres Wissens im Umgang mit Personen aus dem Milieu setze ich Fred und Johnny für diese Nachforschungen ein. Außerdem sind sie moralisch gefestigt“, ließ er sich diesen kleinen Seitenhieb auf Hans nicht nehmen. Das brachte ihm einen bösen Blick von dem Kollegen ein, der genau wusste, worauf sein Chef anspielte.

Anita, Paul und Hans erhielten den Auftrag, die Überprüfung des Möbelhauspersonals und der Bekannten des Mordopfers fortzusetzen. Dabei sollten sie auch ehemalige Mitarbeiter nicht aussparen und auch etwaige Lieferanten durchleuchten.

Michael beschloss, selbst der Firmenleitung in Linz einen Besuch abzustatten, um dort mehr über die Geschichte des Möbelhauses zu erfahren. Bevor alle das Büro verließen, hielt er Hans zurück, weil er mit ihm noch etwas besprechen musste. Dem Leiter der Sonderkommission war es unangenehm, als Vorgesetzter mit Hans über jenes Thema zu sprechen, über das auch sein inzwischen pensionierter Vorgesetzter mit ihm ein Gespräch hatte führen müssen.

„Hans, ich muss mit dir reden“, sprach Michael seinen Kollegen an.

Dann machte es ihm Hans überraschend leicht: „Ich weiß, worum es geht. Zu deiner Information, ich habe das Problem aus der Welt geschafft und gehe nun meiner Arbeit nach, falls diese Stellungnahme für dich reicht.“

Michael war erleichtert, dass sich der Ärger von selbst erledigt hatte und er sich wieder dem Fall zuwenden konnte. Er rief im Hauptgeschäft des Möbelhauses Krüger an und vereinbarte mit dem Geschäftsinhaber einen Termin. Keine 20 Minuten später war er schon auf dem Weg nach Linz.

Fred und Johnny würden erst am Nachmittag in die oberösterreichische Hauptstadt fahren und sich dort mit Kollegen des Landeskriminalamtes treffen.

Michael traf sich im Hauptgeschäft der Möbelfirma Krüger mit dem alleinigen Firmeninhaber Arnold Krüger in dessen feudal eingerichtetem Büro im dritten Stock des Objektes. Arnold Krüger war ein Mann von knapp 60 Jahren, sah aber erheblich jünger aus. Er beauftragte seine Sekretärin, ihnen Kaffee zu bringen und bis auf Widerruf keine Telefonate in sein Büro durchzustellen.

Nachdem der SOKO-Chef auf einem bequemen Ledersessel Platz genommen und die Sekretärin den Kaffee serviert hatte, fragte Arnold Krüger höflich: „Herr Inspektor, wie kann ich Ihnen helfen? Ich werde alles tun, dass in meiner Macht steht, um die Mörder von Klaus Kargl finden."

„Danke, dass Sie sich Zeit genommen haben", erwiderte Michael höflich. Etwas Freundlichkeit, wenn sie auch geheuchelt war, schadete nie.

„Nun, Herr Krüger, ich möchte etwas über die Geschichte der Firma erfahren und werde Ihnen im Anschluss einige delikate Fragen stellen müssen. Bitte erzählen Sie mir über die Historie Ihres Unternehmens, wer es gegründet hat und so weiter."

„Gut, wenn ich Ihnen helfen kann, soll es mir recht sein. Ich habe die Firma vor 18 Jahren von meinem Vater und meinem Onkel übernommen. Beide sind inzwischen verstorben. Mein Cousin Gunter Krüger sollte ursprünglich den Betrieb zusammen mit mir zu gleichen Teilen weiterführen. Da Gunter nicht das geringste Interesse an einer Mitarbeit zeigte und das auch offen kundtat, wurde eine einvernehmliche Lösung gefunden. Mein Cousin wurde mit einem Betrag von 5.000.000 € abgefertigt. Er war damals mit der Abfindung einverstanden, weil er sich sein Leben nach seinem Geschmack einrichten konnte. Arbeit war nie sein Ding, vielmehr verbrachte er seine Zeit in Nachtclubs und auf Urlaubsreisen. Nur wenige Monate nach dem Erhalt der Abfertigung soll er nach Südafrika ausgewandert sein, seither habe ich nichts mehr von ihm gehört. Ich weiß nicht einmal, ob er noch lebt. Es gab keine Anrufe, nur zwei Monate nach seiner Abreise eine Ansichtskarte aus Johannesburg. Aller Voraussicht nach, so Gott will, werden meine Söhne, die beide Betriebswirtschaft studieren, den Betrieb übernehmen. Das wäre zumindest der Plan“, endete der Möbelhändler seinen Vortrag über die Firma.

Während Krüger erzählte, blickte seine Sekretärin immer wieder sichtlich nervös durch das große Fenster, das ihr Büro mit dem ihres Chefs verband.

Michael wusste den Grund für ihre Anspannung. Erika Brunner, die Leiterin der Filiale in Amstetten, hatte ihnen mitgeteilt, dass mutmaßlich auch Arnold Krüger die Verkaufshalle in Amstetten mit seiner Sekretärin als Liebesnest genutzt hatte. Nun musste der Firmenleiter zu dieser Anschuldigung Rede und Antwort stehen.

Michael fragte ihn direkt, ob er mit seiner Sekretärin in der Filiale in Amstetten Sex gehabt hatte.

Der Kaufmann stand leicht geschockt auf, ging zum Fenster und ließ das Rollo herunter. „Ich bitte Sie, Herr Kommissar, meine jetzige Aussage äußerst diskret zu behandeln, weil wir beide verheiratet sind. Das Letzte, was wir jetzt benötigen, ist ein Eheskandal.“

Michael sagte ihm Verschwiegenheit im Rahmen seiner Möglichkeiten zu, betonte dabei, dass sein Anliegen mit der Weiterentwicklung des Falles zusammenhängen würde.

Krüger setzte seine Aussage etwas erleichtert fort. „Alle zwei bis drei Monate suche ich unsere Filiale in Amstetten auf. Einerseits höre ich mir die Meinung meiner Angestellten dort an, andererseits will ich mich überzeugen, nach welchem System dort die Waren in den Verkaufsabteilungen angeboten werden. Selten lasse ich Veränderungen an der Aufstellung vornehmen. Erika Brunner ist eine verlässliche Leiterin, die von ihrer Arbeit etwas versteht und was noch wichtiger ist, sie wird von den Angestellten dort voll akzeptiert. Es ist einige Male vorgekommen, dass mich meine Sekretärin Jutta nach Amstetten und wenn ich ehrlich bin, auch in andere Städte, in denen wir Geschäfte haben, begleitet hat. Jutta ist wie ich glücklich verheiratet. Obwohl es sich jetzt dumm anhört, aber wir haben eben ein paar Mal die Gelegenheit genutzt und einen ‚Bettentest' vorgenommen. Nachher haben wir es zutiefst bereut und trotzdem ist es wieder passiert. Seit zwei Monaten besuche ich meine Filialen ohne meine Sekretärin, um nicht wieder rückfällig zu werden."

Michael war mit der Antwort einigermaßen zufrieden, wollte aber noch wissen, wer außer einigen Mitarbeitern in Amstetten noch einen Schlüssel zur Niederlassung hat.

„Natürlich mein Prokurist, der die Filiale in Amstetten praktisch nie aufsucht. Für einen Notfall oder ich nicht erreichbar bin, ist der Schlüssel des Geschäftsbevollmächtigten gedacht. Selbstverständlich wurden auch schon mal Schlüssel verloren, aber wenn wir in solchen Fällen die Schlösser hätten auswechseln lassen, wäre uns das sehr kostspielig geworden. Meiner Kenntnis nach wurden die Änderungen der Schlösser zuletzt von meinem Vater veranlasst. Dies kann bis zu 20 Jahren zurückliegen. Ich vermute auch, dass ehemalige Mitarbeiter noch Schlüssel zur Filiale in Amstetten haben. In einigen Fällen ist mir bekannt, dass Mitarbeiterinnen nach der Auflösung des Arbeitsverhältnisses vorgaben, den Schlüssel verloren zu haben. Inwieweit das Personal im Café über Schlüssel verfügt, kann ich nicht beantworten. Meines Wissens ist der Schlüssel der Eingangstür zum Lokal nicht ident mit jenem zum Geschäft."

Michael überlegte, ob er noch Fragen an den Firmeninhaber hatte. Da es nicht der Fall war, bat er ihn, die Sekretärin ins Büro zu rufen. „Ich würde ihr gerne ein paar Fragen stellen, dabei möchte ich mit ihr allein sein."

Krüger nickte. Er öffnete die Tür und bestellte seine Sekretärin ins Büro, danach ging er weg.

Jutta war ihre Nervosität deutlich anzumerken. Michael kam vor, als ob die Frau geweint hatte. Die Sekretärin war attraktiv und seiner Schätzung nach ungefähr 40 Jahre alt. Später erfuhr er, dass sie bereits das 50. Lebensjahr überschritten hatte.

Michael konfrontierte sie mit der Aussage ihres Chefs, wonach sie einen Weinkrampf bekam und flehte ihrem Mann ja nichts von ihren Fehltritten zu sagen. Der SOKO-Chef erkannte, dass ihm die Frau nichts vormachte. Sie fühlte sich schäbig, weil sie ihren Mann betrogen hatte. Er versprach ihr, mit ihrem Mann nicht zu sprechen, solange sich keine Hinweise in diese Richtung ergeben würden. Dann nahm er noch die Daten des Ehepaares auf, schließlich musste das Alibi des Ehemannes in der Mordnacht überprüft werden. Jutta war erleichtert – zum Zeitpunkt des Mordes verbrachte sie mit ihrem Mann einen Kurzurlaub in einer Therme in der Südsteiermark. Zu guter Letzt wollte Michael von Jutta noch wissen, ob sie in Besitz eines Schlüssels zur Filiale in Amstetten sei.

„Nein, sicher nicht. Für diese Niederlassung hat außer dem Chef und vielleicht dem Prokuristen niemand einen Schlüssel."

Der Kriminalist sprach anschließend noch beruhigend auf die Sekretärin ein und ließ sie wissen, dass sie nicht die erste Frau sei, die sie vor einer Ehekrise bewahrt hätten. Den Beamten wurden im Zuge von Ermittlungen häufig eheliche Fehltritte bekannt. Sie achteten darauf, diese Erkenntnisse so diskret wie möglich zu behandeln.

Michael verabschiedete sich von Jutta und ihrem Chef, um direkt vom Möbelhaus zum Landeskriminalamt in Linz weiterzufahren. Vorher forderte er Krüger noch auf, die Missstände wegen der Alarmanlage in Pindorf aus dem Weg zu räumen. Fred hatte ihn angerufen und gebeten, bei der Gruppe für Sittlichkeitsdelikte vorbeizukommen.

Im Büro der Abteilung für Sittlichkeitsverbrechen waren auch zwei Beamte der Gruppe Leib und Leben, kurz Mordgruppe, anwesend, die sich zuerst bei Michael vorstellten. Der SOKO-Leiter war etwas irritiert, hier Mordermittler anzutreffen, wo doch nach einer Prostituierten mit einem rosa Plüschhasen auf dem Rücksitz ihres Autos gefahndet wurde.

Fred sprang seinem etwas verständnislosen Vorgesetzten bei und meinte: „Nimm Platz. Bei dem, was du jetzt zu hören bekommst, ist es besser, du sitzt."

Ein junger Beamter reichte Michael eine Tasse Kaffee, bevor der ranghöchste anwesende Mordermittler mit seinen Ausführungen begann.

„Es gibt gute und auch schlechte Nachrichten. Zum einen wissen wir, auf wen das Auto mit dem Plüschtier zugelassen ist und zum anderen hat diese Dame mit großer Wahrscheinlichkeit ihre Mitbewohnerin, die Prostituierte Ana Slavicka, mit einem Draht erdrosselt. Seither fehlt von der Kfz-Halterin Nina Hacker jede Spur. Sie ist mit einiger Sicherheit mit ihren alten Honda Civic mit Linz-Land-Kennzeichen nach Deutschland geflüchtet. Ein Bruder von ihr lebt in München. Die Sicherheitsbehörden dort sind in Kenntnis, bis jetzt gibt es nicht den geringsten Hinweis. Die Polizisten in München haben sogar das Haus ihres Bruders einige Tage observiert und die Handys der Angehörigen überwacht, alles ohne Erfolg. Ihr eigenes Handy muss sie zerstört haben."

Jetzt übernahm ein Beamter der Sitte, der gleich die nächste Frage in den Raum stellte: „Wer war mit Eddy, dem Einbrecher im Möbelhaus in Pindorf 'vögeln'? War es die ermordete Prostituierte Ana Slavicka oder die Mordverdächtige Nina Hacker?"

„Von den beiden Nutten gibt es sicher Fotos. Sollten wir diese nicht Eddy vorlegen?", schlug Johnny vor.

„Einen Versuch ist es auf jeden Fall wert", warf ein Mordermittler ein.

„Das sollen unsere Kollegen Paul und Hans übernehmen, die kennen Eddy bereits", erwiderte Michael. „Wir müssen davon ausgehen, dass Nina Hacker einen Schlüssel zum Möbelhaus besitzt und dort Männern gegen gutes Geld Liebesdienste angeboten hat. Möglicherweise bot Ana Slavicka diese Dienste ebenfalls an, schließlich hat sie sich mit Hacker eine Wohnung geteilt. Es könnte sein, dass Ana zu viel wusste und ihre Kollegin erpresst hat. Deshalb musste sie sterben – oder eine dritte Person hat beide Frauen getötet. Da stellt sich wiederum die Frage, wo das Auto und der Leichnam sind."

„Chef, was hältst du davon, wenn Johnny und ich mit den Linzer Kollegen heute Nacht einmal die einschlägigen Plätze und Bars, wo die Prostituierten ihre Dienste anbieten, abklappern und Fragen stellen? Vielleicht erfahren wir etwas zu den Männern, die für Sex in einem Möbelhaus schweres Geld bezahlen", schlug Fred vor.

„Ist mir recht", erwiderte Michael knapp. „Ich muss jetzt zurück nach Amstetten, der Bezirkskommandant hat mich schon zweimal angerufen. Wahrscheinlich macht ihm die Pressestelle ordentlich Druck. Wir sind zurückhaltend bei der Aussendung von Pressemitteilungen, da noch nicht bekannt ist, aus welchem Bereich der Mörder kommt."

Auf der Dienststelle in Amstetten wurde der SOKO-Leiter schon sehnlichst erwartet. Anita teilte ihm mit, dass der Bezirkskommandant ihn ungeduldig erwarte. Ein Informant aus Polizeikreisen soll einem Reporter gesteckt haben, dass sich unser Mordopfer in Schwulenbars herumgetrieben und dort auch seinen

Mörder getroffen haben könnte. Seitdem stand Stummer gehörig unter Druck gewisser Medien.

Umgehend suchte Michael seinen Vorgesetzten auf dem Bezirkskommando auf.

„Gott sei Dank“, war das Erste, was er hörte. Dann erzählte Herbert ihm die Geschichte, die er schon von Anita erfahren hatte.

„Herbert, dieser Hinweis wird in keiner Weise durch unsere Erhebungen untermauert. Möglicherweise hat ein dem Mordopfer nicht wohlgesonnener Kollege etwas in diese Richtung anklingen lassen. Am besten, du gibst ein Interview und schaffst diese These ein für alle Mal aus der Welt, bevor noch mehr Reporter auf diesen Zug aufspringen. Wenn Kargl bei diesem Frauenverschleiß auch noch schwul oder bisexuell gewesen sein soll, lasse ich mich dahin stechen.“ Dabei zeigte er mit dem Zeigefinger auf seine Halsschlagader.

„Das ist eine fabelhafte Idee. Nur eine kleine Änderung werde ich vornehmen: Du als Chefermittler wirst das Interview geben“, entgegnete ihm Herbert.

Michael hatte mit dieser Reaktion des Bezirkskommandanten gerechnet, da er wusste, dass dieser sich nie richtig mit Presseterminen anfreunden würde. Ihm machte der Umgang mit den Medien weniger aus. Außerdem kannte er den Akt besser als sein Vorgesetzter, weshalb er auf Fragen der Reporter eher die passenden Antworten finden konnte.

Herbert vereinbarte für den frühen Morgen einen Termin mit dem Reporter einer großen Tageszeitung und informierte den SOKO-Leiter darüber. Michael war verärgert, dass er den Termin nicht selbst bestimmen durfte. Glücklicherweise standen für den kommenden Tag keine wichtigen anderweitigen Verpflichtungen an.

In seinem Büro ließ er sich wenig später von Paul und Hans über ihre Erhebungen berichten. Sie hatten inzwischen die Alibis zahlreicher Personen im Umfeld des Mordopfers und auch von Firmenangehörigen überprüft. Mit einigen Ausnahmen hatten alle handfeste Belege für ihre Abwesenheit vom Tatort. Diese Recherchen erforderten eine langwierige und mühsame Arbeit, da immer noch Personen bekannt wurden, die genauer unter die Lupe genommen werden mussten.

Hans meinte, dass Paul und er die nächsten Tage diese Leute persönlich überprüfen wollten. Vor allem das Paar vom Gastgewerbeball mit dem eifersüchtigen Ehemann wollten sie noch einmal befragen, diesmal getrennt. Fred und Johnny hatten sie darauf hingewiesen, dass sie am Wahrheitsgehalt der Aussage des Ehepaares Paus zweifelten.

Michael teilte anschließend seinen Kollegen die Hinweise aus Linz mit. Trotzdem durften sie sich nicht verleiten lassen, nur in eine Richtung zu ermitteln. Die Erkenntnisse aus Linz waren zwar vielversprechend, was aber noch lange nicht hieß, dass sie auch zur Ausforschung des oder der Täter führten.

Der SOKO-Leiter musste unbedingt dafür sorgen, dass die Objektivität gewahrt blieb. Die Ermittler der SOKO waren bereits ziemlich angespannt, wie er schon bemerkt hatte, weil sie sich selbst top motiviert einen Erfolgsdruck auferlegt hatten. Michael war daher froh, dass das Faschingswochenende und die letzten Tage dieser lustigen Zeit anstanden und dadurch seine Beamten etwas Ablenkung erfahren würden. Er war sich bewusst, dass er sich auch selbst nicht zu sehr in den Kriminalfall vertiefen und ungeduldig werden durfte, obwohl es sein erstes großes Verbrechen war, für das er die Leitung der Untersuchungen übernommen hatte.

Am folgenden Tag gab er eine Pressekonferenz, die er souverän hinter sich brachte. Außerdem entkräftete er dabei das Gerücht eines möglichen Eifersuchtsmordes in der Schwulenszene als Hirngespinst und falsche Spur.

Kapitel 10

Seit knapp einem Monat war Jörg Strasser alias Strotti auf der Inspektion Amstetten tätig. Es war verständlicherweise eine große Umstellung für ihn, hatte er doch seit 15 Jahren keinen Dienst in Uniform mehr verrichtet. Die Bearbeitung kleinerer Kriminaldelikte stellte für ihn kein Problem dar, mit den Übertretungen im Straßenverkehr verhielt es sich anders. Daher befasste er sich mit gängigen Verstößen wie Schnellfahren, Fahren ohne Gurt und dergleichen.

Die jungen Kollegen und vor allem die Kolleginnen bewunderten, mit welchem Selbstbewusstsein Strotti Amtshandlungen durchführte und schlussendlich auch uneinsichtige Personen überzeugen konnte. Er blieb dabei stets freundlich, aber bestimmt. Den männlichen Vorgesetzten, die jünger als Strotti waren und ihm daher unterstanden, gefiel gar nicht, wie er Kollegen mit seiner Art einzuschreiten beeindruckte. Einige Polizisten ließen langsam auch negative Bemerkungen fallen. Natürlich erfuhr Strotti davon. Er tat das aber mit einer heimlichen Genugtuung ab, wusste er doch, dass ihm die meisten dieser Kollegen in puncto Polizeiarbeit nicht das Wasser reichen konnten, mit Ausnahme der Bestimmungen im Straßenverkehr. Strotti war über die Morderermittlungen der SOKO informiert. Soweit es seine Dienstzeit erlaubte, brachte er sich auf den neuesten Stand der Untersuchungen. Über Computer konnte er mit ein paar wenigen Ausnahmen in die Aktenteile Einsicht nehmen. Beim gemeinsamen Kaffee in der Kantine weihte ihn Michael auch über den Inhalt der gesperrten Akten ein.

Strotti musste noch den Nachtdienst am Faschingsdienstag und zwei Tagdienste in Uniform Dienst absolvieren, dann würde er mit dem Ersten des kommenden Monats zur SOKO stoßen. Er konnte es kaum erwarten, an den Mordermittlungen teilzunehmen, und war sich sicher, beim Aktstudium bereits neue Ansätze entdeckt zu haben.

Während des Streifendienstes in der Nacht zum Aschermittwoch wurde ihm richtig bewusst, welche gefährlichen und heiklen Amtshandlungen die Beamten in Uniform oft auszuführen hatten. Strotti war mit einer jungen Kollegin eingeteilt, der er mit seiner Erfahrung ein Vorbild beim Einschreiten sein sollte. Wie sich bald herausstellte, war das mit dem beispielgebenden gesetzlichen Handeln gar nicht so einfach. Zuerst mussten sie zu einem Ehestreit ausrücken, laut Notruf der Ehefrau bedrohe sie ihr Mann mit dem Umbringen.

Beim Eintreffen in der Wohnung des Paares stand die Wohnungstür offen. Strotti drückte die Tür mit der linken Ellbogen weiter auf, während er in seiner rechten Hand die Dienstwaffe hielt. Seine Kollegin stand hinter ihm und sicherte mit gezogener Waffe den linksseitigen Bereich im Raum. Strotti sah einen sturzbetrunkenen Mann mittleren Alters neben dem Küchentisch hinter einem Sessel stehen. In der rechten Hand hielt er ein großes Küchenmesser. In einer hinteren Ecke kauerte eine Frau. Vor

Angst am ganzen Körper zitternd flehte sie den Mann an, sich zu beruhigen. Aus einem Nebenraum hörten Strotti und die junge Polizistin das Weinen von Kindern.

Nachdem sich die Beamten einen ersten Überblick verschafft hatten, forderte Strotti den Betrunkenen in lautem Ton auf, das Messer wegzulegen. Anstatt dieser Aufforderung nachzukommen, begann der Mann die Polizisten lautstark zu beschimpfen.

„Ihr Wixer! Kümmert euch um die Einbrecher und die scheiß Ausländer und lasst die braven Steuerzahler, die Euren Lohn zahlen, in Ruh!“ Dabei fuchtelte er wild mit dem Messer herum.

Jetzt ging alles blitzschnell. Strotti trat mit voller Wucht gegen den Sessel, hinter dem der Beschuldigte stand, der völlig überrascht nach hinten geschleudert wurde, wo er auf der Bank hinter dem Tisch zu sitzen kam. Der zweite Tritt von Strotti galt dem Tisch, sodass der Betrunkene zwischen Tisch und Bank gepresst wurde und keinerlei Bewegungsfreiheit mehr hatte. „Leg das Messer auf den Tisch und dann Hände hinter den Kopf!“, schrie Strotti den Gewalttäter an.

Dieser hatte mit dem harten Vorgehen des Beamten nicht gerechnet, wonach er sich widerstandslos festnehmen ließ.

Kaum hatten Strotti und die junge Kollegin die Amtshandlung mit dem brutalen Ehemann samt den Formalitäten für die Einlieferung in das Gefängnis – der Staatsanwalt hatte Haftbefehl wegen gefährlicher Drohung beantragt – zu Ende gebracht, wartete schon der nächste Einsatz auf sie. Der Gast einer Go-Go-Bar behauptete über Notruf, dass er bestohlen worden sei. Beim

Eintreffen der Beamten wartete ein sichtlich schwer alkoholisierter Mann in einem eigenartigen Kostüm auf sie.

Der Alkoholisierte behauptete: „Mir wurde meine Keule gestohlen und ihr müsst sie mir wieder beschaffen. Wenn ich sie nicht bald wiederhabe, werde ich mich über euch beschweren. Ein Abgeordneter ist ein enger Freund von mir. Der wird euch Dampf machen, wenn ihr versagt."

Die Erwähnung des Politikers machte auf Strotti keinen Eindruck. Er fand, dass sich Betrunkene weitaus aggressiver verhielten als Personen, die von Drogen beeinträchtigt waren. Jetzt galt es, Ruhe zu bewahren, um die Situation nicht eskalieren zu lassen. Ruhig fragte Strotti daher den Mann im komischen Kostüm nach seinen Personaldaten und schließlich auch, welche Art von Keule ihm gestohlen worden sei.

Etwas widerwillig gab der Mann Strotti einen Personalausweis, um dann gleich wieder loszubrüllen: „Erkennst du mein Kostüm nicht? Ich bin als Barney Geröllheimer aus der Zeichentrickserie ‚Familie Feuerstein' verkleidet. In der Bar wurde mein Knüppel gestohlen."

Die Beamtin konnte sich ein Grinsen nicht verkneifen bei dieser komischen Bemerkung mit dem Knüppel. Auch Strotti hatte die Zweideutigkeit in der Aussage erkannt, wonach er sich an seine Begleiterin richtete: „Liebe Kollegin, wir müssen dafür sorgen, dass Barney seinen Knüppel wieder bekommt. Was würde seine Frau sagen, wenn er ohne sein Ding nach Hause kommt?"

„Das will ich wohl meinen, Ihr Vorgesetzter hat völlig recht“, sagte der ‚Steinzeitmensch‘ zu der jungen Beamtin.

Schließlich gingen alle drei in die Bar, um nach ‚Geröllheimers‘ Keule zu suchen. Dort wurden sie von einem lauten Gelächter empfangen, als die Gäste erfuhren, worum es ging. „Der hat seine Plastikkeule in seinem Suff verloren und jetzt behauptet er, sie sei ihm gestohlen worden“, meinte ein Anwesender.

Nachdem sie ohne Keule die Bar wieder verlassen hatte, ging ‚Barney‘ zum Taxistandplatz gegenüber und ließ sich nach Hause fahren. Nachdem sein Alkoholspiegel leicht abgefallen war, wurde er sich vielleicht doch seines seltsamen Auftretens gegenüber den Polizisten bewusst.

Kurz vor Dienstende dachte Strotti, dass er diesem Besoffenen doch einen Denkzettel verpassen sollte. Er rief in der Folge dessen Frau an, stellte sich höflich vor und fragte sie, ob ihr Mann die Keule, die ihm in der Go-Go-Bar gestohlen worden war, wieder gefunden hätte, sonst müsse er zwecks Einvernahme zur Inspektion kommen.

„Wo soll mein Mann gewesen sein?“, fragte die Ehefrau ungläubig.

„Na, in der Go-Go-Bar gegenüber des Bahnhofs“, meinte Strotti mit einem Grinsen im Gesicht.

„Mein Mann wird Sie anrufen“, dann legte die Dame auf.

Es dauerte keine zehn Minuten, bis der Ehemann anrief, sich entschuldigte, und bat seine Anzeige als gegenstandslos zu betrachten.

Damit war für die Beamten und auch den übermotivierten Nachtschwärmer vom Faschingsdienstag die Sache erledigt.

achtsam zu sein.

Kapitel 11

Am 1. April war es soweit: Strotti tauschte die Uniform gegen Zivilkleidung und ermittelte nun bei der SOKO.

An diesem Tag hatte Michael als SOKO-Leiter seine Ermittler zu einer Feedback-Runde zusammengerufen, denn es galt, die bisherigen Erhebungsergebnisse zu evaluieren und in der Folge die weitere Vorgehensweise festzulegen. Bisher hatte die SOKO ohne Druck von außen ihrer Arbeit nachgehen können. Michael war sich dessen bewusst, dass in nächster Zeit mit den ersten Nachfragen zum Ermittlungsstand vom Landeskriminalamt zu rechnen war. Es würden gut gemeinte Ratschläge kommen, Angebote auf Mithilfe und sonstige Tipps. Dem SOKO-Leiter war es zuwider, wenn in laufende Ermittlungen, die er und sein Team führten, Einfluss zu nehmen versucht wurde, auch wenn die Unterstützung nicht böse gemeint war. Wenn Hilfe erforderlich wurde, würde er mit den entsprechenden Dienststellen selbst Kontakt aufnehmen. Er war froh, dass er jetzt Strotti in seinen Reihen wusste, denn dieser kannte die Kollegen des LKA und konnte ihre ‚Ratschläge‘ besser einschätzen.

Michael wusste nicht so recht, wie er die Evaluierung des Aktes in Gang bringen sollte und kam schließlich zur Entscheidung, dass sie mit der Person des Täters beginnen sollten. Vorher begrüßte er Strotti als neues Mitglied der SOKO. Paul öffnete auf seinem

Computer das Überwachungsvideo aus dem Möbelhaus, auf dem der flüchtende Verdächtige kurz zu sehen war.

Danach stellte Michael die Frage in den Raum: „Kollegen, was wissen wir über den Täter, welche Schlüsse können wir aus den bisherigen Nachforschungen ziehen? Paul, bitte dokumentiere die Erläuterungen zum mutmaßlichen Täter."

Hans fühlte sich als für den Tatort zuständigen Beamten – der Mord war im Überwachungsbereich der PI Pindorf verübt worden – berufen, als Erster eine Stellungnahme zum Tatverdächtigen abzugeben. „Wir haben es hier mit relativ hoher Wahrscheinlichkeit mit einem Mann zu tun, zumindest sind wir bisher davon ausgegangen."

Diese Feststellung führte sofort zu Einwürfen und Fragen, warum die Person auf dem Video keine Frau sein könne, zumal nach einer mordverdächtigen Prostituierten gefahndet wurde, die nachweislich ihre Freier auch im Möbelhaus bedient hatte.

Bevor weitere Unsicherheiten zum Tätergeschlecht in den Raum gestellt wurden, übernahm Strotti mit einem lauten »Hallo« das Wort. „Die Person auf dem Kurzvideo ist ein Mann und ich sage euch auch, warum. Das Überwachungsvideo ist zwar von ganz schlechter Qualität und zur Tatzeit war Winter, aber es ist doch ein Unterschied des Farbkontrastes zwischen dem Arsch des Täters und seinen anderen sichtbaren Körperstellen festzustellen. Das Hinterteil des Gefilmten ist eindeutig heller als sein Rücken und seine Beine. Der farbliche Unterschied gründet auf die

Bräunung der Haut. Meiner Erfahrung nach trägt eine Frau nicht derart lange Badeshorts wie die Person auf dem Video."

Die Personenanalyse brachte Strotti nun bewundernde Kommentare seiner Kollegen ein. Sie kannten das Video seit mehr als sechs Wochen und hatten die Farbkontraste auf der Haut des Täters übersehen, Strotti dagegen schaute das Video einmal an und schon traf er diese scharfsinnigen Rückschlüsse. Ganz so war es nicht. Er hatte schließlich genauso Zugriff auf das Video, wie alle Beamten der Dienststelle. Außerdem war die Aufnahme in eine überörtliche Fahndungsausschreibung einbezogen worden. Niemandem waren diese farblichen Unterschiede aufgefallen, wobei als Ausrede die schlechte Filmqualität geltend gemacht werden darf.

Nach Strottis Betrachtung bat Michael Anita, mit der Studie des Täters fortzufahren, „und ihr quatscht jetzt nicht dazwischen", wies er die anderen Kollegen an.

Anita ergänzte die Analyse ihres neuen Kollegen: „Also, ich stimme Strottis Ausführungen zu und stärke sie noch, weil die Konturen eines Büstenhalters nicht erkennbar sind, soweit man das wegen des Handtuches über den Schultern überhaupt beurteilen kann. Zudem bin ich überzeugt, dass wir uns nicht länger mit dem Geschlecht herumschlagen sollten. Es ist viel wichtiger, dass wir die offenen Fragen beantworten. Reden wir einmal über das Motiv. Welchen dringenden Beweggrund hatte der Täter, den Kaffeehausbetreiber derart meuchlerisch zu erstechen? Besteht die Möglichkeit, dass der Mörder in Begleitung war? Wenn ihr mich fragt, war er nicht allein. Ich bin auch der Ansicht, dass er sich der Kleidung nicht entledigt hat, weil sie mit Blut getränkt war. Eher gehe ich davon aus, dass er Klaus Kargl nackt erstochen hat. Für mich ist allerdings noch offen, ob sich Täter und Opfer gekannt haben. Unter Umständen war ein möglicher Begleiter von dem Kerl auf dem Video der wahre Mörder?"

„Stopp, stopp!", unterbrach Michael den Vortrag seiner Kollegin. „Ich muss mich jetzt ebenfalls mit einem Vorschlag einbringen. Meinem Dafürhalten nach müssen wir die Erhebungsschritte neu aufteilen. Strotti, Fred und Johnny, ihr verfolgt die Spur aus Linz weiter.

Hans und Paul kümmert euch um das Umfeld des Opfers, dabei stuft ihr den Personenkreis in Haupt-, Neben- und Laiendarsteller ein. Auf diese Weise können wir bei den Ermittlungen Prioritäten setzen. Anita, du wirst wie gehabt die Erkenntnisse analysieren und mir beratend zur Seite stehen."

Michael hatte Strotti bewusst mit Johnny und Fred eingeteilt. Alle drei hatten Erfahrungen im Milieu und konnten sich dort mit gewissen Personen unterhalten, ohne auffällig zu werden.

Strotti ging mit Fred und Johnny in die Kantine, wo sie ihre nächsten Schritte absprechen wollten. Die ‚Giftler' aus Amstetten akzeptierten Strotti sofort als ihren ‚Leitwolf'. Zum Ersten war er rangmäßig ihr Vorgesetzter, zum Zweiten waren ihnen seine

Ermittlungserfolge und seine oft umstrittene Art bei seiner Ausforschungstätigkeit nicht unbekannt.

Schließlich legten sie gemeinsam fest, dass sie zuerst die Haftanstalt Garsten aufsuchen und dem Einbrecher Eddy Fotos der beiden Prostituierten vorlegen würden. Außerdem wollten sie ihn noch einmal gründlich zu seiner Verbindung mit Prostituierten in Linz befragen. Möglicherweise konnte er ihnen einen weiteren Ermittlungsansatz liefern, den er bei seiner ersten Vernehmung unbewusst verschwiegen hatte.

Danach stand eine Nacht im Linzer Rotlichtmilieu an, wobei sie hofften, Gelegenheit zu erhalten, um die anliegenden Fragen stellen zu können. Diesmal wollten sie ohne die Linzer Kollegen durch die Bars ziehen, ihnen aber über ihren Plan berichten. Im Falle, dass sie Unterstützung benötigten, wussten die Kollegen im Ernstfall Bescheid. In eine Kneipenschlägerei konnte man schneller geraten, als einem lieb war.

Michael saß allein in seinem Büro, als es klopfte und der leitende Spusi-Ermittler eintrat und ihm mit den Worten, „das wird euch sicher interessieren“ eine weitere Mappe auf den Schreibtisch legte. Der Spusi-Beamte wollte schon wieder gehen, als er sich noch einmal umdrehte. „Du, übrigens, an der Außenklinke der Tür zum Café konnten wir nicht die geringste Spur feststellen, nicht einmal Wischer von einem Handschuh. Die Klinke war so blitzblank, dass sie abgewischt worden sein muss. Vielleicht gibt es einen Zusammenhang mit dem Inhalt der Mappe.“

Nachdem der Spusi-Kollege, der als kurz angebunden bekannt war, das Büro verlassen hatte, nahm Michael sich umgehend den Inhalt der Mappe vor. „Das ist ja ein Ding! Wieder ein neuer Ansatz“, murmelte er vor sich hin und so seine Überraschung zum Ausdruck. Er hielt den Vertrag einer Lebensversicherung von Klaus Kargl in Händen, der besagte, dass im Falle seines Ablebens seiner Ex-Gattin ein Betrag von 150.000 € zustehen würde. Etwas erbost über das Kurzangebundensein des Spusi-Kollegen rief er diesen an und erkundigte sich, wo der Versicherungsvertrag gefunden worden sei.

Fast wie zu erwarten, lautete dessen Antwort: „Schau in deinen Mailaccount!“

Grußlos und beleidigt beendete Michael das Gespräch. In der E-Mail wurde detailliert beschrieben, wo sich der Versicherungsvertrag befunden hatte. Er war in der Zigarettenlade unter einem Karton mit Zigaretten versteckt.

Umgehend rief Michael Anita in seine Kanzlei, erzählte ihr von der Lebensversicherung zugunsten der Ex-Frau von Klaus Kargl und beauftragte sie, das zuständige Versicherungsbüro aufzusuchen, um nähere Erkundigungen zum Vertrag einzuholen.

„Das passt gut. Bei dieser Versicherung haben wir alle Versicherungen abgeschlossen. Unser Agent soll sich darum kümmern und es ja nicht wagen, das Wort ‚Datenschutz‘ in den Mund zu nehmen.“

Zwei Stunden später war Anita schon wieder zurück. Michael rief jetzt auch Hans und Paul hinzu, sie sollten sich die Recherche von Anita anhören. Schließlich wurde mit diesem Vertrag Gertrud Kargl erst einmal auf die Liste der Verdächtigen gesetzt.

Anita berichtete, dass Klaus Kargl etwa eine Woche vor seiner Ermordung mit dem Versicherungsagenten telefoniert habe. Er hatte sich erkundigt, ob er seine Lebensversicherung zugunsten seiner beiden Söhne abändern könne. Der Angestellte habe ihm empfohlen, einen Termin zu vereinbaren, um die Formalitäten im Büro zu besprechen. Kargl habe ihm geantwortet, dass er sich das Ganze noch überlegen müsse, denn er wolle nicht, dass seine Frau komplett leer ausgehe.

„Kollegen, jetzt wisst ihr, wie prekär diese Angelegenheit ist. Der Angestellte konnte nicht sagen, ob Gertrud von der Lebensversicherung weiß. Eher nicht, denn welchen Grund hatte Kargl, die Polizze im Lokal zu verstecken?"

„Michael, wenn du nichts einzuwenden hast, würde ich zu gegebener Zeit die ‚Ex-Frau-Witwe' vernehmen und ein Von-Frau-zu-Frau-Gespräch führen", schlug Anita vor.

„Meinen Segen hast du. Wir sollten vorher noch prüfen, ob wir auf anderen Wegen mehr zu dieser Lebensversicherung erfahren können. So kannst du vielleicht offensiver in die Befragung gehen. Überlegt, ob es einen anderen Ansatz gibt!"

Mit einem bedächtigen Nicken stimmten die Beamten ihrem Chef zu. „Wir werden vorher mit den Kellnerinnen sprechen“, brachte sich Hans ein.

Kapitel 12

Paul und Hans waren erleichtert, als sie von Michael in die Schreibtischermittlungen und Nachforschungen in lokalen Bereichen eingeteilt wurden. Das hatte den Vorteil, dass sie ihren Dienst pünktlich beenden und zu ihren Familien nach Hause fahren konnten.

Den Rest des Tages standen Ermittlungen um die Person von Gertrud Kargl, der Ex-Frau des Ermordeten, an. Sie versuchten, Informationen über das Zusammenleben des Ehepaares zu erhalten und damit Anita eine bessere Basis für die Einvernahme zu verschaffen. Es musste dringendst eruiert werden, ob die Lebensversicherung mit der Mordtat in Zusammenhang stehen konnte. Die Kellnerinnen gaben glaubwürdig an, dass sie keine Ahnung von der Versicherungspolizze in der Zigarettenlade hatten. Die Lade wurde jeden Tag von Klaus Kargl aufgefüllt.

Strotti, Fred und Johnny hatten eine lange Nacht vor sich. Nach dem Mittagessen fuhren sie in die Haftanstalt Garsten, wo sie den Häftling Eddy Kleist im Vernehmungsraum neuerlich einem Verhör unterzogen.

„Ich muss ja heiß begehrt sein, dass mich gleich drei Kieberer besuchen kommen. Wenn das so weitergeht, muss ich von einer Sekretärin Nummern ausgeben lassen, damit sich niemand vordrängen kann."

„Deine positive Einstellung gefällt uns, aber nun setz dich. Wir kommen aus Amstetten und haben einige Fragen an dich."Strotti hatte die Wortführung übernommen und ihn burschikos mit dem vertrauten Du angesprochen.

„Ich habe euren Kollegen vor einigen Tagen schon alles gesagt und jetzt pfiat euch", sagte Eddy und wollte den Raum wieder verlassen.

„Na, jetzt mal langsam, Eddy, so schnell schießen die Preußen nicht. Wir werden dir jetzt ein paar Fotos vorlegen. Du wirst sie dir genau anschauen und uns dann sagen, ob eine der Damen die Prostituierte ist, mit der du im Möbelhaus in Amstetten herumgemacht hast. Wenn du weiter so stur bist, werden wir Wege finden, wie wir dich ärgern können. Stell dich nicht so an. Du weißt doch längst, dass es nicht um dich geht."

Eddy wurde jetzt zunehmend freundlicher und blickte auf die insgesamt vier Fotos, die ihm Fred auf den Tisch legte. Der Häftling zögerte, um schließlich auf zwei Fotos zu zeigen.

Die Beamten schauten sich erstaunt an, Johnny fragte: „Also, welche von den beiden?"

„Beide. Gina und Kessie", antwortete Eddy knapp.

„Das musst du uns näher erklären."

„Da gibt es nichts zu erklären. Ich war mit beiden Damen in dem Möbelhaus in der Nähe von Amstetten. Mit der hier sogar mehrmals, wie ich euren Kollegen bereits erzählt habe." Dabei zeigte er auf das Bild der mordverdächtigen Prostituierten Nina Hacker. „Einmal war ich mit beiden Damen gemeinsam im

Möbelhaus, man gönnt sich ja sonst nichts.“ Dabei schnalzte er mit seiner Zunge, um damit offenbar seine Begeisterung auszudrücken. Nina Hacker bezeichnete er als Gina und ihre Kollegin Ana Slavicka als Kessie. Ihre richtigen Namen wusste er nicht.

„Wir fuhren immer mit demselben Auto, der Plüschhase lag auf der Rückbank. Sie müssten von Ihren Kollegen wissen, dass ich mir nach einem gelungenen Coup als Belohnung eine Prostituierte mit besonderen Anreizen gegönnt habe. Eines ist mir aufgefallen: Wir haben das Haus immer durch den Lieferanteneingang betreten. Die Damen wussten bestens über die Überwachungsmaßnahmen Bescheid. Das Auto parkte meine Lieblingsnutte Gina stets auf dem Abstellplatz eines nahe gelegenen Autohauses. Dort fiel es unter den vielen Fahrzeugen nicht auf. Einmal wurden wir kurz nach dem Wegfahren von einer Polizeistreife kontrolliert. Meine Begleiterin erklärte, dass wir den Swingerclub in der Nähe von Amstetten suchen würden. Der Polizist nahm ihr diesen Vorwand ab, Gina war kurz aus dem Wagen gestiegen. Ihre Kleidung unterstrich die Frage, worauf der Polizist meinte, wir sollten ihnen einfach nachfahren. Auf dem Parkplatz vor dem Club warteten wir, bis die Streife weggefahren war, und fuhren anschließend sofort zurück nach Linz. Mir kam es vor, als hätte Gina diesen Vorwand schon öfter benutzt, so ruhig und besonnen, wie sie geblieben war.“

Bevor sie sich verabschiedeten, erkundigten sich die Beamten, ob Eddy auch andere Kunden von Kessie und ihrer Kollegin Gina kennen würde. Dazu konnte er nur die Vermutung äußern, dass zwei Männer, die im Milieu als ‚die Deutschen' bekannt waren, möglicherweise ihre Dienste in Anspruch genommen haben.

Zufrieden mit der Befragung verabschiedeten sich die Beamten von Eddy und meinten zum Beamten der Haftanstalt noch augenzwinkernd: „Eddy hat etwas gut bei uns."

Wie der Vollzugsbeamte mit dieser versteckten Nachricht umging, war seine Sache.

Direkt von der Haftanstalt fuhren sie in das nächste Café, wo sie die Aussage Eddys in ihrer Bedeutung besprachen. Strotti lud ein und fragte die Kollegen nach ihrer Meinung zur Vernehmung.

Ihm selbst geisterten ‚die Deutschen', die Eddy zum Schluss erwähnt hatte, durch den Kopf.

Offenbar hatten alle denselben Gedanken. Sowohl Fred als auch Johnny hielten die Personen, die nur als, „die Deutschen" bekannt waren, als wichtigen Ansatz für ihre kommenden Befragungen im Milieu.

Vom Kaffeehaus führte sie der nächste Weg in die Linzer Innenstadt. Strotti hatte vorgeschlagen, sich für ihren Auftritt in der Szene doch ein wenig aufzumotzen. Damit meinte er, dass sie sich protzige Ringe, Halsketten, Armbänder und ein paar T-Shirts mit den Aufdrucken von Death-Metal Bands besorgen sollten.

Klarerweise wollten sie Billigläden aufsuchen, die meist von asiatischen Kaufleuten betrieben wurden.

Drei Stunden später waren die Ermittler fast nicht wiederzuerkennen. Johnny und Fred konnten sich ein Lachen nicht verhalten. Strotti war es bei seinen Einsätzen als Suchtgiftermittler beim LKA NÖ gewohnt, mit einem gewöhnungsbedürftigen Aufzug zu ermitteln. Der Sinn der Verkleidung war, nicht sofort aufzufallen. Selbstverständlich führten die Amstettner Kriminalisten ihre Waffen in Schulterhalftern mit und konnten sich bei Bedarf auch mit ihren Dienstmarken ausweisen.

Kurz vor Mitternacht betraten sie eine Rotlichtbar. Die Establishments, die sie bereits besucht hatten, hatten sie bei ihren Erhebungen nicht weitergebracht. Das Spiel begann von Neuem. Fred mimte einen Betrunkenen und verlangte lautstark nach einem Getränk und einer Nutte mit besonderen Fähigkeiten. Johnny entschuldigte sich bei dem Personal und begründete das aufdringliche Verhalten seines Freundes mit seiner Haftentlassung, weil er wegen einer Rauferei zwei Monate eingesessen hatte.

„Ein deutscher Mithäftling hat ihm von besonderen Diensten einer Linzer Prostituierter erzählt. Jetzt ist er versessen darauf, diese Dame – Gina, wie sie sich nennt – kennenzulernen. Fred ist schon zu betrunken, der bringt heute keinen mehr hoch. Was soll der mit einer Frau noch anfangen? Außerdem, was werden diese ‚sexuellen Sonderdienste‘ schon sein? Wahrscheinlich dieses

‚Sadomasozeug', auf das er ohnehin nicht steht. Wenn er etwas kaputt schlägt, komme ich für den Schaden auf, aber er soll heute ruhig feiern."

Strotti beobachtete am anderen Ende des Bartresens das Geschehen. Fred war an der Bar nicht zu bremsen und verlangte ständig nach der Prostituierten mit den besonderen Fähigkeiten.

Johnny tat weiterhin so, als würde er seinen Freund zu beruhigen versuchen, dieser spielte geschickt mit, um nach einiger Zeit wieder loszulegen.

Strotti stellte sich jetzt zu ihnen und fragte den Kellner: „Wovon redet der Besoffene, habt ihr eine Supernutte?"

Jetzt mengte sich ein großer Bursche, der offenbar Stammgast in der Bar, und wie es schien, etwas zu sagen hatte, ein. Er trat auf Fred zu, packte ihn an den Schultern und wollte gerade zu einer Frage ansetzen. „So nicht!", brüllte Johnny und riss den Burschen von Fred weg.

Der Lange durfte nicht bemerken, dass Fred eine Waffe trug, sofort würde man sie als Polizisten erkennen. Jetzt ging auch noch Strotti dazwischen und schrie: „Ihr Trottel, wollt euch wegen ein paar Nutten schlagen, die es gar nicht gibt. Gebt sofort Ruh, die nächste Runde übernehme ich."

Ein freudiges Johlen war die Folge und die Gemüter beruhigten sich wieder. Fred stand wankend an der Theke und sprach kein Wort mehr. Johnny erklärte dem Burschen, der Fred an die Gurgel wollte, dass dieser im Gefängnis von einem Deutschen etwas von besonderen Prostituierten in Linz erfahren habe.

„Seit wir heute durch die Bars ziehen, ist er besessen von dem Gedanken, mit denen etwas anzufangen. Ich weiß nicht, welchen Bären ihm der Deutsche im Knast aufgebunden hat, aber du siehst ohnehin, wie durchgeknallt er ist. Außerdem hat er heute seit Längerem wieder etwas genommen. Du weißt, was ich meine."

„Deutsche Arschlöcher", murmelte der Lange in sich hinein, „die kommen zweimal im Jahr nach Linz und lassen es so richtig krachen. Auf zwei Mädchen hatten sie es besonders abgesehen. Angeblich besaßen diese Schlüssel zu einem Möbelhaus und haben besonders zahlungswillige Kunden dort auf den neuen Betten beglückt."

„Warum sprichst du in der Vergangenheit, was ist mit ihnen?"

„Laut Zeitungsmeldungen hat Gina ihre Freundin Kessie in ihrer gemeinsamen Wohnung in Leonding erdrosselt und ist seither auf der Flucht."

„Das hört sich nicht so an, ob ihr die Version der Polizei glauben würdet. Was ist deine Meinung?"

„Wenn du mich so direkt fragst: Ich denke, dass die deutschen Arschlöcher etwas mit dem Tod der Mädels zu tun haben. Seither sind sie nicht mehr in Linz aufgetaucht. Kessie und Gina waren zwar schon in die Jahre gekommen, aber sie wurden überall respektiert und akzeptiert. Ich denke, dass Gina auch tot ist."

Johnny musste sich mit seiner Fragerei etwas zurücknehmen, sonst drohte sein Gesprächspartner noch Verdacht zu schöpfen. Er umarmte Fred und brüllte durch die Bar: „Ein Prost auf unseren Heimkehrer!", um gleich auch mit dem Langen anzustoßen und zu grölen: „Auf uns, die beiden Deutschen sollen uns am Arsch lecken!“

Der lange Bursche kam wieder auf die unbekannten Deutschen zu sprechen. „Jetzt wird mir einiges klar. Dein betrunkener Freund hat wohl wirklich einen der Piefkes im Häfn getroffen. Das letzte Mal war nur mehr der Ältere der beiden hier und hat mit Euroscheinen nur so um sich geschmissen, großzügig eingeladen und den Tänzerinnen Fünfziger in die Stringtangas gesteckt. Sein Freund war zu dieser Zeit in Haft. Mich würde interessieren, ob die wirklich mit Immobilien ihr Geld machen. Sie waren zwar immer fein gekleidet, aber benommen haben sie sich wie Schweine. Der Jüngere sah ziemlich krank aus, offenbar nimmt er harte Drogen. Damit wird wohl auch seine Haft zusammenhängen.“

Strotti und seine Kollegen blieben noch bis kurz nach drei Uhr in der Bar, bevor sie sich von ihren neuen Freunden verabschiedeten und vorgaben, schließlich wieder einmal nach Hause zu ihren Ladys fahren zu müssen. Diese hätten sie doch schon einige Tage nicht gesehen.

Die Kriminalisten ließen sich mit einem Taxi von der Bar wegbringen, wobei ihr Ziel dem Fahrer erst sagten, als sie sich sicher waren, dass sie nicht verfolgt wurden. Strotti hatte auf diese Vorsichtsmaßnahme bestanden. Ihr Dienstfahrzeug hatten sie in einem Parkhaus in der Nähe des Hauptbahnhofes abgestellt.

Fred, der die meiste Zeit den Betrunkenen gespielt hatte, war nun derjenige, der den Wagen nach Amstetten lenken musste. Ihm wurde in der Bar nachgesehen, als er aufgrund seines Zustandes nicht mehr mittrinken konnte. Strotti und Johnny hatten dieses Opfer bringen müssen. So würde es Johnny auch seiner Frau erklären. Strotti war niemandem Rechenschaft schuldig.

Bevor sie sich in Amstetten verabschiedeten, vereinbarten sie, am nächsten Tag in ihrem jetzigen Aufzug zum Dienst zu kommen.

Kapitel 13

Wie verabredet traten Strotti, Fred und Johnny am nächsten Tag in ihrem Zuhälteroutfit den Dienst an. Michael fragte sie nach der üblichen Begrüßungsfloskel, ob sie denn die Seiten gewechselt hätten.

Hans meinte grinsend zum Chef: „Es ist noch gar nicht so lange her, da bist du mit einem protzigen Totenkopfring und schweren Halsketten zum Dienst gekommen."

„Außerdem halte ich harte Männer für sexy", mengte sich auch Anita ein.

„Leute, zur Sache! Wenn ihr den Mord geklärt habt, könnt ihr einen Tag als Prinzessinnen verkleidet zum Dienst kommen. Wie seid ihr in der Linzer Unterwelt klargekommen? Könnt ihr mit zweckdienlichen Informationen aufwarten oder wart ihr nur Teil eines Showprogramms?"

„Michael, du liegst richtig. Wir haben tatsächlich ein Riesenschauspiel vor allen Gästen in der Bar Cecile abgezogen. Aber wir haben sowohl vorher von Eddy, dem Einbrecher in der Justizvollzugsanstalt Garsten, als auch später im Zuge der ‚Beislrailley' durch Linz wichtige neue Hinweise erhalten."

Auf Ersuchen von Strotti berichtete Fred von den außergewöhnlichen Ermittlungstätigkeiten der letzten Nacht. Strotti und Johnny waren von der letzten Nacht noch immer gezeichnet. Sie hatten einen trockenen Mund und Kopfschmerzen.

Nachdem Fred seinen Bericht beendet hatte, fragte Michael in die Runde: „Wie kann es sein, dass im Möbelhaus derart häufige Sexspiele unbemerkt blieben?“

„Wie du dem Protokoll der Filialleiterin entnehmen kannst, blieben sie nicht unbemerkt. Selbst der Besitzer hat mit der Sekretärin in den Betten herumgemacht. Wenn ihr mich fragt, werden wir noch einige Überraschungen erleben“, antwortete ihm Fred.

Mit einem Kopfnicken pflichteten ihm die Kollegen bei.

In dem Moment klopfte es an die Tür und der Bezirkskommandant trat ein. Nach der Begrüßung blieb sein Blick auf Strotti, Fred und Johnny hängen, um sich schließlich zu äußern: „Ich will mich ja nicht einmischen, was bei euch ‚Krimineser‘ die Kleiderordnung betrifft, trotzdem: Ich hätte nicht gedacht, dass die Amstettner Giftermittler so schnell das Modelabel von Herrn Strasser übernehmen. Sei es drum, wenn ihr erfolgreich ermittelt, könnt ihr in Tracht zum Dienst kommen“, endete Herbert Stummer seine Beurteilung und ließ einen lauten Lacher folgen.

„Aber wegen der Einschätzung eurer Kleidung bin ich nicht hier. Gerade erhielt ich einen Anruf des LKA-Kommandanten, der meinte, dass er uns zwei Ermittler für die Mordermittlungen abstellen könne“, sagte er und nannte auch gleich die Namen dieser Beamten.

Entsetzt meldete sich nun Strotti zu Wort: „Herr Oberst, bitte nicht! Ich kenne die Beamten. Glauben Sie mir, das sind zwei arrogante Zyniker. Die würden nur Unruhe in die SOKO bringen und jede Einzelheit unserer Erhebungen sofort an die

Mordgruppe weitergeben und sich einen eventuellen Erfolg auf ihren eigenen Revers heften."

„Herr Strasser, keine Sorge. Meinen Sie, ich kenne Schöndorfer nicht? Uns verbindet sogar eine Freundschaft. Trotzdem wäre es ja nicht das erste Mal, dass er mich oder andere Kollegen auszutricksen versucht. Ich habe auch meine Kontakte zum LKA und weiß Bescheid über die Kollegen, die mir Schöni schicken wollte. Mit Ihrer Entrüstung habe ich übrigens gerechnet."

Erleichtert lehnte sich Strotti zurück. Michael brachte Herbert Stummer auf den letzten Stand der Ermittlungen, verschwieg ihm auch nicht, dass Hinweise in mehrere Richtungen überprüft werden mussten. Michael bedankte sich bei Stummer, weil er als Vorgesetzter mit voller Überzeugung hinter der SOKO stand.

„Ich werde Schöndorfer erzählen, dass ihr mit dem LKA aus OÖ in Verbindung seid, weil es möglicherweise Zusammenhänge zu anderen Straftaten gibt", ließ der Bezirkskommandant Michael und die SOKO-Mitarbeiter wissen, bevor er die Kanzlei verließ.

„Wo sind wir stehen geblieben? Machen wir endlich weiter. Ich bin froh, dass uns Herbert die Einflüsse von außen fernhält, wir sollten ihn nicht enttäuschen."

Das zweite Team war bisher nicht zu Wort gekommen. Paul berichtete von der Lebensversicherung und dass sie am Überlegen seien, ob Anita die Ex-Frau des Mordopfers schon vernehmen sollte. Die Befragungen im Bekanntenkreis der Frau erbrachten keine Anhaltspunkte auf diese Versicherung.

Hans setzte sich dafür ein, dass Anita und er gemeinsam Gertrud Kargl vernehmen und nicht mehr zuwarten sollten. Was konnte schon schiefgehen? Es stand ohnehin fest, dass die Witwe Nutznießerin der Lebensversicherung war und zudem gab es keine Hinweise, dass das Mordopfer nach der Scheidung am Vertrag eine Änderung vorzunehmen beabsichtigte.

Letztlich wurden sie sich einig, Gertrud Kargl ehebaldigst zu befragen.

Zurzeit gab es mehrere Richtungen, in die zu ermitteln war, und zwar:

zu den Prostituierten nach Linz,
zur Nutznießerin der Lebensversicherung,
zu gehörnten (Ehe)Männer und
eifersüchtigen Damen als mögliche Auftraggeberinnen;

Strotti sprach nachdenklich in die Runde: „Ich habe da eine Vorahnung, dass es weder um das eine noch das andere geht. Wir haben etwas übersehen und ich schlage daher vor, über den ganzen Fall noch einmal von vorn konstruktiv zu diskutieren. Mir geht das Möbelhaus nicht aus dem Kopf. Könnt ihr euch vorstellen, dass es auch in anderen Geschäften dieser Art ein derart reges Nachtleben und ‚Verkehrsaufkommen' gibt? Leute, mir ist schon viel untergekommen, Suchtgiftverstecke in Tierfutterhandlungen, in Schuhgeschäften und vieles mehr."

„Meinst du, dass Drogen im Spiel sein können?", hakte Michael nach.

„Nein, eher nicht. Von den Leuten, die wir bis jetzt kennengelernt haben, scheint mir niemand meiner bescheidenen Erfahrung nach mit Suchtmitteln in Verbindung zu stehen, mit Ausnahme der Vollpfosten, die wir letzte Nacht bei unserer Tour durch Linz getroffen haben. Die beiden Deutschen, welche sich die besonderen Dienste der Prostituierten gesichert hatten, spuken mir im Kopf herum. Warum zum Vögeln von Linz nach Amstetten fahren?"

Michael saß nachdenklich in seinem Stuhl. Bislang hatte er geschwiegen.

„Was ist, Chef? Worüber denkst du nach?", erkundigte sich Anita neugierig.

„Lass ihn doch in Ruhe überlegen", bekam Anita einen Rüffel ihres Mannes.

Sie zeigte Paul darauf die Zunge, was seit Jahren ein Markenzeichen von ihr war, wenn sie sich ungerechtfertigt kritisiert fühlte.

„Was haltet ihr von einem Besuch bei einem Mostheurigen?"

Verwunderte Blicke trafen ihn. Michael wollte zum Heurigen, wo sie doch bis zum Hals in Arbeit steckten.

„Ich habe über Strottis Vorschlag nachgedacht, den Fall von Anfang an noch einmal durchzudiskutieren. Schließlich gibt es viele neue Erkenntnisse. Möglich, dass wir etwas Entscheidendes übersehen haben."

„Was, bitte schön, hat das mit einem Heurigenbesuch zu tun?", warf Anita ein.

Jetzt holte sie sich einen Tadel von Hans. „Sei nicht so ungeduldig, Michael wird es uns schon erklären."

Hans zeigte sie dann doch nicht die Zunge, er war gut 20 Jahre älter als sie.

Der SOKO-Leiter erörterte ihnen seine Idee mit dem Heurigenbesuch. „Ich meine mich erinnern zu können, dass bei einem Seminar über psychologische Einflussnahme bei der Polizeiarbeit der Vortragende geraten hat, bei Besprechungen öfter die Örtlichkeit zu wechseln. Darum überlege ich für heute Nachmittag eine große Besprechung bei einem Mostheurigen in einer Nachbargemeinde von Amstetten anzusetzen. Das Jausenangebot ist dort reichlich, die Speisen von bester Qualität und die Möste wurden schon mehrfach ausgezeichnet."

Alle stimmten dem Vorschlag ihres Chefs zu.

Michael griff zum Hörer und bestellte beim Betreiber des Heurigenlokals für den späten Nachmittag einen Tisch für acht Personen in der hinteren Stube, wo er und sein Team ungestört waren.

„Wer ist der Achte?", hinterfragte Anita neugierig.

„Der Leiter der Spurensicherung, ich lade ihn ein. Vielleicht nimmt er sich Zeit. Bis zur Abfahrt nach Euratsfeld erledigt ihr eure schriftlichen Arbeiten, recherchiert am Computer und die

Herren in Verkleidung, wenn möglich, zieht euch bitte ein anderes Gewand an."

„Chef, das hätten wir ohnehin getan", erwiderte Johnny.

Beim Mostheurigen bestellten sie sich Brettljausen und Most, das für das Mostviertel typische Getränk und Obstsäfte alles aus eigener Produktion.

Der Most hatte seine Tücken, vor allem, wenn man ihn selten konsumierte. Michael verwies auch auf diese Gefahr hin, da er selbst vor Jahren bei einer Feier im Wald nach einem langen Arbeitstag mehr Most getrunken hatte, als ihm guttat. Glücklicherweise hatte Hans seinerzeit eine Rolle Klopapier dabei.

Strotti verhielt sich heute wie er selbst damals im Wald. „Wenn ihr wüsstet, was schon alles durch meine Kehle geflossen ist, dann würdet ihr verstehen, dass mir der Most nichts anhaben wird. Ein paar Halbe werde ich mir schon gönnen und vielleicht auch ein Schnapserl zur Verdauung. Dann ist aber Schluss mit lustig. Normalerweise trinke ich in der Fastenzeit keinen Alkohol. Das gestern und heute sind Ausnahmen oder Opfer im Sinne erfolgreicher Ermittlungen."

„Ich hoffe, dass in diesem bäuerlichen Ambiente eure grauen Zellen so richtig in Betrieb kommen."

Außer Strotti hatte eigentlich niemand die Besprechung mit übermäßigem Alkoholkonsum in Verbindung gebracht. Fred und Johnny bestellten sich Apfelsaft. Sie wollten ihre Frauen nicht schon wieder mit einer Fahne überraschen. Als die Speisen serviert wurden, stieß auch der Spusi-Leiter zur Gruppe.

Nach der Mahlzeit setzte Michael die Besprechung in Gang. Die erste Stunde brachten alle SOKO-Leute ihre Schlüsse und Auffassungen vor. Nur Strotti war nicht so recht bei der Sache, was niemanden der Anwesenden überraschte. Schließlich hatte er wie angekündigt reichlich Most konsumiert. Wenn es so weiterging, würde er bald einen Pfad zur Toilette ausgetreten haben. Letztlich beruhigte sich Strottis Verdauung und er brachte sich jetzt mit Vorschlägen ein. Er hatte sich bei Michael sogar entschuldigt, weil er dessen Warnung zuvor missachtet hatte.

Strotti ging davon aus, dass es mit dem Möbelhaus noch eine andere Bewandtnis als nur die vielen Sexabenteuer hatte. „Ernst, habt ihr das ganze Objekt überprüft? Damit meine ich auch die Kellerräume. Praktisch jeden einzelnen Raum, der zum Gebäudekomplex gehört?", fragte er den Spurensicherungsbeamten.

Etwas perplex blickte ihn der Angesprochene an: „Meinst du wirklich, dass wir auch sämtliche Kellerräume, Heizungsräume und was es sonst noch für Rumpelkammern gibt, auf Spuren untersuchen sollen?"

„Nein, nein, so habe ich das nicht gemeint. Eure Arbeit ist um keinen Deut schlechter als jene des LKA, aber ich habe einen Vorschlag. Michael, wie denkst du darüber: Wir besorgen uns auf dem Gemeindeamt in Pindorf die Originalbaupläne des Möbelhauses und prüfen mit einem Bausachverständigen, ob nach Plan gebaut wurde und eventuell bereits Änderungen vorgenommen wurden. Meines Wissens gibt es das Geschäft schon seit mehr als 20 Jahren."

„Was haltet ihr davon?", fragte Michael in die Runde.

Es blieb kurz still, bis sich Paul zu Wort meldete. „Ich habe einen Freund, der ist Bautechniker. Mit ihm könnte ich die Baulichkeit überprüfen. Trotzdem werde ich einen Gerichtsbeschluss einholen. Mir wird schon eine Begründung einfallen."

„Damit wissen wir, welche Aufgabe Paul die nächsten Tage erledigt", meinte Michael zufrieden. „Anita und Hans werden die Ex-Frau des Mordopfers vernehmen und was habt ihr vor?", ergänzte er mit Blick auf Strotti.

„Chef, wir müssen mit den Linzer Kollegen über die ominösen Deutschen und die Prostituierten sprechen", erklärte Strotti.

„Das könnten Strotti und Johnny erledigen. Ich habe einen Informanten, der mir unter Umständen mehr über den Lebensstil des Café-Betreibers sagen kann. Seinen Namen werdet ihr nicht erfahren", brachte sich Fred mit einem Vorschlag ein. „Der ‚Zund' erzählte mir einmal eine delikate Geschichte, die ich als Spinnerei abgetan hatte. Es ging allerdings nicht um Drogengeschäfte, daher habe ich die Story bald vergessen. Nun sehe ich diese Mär doch in einem anderen Licht. Vielleicht war unser Toter wirklich eine Art Toy Boy, wie mein Informant damals erzählte."

Nachdem Fred den Ermordeten als eine Art Toy Boy ins Spiel gebracht hatte, wurde dieses Thema natürlich sofort interessant. Alle wollten von Fred mehr wissen. Die Kriminalisten spekulierten, wie sich Kargl als männliche Hure in Szene gesetzt haben könnte, ob er gar im Café seine Kundinnen betreut hatte und einiges mehr in diese Richtung.

Michael beendete das neugierige Nachbohren und riet seinen Kollegen, den Abend gemütlich ausklingen zu lassen, denn von Fred würden sie ohnehin nichts erfahren.

Zum Schluss meldete sich der Leiter der Spurensicherung noch und erinnerte an die fein gesäuberte äußere Türklinke der Eingangstür zum Café. „Meiner Ansicht muss eruiert werden, warum sie von wem auch immer gesäubert wurde. Auf jeden Fall muss jemand dem späteren Opfer ins Lokal gefolgt sein – und diese Person wollte keine Spuren hinterlassen."

Michael atmete tief durch und bedankte sich für die Erinnerung an diese Entdeckung. Es war natürlich möglich, dass der Täter Kargl gefolgt war und ihn in Mordabsicht getötet hatte. Aber bei dem, was nachher geschehen war, passte vieles nicht ins Bild und gab es zahlreiche Widersprüche.

Die letzte halbe Stunde sprachen sie nicht mehr über dienstliche Belange. Alle waren froh, endlich pünktlich nach Hause zu kommen, außer Strotti. Der wohnte zurzeit im Haus einer alten Frau in Untermiete, wo ihm die gesamte Mansarde zur Verfügung stand. Er hatte in Amstetten noch keine Kontakte geknüpft und von den Kollegen, die fast alle in Beziehungen lebten, konnte er kaum verlangen, mit ihm nach Dienst um die Häuser zu ziehen. Auch Michael war wieder mit einer Frau zusammen. Sie wohnten zwar getrennt, aber seine Ausgeglichenheit deutete zweifelsfrei darauf hin, dass er glücklich, aber vorsichtig war.

Zurzeit hatte für Strotti ohnehin der Mordfall oberste Priorität, er wollte sich nicht mehr in unbedachte Abenteuer stürzen. Er sah die Zeit gekommen, endlich eine feste Partnerin zu finden. Trotzdem fieberhaft nach der Frau des Herzens suchen wollte er nicht.Heute Abend in der Wohnung würde er wieder einmal seine Kinder anrufen, das tat er ohnehin viel zu selten.

Kapitel 14

Am folgenden Tag suchten Anita und Hans Gertrud Kargl an ihrem Arbeitsplatz im Friseursalon in Amstetten auf. Vorher hatten sie sich bei der Leiterin des Salons erkundigt, ob Gertrud für ein paar Stunden abkömmlich sei, denn sie hätten dringende Fragen zur Ermordung ihres Ex-Mannes. Da ohnedies wenig los war nach der Faschingszeit, durfte Gertrud den Rest des Tages freinehmen.

Die Kriminalisten fuhren hinter Gertrud her zu ihrer Wohnung. Sie wollten sie zuerst in ihren vier Wänden befragen. Die Zeit war günstig, weil die beiden Jungs in der Schule waren. Anita hatte zudem einen Hausdurchsuchungsbefehl in der Tasche, wollte aber vorerst abwarten, wie die Befragung verlief.

Im Prinzip wiederholten sie die Fragen, die sie ihr bereits nach der Beerdigung gestellt hatten. Gertrud war bekannt, dass die gemeinsamen Söhne das Haus erben würden und sie als Vormund zur Erbschaft bestimmt wurde.

„Wie ich damit umgehen werde, muss ich mit meinem Anwalt besprechen. Aller Voraussicht nach werden wir das Haus verkaufen und den Erlös für die Jungs anlegen. Die Immobilie ist noch mit 50.000 € belastet, weshalb das Erbe doch überschaubar ist. Trotzdem ist es ein Startkapital für eine gute Ausbildung. Es lag meinem verstorbenen Ex-Mann viel daran, dass unsere Söhne gute Schulen besuchen. Ihren schulischen Leistungen nach werden sie vermutlich nach der Matura studieren, aber wer weiß, was bis dahin noch passiert. Der Tod ihres Vaters hat sie doch sehr mitgenommen. Klaus war durch seine Fröhlichkeit, seinem lockeren Auftreten und seiner Großzügigkeit ein Vorbild für sie. Er war ein guter Familienvater und auch ein Ehemann, wie man ihn sich nur wünschen konnte. Ich weiß, dass er nur mich geliebt hat, trotzdem konnte er nicht von anderen Frauen lassen. Meinem Dafürhalten nach war er sexsüchtig, er stürzte sich von einem Abenteuer in das nächste. Einige dieser Damen kenne ich. Daher weiß ich, dass er seine Affären nie geliebt hat. Ihm ging es immer nur um Sex, wahrscheinlich den Damen ebenso. Klaus ist dann immer wieder zu mir gekommen und hat mir seine Fehltritte weinend gestanden. Er meinte das auch ehrlich. Auf meinen Vorschlag, es mit einer Therapie zu versuchen, ging er nicht ein. Ich war sogar bereit, ihn zu begleiten. Als er mir einmal erzählte, dass er mit der Frau eines Sportkollegen Sex hatte, weil ihr Mann das so wollte und er sogar zugesehen hat, zog ich einen Schlussstrich und reichte die Scheidung ein. Das letzte halbe Jahr unserer Ehe bin ich auch zweimal fremdgegangen, habe Klaus meine Fehltritte ebenso gestanden und ihm sogar vorgeschlagen, gemeinsam einen Swingerclub aufzusuchen. Wie ein kleines Kind schmiegte er sich in meine Arme und weinte bitterlich. Mir war klar, dass ihn meine Fehltritte überaus schmerzten. Wenn Sie wüssten, wie oft er mir Treue geschworen hat, würden Sie sich fragen, warum ich ihn nicht schon früher verlassen habe. Ich kann Ihnen mit ziemlicher

Sicherheit sagen, dass er sich trotz seiner zahlreichen Affären keine Feinde gemacht hatte. Das allein ist schon mehr als erstaunlich. Ich habe nie ein schlechtes Wort über ihn gehört und keine Anrufe oder SMS erhalten, wonach ich auf meinen Mann aufmerksamer aufpassen sollte, da er sich in fremden Betten herumtreibt. Wenn ich an die letzten Jahre von Klaus denke, dürfte er tatsächlich in fremden Ehebetten ausgeholfen haben. Bei zwei Affären von Klaus bin ich mir sicher, dass ihre Männer davon gewusst haben. Bei meiner ersten Befragung habe ich nicht so viele Einzelheiten über ihn preisgegeben. Ich denke, vielleicht gibt es doch jemanden, der mit dem Verhalten meines Mannes nicht klargekommen ist."

Die Kriminalisten hatten ihren Redefluss nicht unterbrochen. Anita zog jetzt den Hausdurchsuchungsbefehl aus der Tasche und reichte ihn Gertrud. Diese las den Text und erkundigte sich völlig überrascht und erschüttert, ob sie verdächtigt werde, Klaus ermordet zu haben. Dabei traten ihr Tränen in die Augen und ihre Hände begannen zu zittern.

Anita versuchte sie zu beruhigen und zu überzeugen, dass die Hausdurchsuchung nur ein Teil der Ermittlungen sei und in alle Richtungen nachgeforscht werden müsse. Nachdem sich Gertrud wieder halbwegs beruhigt hatte, bat sie die Beamten, mit der Durchsuchung zu beginnen, und machte mit den Händen eine Kreisbewegung, womit sie andeutete, dass den Beamten alles offen stehe.

„Frau Kargl, wir wollen Ihnen hier nicht das ganze Haus auf den Kopf stellen, aber trotzdem sind für uns noch einige Fragen unbeantwortet. Haben Sie Gegenstände aus dem Besitz Ihres Ex-Mannes hier in der Wohnung, damit meine ich auch schriftliche Unterlagen, elektronische Geräte und so weiter?"

Gertrude dachte nach, bevor sie den Polizisten mitteilte, dass sie noch eine Digitalkamera von Klaus und einen alten Laptop bei ihr in der Wohnung habe. Sie ging umgehend in ein kleines Zimmer, holte die Geräte und übergab sie den Beamten.

„Was ist mit schriftlichen Unterlagen, Pacht- und Versicherungsverträgen zum Beispiel?"

Eine plötzliche Eingebung ließ sie schlussfolgern und sie wusste, worauf die Beamten hinauswollten. „Es geht um die Lebensversicherung, liege ich da richtig? Warum ist mir das nicht schon früher eingefallen? Das wäre ein Motiv für die Ermordung. Da muss ich Sie jetzt enttäuschen, der Pachtvertrag und auch der Vertrag über die Lebensversicherung liegen beim Notar. Warum wissen Sie eigentlich von der Lebensversicherung? Wahrscheinlich haben Sie den Originalvertrag im Lokal gefunden und er liegt jetzt bei Ihnen im Büro? Ich wusste von der Versicherung, die Klaus zu meinen Gunsten abgeschlossen hat. Er hat mir kurz vor der Scheidung eine Kopie des Vertrages übergeben und gemeint, »damit du abgesichert bist, wenn mir etwas zustoßen sollte«. Hatte er zu diesem Zeitpunkt bereits eine Vorahnung? Das wird Ihnen nur der Mörder sagen können. Auf jeden Fall war ich zur Tatzeit zu Hause bei meinen Söhnen. Sagen Sie, welches Motiv sollte ich jetzt noch haben?" Sie blickte Anita und Hans fragend an. „Bitte bringen Sie Ihre Durchsuchung zu Ende. Wenn ich schon freihabe, werde ich meinen Jungs Essen kochen."

Hans nahm seine Kollegin kurz zur Seite und fragte sie, ob sie denn wirklich die ganze Wohnung durchsuchen sollten, wo das Thema Lebensversicherung offenbar geklärt war.

Anita war wie Hans der Ansicht, dass diese Durchsuchungsmaßnahme nicht mehr notwendig war. Sie ließ sich von Gertrud Kargl die Übernahme des Hausdurchsuchungsbefehls formell bestätigen. Bevor sie sich verabschiedeten, fügte sie noch die übliche Phrase hinzu: „Wenn Ihnen noch etwas einfallen sollte, bitte rufen Sie uns an."

Die Kamera und den alten Laptop stellte Hans vorläufig sicher.

Auf der Fahrt ins Büro meinte Hans zu Anita: „Da hat der Kaffeesieder doch tatsächlich einige Hahnreie zurückgelassen."

„Was, bitte schön, ist ein Hahnrei?", äußerte sich Anita neugierig.

„Das sind Männer, denen die Frauen Hörner aufsetzen. Oft sind die Kerle sogar damit einverstanden. Du hast es ja gerade vorhin von Gertrud gehört."

„Ist Michael ein Hahnrei, weil ihn seine Lehrerin betrogen hat?"

„Ja, um Gotteswillen, nenn ihn ja nicht so, dieser Begriff ist ziemlich demütigend. Er wird auch selten verwendet: Meist nur für Männer, die ihren Frauen beim Sex zuschauen, weil ihnen dabei einer ‚abgeht'."

„Gibt es die Bezeichnung Hennereiin für eine betrogene Frau auch?“, bohrte Anita weiter nach.

„Da habe ich mir mit diesem bescheuerten Wort etwas angefangen. Ich will jetzt nichts mehr davon hören. Frag lieber deinen Mann, wen du ihn stressen willst.“

Anita bat Hans schließlich, sie zu Hause abzusetzen, weil ihre Zwillinge die nächste halbe Stunde von ihren Großeltern heimgebracht würden. Sie hatte mit Michael abgemacht, dass sie ihre Stunden nach der Betreuung ihrer Söhne einteilen dürfe, wenn dienstlich nichts dagegen spreche. Diese Vorgehensweise hatte sich mittlerweile eingespielt. Anita reizte das Entgegenkommen ihres Vorgesetzten nie aus. Sie hätte gerne 40 Stunden die Woche gearbeitet, aber zu sehr wollte sie ihre betagten Eltern auch nicht mit den siebenjährigen Zwillingen belasten.

Hans ließ Anita vor ihrem Haus aussteigen und rief ihr noch hinterher, dass er sich einen Gerichtsbeschluss für die Einsichtnahme in den Akt zur Verlassenschaft besorgen werde. Anita drehte sich nicht mehr um und ging mit Daumen hoch zur Haustür.

Kapitel 15

Strotti und Johnny waren schon am frühen Vormittag nach Linz gefahren, um sich mit den Kollegen der Linzer Kripo über die Erkenntnisse aus den Nachtermittlungen vor einigen Tagen auszutauschen. Sie hatten überlegt, ob sie telefonisch anfragen sollten, wurden jedoch von Michael bestärkt, dass das persönliche Gespräch die bessere Lösung war, um zweckdienliche Informationen zu erhalten.

Als sie auf die ‚Deutschen', die sich mit Linzer Prostituierten herumtrieben, zu sprechen kamen, erfuhren sie nur, dass es in Linz keine Seltenheit sei, dass sich Kriminelle aus den Nachbarländern herumtreiben. Die Linzer Kriminalisten fanden es sonderbar, dass in der Bar *Cecile* von ‚den Deutschen' gesprochen wurde. Hierzulande wurden im Milieu und nicht nur dort deutsche Bürger abwertend als ‚Piefkes' bezeichnet.

Der Sprecher der Kripobeamten in Linz versicherte, dass sie sich künftig verstärkt umsehen würden, ob und wo Kriminelle auftreten, die dezidiert als ‚Deutsche' bezeichnet werden.

Enttäuscht fuhren Strotti und Johnny wieder zurück nach Amstetten. Sie hatten sich doch eine lohnende Auskunft erhofft. In der Linzer Unterwelt waren die Kriminellen als die ‚Deutschen' bekannt. Bei der Kripo in der OÖ-Hauptstadt wusste man nichts von diesen mutmaßlichen Zuhältern.

Auf der Heimfahrt fragte Johnny seinen Kollegen: „Strotti, kannst du dir vorstellen, dass die mordverdächtige Nutte vielleicht sogar von dem oder den Deutschen umgebracht wurde? Gegen Nina Hacker läuft zwar eine internationale Fahndung, aber es könnte doch sein, dass sie gar nicht mehr lebt und die ‚Deutschen' sie samt dem Auto entsorgt haben."

„Johnny, das ist kein schlechter Ansatz! Wir müssen herausfinden, welche Geschäfte die Nutten mit diesen Kriminellen betrieben haben. Ich kann nicht glauben, dass sie ausschließlich aufgrund der erotischen Anreize in das Möbelhaus *Krüger* nach Pindorf gefahren sind. Wie ich bereits mehrfach erwähnt habe, werde ich das Gefühl nicht los, dass da noch etwas anderes im Spiel war. Außerdem halte ich es wie du für möglich, dass die verdächtige Prostituierte ebenfalls ermordet wurde. Das Möbelhaus umgibt ein Geheimnis. Denkbar, dass Klaus Kargl nur deshalb erstochen wurde, weil er zur falschen Zeit am falschen Platz war. Ich halte es für sinnlos, alle Leute mit Schlüsseln zum Möbelhaus ausfindig zu machen. Das sind so viele, und die meisten haben die Schlüssel womöglich wieder weitergegeben. Diese Nachforschungen bringen uns nicht weiter, sie stiften bloß mehr Verwirrung. Morgen werden wir mit den Kollegen darüber reden."

Johnny schlug vor, die Mordakte der erdrosselten Prostituierten Ana Slavicka über das Gericht anzufordern. „Es ist notwendig, dass wir mehr über diese Damen erfahren. Das Möbelhaus ist meiner Ansicht nach der Schlüssel zu den Morden."

„Bin ganz deiner Meinung", entgegnete Strotti knapp.

„Trinken wir in einem Rasthaus einen Kaffee, ich lade ein. Dort reden wir in aller Ruhe über den Fall. Es ist sicher förderlich, wenn nicht bei jeder Diskussion das gesamte SOKO-Team anwesend ist. Ich vermute, dass du deine Meinung in Anwesenheit der Gruppe nicht so direkt und konkret geäußert hättest."

Beim Kaffee rätselten die beiden Männer über die Geschäfte, die die kriminellen Deutschen mit den Linzer Prostituierten am Laufen gehabt haben könnten. Beide Damen waren knapp über 50 Jahre alt, also das Geschäft mit der Liebe kann es wohl nicht mehr gewesen sein. Wofür war das Möbelhaus neben den Liebesabenteuern noch von Bedeutung? Zu dieser Frage fanden sie keine Antwort. Ehe sie zu ihrer Dienststelle aufbrachen, beschlossen sie, jede Ritze des Möbelhauses genau unter die Lupe zu nehmen, auch dann, wenn der Bausachverständige keine Abweichungen bei der Überprüfung des Bauplanes feststellen würde.

Das Gespräch in der Autobahnraststätte tat beiden Beamten gut, vordergründig hatte ihnen der Gedankenaustausch einen Motivationsschub verschafft.

Im Büro trafen sie auf Fred, der bereits mit seinen Informanten gesprochen hatte. Hans war ebenfalls anwesend, sie unterhielten sich über das Ergebnis ihrer Befragungen. Die Ex-Frau des Mordopfers hatte die Mitteilung des Informanten bestätigt. Also war Klaus Kargl sexsüchtig gewesen. Dennoch waren noch keine Personen, die ihm gegenüber feindselig gestimmt waren, bekannt geworden.

„Unglaublich, der lief jedem Kittel hinterher, vögelte egal, ob Frauen in Beziehungen wie Single-Damen und hatte trotzdem keine Feinde“, konnte Fred diese flapsige Bemerkung nicht zurückhalten.

„Wer ist bei Michael in der Kanzlei?“, fragte Strotti Hans.

„Soweit ich es mitbekommen habe, ist es jene Frau, die auf dem Gewerbeball mit Kargl geflirtet hat. Sie ist weinend zu uns gekommen und bat Michael um ein vertrauliches Gespräch, das jetzt schon zwei Stunden andauert.“

„Hoffentlich tut sich nicht schon wieder eine neue ‚Baustelle‘ auf“, meinte Strotti mit wenig Begeisterung.

Kaum hatte er ausgeredet, trat Michael aus seiner Kanzlei und entschied heute früher den Dienst zu beenden, denn am kommenden Tag würde reichlich Arbeit auf sie zukommen.

Paul hatte das Dienstgebäude bereits verlassen, denn der Bausachverständige, mit dem er das Möbelhaus anhand der Baupläne überprüfte, hatte wegen eines Arbeitsunfalles auf einer Baustelle abbrechen müssen. Sie wollten am kommenden Tag weitermachen.

Mittlerweile war es schon später Nachmittag und die Ermittler mit Ausnahme von Strotti freuten sich auf das vorverlegte Dienstende. Er wünschte den Kollegen einen schönen Abend und sagte, dass er in der Kantine auf Michael warten werde.

Tatsächlich wollte er sich zu Brigitte, einer uniformierten Kollegin gesellen, die gerade frisch geschieden war. Ihr Mann, ein Offizier bei der Landespolizeidirektion, hatte sie wegen einer jüngeren Kollegin sitzen lassen. Die gemeinsamen Kinder waren erwachsen und längst außer Haus. In dem Monat in Uniform war er auch mit Brigitte zu einigen Streifendiensten eingeteilt worden. Sie hatte ihm in ein paar Sätzen über ihre Scheidung erzählt und erklärt, dass sie daran noch zu kiefeln und keine Lust habe, über Privates zu reden. Deshalb liefen die Gespräche nie über das Dienstliche hinaus.

Strotti war aufgefallen, dass Brigitte nach Dienstschluss nie pünktlich die Inspektion verließ. Meist blieb sie bis nach den Spätnachrichten in der Kantine, wo sich Beamte der Nachtstreifen aufhielten, wenn auch nur kurzzeitig. Strotti sah in ihr eine Schicksalsgenossin und wollte ihr einfach Gesellschaft leisten. Er nahm sich eine Flasche Mineralwasser aus dem Kühlschrank und fragte Brigitte, ob neben ihr noch Platz sei.

Mürrisch fragte sie: „Siehst sonst noch jemanden im Raum?“, entschuldigte sich aber sofort ob ihres unhöflichen Benehmens. Besser gelaunt entgegnete sie dann: „Der Held vom

Faschingsdienstag darf sich immer zu mir setzen“, schon war das Eis gebrochen.

Strotti wusste noch nicht, dass ihm sein kompromissloses Einschreiten in der Nacht zum Aschermittwoch primär bei jungen Kollegen viel Bewunderung und Sympathien eingebracht hatte. Diese Amtshandlung war damals ein Klacks gegenüber der vielen Herausforderungen als Drogenermittler in Wien.

Allmählich kamen die Kollegen vom Außendienst zurück und gönnten sich noch einen Kaffee. Wie immer wurde noch über die Ereignisse des Tages gesprochen, bevor sich die Beamten in den Feierabend verabschiedeten.

Im Fernsehen liefen gerade die Nachrichten, als Michael zur Tür hereinblickte und sich erstaunt äußerte: „Strotti, du bist noch hier? Bis morgen, ich habe es eilig.“ Schon war er weg.

„Dein Chef ist wieder verliebt. Was man so hört, soll sie Krankenschwester im Krankenhaus hier sein“, berichtete ihm Brigitte emotionslos.

„Über Beziehungen redet er nicht mehr mit uns“, entgegnete ihr Strotti und fragte Brigitte, ob sie Lust auf eine Pizza habe, er würde sich nämlich jetzt eine bringen lassen. Die Kollegin stimmte zu, hier zu speisen, denn zu Hause falle ihr ohnehin die Decke auf den Kopf.

„Mir geht es nicht besser. Ich hoffe, dass ich in den nächsten zwei Wochen meine kleine Eigentumswohnung in einem Neubau beziehen kann. Derzeit wohne ich im ersten Stock des Hauses einer alten, freundlichen Dame, die mich wie ihren Sohn zu bemuttern versucht. Sicher meint sie es gut mit mir, aber ihre Fürsorge geht mir dann doch zu weit. Sie versorgt mich mit Kuchen ohne Ende und hat sogar schon angeboten, gelegentlich für mich zu kochen. Daher bin ich alleweil froh, wenn ich außer Haus gehen kann. Jetzt bleibt mir seit Jahren wieder mehr Geld von meinem Gehalt, ich habe heute das letzte Mal für meinen jüngsten Sohn Alimente bezahlt."

Dann erzählte er ihr kurz seine Familiengeschichte, einschließlich der gescheiterten Ehen und dem außerehelichen Sohn. Strotti war von sich selbst überrascht, weil er nicht der Typ war, der sich anderen so schnell öffnete. Außerdem kannte er Brigitte erst seit knapp sechs Wochen.

Brigitte hatte ihm empathielos zugehört und ihn einfach reden lassen. Strotti erkannte, dass es nicht richtig war, Brigitte mit seinem Privatleben zu behelligen, wo sie gerade selbst dabei war nach der Scheidung ihr Leben neu zu ordnen.

„Es tut mir leid, ich weiß nicht, was mich geritten hat, dir von meiner Vergangenheit, zu erzählen und dich damit zu belästigen, wie kann ich das wiedergutmachen."

„Mach dir darum keinen Kopf, du hast wenigstens von deinem Leben erzählt, was glaubst du, wie viele zwar gut gemeinte Ratschläge ich mir von manchen Kollegen nach und vor der Scheidung anhören musste."

Brigitte und Strotti – sie sprach ihn mit Jörg an – blieben noch knapp eine Stunde in der Kantine und sahen sich im Fernsehen eine Quizsendung an. Gesprochen wurde lediglich über Belangloses und über dienstliche Themen.

Als sie sich vor der Dienststelle verabschiedeten, schlug Strotti vor, dass ein Essen außerhalb der Dienstelle in einem anderen Ambiente besser munden würde.

„Ich würde gerne mit dir essen gehen, wenn du es nicht als Date siehst. Ich habe die Scheidung noch nicht verdaut."

„Wer spricht von einem Date? Ich wollte mit dir nur ein Speiselokal aufsuchen."

„Man wird sehen", sagte Brigitte, drehte sich um und ging zu ihrem Auto.

Strotti besuchte noch ein nahe gelegenes Lokal, bestellte dort an der Theke einen Spritzwein und dachte wieder einmal seit Langem ernster über seine Zukunft nach. Er ertappte sich dabei, dass in seinen Gedanken der Name Brigitte eine Rolle spielte.

Kapitel 16

Am nächsten Morgen berichtete Michael, dass sich die Lage erneut verändert haben könnte.

„Julia Paus kam gestern am Nachmittag zur Inspektion, um sich mir anzuvertrauen. Sie ist jene Frau, die mit unserem Mordopfer auf der Ballveranstaltung so ungeniert geflirtet hat. Ihr wisst, dass ihr Mann Ulrich ihr eine heftige Szene gemacht haben soll. In den Akten scheint dieser Vorfall auf. Aber jetzt kommt's: Ulrich hat Julia nach Hause gebracht und ist dann wieder weggefahren. Seine Frau gab an, dass er noch immer eifersüchtig war, weshalb er ihr nachrief, dass er in ein Puff fahren werde, da sie ihn ohnehin wegstoße. Ulrich kam erst am frühen Vormittag stark alkoholisiert nach Hause. Julia dachte, ihr Mann habe sich in einer Bar in Amstetten betrunken. In den nächsten Tagen herrschte bei den Paus dicke Luft. Schließlich versöhnten sie sich wieder und jeder gestand dem anderen seine Fehler ein. Julia und Ulrich sind seit 25 Jahren verheiratet und haben einen erwachsenen Sohn. Die Ehefrau erkannte, dass ihren Mann etwas bekümmert. Schließlich gelang es ihr, ihn zu bewegen, sie ins Vertrauen zu ziehen. Jetzt werdet ihr eine Überraschung erleben: Ulrich Paus wartet schon zu Hause, dass wir ihn abholen. Er hat seiner Frau gestanden, dass er in der Mordnacht im Café Komfort gewesen ist und dort den bereits toten Klaus Kargl am Boden in seinem Blut liegend vorgefunden habe. Das wäre es fürs Erste. Hans und Fred, könnt ihr die Vernehmung von Ulrich Paus übernehmen?"

Mit einem Kopfnicken standen die angesprochenen Kriminalisten auf, um sich sofort auf dem Weg zum Hause Paus zu machen. Sie wollten erst einmal eine freiwillige Nachschau durchführen und sein Handy sicherstellen. Die Kriminalisten gingen davon aus, dass Paus mit ihnen zusammenarbeiten würde und sie sich einen Gerichtsbeschluss sparen konnten.

Strotti schien die ganze Zeit über, während der SOKO-Leiter berichtete, aus einem unbekannten Grund geistesabwesend.

„Was ist mit dir los?", wollte Michael von ihm wissen.

„Ach nichts, ich will mich nur mit dieser neuen Situation nicht belasten, weil ich mir sicher bin, dass Ulrich Paus eine glaubwürdige Erklärung für seine Anwesenheit am Tatort abgeben kann. Michael, wenn du nichts dagegen hast, würde ich mich gerne mit Johnny im Gebäude des Möbelhauses umsehen."

Paul warf jetzt ein, dass Strottis Vorhaben gar keine schlechte Idee sei, denn er hätte noch hinreichend Arbeit mit dem Überprüfen der beschlagnahmten technischen Geräte, vorrangig müsse er ohnehin das Handy von Paus untersuchen.

„Außerdem kennt sich Johnny mit Bauplänen bestens aus, schließlich hat er vor der Polizei die HTL für Hoch- und Tiefbau besucht. Mein Bekannter hat obendrein heute keine Zeit, um mit der Prüfung fortzufahren."

„Damit wäre alles besprochen. Jeder weiß, was er zu tun hat. Paul, wo ist deine Frau? Hat sie sich freigenommen?"

„Weißt du das nicht mehr? Anita hat mit dir telefoniert, wie sie mir sagte."

Anstelle von Michael äußerte sich Strotti mit einem Grinsen im Gesicht: „Wie Krankenschwestern doch ablenken können", was ihm einen bösen Blick des SOKO-Leiters einbrachte.

„An die Arbeit", forderte Michael darauf gespielt böse, mit fuchtelnden Handbewegungen alle auf sein Büro zu verlassen.

Zwei Stunden später kamen Hans und Fred mit Ulrich Paus zur Dienststelle und führten ihn in den Vernehmungsraum. Beim Verlassen des Wohnhauses rief Julia ihrem Mann hinterher, dass sie auf der Polizeistation auf ihn warten werde.

Die Kriminalisten hatten das Handy und den Laptop von Paus sichergestellt und Paul zur Datenauswertung übergeben.

Ulrich Paus arbeitete als Geschäftsführer in einem Ferienhotel in Göstling an der Ybbs. Zusammen mit seiner Frau bewohnte er einen Bungalow in der Marktgemeinde Steinakirchen am Forst.

Er hatte versprochen, mit der Polizei zusammenzuarbeiten und wahrheitsgetreu auszusagen. Er erweckte bei den Polizisten nicht den Eindruck, dass er sie zu hintergehen versuchen könnte. Deshalb sahen Hans und Fred von einer Festnahme ab und ersparten ihm auch Handschellen.

Paul nahm sich sofort der Geräte an. Wichtig war die Standortbestimmung des Handys zum Zeitpunkt der Ermordung von Klaus Kargl. Der Laptop musste vollständigkeitshalber ebenfalls untersucht werden. Im Datensalat wurden schon oft wichtige Beweise gefunden, wenn sie auch nicht mit der ursprünglichen Tat im Zusammenhang standen.

Hans und Johnny ließen sich im Verhörraum von Ulrich Paus den Ablauf der verhängnisvollen Nacht und sein Verhältnis zum Mordopfer erzählen, ohne ihn zu unterbrechen. Sie hörten dem Vortrag aufmerksam zu und notierten sich die wichtigsten Inhalte.

Paus' Aussage nach war er gegen 04.00 Uhr auf dem Heimweg von Amstetten nach Steinakirchen. Er hatte ordentlich Alkohol konsumiert und hätte kein Kfz mehr lenken dürfen. Auf der Fahrt fuhr er auch am Café von Kargl vorbei, das von der Bundesstraße eingesehen werden konnte. Als er Kargls Auto dort stehen sah, kam in seinem Dusel wieder Zorn auf ihn hoch, weil dieser seine Frau so unverschämt angeflirtet hatte. Bei der nächsten Kreuzung kehrte er daher um und fuhr zum Kaffeehaus zurück, wo er seinen Pkw direkt neben dem von Kargl einparkte. Darauf begab er sich ins Lokal und sah schon von der Tür aus die Füße von Kargl hinter dem Schankbereich hervorragen. Er trat vorsichtig ein und entdeckte den Cafébetreiber in seinem Blut, wonach er sofort flüchtete. Als er im Auto saß, schoss ihm plötzlich durch den Kopf, dass er auf der Türklinke Fingerabdrücke hinterlassen hatte. Also ging er noch einmal zurück und reinigte mit seinem

Taschentuch den Türgriff. Der Anblick, der sich ihm da im Lokal geboten hatte, hatte ihn schlagartig ausgenüchtert. Er fuhr darauf nach Ybbs zum Rasthaus, wo er noch etwa drei Stunden blieb und zur Beruhigung einige Achtel Weißwein konsumierte. Klares Denken war ihm unmöglich geworden. Die nächsten Tage verfolgte er in den Medien die Ermittlungen über den Mord. Seit Wochen war er von Angst getrieben, bei jedem Läuten an der Tür zuckte er zusammen und fühlte bereits die Handschellen. Die Ehefrau erkannte den Gemütszustand ihres Mannes und stellte ihn zur Rede, bevor sie gemeinsam den Entschluss fassten, sich bei der Polizei zu melden.

Die Darstellung von Ulrich Paus fanden die Vernehmungsbeamten plausibel, dennoch blieben einige Fragen offen. Vor allem ging es darum, warum Ulrich nicht sofort Polizei und Rettung informiert hatte.

Ulrich erklärte ihnen daraufhin: „Ich war mir sicher, dass Klaus bereits tot war, das Blut wirkte … verklumpt. Wenn ich Rettung oder Polizei verständigt hätte, wäre ich sofort in Verdacht geraten, mit dem Tod von Klaus im Zusammenhang zu stehen. Daher habe ich meine Spuren verwischt und bin weggefahren."

„Ist Ihnen auf dem Tatort etwas aufgefallen?", war die nächste Frage von Hans.

„Nein, mir ist nichts verdächtig vorgekommen, der Mörder war meinem damaligen Dafürhalten längst weg. In meiner Panik habe ich nicht einmal daran gedacht, ob noch jemand im Café sein könnte. Ich bin voller Angst sofort nach Ybbs zum Rasthaus gefahren und bin mir sicher, dass außer dem Auto von Klaus kein weiteres vor dem Lokal geparkt war."

Fred wollte von Paus noch die Zeit seines Aufenthaltes im Lokal wissen.

„Beim Eintreffen auf dem Parkplatz dort habe ich auf die Uhr geschaut, es war 04.01 Uhr. Bis zum Wegfahren vergingen keine zwei Minuten."

Hans holte Fred zur Seite und flüsterte ihm ins Ohr, dass laut Gerichtsmediziner um diese Zeit Klaus Kargl längst tot war.

„Dann scheint es, dass er uns nicht belügt", entgegnete ihm Fred ebenfalls im Flüsterton.

Hans wandte sich wieder an Ulrich: „Herr Paus, wir werden nun Ihre Aussage dokumentieren und anschließend mit dem Staatsanwalt reden. Dieser entscheidet, ob Sie auf freiem Fuß angezeigt oder in U-Haft genommen werden. Schließlich haben Sie sich durch Ihr Verhalten strafbar gemacht, wenngleich Sie Kargl nicht getötet haben. Auf jeden Fall haben Sie unsere Ermittlungen erschwert. Der Staatsanwalt wird entscheiden, ob er Sie anklagen wird."

„Bitte helfen Sie mir! Ich will wieder zu meiner Frau nach Hause, sie ist zurzeit mein einziger Halt und steht zu mir."

„Ich möchte dem Staatsanwalt nicht vorgreifen, aber unseren Erfahrungen nach wird er keine U-Haft verhängen. Versuchen Sie sich zu erinnern, ob Sie etwas vergessen haben. Wenn wir zu einem späteren Zeitpunkt feststellen, dass Sie uns etwas verschwiegen haben, werden Sie mit harten Konsequenzen rechnen müssen“, machte ihm Hans Hoffnung.

Der Kriminalist hatte recht behalten. Der Staatsanwalt verfügte Anzeige auf freiem Fuß mit der Einschränkung, sich einmal pro Woche auf der Inspektion in Amstetten zu melden, bis die Überprüfungen gegen ihn abgeschlossen waren. Die Aussage von Paus musste noch hinterfragt werden.

Nach der Abnahme eines Mundhöhlenabstriches und der Fingerabdrücke durfte Ulrich Paus seine Frau Julia, die im Parteienraum die ganze Zeit über geduldig und mit Tränen in den Augen auf ihn gewartet hatte, in die Arme nehmen und nach Hause gehen.

Die Ermittler wollten Paus so schnell wie möglich als Täter ausschließen können.

Auf Geheiß von Michael fuhr Paul folgend sofort zum Rasthaus nach Ybbs, um dort die Aussage von Paus gegenzuprüfen. Vorher hatte er sich erkundigt, ob jene Angestellte, der in der fraglichen Nacht gearbeitet hatte, anwesend war. Dem war so. Eine Stunde später wusste Paul, dass die Aussage von Paus bei der Vernehmung der Wahrheit entsprach. Somit konnten sie Ulrich Paus als Täter vorläufig ausschließen, dennoch wusste man nie, wie sich der Fall weiterentwickelte.

Auch die Auswertung der Handydaten stimmte mit der Aussage von Ulrich Paus überein. Zum Todeszeitpunkt war das Handy noch in Amstetten eingeloggt. Zu guter Letzt musste sich der Gerichtsmediziner mit den Feststellungen des Paus bei der Auffindung des Ermordeten befassen.

Nach Abschluss der Erhebungen gegen Ulrich Paus äußerte Michael: „Die Paus sind seit über 20 Jahren verheiratet und haben eine unnötige Ehekrise heraufbeschworen. Vielleicht hatte sie etwas Gutes. Ich habe den Eindruck, sie haben wieder zusammengefunden."

Hans erwiderte: „Wenn du dich zusammenreißt, schaffst du die 30 Jahre auch noch. Mit der Krankenschwester an deiner Seite bist du medizinisch bestens versorgt."

Der SOKO-Leiter drehte sich lächelnd um und verließ kopfschüttelnd die Kanzlei. Seine Kollegen mussten nicht unbedingt sein errötetes Gesicht wahrnehmen. Aber sie hatten recht: Seit bald zwei Monaten war er wieder verliebt, aber er wollte es noch für sich behalten. Lange konnte er seine neue Liebe den Kollegen nicht mehr verheimlichen, die dreisten Bemerkungen häuften sich. Er nahm sich vor, bei der nächsten Besprechung sein Team über seinen neuen Beziehungsstatus in Kenntnis zu setzen.

Kapitel 17

Strotti und Johnny fuhren zum Möbelhaus, um im gesamten Objekt nach ungenutzten oder gar versteckten Räumen zu suchen. Sie wollten hinter jede Tür im Keller blicken, denn Strotti vermutete, dass es für die Besuche noch einen anderen Grund als die Sexspiele gab. Er als erfahrener Suchtgiftermittler hatte im Laufe der Jahre die unmöglichsten Suchtgiftverstecke ausgehoben. Möglicherweise war der Cafébetreiber bei einem Drogendeal dazwischengeraten, worin das Motiv für den Mord zu suchen wäre. Zu dieser These passte wiederum die Nacktheit des Mörders nicht so recht ins Bild, außer er hat sich, wie einige des Teams vermuteten, die blutige Kleidung nach der Tat ausgezogen.

Genauso konnte es sich aber um eine andere Straftat handeln, die mit dem Möbelhaus in Verbindung stand. Mit Rücksichtnahme, wer aller einen Schlüssel zum Geschäft besitzen konnte, boten sich vielerlei Möglichkeiten, das Objekt für illegale Zwecke zu nutzen. Alle Besitzer der Schlüssel waren nicht nachvollziehbar.

Johnny schaffte sich anhand des Planes einen kurzen Überblick des Objekts, bevor sie über eine Stiege, die von einem Vorraum zu dem unterirdischen Bereich führte, hinabstiegen. Laut der Filialleiterin war die Kellertür praktisch nie versperrt. Ein Angestellter kümmerte sich neben dem Verkauf gleichermaßen als Hausmeister um Heizung, Belüftung und was sonst noch bei so seinem großen Gebäude anfiel. Der Gebäudebetreuer führte die Polizisten in den langen Gang im Keller und erklärte ihnen, dass sämtliche Türen unversperrt sind und lediglich technische Maschinen, die Heizung und Wohnraumbelüftung in den seitlichen Kammern betrieben wurden.

Der Angestellte ging wieder zurück in das Obergeschoss, nicht ohne sie vorher aufmerksam gemacht zu haben, dass im Keller das Handynetz nicht funktioniere. Strotti hatte ihm erklärt, dass sie sich ohne ihn zurechtfinden würden.

„Wenn Sie etwas brauchen sollten, müssen Sie mich schon holen. Sie finden mich in der Küchenabteilung oder lassen mich ausrufen", ließ er sie beim Weggehen wissen.

„Danke, wenn es notwendig wird, kommen wir darauf zurück."

Kaum war der Hausmeister weg, fragte Johnny: „Sag, nimmst du diesen komischen Geruch hier auch wahr oder ist das wirklich nur der übliche Mief in Kellerräumen?"

„Ich bin leicht verkühlt. Auf meinen Geruchssinn kann ich mich zurzeit nicht verlassen, aber wer weiß, was da in den Räumen alles gelagert wird", entgegnete ihm Strotti.

Der Kellergang verlief etwa 40 Meter gerade in Richtung Westen und bog dann in einem rechten Winkel weitere 30 Meter nach links ab. In diesem Bereich gab es keine Türen mehr. An der gesamten Länge des Ganges waren unterschiedlich große Rohre an der Decke befestigt. Insgesamt gab es acht Fenster im Keller, die über schmale Schächte nach draußen führten. Die Fenster waren vergittert und durch die Schächte schwer zugänglich, sodass sie für mögliche Einbrecher unmöglich genutzt werden konnten. Bei Neubauten waren solche Kellerfenster aus baupolizeilicher Sicht nicht zulässig.

Strotti und Johnny waren aber nicht im Keller, um Mängel am Gebäude aufzuwerfen, vielmehr suchten sie nach verborgenen Zugängen. Sie ließen sich Zeit bei ihrer Begutachtung, klopften mit der schweren Taschenlampe immer wieder die Mauern ab und achteten auf den Klang ihrer Schritte, um mögliche Hohlräume dahinter oder darunter ausfindig zu machen.

Johnny kam vor, dass der üble Geruch im vorderen Bereich des Kellers stärker war als weiter hinten, das konnte auch mit einem gewissen Gewöhnungseffekt zusammenhängen. Mittlerweile waren sie bereits zwei Stunden im Keller und Durst machte sich breit. Sie hatten nicht damit gerechnet, so lange im Keller bleiben zu müssen. Daher hatten sie keine Getränke dabei.

Als sie wieder nach oben gehen wollten und sich dem Aufgang näherten, empfand Johnny den üblen Geruch wieder deutlich stärker. Er war sich sicher, dass der Gestank in diesem Bereich seinen Ausgang nahm. Nachdem sie die Räume in dem Bereich des Stiegenaufganges überprüft hatten, konnten sie die Ursache des Geruchs erneut nicht nachvollziehen.

Ungefähr fünf Meter vor der Kellerstiege griff Johnny Strotti an die Schulter und hielt ihn zurück. „Strotti, ich habe einmal auf einem Social-Media-Kanal eine Stiege als Abdeckung für ein geheimes Versteck gesehen“, sagte er aufgeregt und schon stürmte er zur Treppe. „Komm, prüfen wir den Aufgang, ob er sich zur Seite drehen lässt. Nein, das wird nicht möglich sein. Dafür ist nicht ausreichend Platz, aber vielleicht ist die Stiege in der Mitte geteilt“, redete er euphorisch auf Strotti ein. Schon riss er den Läufer von den Stufen weg. Die Stufen waren mit lasierten Holzbrettern verkleidet. Johnny war jetzt nicht mehr zu bremsen, er kniete vor der Stiege nieder und begann sie eingehend zu untersuchen. Strotti stand verblüfft daneben und hatte momentan etwas die Fassung verloren. Was hatte Johnny da auf einem Video gesehen? Er konnte sich nicht den geringsten Reim darauf machen.

Johnny kniete vor dem stirnseitigen Brett der untersten Stufe: „Strotti, schau her, was ich eben entdeckt habe!“, rief er und zeigte dabei auf eine vertikale Ritze in Brettmitte über die ganze Tiefe. „Hier ist auch eine kleine eiserne Sperrvorrichtung. Dir werden gleich vor Staunen die Augen herausfallen.“ Er hatte kaum ausgesprochen, als er die linke Stiegenhälfte seitlich wegdrehte und ein weiterer Stiegenabgang von sechs Stufen bis zu einer Eisentür sichtbar wurde. Die Holzbretter waren auf der linken Seite nicht mit dem Gerüst der Stiege verschraubt, weshalb sie auf dieser Seite in der Luft hingen. Die Stiege bestand aus einem Eisengerüst, wo die Stufen mit Holzbrettern und die Seitenteile mit Gipsplatten verkleidet waren.

Nachdem Johnny die Stiege zur Seite gedreht hatte, strömte ihnen ein derart grässlicher Gestank entgegen, dass sie sich fast übergeben mussten. Sie wichen sofort einige Meter zurück. Den Geruch konnten sie zweifelsfrei mit einer Verwesung in

Verbindung bringen. Johnny hatte zufällig zwei Corona-Masken eingesteckt. Er reichte eine davon Strotti. Sie boten nicht viel Schutz, aber besser als nichts.

Die Kriminalisten mussten ihre Entdeckung erst verdauen und genau überlegen, wie weiter vorzugehen war. Schließlich einigten sie sich, den geheimen Eingang wieder zu verschließen und oben den Kellerzugang von Kollegen bewachen zu lassen. Nunmehr durfte niemand mehr ohne einen triftigen Grund den Keller betreten.

Strotti verständigte sofort Michael und informierte ihn kurz über den geheimen Raum im Keller. Der SOKO-Leiter beorderte umgehend eine Streife zur Bewachung des Kellerabganges zum Möbelhaus.

Nach der Ablöse fuhren Strotti und Johnny zur Inspektion, wo dringende Maßnahmen abzusprechen waren. Eins war ihnen klar: Sie mussten in den versteckten Kellerraum, um zu sehen, was diesen elenden Geruch verursachte. Noch konnten sie nicht Gott und die Welt in Bewegung setzen, da es sich nicht unbedingt um einen Menschen handeln musste, der dort verweste, es konnte auch ein größeres Tier sein.

Johnny schlug vor: „Ihr wisst doch, dass ich als Feuerwehrmann eine Atemschutzausbildung absolviert habe. Was haltet ihr davon, wenn ich mit einer Sauerstoffflasche in den Raum gehe? Dann wissen wir, wie es da drunten aussieht und wer oder was den Geruch verursacht. Gebt mir eine Stunde, dann bin ich startbereit."

„Zisch ab und mach“, wies ihn Michael kurz an.

Der SOKO-Leiter war froh über Johnnys Vorschlag, weil er nicht wollte, dass sein Team einer unnötigen Gefahr ausgesetzt wird. Sie ahnten zwar, dass es sich um Verwesungsgeruch handelte, aber nicht auszudenken, wenn es ein anderes, sogar gefährliches Gas war, das dort freigesetzt wurde.

Johnny war ein qualifizierter Feuerwehrmann, der auch eine Schulung für das Erkennen und den Umgang mit gefährlichen Stoffen absolviert hatte. Wie sie ihn kannten, würde er auch mit Kollegen der Feuerwehrschule Tulln Rücksprache halten und mit der entsprechenden Ausrüstung sowie den notwendigen Geräten mit dem höchsten Augenmerk auf Eigensicherung sorgsam vorgehen.

Paul schlug vor, mit einem Gerichtsmediziner Kontakt aufzunehmen. „Ruf Dr. Hauser an und teile ihm mit, dass Arbeit auf ihn zukommen wird“, war die nächste Anordnung von Michael.

Die SOKO-Kriminalisten waren sich ziemlich sicher, dass sie in dem Verlies eine verwesende Leiche erwartete, sprachen es aber noch nicht direkt aus.

Bis zum Eintreffen von Johnny erklärte Strotti seinen Kollegen, wie der Stiegenabgang ausgefuchst gebaut war. Strotti empfahl denjenigen Kollegen, die in den Keller mitkommen wollten, alte Kleidung anzuziehen.

„Wir müssen nicht alle in den geheimen Raum. Es reicht vorerst, wenn du mit Johnny und Fred in den Keller gehst. Hans und ich werden uns oben beim Kellereingang positionieren und eure Informationen entgegennehmen, weil es im Keller keinen Handyempfang gibt, wenn ich euch richtig verstanden habe. Paul, du bleibst im Büro und wartest auf Anweisungen. Vorrangig sollst du uns berichten, wie wir uns laut Gerichtsmediziner zu verhalten haben und was wir unternehmen dürfen."

Es stellte sich heraus, dass die sofortige Miteinbeziehung des Gerichtsmediziners enorm wichtig war.

Paul rief Dr. Hauser an und informierte ihn über die gegebene Situation.

Mit deutlich erkennbarer Erregung in der Stimme trug dieser ihm auf: „Paul, das ist eine ganz heikle Angelegenheit. Ihr dürft keinesfalls lüften. Schickt nur einen Mann in den Bunker. Dieser soll alles fotografieren und du lässt mir umgehend die Fotos zukommen. Ich werde dann entscheiden, wie wir vorgehen. Das Raumklima soll nach Möglichkeit nicht verändert werden. Wir sollten nicht viel Zeit verlieren, damit wir den Todeszeitpunkt möglichst genau nachweisen können. Ich erwarte deinen Anruf und die Fotos. Ach, und euer Fotograf soll auch die Raumtemperatur messen."

Die Kriminalisten der SOKO waren eben beim Möbelhaus eingetroffen, als Michael durch Pauls Anruf von der Anweisung des Pathologen erfuhr.

Demzufolge ging Johnny bestens ausgerüstet allein in das Verlies. Er öffnete die schwere Eisentür und schlüpfte in den Raum dahinter, um die Tür gleich wieder zu schließen. Er fühlte sich angesichts dieser Situation in einen Horrorfilm versetzt. Mit einer Taschenlampe leuchtete er den Raum ab und sah eine halb verweste Leiche neben einem Bett liegen. Nachdem er sich hinlänglich Überblick verschafft hatte, begann er den Raum im Uhrzeigersinn zu fotografieren. Er schoss ein Foto nach dem anderen und mindestens zehn Fotos allein von dem oder der Toten aus allen Richtungen.

Das Thermometer, das er beim Betreten des Raumes auf eine Ablage gelegt hatte, zeigte 15 Grad plus an. Johnny war froh, nach Erledigung seiner Aufgaben den Horrorraum wieder verlassen zu dürfen. In seinen zwölf Jahren bei der Polizei war ihm zwar schon einiges untergekommen, aber dieser Gruselraum mit einer verwesten Leiche war doch eine ganz neue Erfahrung. Nach solchen Anlässen war er froh, dass seine Ehefrau Psychologin war. Die Gespräche mit ihr taten ihm gut.

Kaum hatte Johnny den Raum verlassen und die Tür hinter sich geschlossen, half ihm Strotti die Stiege hoch und gab ihm die Tasche mit der Kleidung zum Wechseln, die Johnny mitgebracht hatte. Die Feuerwehrkleidung steckte er in einen Müllsack und verschloss diesen, soweit luftdicht, wie es möglich war. Vorher hatte er die Spezialgeräte in einem Koffer verstaut.

Während sich Johnny umzog, schloss Strotti den Zugang mit der manipulierten Stiege.

Als sie nach oben kamen, verzogen Hans und Fred das Gesicht. Sie hielten sich die Hand vor die Nase und wichen von den Kollegen zurück. „Ihr stinkt ja fürchterlich, wie viele Leichen habt ihr entdeckt?"

Strotti forderte die Kollegen auf, mit nach draußen zu kommen. Sie wollten den üblen Geruch nicht im ganzen Gebäude verbreiten. Angestellten und Kunden würde der Gestank ohnehin auffallen. Die wenigsten würden die richtigen Schlüsse ziehen, höchstens eine freche Bemerkung von sich geben.

„Wo ist Michael?", erkundigte sich Johnny.

„Im Büro der Geschäftsleitung. Er muss sich mit dem Firmenchef wegen der weiteren Maßnahmen, die auch den Betrieb im Kaufhaus betreffen, absprechen", erklärte Hans.

Johnny berichtete den Kollegen kurz von dem verwesten Leichnam im Bunker, bevor er zur Dienststelle fuhr. Die Kriminalisten merkten wohl, dass Johnny unter leichtem Schock stand, daher wollten sie ihn nicht weiter mit Fragen belästigen.

Johnny fuhr den Wagen in den Hof des Dienstgebäudes und parkte es dort ein, wobei er sämtliche Türen öffnete, damit das Auto ordentlich durchgelüftet wurde. Ein kurzes Hupen machte die Beamten in der Station auf ihn aufmerksam. Auch Paul blickte beim Fenster hinaus.

„Komm runter in den Hof, ich gebe dir den Fotoapparat. Du hättest sicher keine Freude, wenn ich zu dir ins Büro käme, bei dem Duft, der von mir ausgeht."

Nachdem er Paul kurz berichtet und ihm die Kamera ausgefolgt hatte, rief er Michael an und bat ihn, den Rest des Tages freinehmen zu dürfen. In Anbetracht der Bilder, die Johnny im Kopf hatte, genehmigte ihm der SOKO-Leiter, den Dienst zu beenden.

„Bitte sorge dafür, dass du mental klarkommst. Wir sehen uns morgen früh wieder."

„Klaro und danke", entgegnete Johnny knapp.

Wie vorgesehen leitete Paul die Lichtbilder umgehend an den Gerichtsmediziner weiter.

Es war früher Abend, als Paul von Dr. Hauser einen Rückruf erhielt.

„Ich komme heute mit zwei Kollegen zum Tatort. Schau, dass ein Team der Spusi vor Ort ist, aber vor allem wollen wir ungestört arbeiten und nicht von Presseleuten oder Schaulustigen gestört werden. Wir beginnen mit unserer Arbeit so gegen 20.00 Uhr, weil dann keine Angestellten mehr im Geschäft sein werden. Übrigens, ich gehe von einem Tötungsdelikt aus. Nach den Spuren am Hals, die auf dem Foto relativ deutlich erkennbar sind, könnte das Opfer erdrosselt worden sein."

Paul hielt es nicht länger im Büro. Umgehend fuhr er zum Möbelhaus, um Michael persönlich über die Vorgaben des Gerichtsmediziners in Kenntnis zu setzen.

Der SOKO-Chef hielt sich mit der Filialleiterin in ihrem Büro auf. Fast gleichzeitig mit Paul traf auch der Firmeninhaber Arnold

Krüger in der Pindorfer Filiale ein. Während Michael und Paul mit der Firmenleitung die weiteren Schritte besprachen, stellten Strotti, Hans und Fred zusammen mit dem Hausmeister flexible Trennwände um den Abgang zum Keller auf.

Danach fuhr Hans zum Feuerwehrhaus Pindorf, wo er sich mit dem Kommandanten verabredet hatte. Zum Ersten wollte er alte Feuerwehroveralls für sich und die Kollegen besorgen und zum Zweiten sollte der FF-Einsatzleiter über etwaige notwendige Maßnahmen Bescheid wissen. Es konnte die Einrichtung einer provisorischen Belüftung notwendig werden, natürlich nach Absprache mit den Pathologen.

Bei der Besprechung mit der Firmenleitung wurde bestimmt, dass der Hausbesorger den Kriminalisten die ganze Nacht zur Verfügung stehen sollte. Es war davon auszugehen, dass durchgearbeitet werden würde.

Michael entschied, dass Strotti und Fred am Tatort blieben, während er noch seinen Berichtspflichten gegenüber der Staatsanwaltschaft und dem Bezirkskommando nachkommen musste. Paul würde später mit dem Team der Gerichtsmedizin zum Tatort kommen. Hans brachte die Overalls und teilte dem SOKO-Leiter die Abmachung mit der FF Pindorf mit. Gemeinsam mit Michael fuhr er zur Inspektion zurück. Einige schriftliche Dokumentationen und Berichte mussten noch abgesetzt werden, bevor sie sich nach Hause verabschiedeten. Der kommende Tag würde ziemlich turbulent werden. Zumindest für Michael war klar, dass er sich am nächsten Tag gemeinsam mit dem Bezirkskommandanten den Medien stellen musste. Herbert Stummer hatte ihn extra angewiesen, auf der Dienststelle zur Verfügung zu stehen.

Weit mehr als die Medien bereitete Michael die Fortsetzung der Ermittlungen Sorgen. Jetzt hatten sie ein zweites Mordopfer im Möbelhaus, bei derartigen Kapitalverbrechen lag die Zuständigkeit gemäß den einschlägigen Erlässen eindeutig beim Landeskriminalamt.

Mit den Ermittlungen zum Mord am Cafébetreiber waren sie deshalb beauftragt worden, weil die Gruppe für Leib und Leben mit den Erhebungen von mehreren gleichzeitig angefallenen Tötungsdelikten befasst und völlig ausgelastet war. An dieser Situation hatte sich nichts geändert. Im ersten Drittel dieses Jahres waren bereits überdurchschnittlich viele Tötungstaten angefallen.

Nach dermaßen umfangreichen Erhebungen, die sie bis jetzt geführt und die auch wichtige Erkenntnisse gebracht hatten, wollte Michael die Ermittlungen nicht mehr aus der Hand geben. Er hoffte auf die Unterstützung des Staatsanwaltes und auch des Bezirkskommandanten.

Dass ein Kollege der SOKO wesentlichen Anteil daran hatte, dass ihnen die Ermittlungen bisher nicht bereits entzogen wurden, wusste er zu diesem Zeitpunkt noch nicht.

Kapitel 18

Kurz vor den Abendnachrichten trafen die Gerichtsmediziner in Amstetten ein. Nach einem Koordinierungsgespräch fuhr Paul mit dem Streifenwagen, gefolgt vom Kleinbus der Gerichtsmedizin, zum Möbelhaus.

Dort warteten neben Strotti und Johnny, die sich die Feuerwehroveralls bereits übergezogen hatten, auch vier Beamte der Spusi. Der Hausmeister hielt sich in seinem Büro zur Verfügung.

Die Fotos zeigten, dass es im Bunker keine Stromquelle gab.

Strotti öffnete das ‚Stiegentor', wonach Dr. Hauser mit seinen Kollegen in den Bunkerraum einsteigen konnte. Ihre Vermutung, dass es in diesem quadratförmigen Raum keinen Stromanschluss gab, bestätigte sich. Deshalb verlegten die Spusi-Beamten ein Verlängerungskabel und sorgten mit drei Kabellampen für eine ausreichende Beleuchtung.

Der Leichnam wurde nach der Umgebungsprüfung und Dokumentation in einen Blechsarg gelegt und mit einem Deckel verschlossen. Nach zwei Stunden waren die Gerichtsmediziner mit ihrer Arbeit fertig und fuhren zurück nach Wien zum Institut.

Bevor sie sich verabschiedeten, meinte Dr. Hauser knapp zu Paul: „Wie vermutet, wurde er mit einiger Sicherheit erdrosselt und der Auffindungsort ist sehr wahrscheinlich auch der Tatort, aber das werden eure Spusi-Leute ermitteln. Ruf mich morgen am späten Nachmittag an, dann weiß ich vielleicht schon mehr. Wir haben die Kleidung des Toten – es handelt sich um eine männliche Person – noch nicht durchsucht und möchten den Leichnam unbeschadet in die Rechtsmedizin bringen.“

Nach den Pathologen begannen nun die Kriminalisten der Spusi mit ihren Untersuchungen. Die Feuerwehr konnte indessen einrücken, der üble Fäulnisgeruch hatte sich durch die geöffnete Bunkertür mit der Kellerluft vermischt und an Intensität verloren. Überdies hatte der Hausmeister sämtliche Fenster im Keller geöffnet. Die Polizisten trugen ohnehin Masken, sodass der Geruch nur mehr eine unbedeutende Einschränkung darstellte.

Die Ermittler hielten die Stiegen-Konstruktion für genial, um einen Zugang zu verbergen. Niemand konnte jemals darauf kommen, dass die Befestigungsschrauben auf einer Seite der Stufenverkleidung nur Attrappen waren. Sie unterschieden sich nicht im Geringsten von den Schrauben auf der Gegenseite. Jene Schrauben in der Mitte wichen nur um einige wenige Zentimeter von der exakten Mitte ab. Zusätzlich wurden sie mit einem Teppich abgedeckt. Also kurz gesagt, der Konstrukteur der Stiege hatte sich etwas dabei gedacht. Es stellte sich die Frage, wozu der versteckte Raum diente und warum er gebaut wurde? Die Antwort darauf galt es dringend zu finden.

Das Verlies selbst zeigte keine besonderen Auffälligkeiten. Ein altes rostiges Feldbett mit einer verstaubten Matratze sowie zwei Schemel standen im Raum. Auf dem Bett lagen mehrere

Kleiderbügel aus Draht übereinander. In einer Ecke führte ein Blechrohr mit zehn Zentimetern Durchmesser durch die Decke.

Strotti und Fred suchten außerhalb des Gebäudes nach einem Ausgang des Rohres.

Ein Beamter des Spusi erleichterte ihnen die Suche, indem er eine dünne Eisenstange durch das Rohr steckte. Infolge der hereinbrechenden Dunkelheit dauerte es dennoch einige Zeit, bis Strotti eine Bewegung auf dem Grünstreifen vor dem Parkplatz bemerkte. Tatsächlich fanden die Kriminalisten das Rohr, das nach einem drei Zentimeter breiten Luftschlitz mit einem verrosteten Blechhütchen abgedeckt war. Aufgrund der pflanzlichen Verwachsung mit dem Erdboden wurde diese Lüftung mit Sicherheit schon Jahre nicht mehr genutzt.

Einige Stunden nach Mitternacht beendeten die Leute der Spurensicherung ihre Tatortarbeit, so kamen die Ermittler wenigstens noch zu ein wenig Schlaf. Paul war bereits mit den Gerichtsmedizinern weggefahren. Strotti hatte ihm geraten, auszuschlafen, weil am nächsten Tag ohnedies viel Dokumentationsarbeit und Recherchen am Computer anstanden.

Bevor sie den Tatort verließen, versiegelte ein Beamter den Schließmechanismus der Kellerstiege mit einer Plombe.

Am folgenden Tag standen ab dem frühen Morgen die Telefone auf der Inspektion Amstetten nicht mehr still. Paul wurde eingeteilt, sämtliche Telefonate im Kontext zu den Mordfällen im

Möbelhaus entgegenzunehmen und zu filtern. Anfragen von größeren Medien leitete er an das Bezirkskommando weiter. Michael konnte Herbert heute nur eingeschränkt bei der Pressearbeit unterstützen, zu sehr vereinnahmte ihn die Ermittlungskoordination bei der SOKO.

Das gesamte Team war an diesem Tag anwesend, schließlich mussten auch gezielte Ermittlungen geführt und nicht nur den Anfragen der Medien nachgekommen werden.

Strotti hatte bereits zu Dienstbeginn bemerkt, um es salopp auszudrücken, dass der SOKO-Leiter etwas unrund war, weshalb er ihn kurzerhand fragte: „Michael, es läuft doch alles bestens, aber ich kenne dich gut genug. Also, was bedrückt dich?“

„Strotti, wir haben jetzt in zwei spektakulären Mordfällen zu ermitteln. Uns dürfen keine Fehler passieren, obwohl ich mir einigermaßen sicher bin, dass uns das LKA die Fälle entziehen wird.“

„Chef“, so respektvoll sprach Strotti Michael nur dann an, wenn es ihm besonders ernst war, „wir sind da meiner Empfindung nach etwas Großem auf der Spur, jetzt lassen wir uns die Butter nicht mehr vom Brot nehmen. Lass mich ein paar Anrufe tätigen und du klärst die Angelegenheit mit dem Staatsanwalt und dem Bezirkskommandanten.“

„Du hast recht, Angriff ist die beste Verteidigung. Wir sollten die Kompetenzen über den Fortgang der Ermittlungen deutlich in unserem Sinne abstecken.“

Strotti ging in sein Büro und versperrte die Tür. Bei dem folgenden Telefonat durfte niemand dazwischenkommen. Er blickte auf seine Uhr, nickte und sagte zu sich selbst, die Dienstbesprechung hat noch nicht begonnen. Entschlossen griff er zum Hörer und nach dem zweiten Läuten meldete sich eine feste Stimme mit „Schöndorfer".

„Hier Strotti. Guten Morgen, Gerhard. Ich muss dich um etwas bitten, das ich nie gehofft habe, machen zu müssen."

„Das mit dem guten Morgen lassen wir dahingestellt, Strotti, altes Unikum. Wo drückt dich der Schuh?"

„Gerhard, du weißt sicher schon Bescheid, dass wir im Möbelhaus ein zweites Mordopfer gefunden haben."

Schöndorfer unterbrach ihn barsch. „Das ist der Grund, warum bei mir das Telefon nicht mehr stillsteht. Mich wundert, dass du überhaupt zu mir durchgekommen bist. Unsere Leute hier beim Landeskriminalamt sind völlig ausgelastet. Wir haben heuer im wahrsten Sinne des Wortes ein Mordsjahr und nun müssen wir auch noch eure Fälle übernehmen."

„Eben darum rufe ich an. Wir wollen nicht, dass die SOKO aufgelöst wird und die Gruppe Leib und Leben übernimmt. Unsere Einheit ist sehr wohl in der Lage, die Fälle zu bearbeiten. Also ersuche ich dich, uns die Erhebungen fortführen zu lassen."

„Ich wäre froh, wenn ihr die Erhebungen fortsetzt, doch im Ministerium will ein hoher Beamter, dass wir übernehmen."

„Von denen hast du dir doch noch nie dreinreden lassen."

„Strotti, das stimmt. Ich rufe gleich den zuständigen Staatsanwalt an und bitte ihn, eure Ermittlungen mit einer Verfügung abzusichern, aber vorher rede ich noch mit eurem Bezirkskommandanten. Wenn ich überlege, was kümmert mich eigentlich der Sesselfurzer im Ministerium.“

Die Vereinbarung mit Herbert Stummer war schnell getroffen, er stand voll hinter der SOKO und war absolut dafür, dass sie die Ermittlungen fortsetzte.

Strotti wollte Michael von dem Gespräch mit dem LKA-Kommandanten berichten, dieser war bereits unterwegs zum Staatsanwalt nach St. Pölten.

An fallbezogene Nachforschungen war heute nicht zu denken. Jeder Ermittlungsschritt des gestrigen Tages musste niedergeschrieben werden und eine Neuordnung der vorzunehmenden Nachforschungen war unumgänglich.

Strotti sah es als besondere Bestätigung, dass ihn Herbert Stummer in sein Büro holte, damit er ihn bei der Medienarbeit unterstützte.

Die Möbelfirma Krüger durfte natürlich ebenfalls nicht im Regen stehen gelassen werden. Fred und Johnny informierten die Filialleiterin darüber, dass der Geschäftsbetrieb ohne Einschränkungen fortgeführt werden könne und die Trennwände zum Kellerabgang wieder entfernt werden dürfen.

Die Beamten ersparten sich, die Geschäftsführerin zu fragen, was es mit dem Kellerraum hinter der Stiege auf sich hatte. Sie wussten ohnehin, dass sie die Antwort nicht kannte. Wie es aussah, wusste nicht einmal der Inhaber Arnold Krüger von diesem Bunker.

Johnny wirkte ziemlich erholt. Er hatte lange geschlafen und mit seiner Ehefrau ein ausführliches Gespräch über sein einschneidendes Erlebnis im Kellerraum geführt. Im Gegensatz zu Fred, der kaum mehr als zwei Stunden geschlafen hatte, war er voller Tatendrang. Er rief Hans, der im Büro vor dem Computer saß und Berichte schrieb, an und erkundigte sich, ob das Grundstück, auf dem jetzt das Möbelhaus stand, auch vorher schon bebaut war. Dunkel konnte sich Hans an eine Wäscherei erinnern, zu dieser Zeit hatte er seinen Dienst aber noch nicht auf der Polizeiinspektion Pindorf versehen. Er riet Johnny, auf dem Gemeindeamt Pindorf nachzufragen, vielleicht gab es dort auch noch Unterlagen.

Tatsächlich bestätigte ihnen der Amtsleiter, der kurz vor seiner Pensionierung stand, dass sich vor dem Möbelhaus eine Wäschereinigungsfirma Rippler auf diesem Grundstück befunden hatte. Mit Unterlagen oder Bauplänen konnte er ihnen nicht dienen. Die Beamten hofften, mit dem Firmennamen weiterzukommen.

Als sie wieder im Dienstwagen saßen, begann Johnny sofort auf seinem Handy den Namen der Wäscherei zu googeln. Unter Wäscherei wurde er nicht fündig, aber unter demselben Namen war ein Rechtsanwalt in Scheibbs eingetragen. „Wir fahren gleich nach Scheibbs und reden mit dem Anwalt", vermittelte er seinem Kollegen.

Fred war hundemüde und entgegnete Johnny etwas ungehalten: „Mir fallen die Augen zu und du ermittelst, als gäbe es kein Morgen. Bring mich zur Dienststelle, in Scheibbs kommst du auch ohne mich zurecht."

Johnny hatte bereits recherchiert, ob es zwischen dem Anwalt Rippler und der ehemaligen Wäscherei eine Verbindung gibt. Er verstand das Anliegen seines Kollegen, ließ ihn folgend vor der Inspektion aussteigen und fuhr gleich weiter nach Scheibbs. Er hoffte, den Rechtsanwalt oder zumindest eine Sekretärin anzutreffen.

Der Anwalt war um die 50, ein freundlicher Mensch, er ihn, ohne lange herumzufragen, in seiner Kanzlei empfing. Johnny kam gleich zur Sache und erkundigte sich, ob seine Familie mit der ehemaligen Wäscherei in Pindorf in Verbindung stehe.

„Sie wurde von meinen Großeltern betrieben, leider sind diese schon seit 20 Jahren tot. Mein Vater hat vor mir die Kanzlei hier geführt. Im Vorjahr ging er in Rente, seither betreibe ich sie mit zwei Partnern."

Etwas enttäuscht wollte sich Johnny schon wieder verabschieden, als ihm einfiel, den Anwalt nach der Verlassenschaft seines Großvaters zu fragen.

„Da müssten Sie meinen Vater Franz Rippler fragen, aber das geht bedauerlicherweise nicht. Der ist seit zwei Monaten infolge seiner rasch fortschreitenden Demenz in einem Pflegeheim in Waidhofen an der Ybbs. Vielleicht kann ich Ihnen trotzdem noch helfen. Mein Vater hat auf dem Dachboden und im Keller viel Ramsch herumliegen. Zuletzt war sein Sammelbedürfnis nahe dem eines Messies. Ich könnte mir vorstellen, dass sich dort noch Unterlagen meines Großvaters finden lassen. Das Haus meiner Eltern steht in Purgstall und ist zurzeit unbewohnt. Ich gedenke, es nach dem Ableben meines Vaters zu verkaufen, meine Mutter starb bereits vor fünf Jahren. Herr Inspektor, ich habe da noch eine bessere Idee. Wie wär es, wenn ich Ihnen den Schlüssel für das Haus gebe und Sie schauen selbst nach?"

„Ich werde Ihren Vorschlag mit meinem Vorgesetzten besprechen und mich bei Ihnen zu gegebener Zeit melden. Wir müssen erst einordnen, wie wichtig Unterlagen der ehemaligen Wäscherei für unsere Ermittlungen sein könnten." Damit verabschiedete er sich vom Anwalt und bedankte sich für sein Entgegenkommen.

Zurück auf der Dienststelle hatte kein Kollege noch Lust, mit ihm über seine Erhebungen zu sprechen. Sie waren müde und wollten endlich nach Hause kommen.

„Wir reden morgen. Ich habe für 09.00 Uhr eine große Besprechung angesetzt, an der auch der Staatsanwalt und der Bezirkskommandant teilnehmen werden. Trotzdem danke, dass du noch so motiviert bist", entgegnete ihm Michael.

Danach verließ auch der SOKO-Leiter die Dienststelle und freute sich auf zu Hause, weil ihn seine Freundin Linda mit leckerem Essen erwartete.

Kapitel 19

Wie vereinbart pünktlich am nächsten Tag versammelten sich die SOKO, einschließlich des Staatsanwaltes und des Bezirkskommandanten im Schulungsraum des Bezirkskommandos zu einer Lagebesprechung. Nachvollziehbarerweise waren auch zwei Beamte des Spusi-Teams mit dabei.

Paul hatte eine Videowand aufgestellt, um von seinem Laptop wichtige Aktenteile, primär Fotos auf die Leinwand zu projizieren. Außerdem sollte der Pathologe Dr. Hauser im Verlaufe der Besprechung über Skype zugeschaltet werden, so zumindest hatte es Paul am Vorabend vereinbart.

Herbert Stummer begrüßte die Ermittler und im Besonderen den Staatsanwalt, bevor er dem SOKO-Leiter das Wort übergab.

Michael fasste die bisherigen Ermittlungsschritte und die Erkenntnisse daraus bis zur Auffindung des zweiten Mordopfers zusammen. Danach bat er Paul, anhand der Fotos eine erste Stellungnahme abzugeben.

Paul projizierte die Fotos von Johnny auf die Leinwand und erklärte die Besonderheit des Auffindungsortes sowie die geschickte Tarnung des Eingangs. Die Lichtbilder verfehlten natürlich beim Staatsanwalt und dem Bezirkskommandanten ihre Wirkung nicht. Paul wies auf das Foto mit den Spuren am Hals des Opfers besonders hin.

Nach und nach berichteten die Ermittler über ihre Erhebungen. Dem Staatsanwalt und dem BPK-Kommandanten fiel es nicht leicht, die einzelnen Ausführungen in einen Konsens zu bringen. Sie wurden in kurzer Zeit mit einer Vielzahl von Hinweisen und Fakten konfrontiert. Dieses Labyrinth von Ermittlungssträngen war nicht so einfach zu durchschauen.

Michael erkannte, dass sich Herbert Stummer und der Staatsanwalt schwertaten, den Ausführungen seiner Beamten zu folgen. Er beruhigte sie dahingehend, dass zum Ende der Besprechung Anita Stohl eine Zusammenfassung einschließlich einer Faktenanalyse abgeben werde.

Bevor Anita mit ihrer Analyse an die Reihe kam, schilderte der Chef der Spurensicherung noch die Einzelheiten bei den Tatortermittlungen und beschrieb dabei ganz genau die manipulierte Stiege, die den Eingang zum Bunker verschleiert hatte. Der blumige Redestil des Spusi-Mannes brachte etwas Mysteriöses und Rätselhaftes in den Fall.

Die Darstellung der vorliegenden Fälle, die Ermittlungen und Fallanalysen durch die Kriminalistin ermöglichten es dem Staatsanwalt und dem Bezirkskommandanten wie auch allen anderen Anwesenden, das Faktenkonstrukt einigermaßen zu verstehen. Anita hatte Ermittlungsarbeiten, die sich später als nicht zielführend herausgestellt hatten, aber trotzdem zu erledigen waren, weggelassen und ihre Stellungnahme auf das Wesentliche beschränkt.

Nach der Analyse der Beamtin war eine dringende Kaffeepause vonnöten. Herbert Stummer hatte dazu die Kaffeemaschine von seiner Kantine im Schulungsraum samt Kaffeegeschirr und Zutaten aufstellen lassen. Der BPK-Kommandant wollte, dass sie bei dieser Konferenz unter sich blieben, zu heikel war die Thematik. Einzelne Ermittlungsdetails durften nicht nach außen dringen. Dadurch hätten sie sich womöglich die weiteren Nachforschungen erschwert.

Es versteht sich, dass auch in der Pause über die Morde gesprochen wurde. Der Staatsanwalt erkundigte sich bei Johnny, wie er sich denn gefühlt habe, als er so mutterseelenallein in dem dunklen Loch allein mit der Leiche war.

„Herr Staatsanwalt, ich fand mich mitten in einem Horrorfilm, mir war heiß und kalt gleichzeitig. In eine solche Situation kommt man auch als Polizist nicht alle Tage."

„Mich beeindruckt immer wieder, mit welchen einschneidenden Erlebnissen Polizisten im Laufe ihres Dienstes zu tun haben, wie sie mit den kniffligsten Fällen umzugehen wissen und durchwegs gute Arbeit leisten", äußerte sich der Staatsanwalt wertschätzend.

Nach der Pause versuchte Paul über Skype eine Verbindung zu Dr. Hauser herzustellen und bekam ihn nach mehreren Versuchen auch auf den Bildschirm. Michael begrüßte den Pathologen und teilte ihm mit, wer aller bei diesem Videogespräch anwesend war. Dann bat er Hauser um einen ersten Bericht zum verwesten Leichnam.

„Meine Dame und meine Herren, ich begrüße Sie von meinem Büro in der Gerichtsmedizin. Bitte haben Sie Verständnis, dass ich noch keine wissenschaftlich fundierten Auskünfte geben kann. Dazu sind noch einige Laboruntersuchungen notwendig und diese werden dauern, wie Sie wissen. Also", setzte er fort: „Das Opfer ist mit Sicherheit eines gewaltsamen Todes gestorben. Es wurde mit einem Draht, einem dünnen Seil oder mit einem Schuhband erdrosselt. Das Tatwerkzeug haben wir nicht vorgefunden. Die Wunden am Hals belegen, dass das Tatwerkzeug im Bereich der Angriffsfläche abgerundet ist. Details über den Zustand der Leiche möchte ich Ihnen ersparen, aber es lässt den Schluss zu, dass der Tod im erweiterten Zeitbereich der Ermordung des ersten Mordopfers eingetreten ist. Das bitte als Information zu betrachten, es heißt nicht, dass zwischen beiden Mordtaten ein Zusammenhang besteht.

Infolge der fortgeschrittenen Verwesung konnten wir keine Fingerabdrücke mehr feststellen, obwohl wir es auch mit der Thanatoprint-Methode versucht haben. Bis zu einem gewissen Grad der Verwesung ist es mit dieser Methode möglich, Fingerabdrücke zu rekonstruieren. Bei der eben erwähnten Praktik versuchten wir vorsichtig Luft in die Haut im Bereich der Finger einzublasen. Die Epidermis war allerdings zu brüchig, um die Papillarlinien auf den Fingern sichtbar werden zu lassen. Bei der Durchsuchung der Kleidung des Mordopfers haben wir weder einen Ausweis noch ein Handy oder sonstige Gegenstände, die Rückschlüsse auf dessen Identität hätten bringen können, gefunden. Nicht einmal eine Uhr hat es getragen. Aber mit einer Entdeckung können wir doch aufwarten, und zwar hatte der Tote in den Stiefeletten 3.000 €

versteckt. Nach der Prüfung der Kleidung auf biologische Spuren haben wir diese in die Reinigung gegeben. In etwa drei Tagen können Sie das saubere Gewand samt Bargeld bei uns abholen. Damit ich es nicht vergesse: Das Opfer trug ein Lederband mit einem vergoldeten Phallussymbol um den Hals, es wird euch mit den anderen Utensilien übergeben."

Da niemand der Anwesenden Fragen an den Pathologen hatte, verabschiedete sich dieser und wünschte ihnen viel Glück bei den Ermittlungen.

Während der Besprechung hatte sich der Staatsanwalt diese und jene Notiz gemacht. Zu diesen Anmerkungen ließ er jetzt verlauten, welche Berichte er vordringlich vorgelegt haben wollte. Dem Ankläger ging es primär darum, dass alle polizeilichen Maßnahmen rechtlich nicht angreifbar waren. Hierfür war es notwendig, dass er entsprechende Verfügungen ausstellte. Durchsuchungen, Sicherstellungen und Handyauswertungen mussten unbedingt formaljuristisch gedeckt sein. Es sollte später kein Rechtsanwalt die Möglichkeit haben, wegen eines Verfahrensfehlers Beschwerde einzulegen.

Michael versicherte dem Staatsanwalt, dafür zu sorgen, dass die Berichte ehestens auf seinem Mailaccount einsehbar sein werden.

Nach dem Ende des Arbeitstreffens bat Herbert Stummer den Staatsanwalt und den SOKO-Leiter noch in seine Kanzlei. Es galt, die Rahmenbedingungen für die weiteren Ermittlungen im

Bereich der Zuständigkeit unmissverständlich abzustecken. Herbert hatte bereits mit dem Leiter des Landeskriminalamtes telefoniert. Die Kriminalisten dort waren mit Arbeit bis über die Ohren eingedeckt, weshalb Schöndorfer froh war, nicht auch noch für die Mordermittlungen in Pindorf Beamte abstellen zu müssen.

Der Staatsanwalt hatte vor der Besprechung bereits mit dem Kommandanten des LKA telefoniert und kannte die hohe Arbeitsbelastung der Gruppe Leib und Leben.

Er sprach auch mit dem SOKO-Leiter vor dem Meeting kurz über mögliche Zuständigkeitsüberschneidungen. Aufgrund der Informationen, die er erhalten hatte, bestand für ihn kein Zweifel, dass die SOKO Amstetten die Ermittlungen bis zum Ende fortsetzen muss, unabhängig davon, wie sich der Fall weiter entwickelt. Der Staatsanwalt riet Michael, Akte von anderen Dienststellen oder Gerichten über seine Kanzlei anzufordern. Wie die Ermittler hatte auch der Staatsanwalt so ein Gefühl, dass sich die Erhebungen nach Oberösterreich ziehen würden und dort möglicherweise weitere Straftaten in Verbindung mit den Morden in Pindorf standen. Danach verabschiedete sich der Staatsanwalt, er musste noch eine Anklage in einer Serie von Einbrüchen fertigstellen.

Bevor Michael die Kanzlei von Stummer verließ, bot ihm dieser noch weitere Beamte für sein Team an. Michael bedankte sich, fand zurzeit aber noch keine Aufstockung seiner Einheit für notwendig. Es musste ohnehin Step by Step ermittelt werden.

Trotzdem, Michael war erleichtert über die klare Ansage der Kompetenzen, wo sie nun bei keinem Amt oder einer Dienststelle mehr als Bittsteller vorsprechen mussten. Sie würden einfach wie vom Staatsanwalt empfohlen über ihn Akte anfordern.

Zurück in seiner Kanzlei wurde Michael bereits von seinem Team erwartet. Es war zu entscheiden, welche Nachforschungen vorrangig waren.

„Michael, wie machen wir weiter?“, fragte Hans ungeduldig.

Die anderen Kollegen drängten ebenfalls auf Entscheidungen, wobei sie sich nicht einig waren, welche Tätigkeiten zuerst gesetzt werden sollten.

„Habt ihr dem Staatsanwalt nicht zugehört? Er will Anträge, damit er nachträglich Verfügungen für bereits gesetzte Amtshandlungen ausstellen kann. Sich meist nur auf ‚Gefahr in Verzug‘ hinauszureden, wird nicht möglich sein. Daher an die Computer, Kollegen. Inzwischen überlegen Anita und ich, wie wir weiter machen.“

Strotti blieb noch kurz im Raum. „Michael, ich muss dir etwas zeigen.“ Schon holte er eine Halskette unter seinem T-Shirt hervor. „Fällt euch etwas auf?“

„Das ist doch auch ein Phallus. Von wo hast du diesen Anhänger?“, fragte Anita sofort neugierig.

„Den habe ich mir in Thailand gekauft. Der Phallus ist ein Symbol für Wohlstand und Erfolg, das in Thailand an allen Ecken angeboten wird.“

„Heißt das, dass unser Toter in Thailand auf Urlaub gewesen ist?“, bohrte Anita weiter.

„Nicht unbedingt, mittlerweile gibt es dieses Symbol und noch viele andere in allen asiatischen Läden auch hierzulande zu kaufen. Trotzdem, vielleicht hilft es uns weiter.“

„Strotti, weil du schon da bist: Wie denkst du, was hat Vorrang bei den Ermittlungen?“

„Michael, ich finde alles wichtig. Es ist gar nicht nötig, Prioritäten zu setzen. Meine Intuition sagt mir zwar, dass die beiden Morde im Möbelhaus zusammenhängen, aber haben wir einen Beweis dafür? Welche Verbindung könnte es zwischen den Toten geben? Wie sollen wir diese Fragen beantworten, wenn wir die Identität des Toten im Bunker noch gar nicht kennen? Wozu diente der geheime Raum, wer hat die Tarn-Stiege errichtet? Ehrlich, momentan fehlen mir die Ideen. Du weißt, das kommt bei mir selten vor. Auf jeden Fall würde ich Johnny die Ermittlungen zur Herkunft des Bunkers weiterführen lassen. Rede mit ihm. Er ist noch gar nicht dazu gekommen, dir über die ehemalige Wäscherei Mitteilung zu machen. Bei der großen Dienstbesprechung wollte er sich nicht wichtigmachen.“

„Warum soll ich ihm nachlaufen? Er hat mir gefälligst zu berichten, was er so treibt.“

„Du hast ihn ja gerade zum Schreiben von Berichten aus dem Büro gejagt. Möglicherweise legt er dir bald einen Antrag auf einen Gerichtsbeschluss vor.“

„Ihr habt ja recht. Ich weiß momentan auch nicht, wo mir der Kopf steht. Johnny und du werdet euch um den ‚Bunker' kümmern", äußerte er sich in Richtung Strotti.

„Zuerst dachte ich, wir können bei den Ermittlungen im Umfeld des ersten Opfers zurückstecken. Dem ist wohl doch nicht so. Fred und Hans sollen weiter Personen im Bekanntenkreis des Cafébetreibers befragen, wenn es überhaupt noch welche gibt. Der Vollständigkeit halber muss es gemacht werden."

„Michael, ich lade dich heute nach Dienst noch auf ein Bier ein. Oder musst du pünktlich bei deiner Krankenschwester zu Hause sein?"

„Nein, Linda hat heute Nachtdienst." Kaum hatte Michael es ausgesprochen, wusste er, dass er sich eben versprochen und den Vornamen seiner Angebeteten preisgegeben hatte.

„Ach, Linda heißt die Flamme", kam es einstimmig aus den Mündern von Anita und Strotti.

Jetzt half nur mehr die Flucht nach vorn. „Anita, organisiere einen SOKO-Abend, dann stelle ich sie euch vor. Von mir aus nehmt eure Partner mit. Strotti, wie ich dich kenne, wirst du dich auch ohne Partnerin zurechtfinden."

Ob er sich da nicht täuschte?

Kapitel 20

Zeitig am Vormittag des nächsten Tages fuhren Strotti und Johnny mit dem Beschluss für eine Hausdurchsuchung zum Enkel des ehemaligen Wäschereibetriebes nach Scheibbs. Der Rechtsanwalt war etwas verwundert, dass die Polizisten gleich mit einem Gerichtsbeschluss anrückten. Er hatte ihnen doch zugesagt, dass sie im Haus seines Vaters in Purgstall, in dem sich noch alte Unterlagen der Wäscherei befinden könnten, Nachschau halten durften. Schließlich verstand er das Vorgehen der Kriminalisten und händigte ihnen den Hausschlüssel aus.

„Wenn Sie Fotos oder andere persönliche Unterlagen von meinem Großvater finden sollten, bitte lassen Sie mich das wissen. Mein Vater hat mir, als er noch in Besitz seiner geistigen Kräfte war, gesagt, dass er die Hinterlassenschaft meines Großvaters in einem Raum in der Mansarde zusammengehäuft habe. Daher würde ich an Ihrer Stelle dort mit der Suche anfangen."

Die Beamten bedankten sich und fuhren gleich weiter nach Purgstall. Mit der Beschreibung, die ihnen der Anwalt gegeben hatte, konnten sie das Haus nicht verfehlen. Wie vom Enkel des ehemaligen Wäschereibesitzers empfohlen, begannen sie in dem beschriebenen Raum in der Mansarde mit der Durchsuchung. Strotti und Johnny hatten sich alte Kleidung angezogen, weil sie annehmen mussten, dass sie bei ihren Nachforschungen im wahrsten Sinne des Wortes reichlich Staub aufwirbeln würden. So war es dann auch, in alten Kartons lagen Unmengen von Schriftstücken.

Strotti öffnete das Fenster, damit frische Luft hereinströmen konnte. Der Raum war gefühlt mehrere Jahre nicht mehr gelüftet oder gar geputzt worden. Überall hingen Spinnweben. Im Zuge ihrer Überprüfungen fanden sie mumifizierte Mäuse. Strotti hatte so seine Bedenken, was die Sinnhaftigkeit ihrer Arbeit betraf, er wollte aber die Motivation seines Kollegen nicht dämpfen.

Nach zwei Stunden hielt er es nicht mehr aus und fragte: „Johnny, glaubst du wirklich, dass unsere Arbeit hier Sinn ergibt und uns weiterbringt?"

Anstatt einer Antwort zog Johnny aus einem Karton ein großes, vergilbtes, zum Teil zerrissenes Papier hervor und hielt es seinem Kollegen vor die Nase. Strotti konnte deutlich erkennen, dass es sich um einen Gebäudeplan handelte. Am oberen Rand stand in Blockbuchstaben geschrieben ‚Reinigungsbetrieb Rippler Lageplan im Maßstab 1:500'.

Strotti trat rasch zur Seite, weil eine Staubfontäne aus dem alten Papier entwich.

Johnny fühlte sich bestätigt, weil er den Plan gefunden hatte. Er war sich aber unsicher, ob sie noch nach weiteren Unterlagen suchen sollten. „Strotti, was meinst du, könnten noch weitere Papiere zur Wäscherei wichtig sein?"

„Denke nicht, jetzt studierst du unten in der Küche erst einmal die Grafik, dann sehen wir weiter. Ich habe dunkel in Erinnerung, einmal gelesen zu haben, dass in den frühen 1970er-Jahren bei der

Errichtung von neuen Gebäuden von der Baubehörde Bunker vorgeschrieben wurden."

Sie verließen die Rumpelkammer und gingen in die Küche, wo Johnny den Plan begutachtete, während Strotti sich über Google über den verpflichtenden Bunkerbau erkundigte. Tatsächlich fand er heraus, dass in den 1970er-Jahren in Österreich ein Schutzraum baubehördlich vorgeschrieben wurde. Das musste nicht unbedingt ein Bunker sein, es reichte auch ein als solcher gestalteter Kellerraum.

Johnny hatte beim Prüfen des Bauplanes bald erkannt, dass zum Gebäude der ehemaligen Wäscherei ein kleiner Bunkerraum gehörte. Der Plan stammte aus dem Jahre 1970. Die Baufirma, die das Objekt errichtet hatte, gab es schon Jahrzehnte nicht mehr. Johnny, der in Amstetten aufgewachsen war, sagte der auf dem Plan vermerkte Firmenname nichts. Auf jeden Fall stand nun zweifelsfrei fest, wer den Schutzraum hatte errichten lassen.

„Was meinst du, Strotti? Sollten wir nicht gleich nach Linz fahren und mit dem Firmeninhaber Arnold Krüger sprechen? Vielleicht helfen wir seinem Gedächtnis mit den neuen Erkenntnissen auf die Sprünge."

„Das können wir allemal noch machen. Zuerst bringen wir dem Rechtsanwalt den Hausschlüssel zurück und übergeben ihm eine Bestätigung für die Sicherstellung des Planes, alles schön nach Vorschrift. Danach setzt du mich zu Hause ab, ich will duschen und meine Kleidung wechseln. Das würde ich dir auch empfehlen. Du holst mich wieder ab, wir fahren anschließend zur Dienststelle und reden mit Michael. Schließlich war er es, der Krüger schon einmal befragt hat. Er ist der SOKO-Leiter, und wir können ihn nicht einfach übergehen."

Johnny sah ein, dass keine voreiligen Maßnahmen getroffen werden durften. Es war sogar zu überlegen und zu besprechen, ob der Besitzer des Möbelhauses überhaupt unterrichtet werden sollte. Unter Umständen gab es einen Grund, warum Krüger nichts von dem Bunker gewusst haben will.

Knapp eine Stunde später saßen sie bei Michael in der Kanzlei und berichteten ihm über ihre Ermittlungen.

„Ihr habt ohnehin noch Berichte zu schreiben, daher würdet ihr euch nur unnötigen Druck auferlegen. Daher schlage ich vor, dass ihr morgen zusammen mit Hans und Fred nach Linz fahrt und dort eure Befragungen durchführt. Strotti, nicht nur du hast bisweilen ein Bauchgefühl, das dich selten trügt. Auch ich habe solch eine Ahnung, daher schicke ich euch Hans und Fred mit. Ich will, dass ihr euch mit Kollegen der Linzer Mordgruppe in Verbindung setzt und gemeinsam mit ihnen die Wohnung der toten Prostituierten in Leonding noch einmal durchsucht. Paul wird die notwendigen Gerichtsverfügungen besorgen."

„Michael, das ist ein genialer Vorschlag. Vielleicht finden wir in der Wohnung der erschlagenen Nutte tatsächlich Gegenstände, die wir aufgrund unseres Wissensstandes zuordnen können. Das ist keinesfalls ein Vorwurf gegen die Linzer Kollegen. Sie konnten nicht wissen, dass möglicherweise ein Zusammenhang mit den

Pindorf-Morden besteht. Der zweite Mord im Kellerraum war außerdem zum Zeitpunkt der Ermittlungen in Leonding noch nicht bekannt.

Fakt ist, dass sowohl die ermordete Animierdame als auch ihre mutmaßliche Mörderin wiederholt im Möbelhaus Krüger in Pindorf mit Kunden sexuell zugange waren. Möglicherweise haben die beiden mit ihren gut 50 Jahren doch schon in die Jahre gekommenen Liebesdienerinnen nicht bloß Geschäfte mit der Liebe, sondern auch anderer Art getätigt. Wer weiß, worin sie verwickelt gewesen sein könnten."

Michael kratzte sich die Stirn: „Ich disponiere um, Anita fällt auf der Dienststelle bereits die Decke auf den Kopf. Wenn ich sie nicht bald mit Außenerhebungen beauftrage, steigert sie sich noch mehr in dic Organisation des SOKO-Abends hinein und engagiert gar noch eine Band. Sie ist momentan ein wenig unterfordert. Daher wird sie mit nach Linz fahren und euch unterstützen. Den Möbelhausbetreiber bestelle ich mir für morgen Vormittag zur Dienststelle. Ihr habt dann ausreichend Zeit bei der Durchsuchung der Wohnung der Callgirls.

Was gibts da zu lachen, Johnny? Hältst du mich für lustig?"

„Chef, das war nicht böse gemeint, aber du hast die 50-jährigen Altprostituierten als ‚Girls' bezeichnet."

Fred, der kurz vorher eingetreten war, mischte sich ein und meinte, dass der Chef wohl ‚Golden-Callgirls' gemeint hat.

Mit einem Handwischer durch die Luft beendete der SOKO-Leiter die Diskussion, die ihm thematisch zu entgleiten schien. Er forderte Fred auf, statt noch länger klugzuscheißen, die fehlenden Kollegen der SOKO in die Kanzlei zu holen.

Fünf Minuten später saß das Team zusammen. Johnny fasste die Erhebungen zur Herkunft des Bunkers zusammen. Danach wurden die Rahmenbedingungen für den kommenden Ermittlungstag abgesteckt. Schließlich konnte nicht einfach in einem anderen Polizeibereich in die Erhebungen dortiger Ermittler eingegriffen werden. Die kollegiale Haltung gegenüber den anderen Beamten musste gewahrt werden. Das hieß so viel, dass sie den Linzer Ermittlern nicht einfach einen Gerichtsauftrag auf den Tisch knallen durften, auf diese Art machten sie sich keine Freunde. Eher sollte den Kollegen die Notwendigkeit der Erhebungen in ihrem sachlichen und auch örtlichen Zuständigkeitsbereich in persönlichen Gesprächen erklärt werden. Der Gerichtsbeschluss war wirklich das letzte Mittel. Die Erfahrung zeigte immer wieder, dass nur gedeihliche Zusammenarbeit zum gewünschten Erfolg führt.

Nachdem das Vorgehen in Linz besprochen worden war, verlautbarte Paul, dass er am nächsten Tag gegen Mittag von Dr. Hauser in seinem Büro bei der Gerichtsmedizin erwartet werde. Angeblich hätte er interessante Untersuchungsdetails aus der Obduktion gewonnen.

„Und da hat er unbedingt nach dir verlangt, Paul?"

„Hat er nicht. Von mir aus kann fahren, wer will. Ich habe noch hinreichend Recherchearbeit am Computer", äußerte sich Paul mit beleidigtem Unterton in der Stimme.

„Sei nicht gleich eingeschnappt. Du und Hans, ihr beide fahrt nach Wien.“ Michael hatte bemerkt, dass er auf seinen Ton aufpassen musste. Er war jetzt der Leiter der SOKO und auch Kommandant der Kriminaldienst-Gruppe, da sollte er unangebrachte Kommentare tunlichst vermeiden. Beleidigte Beamte waren das Letzte, das er haben wollte, weshalb er die Kollegen auf ein Getränk in der Kantine einlud und die Kurve noch einmal kratzte.

In der Kantine ließ er sie wissen, dass er den kommenden Tag nach der Vernehmung des Möbelhausinhabers freinehmen würde. Anita wollte gerade ansetzen und wahrscheinlich Linda, Michaels Freundin, ins Spiel bringen, aber ein scharfer Blick ihres Mannes hielt sie davon ab.

Bevor sie wieder in ihre Büros zurückkehrten, ersuchte Michael seine Mitarbeiter, sich noch einmal Gedanken zur Alarmanlage und den Überwachungskameras zu machen. Der Umgang mit diesen technischen Sicherheitseinrichtungen vonseiten der Firma aus war überaus fahrlässig.

Dem SOKO-Leiter waren einige Unklarheiten aufgefallen. Er konnte sich keinen Reim darauf machen, warum drei der insgesamt vier Kameras um das Geschäft nach oben oder in Richtung Wand gekippt worden waren. Für diesen Aufwand fand er keine Erklärung. War ihnen etwas entgangen?

Michael teilte den Kollegen seine Bedenken mit und beauftragte Paul, die Sicherheitsgeräte mit all ihren Möglichkeiten noch einmal zu überprüfen und mögliche Erklärungen für die Ungereimtheiten zu finden. Dann stellte er die Frage in den Raum: „Habt ihr eine Vorstellung, warum der Täter auch die Kamera vor dem Eingangsportal zum Café verstellt hat?"

Ratlose Blicke seiner Kollegen trafen ihn. Jetzt meldete sich Paul: „Ich begebe mich zurück an den Start und spiele zum wiederholten Male alles durch, wenn das für dich in Ordnung ist, Chef."

„Natürlich, aber zieh deine Frau hinzu, wenn du dir wo nicht sicher bist."

Diese Aussage hätte er sich ersparen können, zum einen hätte Paul seine Frau ohnehin gefragt und zum anderen musste Michael ihn nicht vor den Kollegen auf die Hilfe seiner Frau verweisen. Umgekehrt hätte Anita wohl nicht wie ihr Mann kommentarlos auf seine Ansage reagiert. Anita sprang ihren Mann zur Seite und machte dem SOKO-Leiter den Vorschlag, dass sie sich um die Alarmanlage kümmern und Paul seine Recherchen am Computer fortsetzen möge, zumal mit neuen Erkenntnissen aus der Gerichtsmedizin zu rechnen war.

Michael meinte kurz angebunden nur grantig: „Macht euch selbst aus, wer welche Arbeit erledigt!"

Kapitel 21

Am folgenden Tag brach das SOKO-Team zeitig auf, um die am Vortag abgesprochenen Ermittlungen umzusetzen. Nur Michael blieb im Büro zurück. Er war froh, einmal etwas Zeit für sich zu haben, um ein paar Telefonate zu erledigen, Herbert halbwegs auf den neuesten Stand zu bringen und mit ihm abzusprechen, welche Informationen an die Medien weitergegeben werden durften. Die überregionalen Medien hatten sich in Amstetten rar gemacht, da zu viele aufsehenerregende Fälle in anderen Regionen bekannt geworden waren. Die Landeskriminalämter in ganz Österreich waren reichlich mit Arbeit eingedeckt. Zudem stand der Staatsbesuch eines ausländischen Präsidenten an, der in der Gefährdungseinschätzung ganz oben eingestuft war.

Nach dem Dienstgespräch mit Herbert Stummer bei Kaffee und frischen Keksen überlegte Michael, welche Fragen er dem Möbelhausinhaber Arnold Krüger stellen sollte. Er musste bei der Befragung raffiniert vorgehen, um herausbekommen, ob Krüger von dem geheimen Raum im Keller wusste. Es war nicht seine Absicht, direkt mit der Tür ins Haus zu fallen.

Überpünktlich traf Krüger zur Vernehmung ein. Michael war ganz froh darüber, konnte er dann früher als geplant freinehmen.

Der Geschäftsmann wirkte in keiner Weise beunruhigt. Es war für Michael unvorstellbar, dass er sich so gut verstellen konnte.

Anfangs stellte ihm Michael Fragen, die dieser ohnehin schon bei vorherigen Befragungen beantwortet hatte.

Plötzlich ergriff Krüger die Initiative: „Herr Ebert, ich weiß, dass Sie daran zweifeln, warum ich nichts von diesem geheimen Raum gewusst habe. Dafür habe ich auch Verständnis. Mir an Ihrer Stelle ginge es genauso, aber das bringt uns nicht weiter. Was glauben Sie, was ich mir schon den Kopf zerbrochen habe, wer über dieses Verlies Bescheid wissen könnte. Ich habe aber nicht die geringste Ahnung. Auch mein Vater hat nie etwas von diesem geheimen Raum erwähnt. Bevor wir das Möbelhaus haben errichten lassen, stand dort eine große Reinigungsfirma, aber das werden Sie ohnehin schon wissen. Aus dieser Zeit muss der Raum stammen." Dann reichte er dem SOKO-Leiter einen Zettel mit zwei Namen. „Das sind ehemalige Mitarbeiter von mir, beide sind schon jenseits der 80 Jahre. Vielleicht können die Pensionisten Ihnen weiterhelfen. Ich habe alte Firmenunterlagen durchwühlt, aber keine Hinweise auf diesen Raum gefunden."

Da Michael keine Fragen mehr einfielen, verabschiedete er sich von Krüger mit der Bitte, ihm über jegliche hilfreiche Hinweise, die ihm noch einfallen könnten, Bescheid zu geben.

„Natürlich", antwortete Krüger und verließ mit einem Gruß das Büro.

Michael hatte keine Lust, sich weiter mit dem Akt zu beschäftigen, zumal er sich auf den Wellenessnachmittag mit Linda im Solebad Göstling freute.

Hans und Paul waren indessen bereits beim Pathologen Dr. Manfred Hauser in Wien angekommen und saßen ihm gegenüber an einem Schreibtisch.

„Meine Herren Kriminalbeamten“, sprach Hauser die Beamten förmlich an: „Die Untersuchungen des Leichnams sind noch nicht endgültig abgeschlossen, es sind noch zwei chemische Analysen durchzuführen und andere Ergebnisse sind noch ausständig. Das bedeutet, dass bis zum endgültigen Gutachten meiner Einschätzung nach noch zwei Monate vergehen. Einige wichtige Informationen möchte ich euch nicht vorenthalten, denn sie könnten euch bei den Ermittlungen weiterhelfen. Die männliche Person war zum Todeszeitpunkt nach um die 50 Jahre alt und schwer krank. Die Krankheiten stehen in ursächlichem Zusammenhang mit dem exzessiven Drogenkonsum zu Lebzeiten. Bei einer Größe von 180 cm wog er zum Todeszeitpunkt kaum mehr als 55 kg. Der Tod wurde gewaltsam durch Erdrosseln mit einem Draht oder ähnlichem Gegenstand herbeigeführt. Meiner Meinung nach hätte der Mörder sich seine Arbeit sparen können und nur etwas Geduld aufbringen müssen. Das Opfer war zu Lebzeiten bereits mehr tot als lebendig. Das Gebiss sieht aus wie bei einem an Skorbut erkrankten Menschen, teilweise waren die Zähne ausgefallen oder unprofessionell gezogen worden. Die DNA-Überprüfung in der bundesweiten Datenbank lieferte kein Ergebnis. Demnach würde ich schließen, dass der Tote nicht aus Österreich stammt oder zumindest Jahrzehnte nicht hier gelebt hat. Daher schlage ich vor, dass eure Tatortleute die Suche auf die europäische DNA-

Datenbank ausweiten. Das wärs fürs Erste. Wenn ihr noch Fragen habt, dann gleich, ich habe es nämlich eilig. In der Pathologie wartet eine Leiche auf mich."

„Manfred, wie schaut es mit Tätowierungen aus? Konntet ihr bei eurer Arbeit welche ausnehmen?"

„Gut, dass du danach fragst. Wir haben tatsächlich mehrere Tattoos festgestellt und von diesen auch Fotos angefertigt." Hauser holte aus der Schreibtischlade eine Mappe, nahm daraus vier Aufnahmen und überreichte sie Paul.

„Danke Doc, das war es schon, oder hast du noch Fragen, Hans?"

Dieser schüttelte den Kopf, wonach sie sich verabschiedeten.

Beim Mittagessen in einem Tankstellenrestaurant besprachen Paul und Hans die Informationen des Pathologen. Paul fand, dass dieser Kerl, so, wie ihn der Pathologe beschrieben hatte, auf jeden Fall aufgefallen sein muss. „Der ist ja als richtig menschliches Wrack umhergeirrt. In der Drogenszene sind solche Leute bekannt."

„Paul, da liegst du richtig, aber im Drogenmilieu welcher Stadt, wobei ich Linz an die erste Stelle setze", fügte Hans hinzu.

Daraufhin begutachteten sie die Bilder mit den Tattoos. Es waren allesamt Motive mit fernöstlichem Hintergrund. Eine Tätowierung auf dem Rücken zeigte zwei Tiger nebeneinander, mit dem Kopf nach unten.

Plötzlich fiel Hans ein, dass sie die Kleidung des Opfers in der Gerichtsmedizin vergessen hatten. „Paul, wir müssen zurück in die Forensik und die Kleidung des Opfers abholen.“

Der Angesprochene griff sich an den Kopf und meinte: „Gut, dass wir noch in Wien sind.“

Am späten Nachmittag kamen Paul und Hans zurück nach Amstetten. Die Büros ihrer Kollegen waren leer. Hans rief Strotti an und fragte ihn, ob es bei ihnen in Linz noch länger dauern würde und sie zur Unterstützung kommen sollten. Strotti bedankte sich für die Nachfrage, fand es aber nicht notwendig, dass Hans und Paul sie unterstützten. „Evaluiert eure Erkenntnisse aus der Gerichtsmedizin. Wir sind schon neugierig, was ihr uns morgen berichtet.“

Paul hatte indessen mit einem Spurenermittler gesprochen und ihm von der Kleidung des Opfers erzählt. Der Kollege sagte ihm zu, ehestens das Gewand abzuholen und zu untersuchen. Vielleicht ließen sich aus der Herkunft Rückschlüsse ziehen. Nichts, aber auch gar nichts durfte außer Acht gelassen werden.

Strotti war mit Anita, Fred und Johnny gleich in der Früh zu den Kollegen des LKA OÖ gefahren, um sich dort mit den Sachbearbeitern des Mordes an der Prostituierten Ana Slavicka abzusprechen. Für die Linzer Mordermittler war der Akt nahezu erledigt, nach der verdächtigen Mitbewohnerin der Toten Nina Hacker wurde gefahndet.

Den oberösterreichischen Ermittlern kam es gerade recht, dass sich die Amstettner Kollegen auch des Prostituiertenmordes annahmen. Sie hofften, dass diese vielleicht Hinweise zum Aufenthaltsort der Verdächtigen herausfinden konnten. Die Ermittler des LKA OÖ hatten zurzeit eine Serie von Raubüberfällen auf Trafiken und Banken sowie die erpresserische Entführung einer Millionärstochter zu bearbeiten. Diese brutalen Verbrechen erzeugten gehörigen Druck der Medien auf die Ermittler.

Kurz und knapp, die OÖ-Ermittler freuten sich über die Unterstützung aus Niederösterreich. Es wurde schlussendlich vereinbart, dass die Beamten aus Amstetten ihre Einsätze in Oberösterreich beim Landeskriminalamt in Linz melden sollten. Auf diese Weise konnten sie im Falle der Notwendigkeit rasch Unterstützung bekommen.

Für die rechtliche Verfahrensweise war ohnehin schon im Vorfeld gesorgt worden. Die zuständigen Staatsanwälte hatten sich abgesprochen. Das gesamte Aktenkonvolut zum Mord an Ana Slavicka war indessen an die Staatsanwaltschaft St. Pölten abgetreten worden.

Die Amstettner Ermittler mussten nach der Besprechung mit ihren Linzer Kollegen nur mehr zum Notar, der mit dem Nachlassverfahren der Ermordeten befasst war, fahren und dort den Wohnungsschlüssel abholen. Einen entsprechenden Gerichtsbeschluss zur Herausgabe des Schlüssels hatten sie längst eingeholt.

Während Strotti, Fred und Johnny mit der Durchsuchung der Wohnung begannen, studierte Anita den Durchsuchungs- und Sicherstellungsbericht der Linzer Beamten. Demnach wurde das Tatwerkzeug nicht gefunden. Ana war laut gerichtsmedizinischem Gutachten mit einem dünnen Draht oder Kabel erdrosselt worden. Der Spurenbericht sagte aus, dass in der Wohnung eine Vielzahl von DNA-Spuren gesichert wurden, aber die wenigsten zugeordnet werden konnten. Die Personen, die aufgrund biologischer Spuren ausfindig gemacht wurden, hatten wasserdichte Alibis. Entweder sie befanden sich nachweislich im Ausland oder waren inhaftiert. In den Berichten der Linzer Ermittler war nachzulesen, dass in der Wohnung eine Vielzahl von Gegenständen, Symbolen und von Hand hergestellter Holzschmuck aus Thailand und anderen Fernostländern in Laden und Kästen verwahrt war. Das stimmte allerdings. In der Wohnung standen in der Tat auf Schränken und Kommoden Buddhastatuen, kleine Tempelanlagen und an den Wänden hingen Bilder mit Motiven aus Fernost. Demnach hatten die Damen ein Faible für den asiatischen Raum und waren offenbar bereits in diese Weltgegend gereist. Oder sie hatten die Gegenstände von Bekannten, die gerne nach Thailand, Vietnam oder andere Länder im asiatischen Raum reisten, geschenkt bekommen.

Anita suchte gedanklich eine Erklärung, inwieweit die Vorliebe der Damen für die fremdländische Kultur mit dem Mord im Zusammenhang stehen könnte.

Fred unterbrach jäh ihre Gedankengänge und äußerte sich überrascht: „Ist das nur Zufall oder könnte mehr dahinterstecken?“ Während er sprach, hielt er plötzlich eine Lederhalskette mit einem Phallussymbol in die Luft.

Anita nahm sie ihm aus der Hand. „Das ist exakt die gleiche Kette, wie wir sie beim verwesten Toten im Kellerraum des Möbelhauses gefunden haben.“

„Ist das gar die Verbindung zwischen unseren Morden und dem Mord an der Prostituierten hier in Leonding?“, fragte Strotti nicht gerade überzeugt.

„Bringen wir die beiden Halsketten einfach zu einem Spezialisten. Der kann uns vielleicht ein Gutachten erstellen, dass beide Symbole von derselben Maschine oder vom selben Künstler geschnitzt wurden.“

„Das ist eine gute Idee, aber wo finden wir deinen sogenannten Spezialisten“, mengte sich nun auch Johnny ein.

„Ich werde auf der Dienststelle ein, zwei Telefonate führen, dann sehen wir weiter“, brachte Strotti die Diskussion um das Phallushalsband zum Ende.

Aus einer inneren Eingebung heraus packte Anita sämtliche Fotoalben aus der Wohnung in eine Tasche und stellte sie sicher. Für die Durchsicht hier in der Wohnung fehlte ihnen die Zeit.

Die Durchsuchung der Wohnung hatte sich über den halben Vormittag und bis in den späten Nachmittag gezogen. Sie gingen äußerst penibel vor, rückten jeden Kasten von der Wand, suchten nach doppelten Böden, geheimen Verstecken in Bildern oder gar hohl gelegten Fliesen. Strotti als ehemaliger Suchtgiftermittler hatte da so seine Erfahrungen gemacht. Die Dealer waren bei der Wahl ihrer Verstecke im Laufe der Zeit immer erfinderischer geworden. Spülkästen auf Toiletten wurden schon längst nicht mehr als Verstecke genutzt. Strotti hatte allein mehr als eine Stunde damit zugebracht, die Wände, Böden und auch Decken nach Hohlräumen abzuklopfen, ohne fündig zu werden.

Auf der Heimfahrt am frühen Abend wurde im Fahrzeug kaum geredet. Die Kriminalisten waren mental ziemlich geschafft. Nicht bei allen Hausdurchsuchungen wird dermaßen gewissenhaft vorgegangen. In diesem Fall wussten die Kriminalisten, dass sie ja nichts übersehen durften. Strotti war froh, dass Anita die Fotoalben mitgenommen hatte.

Kapitel 22

Am Tag darauf waren die Polizisten des Bezirkes Amstetten besonders gefordert, denn in Grein an der Donau war es am frühen Vormittag zu einem Banküberfall gekommen. Der maskierte, mit einer Pistole bewaffnete Räuber hatte einen Schuss in die Decke abgegeben, bevor er über das Kassenpult sprang, die Kassiererin mit der Waffe bedrohte und zur Herausgabe des Bargeldes zwang.

Die Donaubrücke von Grein nach Ardagger verbindet die Bundesländer Oberösterreich und Niederösterreich. Daher wurden die Polizisten aus dem Bezirk Amstetten in die Alarmfahndung eingebunden. Das hieß für die Beamten der SOKO, die Straßen und Treppelwege südlich der Donau im Bezirk Amstetten zu bestreifen.

Vom Täter gab es nur eine magere Beschreibung. Er trug schwarze Kleidung und war mit einer Motorradhaube maskiert. Wie Zeugen aussagten, flüchtete er mit einem Fahrrad in Richtung Stadtmitte.

Keine 300 Meter vom überfallenen Geldinstitut entfernt wurde das gestohlene Fahrrad in einer Seitengasse gefunden. Von dort verliert sich die Spur des Räubers.

Michael und Anita waren die einzigen Beamten der SOKO, die nicht aktiv an der Fahndung teilnahmen, sondern das ganze Geschehen auf dem Funkgerät mithörten. Wie immer bei derart aufsehenerregenden Straftaten waren die Polizisten voller Ehrgeiz, jede Streife hatte das Bestreben, den Täter dingfest zu machen oder zumindest wichtige Informationen über ihn zu erhalten. Michael wusste, dass für heute die Ermittlungen der SOKO ausgesetzt wurden. Die Mitfahndung nach dem Überfall hatte Priorität. Jeder Beamte wurde gebraucht, zahlreichen Hinweisen musste nachgegangen und diesen zufolge Personen überprüft werden.

Michael war in Gedanken versunken, er dachte an den gestrigen Wellenessaufenthalt in Göstling mit Linda. Es schien ihm, als ob Linda bereit wäre, eine Beziehung mit ihm einzugehen.

„Bist du im Gedanken gerade bei deiner Linda? Du wirkst so entspannt", riss ihn Anita mit ihrem unverkennbaren Grinsen im Gesicht aus seinen Träumen.

„Was du schon wieder denkst! Ich bin natürlich im Geiste die Ermittlungen zu unseren Mordfällen durchgegangen."

„Ja natürlich. Wer's glaubt, wird selig. Michael, zum SOKO-Abend am kommenden Samstag, den ich organisieren soll. Ich kenne da ein nettes Restaurant in Ferschnitz. Dort bestelle ich eine Tafel für 16 Personen, wenn es recht ist."

Michael zählte unter Zuhilfenahme seiner Finger die teilnehmenden Personen geistig durch. „Wie kommst du auf 16 Personen? Ich zähle nur 15."

„Strotti bringt unsere Kollegin Brigitte Hold mit. Sie hat gerade eine schwere Zeit. Ihr Mann hat sie verlassen und die Scheidung ist auch schon durch. Strotti hat sich mit ihr angefreundet und sie zu unserem Abend eingeladen."

„Mit Strotti kommt Brigitte doch vom Regen in die Traufe."

„Wie ich bei einigen deiner Aussagen entnehmen konnte, siehst du in Strotti einen nimmersatten ‚Weiberhelden'. Ich kann nur sagen, denke einige Jahre zurück, wie du dich da aufgeführt hast, und jetzt wirst ausgerechnet du plötzlich zum Moralapostel. So wie der Schelm denkt, so ist er. Ist es für dich wirklich so unvorstellbar, dass Strotti zu Brigitte in dieser schweren Zeit einfach nett sein will?"

„Anita, jetzt hast du mir ordentlich den Kopf gewaschen, wahrscheinlich hast du sogar recht. Ich mische mich schon nicht mehr ein, mir täte es nur leid." Weiter kam Michael nicht mehr. Der strenge Blick seiner Kollegin hielt ihn vor weiteren Kommentaren zurück.

Anita verließ das Büro ihres Chefs, um von ihrer eigenen Kanzlei aus den Tisch zu reservieren.

Am Funk wurde es zunehmend ruhiger, die Hinweise hatten sich, wie es aussah, allesamt als Misserfolg erwiesen. Kurz vor Einbruch der Dunkelheit wurde die Fahndung abgebrochen.

In der Kantine wurde später diskutiert, wie der Täter dem Fahndungsring entkommen konnte. Einige meinten, dass er mit einem Motorboot auf der Donau geflüchtet, andere waren überzeugt, dass er mit einem Komplizen auf einem Motorrad entkommen sei. Die Wahrheit würde erst ans Tageslicht kommen, wenn der Täter gefasst war.

Kapitel 23

Am nächsten Tag hatte sich die Aufregung um den Banküberfall gelegt, die Ermittlungen hatten Beamte der Raubgruppe des LKA OÖ übernommen.

Die SOKO konnte sich wieder ihren eigentlichen Aufgaben widmen. Paul berichtete über die Information des Pathologen und legte die Fotos von den Tätowierungen des unbekannten Mordopfers auf den Tisch. Strotti ließ seine Kollegen wissen, dass das Tattoo mit den zwei Tigern mit einiger Sicherheit in Thailand gestochen wurde, er diesbezüglich trotzdem noch mit einem gewerblichen Tätowierer reden werde.

„Mir kommt da ziemlich viel Thailand zusammen", ergänzte er noch und berichtete gleich weiter über die Besprechung mit den Linzer Kriminalisten und der Durchsuchung der Wohnung der Prostituierten.

Nachdem die SOKO-Beamten ihre Informationen ausgetauscht hatten, mussten die Ermittlungsschritte zum wiederholten Mal aufgeteilt werden. Viele der ersten Erhebungsergebnisse und Befragungen waren aufgrund der neuen Hinweise in einem anderen Licht zu sehen oder wurden Darstellungen schlüssig, wo vorher noch Zweifel bestanden. Michael fiel auf, dass er die Motivation seines Teams nicht abflauen lassen durfte. Es hatte doch schon mehrere Rückschläge einstecken müssen. Ein glaubhaftes Motiv für die Ermordung des Cafébetreibers Klaus Kargl hatten sie immer noch nicht gefunden. Entweder war er zur falschen Zeit am falschen Ort und wurde Zeuge von etwas, das er nicht wahrnehmen sollte, oder er war Teil einer Bande, die welche Straftaten auch immer verübt hatte. Die Überprüfung von Kargls Vorlebens sprach eher für ein Zufallsopfer und dass seine Ermordung nicht geplant war.

Der SOKO-Abend am bevorstehenden Samstag kam Michael ganz gelegen. Es war an der Zeit, dass sich seine Kollegen auch mit anderen Themen befassten als nur mit den schwierigen Mordfällen. Er hatte gehört, dass bei einigen Kollegen das Familienleben zu kurz kam.

Die Lage der Mitarbeiter war in dieser Zeit nur allzu verständlich. Sie waren mit großen Vorschusslorbeeren in die Ermittlungen gegangen, die vorgesetzten Dienststellen setzten große Erwartungen in die Arbeit der SOKO. So jedenfalls sah es das Ermittler-Team und brachte sich damit selbst gehörig unter Druck. Sie mussten geduldig ihre Nachforschungen fortsetzen und Michael sah es in seiner Verantwortung, den Druck von seinen Ermittlern zu nehmen. Dabei war ihm selbst die größte Bürde auferlegt worden.

Der Abend der SOKO verlief, wie solche Treffen eben verlaufen. Michael war erstaunt, dass er Linda nicht vorstellen musste, da sie bereits mit allen – ausgenommen den Ehefrauen von Hans Spatt und Herbert Stummer – vertraut war.

Das war auch kein Wunder, arbeitete sie doch in der Notaufnahme im Krankenhaus Amstetten. Einige kannten sie von daher und andere hatten Linda privat kennengelernt.

Michael musste öfter verhindern, dass sich im Laufe des Abends die Gespräche nicht zu dem anhängigen Fall zu drehen begannen. „Wir wollen uns heute Abend nicht mit der Arbeit beschäftigen, sondern den Damen einen kleinen Ausgleich bieten, da wir momentan fast mehr im Dienst als zu Hause sind."

Strotti hatte sich den Frauen der Kollegen gleich beim Eintreffen im Lokal mit „Jörg, Jörg Strasser" vorgestellt, danach unterhielt er sich vorwiegend mit seiner Begleitung Brigitte. Natürlich entging den Damen, die Strotti nicht persönlich kannten, nicht, dass ihn die Kollegen mit Strotti ansprachen. Das bedurfte natürlich einer Erklärung und der Betroffene erklärte, wie er zu diesem Spitznamen gekommen war. An den Gesichtsausdrücken einiger Damen war abzulesen, dass sie wenig Verständnis zeigten, wie ein charmanter, attraktiver und modisch gekleideter Mann mit dem Spitznamen eines heruntergekommenen Menschen bedacht werden konnte.

Als die Gesellschaft kurz vor Mitternacht nach Hause aufbrach, wechselten Strotti und Brigitte noch an die Theke, um dort den Abend ausklingen zu lassen. Beide fühlten sich in einer Art, die nicht zu erklären war, zueinander hingezogen und hatten in kurzer

Zeit gegenseitiges Vertrauen gewonnen. Schließlich brachte Strotti Brigitte nach Hause, wo sie sich in der Küche bei dem einen und anderen Glas Wein lange unterhielten. Es war bereits nach vier Uhr in der Früh, als Strotti die Wohnung seiner Kollegin verließ. An diesem Abend war es zu keinerlei Austausch von Zärtlichkeiten gekommen. Doch die tiefe Zuneigung, die sie zueinander empfanden, war nicht zu übersehen.

Strotti kam vor, als würde er Brigitte schon ewig kennen. Sie fühlte genauso. Beide wollten nicht einmal an das Wort Liebe denken, geschweige es gar aussprechen.

Strotti wollte, nachdem er ausgeschlafen hatte, den Sonntag mit seinen beiden Söhnen aus erster Ehe, 20 und 19 Jahre alt, auf dem Fußballplatz in Tulln verbringen. Sie spielten dort in der Kampfmannschaft des Tullner FC und ihren Aussagen nach auch erfolgreich.

Aus Strottis zweiter Ehe stammte eine Tochter, die mittlerweile zehn Jahre alt war. Als sich die Eltern getrennt hatten, war das Mädchen gerade einmal ein Jahr alt. Seine Ex-Frau war mit ihrem neuen Freund und der Tochter in die USA ausgewandert. Seither hatte Strotti sie nicht mehr gesehen. Die Mutter verzichtete auf Alimente und hatte das alleinige Sorgerecht zugesprochen bekommen. Strotti hatte die leise Vermutung, dass er gar nicht der Vater des Mädchens war. Seine Ex-Frau hatte den jetzigen Ehemann bereits weit vor der Geburt ihrer Tochter auf einem Ärztekongress in Berlin kennengelernt. Vielleicht war das auch ein Grund, dass sie nach der Trennung mit allen Mitteln versucht hatte, ihn von dem Mädchen fernzuhalten. Im Laufe der Jahre wurde Strotti immer überzeugter, dass er nicht der Kindesvater war. Er war nicht im Streit mit seiner Frau auseinandergegangen.

Sie lebten in zu unterschiedlichen Welten, er als Suchtgiftermittler fast nur im Milieu unterwegs und sie eine erfolgreiche Ärztin. Er hatte sich vorgenommen, sie einfach einmal anzurufen und direkt auf die Vaterschaft anzusprechen. Strotti war ein Typ, der es bei unangenehmen Angelegenheiten nicht besonders eilig hatte. Es verging Jahr um Jahr und er hatte sich noch immer nicht durchgerungen, seine Ex-Frau zu kontaktieren.

An diesem Abend beschloss Strotti, in Amstetten zu bleiben und nur bei unbedingter Notwendigkeit im Drogenbereich zu ermitteln.

Nachdem Strotti ihre Wohnung verlassen hatte, räumte Brigitte die Gläser in den Geschirrspüler und nahm sich anschließend eine Illustrierte. Sie war zu aufgewühlt, um einschlafen zu können. Der Abend, die Nacht und die langen Gespräche mit Jörg hatten ihr Innenleben vollkommen aus der Bahn geworfen. Seit der Scheidung empfand sie erstmals wieder ein Gefühl von Fröhlichkeit, Glück und Hoffnung. Der Morgen graute schon, als sie endlich einschlief.

Michael war mit dem SOKO-Abend zufrieden. Er hatte erreicht, was er wollte. Seine Beamten sollten den Kopf von den Akten freibekommen und erkennen, dass es wichtigere Dinge im Leben gibt als die Arbeit. Das Privatleben durfte nicht zu kurz kommen. Er begrüßte die Idee der Damen, eine monatliche Kaffeerunde ohne Männer abzuhalten. Trotzdem mussten die Mordermittlungen akribisch fortgesetzt werden, dafür würde er schon sorgen. Sämtliche Erhebungsfakten mussten oft mehrmals gegengeprüft werden.

Kapitel 24

Vier Wochen später hatte das SOKO-Team ihre Nachforschungen überarbeitet, unwichtige Fakten ausgeschieden und neue Prioritäten gesetzt.

Paul hatte das Überwachungssystem des Möbelhauses zum wiederholten Mal geprüft und letztlich auch Erklärungen für die Missstände entdeckt. Waren die Ermittler zu Beginn der Erhebungen überzeugt gewesen, dass die Täter drei der vier Kameras an den Außenmauern des Geschäftes verdreht hatten, um nicht gefilmt zu werden, so gelang es Paul, den wahren Grund für die Abweichungen zu finden.

Durch neuerliches, absolut diskretes Befragen von Angestellten, die im Möbelhaus mit einem Kollegen oder auch firmenfremden Personen, die ein amouröses Abenteuer im Möbelhaus hatten, erfuhr Paul, dass für sie beim Betreten des Objektes die Kameras ohnehin keine Rolle gespielt hätten. Ausnahmslos alle Befragten betraten zur Nachtzeit das Möbelhaus durch das Lieferanteneinfahrtstor. Ein großes zweiflügeliges Eisentor, durch das ein Klein-Lkw in den Warenlagerraum rückwärts einfahren konnte. In den linken Flügel dieses Tores war eine Eisentür integriert, die mit dem Eingangsschlüssel gesperrt werden konnte.

Paul erhielt bei seinen Nachfragen die Auskunft, dass die Stellungen der Kameras deshalb verändert wurden, weil es

Beschwerden von Kunden gab, die beim Einkauf nicht gefilmt werden wollten und sich auf den Datenschutz beriefen.

Der findige Ermittler konfrontierte die Marktleiterin mit der Theorie, warum die Geräte eigentlich verstellt waren, worauf sie ihm erklärte, dass sie den Hausbesorger im Vertrauen mit der Einstellungsänderung beauftragt habe. Nur eine Kamera zeichnete eine kurze Strecke zur Ausfahrt des Parkplatzes auf. Exakt dieses Gerät hatte die Sequenz aufgezeichnet, die den flüchtigen Täter zeigte.

Mit Tränen in den Augen entschuldigte sich Erika Brunner bei Paul: „Es tut mir leid, dass ich Ihnen zu den Kameraeinstellungen nicht die Wahrheit gesagt und Sie in dem Glauben gelassen habe, dass sie von Einbrechern verstellt wurden. Die Wahrheit ist, dass sich mehrere Kunden bei mit beschwert und sogar mit Klagen gedroht haben, weil sie beim Betreten des Geschäftes gefilmt werden. Natürlich habe ich Herrn Krüger davon berichtet, dieser tat das Gerede der Kunden als leere Drohung ab. Da ich befürchtete, im Falle einer Klage allein übrig zu bleiben, habe ich den Hausmeister beauftragt, die Kameras so zu stellen, dass Kunden nicht mehr gefilmt wurden."

Die Geschäftsführerin wirkte nach ihrem Bericht ziemlich mitgenommen, worauf Paul sie beruhigte und ihr erklärte, dass ihr kein Vorwurf zu machen sei und sie wahrscheinlich im Sinne der Gesetze sogar richtig entschieden habe.

„Sagen Sie das einmal meinem Chef", äußerte sie sich mit wieder festerer Stimme.

„Er wird wie auch sonst niemand aus der Firma von diesem Gespräch erfahren“, versicherte Paul ihr. Der Situation geschuldet, holte er sich die Bestätigung des Hausmeisters nicht mehr. Er wollte verhindern, dass erneut Unruhe aufkam, wo sich die Wogen gerade halbwegs geglättet hatten und der Geschäftsbetrieb wieder normal lief. Im Grund genommen florierte der Verkauf besser denn jäh. Es mutete sich etwas skurril an, dass die Leute dort ihre Möbel kauften, wo zwei schreckliche Morde geschehen waren. Anscheinend lockte das mysteriöse, rätselhafte Geheimnis um die unbekannten Mörder die Kunden an.

Davon profitierten die Kriminalisten am wenigstens, im Gegenteil: Bald kamen undenkbare Gerüchte in Umlauf.

Auf jeden Fall gelang es Paul, die Widersprüche um die Alarmanlage und die Videoüberwachung aufzuklären. Seine Nachforschungen ergaben, dass weniger Menschen das Möbelhaus in der Nacht zum Matratzensport nutzten als ursprünglich angenommen.

Während Paul die diskreten Befragungen im Möbelhaus vornahm, mühte sich seine Frau Anita mit den in der Wohnung der Prostituierten in Leonding vorgefundenen Fotoalben ab. In der Wohnung fanden sich zwar viele Urlaubsmitbringsel aus Thailand, aber kein einziges Urlaubsfoto von dort. Demnach muss ihr eine Person, die oft und gerne in dieses fernöstliche Land reist, die Gegenstände als Geschenk mitgebracht haben. Sogar mehrere Kleidungsstücke stammten direkt von dort. Der Betreiber eines chinesischen Ladens für Waren aller Art hatte ihr die Herkunft bestätigt. In der Wohnung der Animierdamen wurde aber keinerlei Hinweis auf eine männliche Anwesenheit wie Kleidungsstücke oder Kosmetikartikel gefunden. Die Unterkunft machte auch nicht ein Eindruck, als ob sie dort Kunden bedienten. Anita überlegte, ob es noch sinnvoll war, die alten Fotos bis zur Kinderzeit durchzusehen. Sie hatte heute genug von Fotos und ging zum SOKO-Leiter in die Kanzlei, um sich die Zustimmung für Zeitausgleich zu holen. Die Kinder waren bei ihren Eltern und sie wusste, dass ihr Vater noch ein wichtiges Fußballspiel schauen und dabei seine Ruhe haben wollte. Bei zwei Siebenjährigen hatte Opa da keine ruhige Minute, sie würden ihn mit Fragen löchern.

Michael genehmigte ihr den Abbau von Stunden, Anita hatte die letzten Wochen ohnehin oft Mehrstunden verrichtet und ihre Eltern mit den Zwillingen überbeansprucht.

Michael war gerade dabei, sämtliche Formalitäten für Auslandserhebungen auf den Weg zu bringen. Fred und Johnny sollten mit der Bahn nach Stuttgart fahren und dort mit der zuständigen Kripo Kontakt aufnehmen. Es war selbstverständlich, vorher einen Termin für das Treffen zu vereinbaren.

Der DNA-Abgleich des Mordopfers im Kellerraum mit der europäischen Datenbank hatte einen Treffer ergeben. Demnach handelte es sich beim Opfer um den 51-jährigen Deutschen Sven Kunze. Dieser war wegen zahlreicher Drogendelikte vorbestraft. Die Stuttgarter Kollegen hatten der SOKO per Mail ein Foto von Kunze zukommen lassen.

Hans und Strotti hatten bereits anhand der Unterlagen des ermordeten Cafébetreibers Klaus Kargl versucht, eine Verbindung zu Kunze zu finden. Es gab nicht den geringsten Hinweis darauf, dass sich die Mordopfer gekannt haben. Immer mehr bestätigte sich die These, dass Kargl einfach zur falschen Zeit in seinem Lokal war.

Strotti hatte indessen auch einen Gutachter für fernöstliche Bildhauerkunst aufgesucht und ihm die Phallussymbole vorgelegt, die bei Kunze und in der Wohnung der Prostituierten gefunden wurden. Dieser betrachtete die Kunstwerke unter einem Mikroskop und stellte fest, dass der Halsschmuck mit großer Wahrscheinlichkeit von ein und demselben Künstler hergestellt worden war und es sich nicht um Serienproduktionen handeln würde. Der Sachverständige erklärte Strotti, dass er im Falle der Notwendigkeit eines Gutachtens für ein Gericht weitere Untersuchungen vornehmen müsse. In diesem Falle würde er auch mit einem Kollegen Rücksprache halten.

Strotti bedankte sich und sagte: „Zurzeit benötigen wir kein Gutachten. Falls es notwendig werden sollte, komme ich auf Sie zurück." Der Ermittler war sich sicher, dass der Schmuck von einem Thailand-Urlauber an einem der vielen Verkaufsstände dort gekauft wurde. Es war naheliegend, dass sich Sven Kunze selbst in Thailand aufgehalten hatte. Als weiteres wichtiges Indiz schien, dass auch Kunzes Anzug, den er zum Todeszeitpunkt trug, in Thailand geschneidert wurde. Ein chinesischer Schneider, der in

Wien sein Geschäft betrieb, hatte ihm sehr überzeugend vermittelt, dass daran kein Zweifel bestand.

Die wichtigste Frage der Kriminalisten lautete gegenwärtig: In welche kriminellen Geschäfte war Sven Kunze verwickelt? Wer waren seine Komplizen und wurde er gar von diesen ermordet, weil er aufgrund seiner Drogenabhängigkeit eine Gefahr für sie geworden war?

Strotti würde Michael vorschlagen, dass Hans und er mit dem Lichtbild von Kunze zur Kripo nach Linz fahren sollten, um dort mit den Suchtgiftermittlern zu sprechen. Er wusste aus eigener Erfahrung, dass die verdeckten Ermittler dort mit Informanten zusammenarbeiteten, wie er seinerzeit in Wien.

Michael war dankbar für jeden Vorschlag, den ihm seine Kollegen unterbreiteten. Daher war er mit ihren Erhebungsabsichten meist einverstanden. Er kannte die Kollegen schon jahrelang und hatte nicht den geringsten Grund, an ihren Fähigkeiten zu zweifeln. Der SOKO-Leiter hatte das Gefühl, dass sich in absehbarer Zeit ein zählbarer Erfolg einstellen würde.

Sie wussten jetzt, dass der Mörder aus dem Umfeld des Opfers Sven Kunze kam. Strotti und seine Kollegen hatten bei dem nächtlichen Ausflug in Linzer Nachtlokale vor Wochen bereits erfahren, dass dort gelegentlich zwei Männer auftraten, die sie ‚die Deutschen' nannten. Diese Kerle sollen sich auch mit den Prostituierten Nina Hacker und Ana Slavicka im Möbelhaus vergnügt haben. Sie hofften, dass ihnen die Linzer Kollegen weitere Hinweise zu Sven Kunzes Begleiter beschaffen konnten.

Das Team der SOKO verbrachte an diesem Tag die restliche Dienstzeit mit der Dokumentation ihrer Nachforschungen und der Vorbereitung der für den kommenden Tag geplanten Ermittlungen.

Fred und Johnny wollten schon mit dem ersten Zug nach Stuttgart fahren und sich dort auf dem Polizeipräsidium mit Ermittlern treffen.

Hans und Strotti würden wie geplant in Linz mit den dortigen Kollegen Ermittlungen führen und hofften auf aussagefreudige Informanten.

Anita würde zwar schmollen, aber ihr kam die wichtige Aufgabe zu – alle Eintragungen über Sven Kunze in Österreich herauszufinden. Darunter fiel auch etwaige Beherbergungsbetriebe, wo er übernachtet hatte und Ärzte und Spitäler, wo er eventuell behandelt wurde, ausfindig zu machen. Die Gesundheit von Kunze ließ vermuten, dass er gelegentlich medizinische Hilfe in Anspruch nehmen musste.

Paul hatte einige Befragungen zur endgültigen Klarstellung seiner Ermittlungen im Möbelhaus zu führen. Er wollte sich mit zwei

Beamten der Spusi noch einmal die präparierte Stiege zum Kellerverlies genau ansehen, vielleicht hatten sie etwas übersehen. Die Bauweise war überaus interessant. Überdies hatte er vor, im Internet zu recherchieren, wo diese Art der Verschleierung von Bunkern oder Räumen angewendet wurde.

Michael musste an einer Dienstbesprechung der Kommandanten teilnehmen, an der auch der LKA-Kommandant Oberst Schöndorfer anwesend sein würde. Eine Absprache mit Herbert Stummer vorher war unumgänglich. Sie mussten sich auf die Informationen einigen, die sie über die Mordfälle weitergeben konnten. Der zuständige Staatsanwalt entschuldigte sich, dass er wegen eines Lokalaugenscheines in einer anderen Mordsache nicht teilnehmen könne.

Diese Absage kam Michael und Herbert gar nicht so ungelegen, in ihre gesamte Strategie war auch der Vertreter der Anklage nicht eingeweiht. Unbewusst hätte er etwas berichten können, dass vielleicht das Interesse des LKA-Chefs an den Mordfällen besonders angeregt hätte. Eines durfte der Bezirkskommandant nicht vergessen: Schöndorfer standen als höchstem Kriminalist des Bundeslandes jegliche Informationen zu. Verscherzen durfte er es sich mit ihm nicht. Er würde Schöndorfer, der ihm ein netter Kollege war, sicher nicht hinters Licht führen. Bei einem Gläschen Wein in der BPK-Kantine würden ihm Michael und er die Situation aus ihrer Sicht klar darlegen. Herbert dachte sogar darüber nach,

Schöndorfer zu gegebener Zeit zu einer Pressekonferenz einzuladen.

Kapitel 25

Am nächsten Tag auf der Fahrt nach Linz fragte Strotti seinen Kollegen: „Du Hans, letztens beim SOKO-Abend habe ich lauter glückliche Paare gesehen. Ich kann nur neidisch werden, wenn ich sehe, wie ausgeglichen sich Johnny und Fred und auch die anderen zeigten, obwohl sie bereits mehrere Jahre mit ihren Frauen zusammen sind und Kinder haben. Denkst du, ich könnte auch mit einer Frau so glücklich zusammenleben? In puncto Beziehungen habe ich in meinem Leben schon dermaßen viel Mist gebaut, dass ich mittlerweile an meiner Beziehungsfähigkeit zweifle."

„Strotti, ich bin 32 Jahre mit meiner Emilie verheiratet. Wir hatten wahrscheinlich wie alle Paare unsere Höhen und Tiefen. Gar nicht so selten haben wir gestritten wie die Kesselflicker und die Versöhnung später stand dem Streit in nichts nach. Ich habe beim SOKO-Treffen mitunter einen Blick auf dich und Brigitte geworfen. Es hört sich zwar kitschig an, aber ich fand, dass du bei ihr wieder ein positives Gefühl geweckt hast. Wie ich gehört habe, war dieser Beamte bei der Landespolizeidirektion ein richtiger Kontrollfreak, um ihn nicht gleich einen Narzissten zu bezeichnen, aber da will ich mich nicht zu weit hinauslehnen, weil ich die Geschichte nur von einer Seite kenne. Von Kollegen, die Brigittes Ex-Mann besser kennen und weil er auch ihr Vorgesetzter ist, habe ich erfahren, dass er von Untergebenen keine zweite

Meinung zulässt. Strotti, damit du es weißt: Brigitte ist eine sympathische Kollegin und obendrein sehr attraktiv, wie ich meine. Sie hat sich bei der Erziehung der Kinder den Allerwertesten aufgerissen, das können dir die älteren Kollegen auf der Dienststelle bestätigen. Trotzdem hat sie ihre dienstlichen Aufgaben zur vollen Zufriedenheit der Vorgesetzten erfüllt. Wenn du sie nur für dein sexuelles Verlangen ausnutzen solltest, werde ich dir den Arsch so weit aufreißen, dass du durch ihn in den Himmel schauen kannst."

„Ha, ha, Hans, diesen Spruch hast du aus einem Hollywood-Film, aber keine Sorge, ich werde sie nicht ausnutzen und schon gar nicht benutzen. Sie ist eine ganz tolle Frau und Kollegin. Ich habe sie nach unserer SOKO-Zusammenkunft nach Hause gebracht, wo wir noch bis vier Uhr früh geredet haben. Glaub mir, ich hatte in dieser Nacht keineswegs das Bedürfnis, sie in die Kiste zu bekommen. Sie hat von ihrem Leben erzählt und ich von meinem, wobei sie nicht ein böses Wort über ihren Ex-Mann verloren hat."

„Ich denke, das spricht für ihren guten Charakter", sagte Hans und ergänzte: „Wir sollten uns wieder unserer Aufgabe widmen. Wenn du wieder einmal Rat in Liebesdingen und Heiratssachen benötigst, darfst dich ruhig an mich wenden, meine Kontonummer lasse ich dir per Mail zukommen."

„Wahrscheinlich sollte ich mich an deine Frau wenden. Die könnte mir sicher auch Ratschläge erteilen, ohne gleich ein Geschäft machen zu wollen."

„Meine Frau lässt du da schön raus, sie ist ohnehin Weltmeisterin im Verkuppeln. Wenn du sie um Rat bittest, bist du in einem halben Jahr verheiratet." Hans war froh, als sie beim Landeskriminalamt in Linz ankamen und er sich nicht länger Strottis Beziehungsphilosophie anhören musste.

Die Suchtgiftermittler des LKA luden sie in die Kantine auf einen Kaffee ein. Dort waren auch Beamte der Raubgruppe anwesend. Der Wortführer der ‚Räuber' kannte die Amstettner Beamten bereits und ließ sich mit leichter Verzweiflung in der Stimme zur Bemerkung hinreißen: „Wie ich gehört habe, bearbeitet ihr den Prostituiertenmord in Leonding. Wir haben 20 ungeklärte Überfälle auf Banken, Wettbüros und Trafiken, die sich über die letzten 15 Jahre ziehen. Unser Team findet keine logische Erklärung, warum es zwischen den Überfällen oft Pausen von bis zu zwei Jahren gibt und ist völlig ahnungslos, wo die Täter in dieser Zeit untertauchen. Obwohl es viele Spuren gibt, konnten wir bisher noch keinen Treffer in den Datenbanken finden. Sie müssen also unbescholten sein oder vom Mond kommen. Wenn ihr nach der Besprechung mit den ‚Giftlern' noch Zeit habt, würde ich euch bitten, in meiner Kanzlei vorbeizuschauen. Anhand einer Landkarte will ich euch zeigen, wo es zu den Überfällen gekommen ist. Drei davon wurden mit einiger Sicherheit auch im Bezirk Amstetten und einer im Bezirk Melk verübt."

Da in der Kantine auch Ermittler anderer Gruppen ihren Kaffee tranken, bat der Suchtgiftbeamte, der sich dem Ersuchen der

Amstettner Kollegen angenommen hatte, die Herren ihre Tassen zu nehmen und ihm in seine Kanzlei zu folgen. Dort packte Hans das Foto von Sven Kunze aus und zeigte es den Linzer Beamten.

Beiden Ermittlern war der Mann auf dem Foto völlig unbekannt. Sie versprachen, mit ihren ‚Zunden' zu reden, und deuteten an, dass sie ihnen zwei Wochen Zeit geben sollten. So ohne Weiteres packten die Informanten auch nicht aus, sie erwarteten eine Gegenleistung. Hans berichtete den Kollegen noch in aller Kürze wichtige Einzelheiten vom vorläufigen Autopsieergebnis. Er betonte, dass Sven Kunze schwer an Hepatitis C erkrankt war und die letzten Monate seines Lebens eine deutliche Gelbfärbung seiner Haut zu erkennen gewesen sein muss, primär auf den Augäpfeln. Nach dem Informationsaustausch gingen Hans und Strotti einen Stock höher zum Büro der Raubermittler. Der Leiter dieser Gruppe zeigte ihnen wie versprochen eine Landkarte, auf der 20 Orte mit Stecknadeln markiert waren. Grein und Freistadt waren sogar mit zwei Nadeln gekennzeichnet. In der Folge erklärten ihnen zwei Beamte, bei denen alle Informationen zu diesen Fällen zusammenliefen, dass ihrer Einschätzung nach begründet auf eine Kette von Indizien mindestens 15 dieser Überfälle von denselben Tätern verübt wurden. Sie waren sich nicht ganz im Klaren, ob die Bande aus zwei oder drei Verbrechern bestand. Der letzte Überfall auf die Raika in Grein war nach demselben Muster abgelaufen wie die anderen Vorfälle, bloß war in diesem Fall ein Täter in der Bank gewesen. Dieser flüchtete nach dem Geldraub mit einem Fahrrad in Richtung obere Stadt.

In Niederösterreich waren vier und in der Steiermark zwei Überfälle verübt worden, mit derselben Vorgangsweise bei der Tatausführung wie bei dieser Tätergruppe.

„Wie viel haben sie insgesamt an Bargeld erbeutet?“, unterbrach Strotti seinen Linzer Kollegen. „Circa zwei Millionen Euro“, war die knappe Antwort. „Bei vier Überfällen zwangen sie die Angestellten, den Tresor zu öffnen. Dies erklärt die hohe Schadenssumme. Das Außergewöhnliche an den Überfällen ist, dass zwischen den Taten oft lange Pausen liegen. In den Jahren 2017 und 2018 wurde kein einziger Überfall verübt, dafür 2016 vier innerhalb eines Monats. Dieses Jahr waren es bereits drei, die auf das Konto der Verbrecher gehen. Wir nehmen an, dass sich die Täter ins Ausland absetzen, wenn sie eine entsprechende Summe an Bargeld zusammengeraubt haben, die Beute in Österreich von einem Komplizen gebunkert und den Mittätern per Post in kleineren Summen nachgeschickt oder überwiesen wird. Das wäre für uns die schlüssigste Erklärung. Wir sind mit der Raubgruppe des LKA NÖ in ständiger Verbindung und treffen uns auch alle paar Monate zum Informationsaustausch. Eure Raubermittler gehen davon aus, dass die Täter von Oberösterreich aus agieren, weil ihnen nicht die geringsten Hinweise zu dieser Bande vorliegen. Damit liegen sie wahrscheinlich richtig, trotzdem würde ich die Grenzbezirke zu Niederösterreich nicht ausschließen“, schloss der Ältere der Linzer Ermittler seinen Vortrag.

Hans und Strotti konnten sich der Meinung ihrer Kollegen bei dem, was sie gerade gehört hatten, nur anschließen. Bei der Verabschiedung meinte der Raubermittler, der berichtet hatte: „Ich habe so eine Ahnung, dass sich unsere Ermittlungen eines Tages kreuzen werden."

Strotti und Hans fanden dieses Empfinden für nicht abwegig, behielten es aber für sich.

Auf der Heimfahrt erzählte Strotti Hans, dass er am Abend mit Brigitte zu einem Kinobesuch verabredet sei.

„Gute Unterhaltung", wünschte ihm Hans und brachte das Gespräch wieder zum Fall. Ihm hatte die Liebesberatung während der Hinfahrt gereicht.

Als sie gerade die Abfahrt Enns passierten, erhielten sie einen Anruf von Anita, die fragte, wo sie sich gerade befänden, denn sie müsse zu einem angeblichen Selbstmord fahren.

„Ungefähr zwei Kilometer nach dem Kraftwerk Wallsee wurde von der Feuerwehr ein Pkw aus der Donau geborgen, in dem eine Person sitzen soll. Ist es euch möglich, mich zu unterstützen? Auf der Inspektion in Oed ist heute kein Kriminalist im Dienst. Wie ihr wisst, muss bei der polizeilichen Totenbeschau ein geschulter Beamter anwesend sein."

„Wir sind in zwanzig Minuten dort, beschreibe uns noch einmal den Einsatzort!"

Eine halbe Stunde später standen sie bei Anita.

„Jungs, ihr werdet nicht glauben, wen wir da aus dem Wasser gezogen haben“, empfing sie ihre Kollegen. In ihrer Stimme klang leichte Euphorie mit, warum sonst hätte sie ihre Kollegen Hans, der 20 Jahre und auch Strotti, der zehn Dienstjahre mehr auf dem Buckel hatte, mit Jungs angesprochen.

„Heute ist uns Kommissar Zufall zu Hilfe gekommen, das Auto mit der Toten lag knapp vier Monate im Wasser. Dadurch, dass es heuer nur geringe Niederschläge gab und die Schneeschmelze die Pegel auch nicht wie in anderen Jahren ansteigen ließ, führt die Donau seit vier Wochen Niederwasser. Die Frachter dürfen nur mit halber Ladung fahren. Ein Paddler entdeckte den Wagen, als er sich in Richtung Ufer treiben ließ.“

„Weiß man schon, wer der oder die Tote ist?“, unterbrach Strotti seine Kollegin und blickte dabei auf die Uhr.

„Hättest mich nicht unterbrochen, dann wüsstest du mehr. Außerdem, warum blickst du ständig auf die Uhr?“, fragte Anita ihren Kollegen tadelnd.

„Der hat heute noch ein Date mit Brigitte und hat jetzt Angst, zu spät zu kommen“, mengte sich Hans ein.

„Das ist natürlich etwas anderes“, zeigte Anita sofort Verständnis. „Strotti, ich möchte mir nichts anmaßen, schlage aber vor, dass du zurück nach Amstetten fährst und zwei Kollegen der Spusi schickst. Paul ist mit zwei Tatortbeamten im Möbelhaus. Dort wollten sie das Verlies und die Stiege noch einmal gründlich unter die Lupe nehmen. Ich habe schon versucht, Paul anzurufen, aber im Keller hat er keinen Empfang, wie wir wissen. Ach, und wenn du Paul triffst, dann richte ihm aus, dass er die Zwillinge von den Eltern abholen soll. Bei mir wird es heute später."

Ihr schien es offenbar zu gefallen, aktiv im Außendienst werken zu können, denn der Part mit den Kindern wäre heute ihr zugestanden.

Strotti bekam auf den Schlag wieder gute Laune. „Anita, sag, was ist so besonders an dem Fall?"

Anstatt einer Antwort führte Anita ihre Kollegen zum Auto, das die Feuerwehr inzwischen geborgen und neben dem Treppelweg abgestellt hatte. „Die Tote ist kein schöner Anblick, sie sitzt noch hinter dem Steuer. Ich habe auch schon die Gerichtsmedizin verständigt, aber Kollegen, schaut in den Fond des Wagens."

Hans und Strotti taten wie geheißen und dann fiel es ihnen wie Schuppen von den Augen. Der Pkw war ein dunkelblauer Honda, älteres Baujahr und auf der Rückbank lag ein großer Plüschhase, bei dem trotz der Liegezeit im Wasser die rosa Farbe noch zu erkennen war. Die Beamten stellten fest, dass im Zündschloss kein Schlüssel steckte. Daher lag nahe, dass die Tote auf dem Fahrersitz nicht freiwillig in die Donau gefahren war. Sie würden damit in einem weiteren Mord zu ermitteln haben, wenn sich keine schlüssige Erklärung für einen Selbstmord oder Unfall fand.

„Wenn wir nicht ganz daneben liegen, handelt es sich bei der Toten um die Prostituierte Nina Hacker, die laut unseren Erhebungen im Möbelhaus Krüger gelegentlich ihre Kunden bediente und wegen Mordverdachts zur Fahndung ausgeschrieben ist", bemerkte Hans.

„Jetzt heißt es sorgfältig arbeiten“, ergänzte Strotti und machte sich umgehend auf den Weg zur Dienststelle, um Michael zu informieren und mit ihm die nächsten Tätigkeiten zu beratschlagen. Der SOKO-Leiter wusste bis zu diesem Zeitpunkt nur von der Bergung eines Pkw mit einer Leiche aus der Donau. Jetzt stand wieder einmal die Frage an, in welchem Ausmaß der Presse berichtet werden durfte, ohne dadurch die Ermittlungen zu gefährden.

Hans redete mit dem Einsatzleiter der Feuerwehr, erzählte ihm kurz von der Besonderheit des Falles und bat ihn, bei Presseanfragen auf das Bezirkspolizeikommando Amstetten zu verweisen oder nur zur unmittelbaren Bergung Auskunft zu geben. Es war schon oft vorgekommen, dass Gerüchte an die Presse gelangten, die Ermittler in Erklärungsnot brachten.

Während sich auf dem Bezirkskommando Michael, Strotti und Herbert Stummer zur Besprechung der neuen Sachlage zusammenfanden, leiteten Anita und Hans umgehend die unaufschiebbaren Maßnahmen ein. Anita hatte mit dem Gerichtsmediziner Dr. Hauser persönlich gesprochen. Er sagte ihr zu, die Leiche binnen der nächsten zwei Stunden von zwei seiner Assistenten in das Institut bringen zu lassen.

Die Spusi-Beamten waren indessen schon auf dem Weg zu ihnen. Sie hatten ihre Arbeit im Keller des Möbelhauses abgebrochen, würden sie aber zu einem späteren Zeitpunkt fortsetzen. Jetzt hatte das aus der Donau gefischte Auto oberste Priorität. Es war Ende Mai und die Sonne ging nach 21.00 Uhr unter, weshalb sie ihre Arbeit bei Tageslicht zu Ende bringen konnten. Der Pkw wurde ohnedies beschlagnahmt und musste bis zur Entscheidung des Gerichtes an einem geeigneten Raum eingestellt werden.

Paul schmollte etwas, weil er heute den Dienst vor seiner Frau beenden und sich um die Zwillinge kümmern musste. Anita dagegen war richtig in ihrem Element, weil sie im Außendienst und nicht wie sonst vor dem Computer an diesem Fall ermitteln durfte.

Schlussendlich war auch Paul mit der Situation zufrieden. Er konnte sich mit seinen beiden Buben beschäftigen, sie zu Bett bringen und danach bei einem Glas Wein in aller Ruhe über die heutigen Wahrnehmungen im Keller nachdenken.

Zwei Stunden später hatte er es sich im Wohnzimmer bereits gemütlich gemacht, in der Musikanlage lief eine CD mit Rockballaden und vor sich auf dem Tisch stand ein Glas halbgefüllt mit seinem Lieblingswein. Seine Gedanken drängten sich um die heutigen Ermittlungserkenntnisse.

Wenn die manipulierte Stiege auch schon sehr alt war, ließ sie sich problemlos ohne Mühe öffnen und schließen. Das ließ untrüglich darauf schließen, dass dieser versteckte Raum öfter besucht wurde. Wie Paul auch hin und her überlegte, er fand keine Erklärung für die Verwendung des Kellerraumes. Nach dem dritten Glas schlummerte er sanft ein. Es war kurz nach 22.00 Uhr, als ihn seine Frau Anita mit einem zärtlichen Kuss behutsam weckte und ihm dann ins Ohr flüsterte, ob er unter die Dusche mitkomme. Paul war sofort hellwach angesichts dieses verführerischen Angebotes seiner Frau.

Schnell streiften sie sich die Kleidung vom Leib und verschwanden in der Duschkabine. Das warme, auf ihre heißen Körper niederprasselnde Wasser weckte in beiden neue Lebensgeister und gierige Gefühle. Gerade als ihr Blut durch den Trieb in den Lenden richtig in Wallung geriet, standen plötzlich die Zwillinge im Badezimmer.

„Mami, wir können nicht schlafen. Dürfen wir uns zu euch kuscheln?“, fragte Theo mit hoffnungsfrohen Kinderaugen.

Wer hätte den Buben diesen Wunsch ausschlagen können? Anita steckte den Kopf aus der Duschkabinentür: „Los Burschen, verschwindet in unser Schlafzimmer! Papa und ich kommen gleich nach, dann wird gekuschelt.“

„Müssen wir Wasser sparen, weil ihr gemeinsam duscht?“, wollte Jonas noch wissen.

„Ab ins Bett“, war Anitas knappe Ansage.

Das plötzliche Auftauchen ihrer Söhne ließ beim Ehepaar Stohl das Feuer der Leidenschaft schnell verebben.

Anita gab Paul noch einen langen, zärtlichen Kuss und meinte zu ihm: „Trocknen wir uns ab. Bevor wir nicht bei ihnen liegen, schlafen sie ohnehin nicht ein.“

Paul ließ einen gespielten Seufzer von sich. Von Zwischenfällen dieser Art können Eltern Lieder singen. Ein Kuscheln mit den Jungs war zwar kein Ersatz für ein Abenteuer der Gelüste, aber doch eine adäquate Lösung. Sie liebten ihre Buben abgöttisch und freuten sich, wenn sie während der Nacht aus ihrem Zimmer zu ihnen kamen und unter die Decken schlüpften. Anita und Paul wollten diese Zeit genießen, sie verging ohnedies so schnell. In ein paar Jahren würden die Zwillinge beim Wort kuscheln verschämt das Gesicht verziehen.

Kapitel 26

Zur großen Morgenbesprechung sollte jeder seinen Bericht vorbereiten und seine Vorschläge darbringen. Eigentlich war es mehr eine Mittagsbesprechung, Michael hatte sie deshalb später angesetzt, weil Fred und Johnny erst in der Nacht aus Stuttgart zurückgekommen waren und ausschlafen sollten. Außerdem würde Anita ebenfalls später eintreffen, weil sie die Aufsicht der Kinder regeln musste. Sie brachte sie zur Schule, die Großeltern würden sie abholen und den Nachmittag mit ihnen verbringen. Gut, dass sie auf ihre Eltern zählen konnten. Pauls Eltern waren schon vor Jahren bei einem schweren Verkehrsunfall ums Leben gekommen und hatten die Geburt ihrer Enkel nicht mehr erlebt.

Es war kurz nach elf Uhr, als sich das gesamte Team der SOKO einschließlich zwei Beamten der Spusi zusammenfand. Michael verlegte deshalb die Besprechung auf den frühen Nachmittag. Er hoffte, dass sich seine Ermittler schon Gedanken über eine Strategie zur Fortführung der Nachforschungen gemacht hatten. Er selbst wusste momentan nicht, wo ihm der Kopf stand, war er doch mit der logistischen Arbeit bei der Einteilung der Erhebungsteams und den vorgegebenen Berichterstattungen voll ausgelastet.

Die Entdeckung des in der Donau versunkenen Hondas mit einer toten Frau am Steuer wurde noch als Unfall abgetan. Damit konnte zumindest für einige Tage das mediale Interesse in Grenzen gehalten werden. Für Michael war es von zentraler Bedeutung, dass seine Vorgesetzten und der Staatsanwalt in jeder Hinsicht hinter ihren Ermittlungen standen und Störfeuer aus anderen Abteilungen frühzeitig abgeblockt wurden.

Er nutzte die Zeit bis zur Besprechung dafür, um sich Gedanken über den aktuellen Ermittlungsstand zu machen und seine eigenen Schlüsse zu ziehen. Es zeigte sich bereits ein Bild von den Morden, wo es einzelne Verbindungen gab und weitere zu finden galt. Er hoffte auf seine Kollegen, denen die Abläufe der einzelnen Geschehnisse vertrauter waren als ihm.

Einige Ermittler hatten das Mittagessen in ihrer Stammpizzeria eingenommen und während des Aufenthaltes dort über die neue Entwicklung des Falles gesprochen. Fred und Johnny waren zum Essen nicht mitgekommen, sie waren noch satt vom späten Frühstück. Ihre Kollegen interessierte brennend, welche Neuigkeiten sie aus Stuttgart mitgebracht hatten.

Kurz nach 14.00 Uhr hatten sich alle Teilnehmer im Schulungssaal des BPK versammelt. Herbert Stummer ließ es sich nicht nehmen, an dieser Besprechung teilzunehmen. Zum einen musste er als BPK-Kommandant über die aktuellen Ermittlungen Kenntnis haben und zum anderen wollte er Einzelheiten wissen, um bei Presseanfragen bestens gewappnet zu sein. Er wollte sich die

Blamage ersparen, dass gar ein Journalist besser mit dem Fall vertraut war als er selbst.

Michael sprach ein paar einleitende Worte und fragte danach Oberst Stummer, ob er zum Thema etwas zu sagen habe. Da das nicht der Fall war, bat er Fred über ihre von den Stuttgarter Kollegen erhaltenen Informationen zu Sven Kunze, dem Mordopfer aus dem geheimen Kellerraum, zu berichten.

Die Berichterstattung übernahm Fred, weil sich dieser handschriftliche Notizen gemacht hatte und Johnny die Entzifferung dieser ‚Hieroglyphen' nicht zumutbar war.

„Sven Kunze ist 51 Jahre alt, deutscher Staatsbürger, hat aber keinen festen Wohnsitz in Deutschland. Seit 15 Jahren ist er mehr oder weniger als ‚U-Boot' unterwegs. Vor 16 Jahren betrieb Sven zusammen mit seiner Ehefrau Dagmar im Bahnhofsviertel in Stuttgart ein Café. Eines Nachts brannte das Lokal völlig aus. Die Brandursachenermittlungen durch Sachverständige ergaben damals eindeutig Brandstiftung. Das Ehepaar Kunze hatte zwar ein wasserdichtes Alibi, trotzdem wurden sie als mutmaßliche Auftraggeber der Brandsetzung vor Gericht gestellt. Der Verdacht wurde damit begründet, dass das Ehepaar die Versicherungsdeckung zwei Wochen vor dem Brand erheblich erhöht hatte. Der schlechte Geschäftsgang und die erhöhte Versicherungssumme erschienen der Staatsanwaltschaft Stuttgart als ausreichende Indizien für eine Anklage. Sven und Dagmar Kunze wurden zu bedingten Haftstrafen verurteilt, weshalb die Versicherung nicht für eine Schadensersatzleistung aufkam. Die Kunzes standen nun vor dem Nichts und waren zudem hoch verschuldet. Dagmar setzte die Situation psychisch dermaßen zu, dass sie in der Folgezeit mehrmals versucht hatte, Suizid zu begehen. Schließlich ist sie seit 15 Jahren dauerhaft in einer psychiatrischen Klinik untergebracht. Beim letzten Suizidversuch wollte sie sich mit einer Überdosis Psychopharmaka das Leben nehmen. Damals überlebte sie nur knapp, weil ihr Mann sie rechtzeitig in der Badewanne gefunden hatte. Die Medikamentenüberdosis richtete jedoch schwere Gehirnschäden an und Dagmar ist seither ein Pflegefall. Sven Kunze soll danach nach Thailand oder ein anderes ostasiatisches Land ausgewandert sein. Seine einzige Angehörige in Deutschland ist die Ehefrau in der Psychiatrie. Seine und auch ihre Eltern sind längst verstorben, von Geschwistern ist nichts bekannt. Das wäre es fürs Erste. Die deutschen Kollegen haben uns zugesagt, in der Psychiatrie Nachforschungen in den Unterlagen vorzunehmen."

Während Fred berichtete, war Johnny kurz aus dem Raum gegangen, weil sein Handy läutete und er erkannte, dass der Anruf aus Stuttgart kam.

Zurück im Besprechungsraum informierte er die Kollegen über den Inhalt des Telefonats.

„Die Kollegen in Stuttgart haben sich sofort mit der Sache befasst und sind in die Psychiatrie gefahren. Verständlicherweise war es sinnlos, mit Dagmar Kunze selbst zu sprechen. Der Verwalter konnte ihnen aber aufgrund der Patientenakte doch einige interessante Mitteilungen machen. Vor allem ein Pfleger, der in der Abteilung arbeitet, in der die Patientin untergebracht ist, konnte ihnen aufschlussreiche Auskünfte geben. Er hatte einmal durch das Fenster in den Hof geschaut und Sven Kunze nach einem Besuch bei seiner Frau in einen dunkelblauen Honda, älteres Baujahr, einsteigen gesehen. Soviel er sich erinnern konnte, haben zwei Männer im Auto auf ihn gewartet. Das soll ungefähr ein Jahr her sein, wie sich der Pfleger zu erinnern glaubt. Es war auch der letzte Besuch von Sven bei seiner Frau. Laut Pfleger wies Sven Kunzes Haut bei diesem Besuch eine starke Gelbfärbung auf, so wie bei Patienten mit einer akuten Hepatitis und schweren Leberschäden. Besonders spannend ist, was unsere Kollegen dort in der Verwaltung erfahren haben."

Da Johnny seinen Bericht bewusst in die Länge zog, musste die ungeduldige Anita die Bemerkung loswerden: „Los, sag schon, spann uns nicht weiter auf die Folter!"

Diesmal gab es keine Rüge, weil die anderen ebenso wissen wollten, was die Stuttgarter so Interessantes in der Verwaltung erfahren hatten.

„Also, laut den Kriminalisten dort ließ Sven Kunze die letzten zehn Jahre dem psychiatrischen Krankenhaus insgesamt viermal größere Geldsummen zukommen. Er erreichte damit, dass seine Frau in einem Einzelzimmer untergebracht wurde und es ihr an nichts fehlen sollte. Obwohl Dagmar nicht mitbekam, was im Fernsehen gezeigt wird, war es ihre einzige Freude, den Bildschirm zu betrachten, egal, was gerade lief. Die Tagesnachrichten faszinierten sie genauso wie Werbeeinschaltungen und Zeichentrickfilme. Sie lebte in ihrer eigenen kleinen glücklichen Welt. Den Aufzeichnungen in der Verwaltung des Krankenhauses nach spendete Sven Kunze dreimal jeweils 2.000 € und beim letzten Besuch vor einem Jahr 5.000 €. Bei dieser Summe rechtfertigte er sich mit einem kürzlich abgeschlossenen Autogeschäft. Eines noch, Kunze besuchte seine Frau im Schnitt nur alle zwei Jahre. Eine Kontaktadresse von ihm ist dem Krankenhaus nicht bekannt. Die nächsten Tage wird ein ausführlicher Bericht über Interpol an unsere Dienststelle übermittelt."

Michael bedankte sich bei Johnny und Fred für ihre Arbeit. Er fand es gut, dass sie den Dienstweg einhielten und über das Interpol-Büro agierten. Es ging schließlich um Mord. Nicht rechtlich autorisierte Ermittlungen durften keinesfalls zum Stolperstein werden.

Nach dem Bericht wurde es kurz still im Raum. Jeder machte sich so seine Gedanken. Herbert Stummer fand es nun als seine Aufgabe, etwas zu sagen. „Kollegen, wie bereits versprochen, ich halte euch den Rücken frei, aber dem LKA-Kommandanten als Leiter der übergeordneten Dienststelle muss ich, wie ihr wisst, berichten. Das lasst ganz meine Sorge sein. Bevor ich gehe: Über alle Querschüsse von außen möchte ich umgehend informiert werden", sagte der Oberst, dann verließ er den Besprechungsraum.

Michael ärgerte sich innerlich. Sie ermittelten mit höchster Intensität und trotzdem bestand die Möglichkeit, dass in einem Büro im Ministerium, beim Bundeskriminalamt oder in einer anderen

Abteilung ein Neider oder Wichtigtuer saß, der ihnen den Akt mit einer fragwürdigen Zuständigkeitsbegründung entziehen wollte. Tatsächlich waren es Kollegen, die ihnen den Erfolg nicht gönnten.

Bis dahin war ohnehin noch einiges an Ermittlungsarbeit zu leisten, und die Gewissheit einer erfolgreichen Aufklärung war längst nicht gegeben. Die Mordfälle erweckten natürlich bei den Medien reges Interesse, demnach verlief auch die Berichterstattung. Es verging kein Tag, an dem nicht eine Zeitung über die Morde berichtete. Herbert und Michael hatten schon wiederholt in Fernsehsendern Interviews zu den Ermittlungen gegeben. Logisch, dass es hohe Polizeibeamte gab, die ihnen die Medienpräsenz neidig waren. Sie hätten gerne ihr eigenes Konterfei auf den Bildschirmen und in den Zeitungen gesehen.

Hans berichtete über ihr Treffen mit den Linzer-Kollegen und dass diese mit ihren Informanten aus der Suchtgiftszene sprechen wollten, aber nicht so schnell ein Ergebnis zu erwarten war.

Strotti erzählte, dass die Kripo in Oberösterreich infolge einer noch nie da gewesenen Serie von Raubüberfällen mit Arbeit ohne Ende eingedeckt sei. Da diese Überfälle kein klares Bild ergaben, gestalteten sich die Ermittlungen besonders schwierig. Es fiel den Kriminalisten schwer einzuordnen, welche Überfälle der Ausführung nach einer Tätergruppe zuzuordnen waren. In einigen Fällen stürmten zwei Täter die Bank, in anderen wiederum nur einer und es gab Hinweise, dass in einigen wenigen Fällen ein dritter Verbrecher im Fluchtauto auf die Komplizen wartete.

Kaum hatte Strotti ausgesprochen, betrat ein junger Kollege den Raum und teilte ihnen aufgeregt mit, dass in Oberösterreich kurz hintereinander Überfälle auf ein Geldinstitut in Enns und ein weiteres in St. Florian verübt wurden und eine Alarmfahndung angelaufen sei. Somit war es mit der Besprechung vorbei. Die Ermittler mussten an der Fahndung teilnehmen und die Kollegen der westlichen Inspektionen des Bezirkes Amstetten unterstützen.

Michael bat Strotti in seine Kanzlei, er wollte die Gelegenheit nützen und mit dem mit allen Wassern gewaschenen Ermittler allein sprechen.

„Strotti, ich kenne dich. Du scheinst dich mit der Kollegin Paus gut zu verstehen. Gestern wart ihr sogar zusammen im Kino hat mir ein Vöglein gezwitschert."

„Was soll das? Mein Privatleben geht dich nichts an", entgegnete ihm Strotti erkennbar eingeschnappt.

Michael merkte sofort, dass er Strotti verärgert hatte, weshalb er umgehend das Thema wechselte. „Nun aber zu unseren Aufgaben. Ich will von dir hören, wie du über den ganzen Fall, genauer ausgedrückt über die Fälle denkst. In deinem Kopf schwirren doch schon Vorstellungen und Mutmaßungen herum. Ich verstehe, dass du sie nicht offen bei einer Besprechung aussprechen kannst."

„Mike." So sprach er seinen Vorgesetzten, den er seit der Polizeischule her kannte, an, wenn er mit ihm allein war. „Wenn du mich fragst, ermitteln wir gegen eine Verbrecherbande, die ihre eigenen Komplizen tötet, wenn sie eine Gefahr für die Organisation werden. Zuerst habe ich gedacht, es geht um Rauschgifthandel, da bin ich mir nicht mehr so sicher. Natürlich wird der Kellerraum ein geheimes Versteck gewesen sein. Wir dürfen die Geduld nicht verlieren, uns fehlen noch verschiedene gerichtsmedizinische Gutachten. Noch wissen wir nicht, ob die Prostituierte Nina Hacker ermordet wurde, Selbstmord verübt oder *nur* verunglückt ist. Trotz des fehlenden Fahrzeugschlüssels muss es noch lange kein Mord sein. Sie kann ihn genauso gut selbst weggeworfen haben. Morgen müssen wir die Besprechung in der Früh fortsetzen. Die Spusi-Leute sind nach dem Abbruch des Meetings wieder zum beschlagnahmten Honda gefahren, der aus der Donau gezogen wurde. Sie werden hierfür ihre Gründe haben. Das gesamte Fallkonstrukt erweckt auf mich den Eindruck, als würde ich einen dicken Kriminalroman lesen und mit den Kommissaren gedanklich mitarbeiten. Dabei muss ich ständig zurückblättern, weil mir möglicherweise dieser oder jener Hinweis entgangen ist oder ich ihm zu wenig Beachtung geschenkt habe."

„Das hast du aber schön gesagt. Im Grunde hast du mit deiner Sichtweise recht."

Michael konnte sich trotz des Rüffels kurz vorher nicht halten. Neugierig, wie er war, kam er wieder auf Brigitte zu sprechen. „Strotti, wie geht es dir eigentlich mit Brigitte? Wird das etwas

Ernstes oder bist du nur auf ein Abenteuer aus?“ Michael konnte nicht weiterreden.

Strotti, der kein nachtragender Mensch war, wurde Michaels Einmischung in sein Privatleben nun doch zu viel, weshalb er ihn jetzt grob unterbrach: „Du brauchst gar nicht den Moralapostel spielen. Früher warst du keinen Deut besser als ich und konntest nie genug vom weiblichen Geschlecht bekommen.

Nur weil du dich vor ein paar Jahren vom Schürzenjäger zum Moralapostel gewandelt hast, musst du nicht denken, dass ich nur auf das eine aus bin und keine Beziehung haben will. Wir sind etwa gleich alt, warum soll ich nicht auch an eine feste Beziehung denken? Wenn du schon Brigitte ansprichst, glaubst du wirklich, dass ich diese nette Frau nur ins Bett bekommen will? Mein Freund, da bist du auf dem Holzweg. Schau, dass du selbst mit deiner Krankenschwester zurande kommst. Du bist doch nervös wie ein junges Rennpferd in der Startbox, wenn nur ihr Name erwähnt wird.“

Bums, das hatte gesessen. Michael hatte begriffen, dass er sich zu weit in das Privatleben seines Freundes eingemischt hatte und wie vor einigen Tagen von Anita nun auch von Strotti den Kopf gewaschen bekam. Kleinlaut entschuldigte er sich: „Es war nicht bös gemeint, Strotti. Du musst dich deswegen nicht gleich so aufregen.“

„Kommen wir wieder zurück zum Fall. Was schlägst du vor? Wie gehen wir es weiter an, wer soll welche Nachforschungen betreiben? Es scheint mir an der Zeit, dass wir das Aktenkonvolut aufteilen. Hast du nicht auch schon daran gedacht? Jedes Team oder auch einzelne Kollegen sollten in einem Bereich die Erhebungen führen und so weit wie möglich nicht in die Recherchen anderer Teammitglieder eingreifen."

„Da muss ich dir zustimmen", meinte Strotti wieder in einem versöhnlichen Ton.

„Wenn ich dir einen Vorschlag unterbreiten darf: Beauftrage Anita, den ganzen Akt von vorn weg noch einmal zu überarbeiten. Vielleicht findet sie Zusammenhänge, die wir übersehen haben. Ich weiß, sie wird keine Freude haben, wenn du sie wieder an den Schreibtisch verbannst. Du könntest ihr ja ein Zuckerl geben, indem du sie von zu Hause arbeiten und sie außerdem ihre Dienstzeit selbst einteilen lässt."

„Alle Achtung Strotti, mit dir ist ein Gruppenleiter beim Landeskriminalamt verloren gegangen, aber gut. Welche Recherchen soll Paul führen?" Der SOKO-Leiter wartete gar nicht auf eine Antwort, er konnte schwer Strotti alles entscheiden lassen. „Ich finde, dass Paul mit den Spusi-Leuten zusammenarbeiten und außerdem das Bindeglied zur Gerichtsmedizin sein soll. Damit meine ich, dass er Erkenntnisse aus diesen Bereichen einschätzen, seine Schlüsse daraus ziehen und bei einer Besprechung darlegen soll."

„Könnte von mir sein, Boss", erwiderte Strotti, merklich wieder in guter Stimmung.

Michael hatte noch immer ein schlechtes Gewissen bezüglich seiner Einmischung in Strottis Privatleben, weshalb er sich wunderte, dass sein Kollege die unberechtigte Einschätzung so rasch wegstecken konnte. Er wäre weniger überrascht gewesen, wenn er gewusst hätte, dass Strotti am Abend bei Brigitte zum Abendessen eingeladen war. „Weitere Einteilungen treffen wir morgen nach der Besprechung, wir sind beide nicht auf dem letzten Stand. Meine Aufgabe ist ohnehin klar: Euch den Rücken freihalten, die Nachforschungen, wenn notwendig, mit Herbert Stummer abstimmen, die Presse halbwegs in Zaum halten und, und, und … Manchmal denke ich wehmütig an die Arbeit direkt an der Front zurück."

„Mike, ich kann dich gut verstehen. Wie ich dich kenne, wirst du dir die Mitwirkung an der Vernehmung des oder der Mörder nicht nehmen lassen. Wenn ich einen Wunsch freihätte, würde ich gerne mit dir zusammen ein Vernehmungsteam bilden."

Michael blieb seinem Freund und Kollegen die Antwort schuldig, hatte jedoch schon gedanklich festgelegt, dass er das Verhör mit Strotti vornehmen würde. Noch war es nicht so weit. Zunächst musste der Täter gefasst werden, sofern es sich überhaupt um einen Einzeltäter handelte.

Michael und Jörg waren sich im Klaren, dass die eben getroffenen Einteilungen durch einen neuen Hinweis und zwingende neue Erhebungsschritte rasch wieder null und nichtig sein könnten. Bei ihren Ermittlungen war schon dermaßen viel Unerwartetes dazwischengekommen, dass sie ihre Strategie wiederholt ändern mussten.

Über den Funk hörten sie, dass die Alarmfahndung ergebnislos abgebrochen wurde. An diesem Tag wollten sie keine fallbezogenen Ermittlungen mehr führen. Michael plagte offenbar noch immer das schlechte Gewissen, weshalb er Strotti auf einen Kaffee in der Kantine einlud und meinte: „Hören wir uns an, was die Kollegen über die Überfälle zu berichten haben."

Strotti nahm die Einladung gerne an, ersuchte seinen Freund aber um eine Stunde Zeitausgleich, weil er von Brigitte zum Abendessen eingeladen sei. Dabei zwinkerte er mit den Augen.

„Ich kann nicht nein sagen, wenn du etwas für deine innere Ausgeglichenheit tust und das ganze Team profitiert", genehmigte er grinsend Strottis Anliegen.

Strotti erkannte mit einer gewissen Genugtuung, dass Michael ein schlechtes Gewissen hatte. Für ihn war der kleine Disput längst vergessen.

Kapitel 27

Am nächsten Tag drückte der SOKO-Leiter auf das Tempo. „Leute, setzen wir die Besprechung fort, da wo wir gestern aufgehört haben. Anita, lass uns wissen, was ihr bei der Bergung des Hondas der Prostituierten entdeckt habt." Mit einem Blick in die Runde fragte er: „Ihr wisst doch schon alle von der Bergung des Autos aus der Donau zwei Kilometer westlich des Donaukraftwerkes Wallsee-Mitterkirchen?" Ein Nicken der Kollegen überzeugte Michael, wonach er mit einer Geste Anita signalisierte, über die Bergung und ihre Eindrücke zu berichten.

„Kollegen, ihr kennt doch die Stelle am Treppelweg westlich des Kraftwerkes, wo die Paddler aus der Donau steigen und ihre Fahrt auf dem Nebenarm fortsetzen, weil sie die Schleusen nicht passieren dürfen. Derzeit führt die Donau Niederwasser, weshalb etwa einen Kilometer oberhalb der Übersetzstelle einem Paddler der versunkene Pkw im Wasser auffiel und das wahrscheinlich auch nur, weil die Sonneneinstrahlung passte und er sich hatte treiben lassen. Über Notruf verständigte er die Polizei, wonach die Bergung in die Wege geleitet wurde. Als ich den alten Honda sah, dachte ich sofort an unsere Prostituierte, die ihre Freier gelegentlich im Möbelhaus bedient hat. Gewiss wurde es mir erst, als ich den großen Plüschhasen auf der Rückbank entdeckt hatte. Wie die Leiche ausgeschaut hat, muss ich euch wohl nicht extra beschreiben."

Hans löste Anita ab, die sichtlich gerade im Gedanken bei der Leiche war, und führte fort, dass die Tote am Fahrersitz angegurtet war und sich zurzeit bereits in den Händen des Gerichtsmediziners Dr. Hauser befände.

„Zur Obduktion habe ich nachher noch etwas zu sagen, Dr. Hauser hat mich heute schon vor sieben Uhr angerufen“, unterbrach der SOKO-Leiter seinen Kollegen. „Vorher möchte ich noch hören, was die Spezialisten der Spurensicherung zu erzählen haben.“

Der Älteste des Spusi-Teams ließ sich nicht lange bitten, hatte er doch wirklich brisante Neuigkeiten: „Wir haben den Honda noch vor Ort spurentechnisch überprüft und gestern unsere Arbeiten im Feuerwehrhaus Wallsee fortgesetzt. Das sichergestellte Kfz ist dort in einem großen Raum abgestellt. Über den Plüschhasen habt ihr schon gehört, aber einiges haben wir doch gefunden, worüber ihr euch Gedanken machen solltet. Im Zündschloss des Pkw steckte kein Schlüssel. Wir haben das ganze Fahrzeug auseinandergenommen, jedoch keinen gefunden. Wo sind die Schlüssel zum Möbelhaus und zu ihrer Wohnung geblieben? Bei der Durchsuchung ihrer Räumlichkeiten in Leonding wurden sie auf jeden Fall nicht entdeckt. Wenn ihr mich fragt, aber es fragt mich ja keiner, würde ich sagen, die Dame war bei ihrer unfreiwilligen Wasserung nicht allein. Eure Erhebungsaufgaben werden mehr statt weniger. Wir haben noch eine interessante Entdeckung gemacht. Die Einstellung des Fahrersitzes passte nicht zur Körpergröße des Opfers, was wiederum den Schluss zulässt, dass der

Honda zuletzt nicht von der Toten gelenkt wurde. Die Feuerwehr hat die Einstellung der Sitze bei der Bergung nicht verändert. Dazu gab es auch keinen Grund, wie mir ein Feuerwehrmann erzählte. Als weitere Überraschung haben wir unter dem Reservereifen einen Plastiksack mit 10.000 € Bargeld vorgefunden. Das Geld werde ich dir nachher übergeben, Michael. Zurzeit ist es im Tresor mit den Organmandatsgeldern. Im Fahrzeug fanden wir weder eine Handtasche noch ein Handy. Ohne diese Sachen geht heutzutage Frau nicht weg. Wer hat diese Gegenstände an sich genommen? Es ist ausgeschlossen, dass eine Handtasche aus dem Fenster geschwemmt wurde. Die Seitenfenster vorn waren nur fünf Zentimeter offen, die hinteren ganz zu. Wenn der Pkw völlig trocken ist, werden wir noch nach Fingerspuren suchen, vielleicht landen wir einen Treffer", schloss der Spusi-Mann seinen Bericht.

„Gut, so weit sind das allerhand interessante Hinweise, jetzt zur Mitteilung des Gerichtsmediziners."

Mit Enttäuschung in der Stimme unterbrach Paul den SOKO-Leiter. „Was ich zu sagen habe, interessiert wohl keinen! Ich sitze ohnehin die meiste Zeit am Computer." Bevor noch jemand etwas sagen konnte, fuhr Paul fort: „Ihr habt wahrscheinlich schon vergessen, dass ich vorgestern mit zwei Kollegen der Spurensicherung noch einmal im Keller des Möbelhauses gewesen bin und wir die Stiege zum geheimen Raum neuerlich inspiziert haben. Aber wen interessiert schon dieser geheime Raum, da wurde bloß die Leiche eines Junkies gefunden."

Michael unterbrach ihn in gereiztem Ton: „Du musst nicht gleich so empfindlich sein. Ich habe selbst genug um die Ohren, da wird es mir wohl gestattet sein, etwas zu übersehen. Komm zur Sache.“

Paul fuhr friedlicher fort: „Bei der Untersuchung der Stiege haben wir festgestellt, dass sie gelegentlich gewartet wurde, die Scharniere wurden geölt. Außerdem wurden die feinen Schlitze, die durch das Öffnen zwischen Mauerwerk und Stiege entstanden, mit Farbe nachgestrichen, um sie zu verbergen. Das heißt, dass dieser geheime Raum öfter aufgesucht wurde. Wir müssen herausfinden, was dort versteckt wurde oder wozu er sonst noch gedient haben könnte. Wenn nichts dagegen spricht, werde ich den Raum mit Spusi-Kollegen noch einmal genau überprüfen. Wegen der Kfz-Bergung mussten wir letztens abbrechen.“

„Danke Paul, du wirst die Überprüfung des Raumes verschieben müssen. Dein Freund Dr. Hauser wünscht dich und einen Kollegen heute am frühen Nachmittag in der Gerichtsmedizin zu sehen. Wenn wir gerade dabei sind, die Ermittlungen in Teams zuzuordnen, machen wir gleich weiter. Anita, du wirst wieder intensiv am Computer recherchieren und den Akt neuerlich durchforsten, wir müssen etwas übersehen haben. Bevor du die Miene verziehst: Du darfst deine Nachforschungen und Überprüfungen von zu Hause aus betreiben und kannst die Zeit frei wählen. Wir werden uns bei den Besprechungen, an denen du teilnehmen musst, nach dir richten. Ferner ersuche ich dich, dass du dir die Kriminalfälle, die im

Großraum Linz angefallen sind, näher anschaust, wenn dir Zeit bleibt."

Wie vorauszusehen, schmollte Anita, weil sie von den ‚Fronterhebungen' an den Computer und in den Innendienst verbannt wurde. Die Möglichkeit, von zu Hause aus zu arbeiten und sich die Zeit selbst vorzugeben, war auch keine so schlechte Lösung. Zudem musste sie sich eingestehen, dass sie die letzten Monate ihre Eltern ziemlich strapaziert hatte. Beide waren schon knapp an die 70 und die Zwillinge konnten bereits richtig Gas geben. Sie nahm sich vor, ihren Eltern einen Gutschein für einen Tag in einer Therme zu schenken. Länger hielten sie es ohnehin von zu Hause weg nicht aus.

Schließlich zeigte sich Anita ihrem Vorgesetzten gegenüber zufrieden und ließ ihn auch wissen, dass sie sich angesichts der Auffindung von Nina Hackers Leiche deren Fotoalbums noch einmal genau vornehmen werde. Vielleicht war in ihrer Vergangenheit der entscheidende Hinweis zu finden.

„Anita, wenn du bei deinen Analysen Gründe für dringend auszuführende Erhebungen findest, lass es mich sofort wissen. Wir nehmen zwar an, dass es sich bei der Toten im Wasser um Nina Hacker handelt, das endgültige Ergebnis muss die DNA-Auswertung ergeben. Hacker ist in der Datenbank gespeichert, weil sie vor Jahren in mehreren Fällen Freier bestohlen hat. Ich hoffe, dass Dr. Hauser bereits die DNA-Vergleiche in die Wege geleitet hat und wir alsbald Gewissheit über die Identität der Toten haben."

Da Michael gerade eifrig am Einteilen der Ermittlerteams war und er es bereits am Vortag mit ihm besprochen hatte, entschuldigte sich Strotti mit der Begründung, dringend ein Telefonat führen zu müssen. Er ergänzte dazu: „Musst gar nicht so grimmig schauen, Herr SOKO-Leiter, das Telefonat hängt mit dem Fall zusammen."

In seinem Büro kramte Strotti in alten Unterlagen und suchte nach einer Telefonnummer, die er bewusst nicht in seinem Handy gespeichert hatte. Es war die Nummer eines Kollegen mit türkischen Wurzeln, der im Untergrund bei einer geheimen Gruppe zur Bekämpfung von Suchtmittelkriminalität ermittelte. Diese Beamten waren mit falschen Identitäten und erfundenen Lebensläufen unterwegs und führten ein äußerst riskantes Leben. Hakim, unter diesem Namen kannte er ihn, hatte für ihn einige Scheinkäufe von Drogen eingefädelt. In einem Fall kam es bei einem Suchtgiftdeal sogar zu einem Schusswechsel mit Kriminalbeamten. Hakim fügte sich selbst einen Streifschuss zu, um seine Tarnung nicht auffliegen zu lassen. Durch seine Herkunft und der perfekten Kenntnis der türkischen und mehrerer arabischen Sprachen hatte er den ein oder anderen Großdealer ins Gefängnis bringen können. Michael überlegte, ob er Hakim direkt anrufen sollte. Dann erinnerte er sich, dass insgesamt zehn Suchtermittler einen Code zugewiesen bekommen hatten, den sie per SMS auf das Handy von Hakim senden sollten. Er war der einzige Ermittler des Landeskriminalamtes Niederösterreich, der einen Code erhalten hatte. Ob der noch gültig war, bezweifelte er, aber einen Versuch war es wert. Hakim hatte Kontakte in allen größeren Städten Österreichs, nun hoffte er von ihm auf einen Tipp, wen er in Linz fragen konnte. Strotti hatte zehn Jahre lang keinen Kontakt mehr mit Hakim gehabt. Er wusste nicht, ob dieser noch bei der geheimen Einheit war. Nachdem er seinen Code versendet hatte, kehrte er in den Besprechungsraum zurück.

„Der Herr hat auch wieder Zeit für uns", wurde er von Michael zynisch empfangen.

Strotti ließ diesen Kommentar unkommentiert. Ihm war längst bewusst, dass Michael ein Problem mit sich herumschleppte. Das hing aber nicht mit der Arbeit zusammen, sondern mit Michaels neuer Liebe Linda, die bald das Weite suchen würde, wenn er sein groteskes Verhalten nicht änderte.

Strotti hatte von seiner Kollegin/Freundin Brigitte, bei der er letztens erstmals die Nacht verbracht hatte, über das sonderbare Verhalten Michaels seiner Freundin gegenüber erfahren. Brigitte und Linda waren im gleichen Turnverein und trafen sich jeden Donnerstagabend zur Gymnastik. Nach dem Sport kehren die meisten Sportlerinnen noch in einem gemütlichen Lokal ein. Linda und Brigitte blieben länger als ihre Sportkameradinnen in der Gaststätte.

Linda nutzte nach drei Prosecco die Gelegenheit, um mit Brigitte über Michael zu reden. Das, was Brigitte da zu hören bekam, passte nie und nimmer zu Michael. Da muss sich ein anderer Mensch in seinem Körper breitgemacht haben.

Michael behandelte Linda nicht wie seine Freundin, sondern wie eine Gräfin. Ihr war es peinlich, dass Michael mehrmals die Woche von einem Lieferservice Blumen auf ihre Station schicken ließ. Seine Wohnung hatte er komplett umgestaltet, wobei nicht nur ein Innenarchitekt einen Lachkrampf bekommen hätte. Die Vorhänge waren ebenso wie die Tischtücher mit Blumenmustern in allen möglichen Farben gestaltet. In jedem Raum stand zumindest eine Vase mit Schnittblumen. Die CDs mit Rockmusik hatte er durch klassische Musik ersetzt. Das wahrscheinlich nur deswegen, weil Linda ihm erzählt hatte, dass sie mit einer Freundin einmal das Neujahrskonzert besucht und die Musiker als großartige Künstler bezeichnet hatte. Da lief etwas gewaltig unrund bei Michael. Strotti nahm sich vor, nach Dienst mit ihm einmal einen richtig „drauf" zu machen. Es musste ein Tag sein, an dem Linda zum Nachtdienst musste. Wenn es passte, würde dieser Tag heute sein. Michael war sein Freund. Er durfte ihn nicht noch weiter ins Unglück laufen lassen.

Der SOKO-Chef hatte erkannt, dass Strotti gedanklich abwesend war, wonach ihn dieser in seiner sarkastischen Art darauf ansprach: „Der Herr Kollege Strasser hat Zeit zum Träumen. Wir werden gleich hören, was er zu berichten hat."

„Michael, ich muss nachher mit dir allein im Büro sprechen. Es gibt einen triftigen Grund, warum ich es nicht in diesem Forum verlauten darf. Das hat nichts mit Misstrauen zu tun, sondern es gibt gewisse Vorgaben, die ich nicht preisgeben darf. Zu einem späteren Zeitpunkt werde ich euch aufklären, dann werdet ihr meine Geheimniskrämerei verstehen."

Das SOKO-Team zeigte Verständnis für die Zurückhaltung bei der Offenlegung bestimmter Informationen. Wenn es um einen diffusen Hinweis ging, durfte er ohne Gegenprüfung nicht breitgetreten werden.

Nur Michael zeigte sich mit dieser Vorgangsweise nicht einverstanden. Später im Büro würde er Strotti schon die Leviten lesen, wenn er sich da eben nicht getäuscht hatte. Der SOKO-Leiter hatte Fred und Johnny beauftragt, die Ermittlungen zu diesem Sven Kunze fortzusetzen. Außerdem hatte er sie gerügt, warum sie nicht schon festgestellt hätten, ob Kunze einen Schwager hat, der bei einem Schiffsunglück ums Leben gekommen ist oder nicht. Bei ihrem Bericht hatten sie ausgeführt, dass Kunze einen Schwager haben soll, der verunglückt ist. Zu ihrer Verteidigung: Wann hätten sie diese Ermittlungen führen sollen?

Hans und Strotti beauftragte der SOKO-Leiter, der immer grantiger wurde, mit der neuerlichen Einvernahme des Einbrechers Eduard Kleist. Dieser sollte ihnen den Ablauf eines erotischen Stelldicheins im Möbelhaus Krüger schildern.

„Mitte der nächsten Woche will ich Ergebnisse sehen", sagte er in einem bestimmenden Ton.

Zu Strotti gewandt äußerte er noch: „Wenn du Zeit hast, kommst in mein Büro und teilst mir deine Geheimnisse mit." Dann verließ er den Raum.

Die Mitteilung des Gerichtsmediziners von heute Morgen blieb Michael seinen Ermittlern schuldig.

Hans war der Erste, der die Frage in den Raum stellte, warum sich der SOKO-Leiter die letzte Woche immer mehr zum Negativen verändert hatte.

Fred und Johnny meinten: „Vielleicht überfordert ihn die Leitung der SOKO und er gibt sich die Schuld, weil wir bis jetzt wenig zählbare Ergebnisse eingefahren haben. Damit wird er umzugehen lernen müssen. Es gibt Morde, die werden oft erst nach Jahren geklärt. In unserem Fall sind wir knapp dran, ihr habt doch schon dasselbe Gefühl geäußert."

Die Beamten gingen nicht gerade bester Laune in ihre Kanzleien zurück. Anita folgte Strotti in dessen Büro, weil sie ihm angeblich am Computer etwas zeigen musste.

Kaum hatte sie die Tür hinter sich geschlossen, sprach sie Strotti direkt an: „Du kennst Michael seit der Polizeischule. Was ist mit ihm los? Ich glaube nicht, dass ihm der Job zu viel wird. Da steckt etwas anderes dahinter."

„Anita, du hast vollkommen recht, die Arbeit ist es nicht. Michael ist wieder schwer verliebt und hat Riesenangst, dass er bei Linda versagen könnte. Damit meine ich nicht in sexuellen

Belangen oder vielleicht da auch. Er ist drauf und dran, in eine Rolle zu schlüpfen, die niemals zu ihm passt. Ist dir nicht aufgefallen, wie er sich kleidet? Das kann unmöglich mit seiner Position als SOKO-Leiter zusammenhängen. Vielmehr meine ich, dass sein Verhalten auf Nachwehen aus dieser Beziehung mit einer Lehrerin zurückzuführen ist. Bei einem gemeinsamen Urlaub auf Phuket hat er mir von seiner Verflossenen erzählt. Es brauchte drei Besäufnisse, bis er endlich begriff, dass er nicht schuld an der Trennung war."

„Ach Gott, wenn er jetzt immer noch ein Versagen bei sich sucht und er es mit Linda besser machen will, dann müssen wir ihm schleunigst auf die Sprünge helfen. Michael wird in drei Monaten 43 Jahre und benimmt sich wie ein Liebhaber aus den Sissi-Filmen", äußerte sich die junge Beamtin besorgt.

„Anita, du kannst mit meiner Brigitte reden, ihr hat sich Linda anvertraut. Die wird dir Dinge erzählen, da fühlst du dich in einen Liebesfilm der 1950-Jahre zurückversetzt."

„Ha, du sprichst schon von deiner Brigitte! Ich wünsche euch das Beste. Du bist auch bereits 42. Reiß dich zusammen. Nicht, dass wir noch einen zweiten Liebespatienten haben." Strotti erkannte sofort, dass er sich versprochen hatte, doch es war zu spät.

„Ich rede mit Brigitte", meinte Anita knapp, bevor sie Strottis Büro verließ.

Strotti machte sich auf den Weg zu seinem Freund und SOKO-Leiter. Als er eintrat, bekam er gleich zu hören: „Sag mir nicht, dass du mit deinem asiatischen IT-Spezialisten Kontakt aufgenommen hast."

Tanfir, ein pakistanischer Computerspezialist, hatte Michael bei den Korruptionsermittlungen vor einigen Jahren beim Bundeskriminalamt geholfen. Diese Hilfe war weit von einer rechtlichen Legitimität entfernt. Beim Eintritt in die SOKO hatte Strotti Michael versprechen müssen, dass er diesen Spezialisten niemals beiziehen dürfe.

Als Michael Strotti dermaßen rüpelhaft anmotzte, hätte dieser ihm am liebsten eine gelangt. Da wäre er zu weit gegangen, er hätte sich aber eine kräftige Abreibung verdient. Strotti tröstete sich, dass diese noch kommen würde. Wie gerufen, läutete Strottis Handy. Hakim war am anderen Ende der Leitung. Verdutzt fragte ihn Strotti anstatt einer Begrüßung, wie er denn zu seiner Nummer gekommen sei. „Ich bin Polizist, vorerst einen wunderschönen Tag wünsche ich dir auch. Wie kann ich dem Superschnüffler des Landeskriminalamtes Niederösterreich helfen?"

„Entschuldige, ich habe nicht gerechnet, dass du mich so schnell zurückrufst und es freut mich, deine Stimme zu hören. Zum besseren Verständnis: Ich ermittle nicht mehr beim LKA, sondern bei der Kriminaldienstgruppe der Inspektion in Amstetten und wohne auch in dieser schönen Stadt."

„Das kann nicht sein. Wir sind fast Nachbarn, ich wohne in der Nähe von Grein", unterbrach ihn Hakim. „Was machst du gerade?

Wenn ich dir helfen soll, besprechen wir es persönlich. Du kennst doch das bekannte Café in Grein. Schwing dich in die Hufe und komm rüber, ist nur ein Katzensprung."

„Michael, ich muss jetzt nach Grein fahren. Morgen ist Samstag. Ich lade dich abends in einem Lokal deiner Wahl auf ein Bier ein und erzähle dir alles, aber jetzt muss ich weg. Ich kann Hakim nicht warten lassen."

Der SOKO-Leiter verstand ohnehin nur Bahnhof, ließ seinen Kollegen aber noch wissen: „Morgen gehe ich mit Linda ins Kino, da musst du dein Bier allein trinken."

„Rede keinen Unsinn, Linda hat morgen im Krankenhaus Nachtdienst. Du kommst mit mir und wenn ich dir Handschellen anlegen muss."

Michael blieb verdattert zurück und fragte sich, wie Strotti wissen konnte, dass Linda arbeiten musste. Was soll's. Ein, zwei Bierchen mit seinem Kollegen konnten nicht schaden. Außerdem war er neugierig, was ihm dieser zu erzählen hatte.

Kapitel 28

Gut eine Stunde später saßen Strotti und Hakim in Grein in einem Kaffeehaus an der Donaulände zusammen. Hakim erzählte Strotti, dass er bereits seit vier Jahren nicht mehr bei dieser geheimen Suchgifteinheit tätig sei. „Wenn ich dort noch länger im Untergrund gearbeitet hätte, wäre ich psychisch zugrunde gegangen. Du hast keine Vorstellung davon, nur unter besonderen Vorsichtsmaßnahmen die Eltern treffen zu können, zu meinen einstigen Freunden musste ich den Kontakt abbrechen. Die Angst, ständig entdeckt zu werden, hat mich beinahe aufgefressen. Ich stand schon knapp vor einem Burn-out. Du kannst dir denken, dass Hakim nur ein Deckname war und wirst auch verstehen, dass ich dir meinen richtigen Namen nicht sagen werde, obwohl du ihn leicht herausfinden kannst, wenn du möchtest. Nach meinem Austritt aus der Einheit habe ich sämtliche Kontakte zu Suchtgiftermittlern aller LKA-Bereiche in Österreich abgebrochen. Das heute ist und bleibt eine Ausnahme. Ich habe auch nur deshalb zurückgerufen, weil ich deinen Code erkannt habe und dir vertraue. Nach zwei Jahren bei der Grenzschutzeinheit Frontex habe ich einen Posten im Innendienst in einer Abteilung der Landespolizeidirektion Oberösterreich übernommen. Ich bin gerade dabei, mir in einem Nachbarort von Grein eine Existenz aufzubauen. Bitte funke mir nicht dazwischen, zu leicht kann mich die

Vergangenheit einholen. Mit diesem Treffen hat sie das im Prinzip bereits getan. Nun habe ich ausreichend erzählt. Wie kann ich dir helfen?“

Strotti berichtete seinem Gegenüber in aller Kürze von dem Fall und kam schließlich zur Frage, ob er jemanden kenne, der ihnen mehr über die ermordeten Prostituierten berichten konnte.

Hakim überlegte kurz, bevor er antwortete. „Es gab da in der Nähe des Linzer Hauptbahnhofes vor Jahren ein Puff, wo meinem letzten Wissensstand nach die ‚Rote Mitzi‘ gewissermaßen als Empfangsdame gearbeitet hat. Sie ist schon jenseits der 70 und arbeitet wahrscheinlich nur mehr in Ausnahmefällen und gegen ein gehobenes Honorar als Prostituierte. In jungen Jahren soll sie eine große Nummer gewesen sein. Ihr Name war weit über Linz hinaus bekannt. Jetzt ist die Mitzi, die ihren Künstlernamen den stets rot gefärbten und hochtoupierten Haaren verdankt, eine Art Personalvertreterin der jungen Freudenmädchen. Ich kann mir gut vorstellen, dass sie über ihre ermordeten Kolleginnen einiges zu erzählen weiß, wenn sie überhaupt Auskunft erteilen will. Du bist clever genug, um ihr Antworten herauszulocken. Wahrscheinlich wirst du ihr ein paar Hunderter stecken müssen. Wenn sie fragt, wer dich zu ihr geschickt hat, schmeichelst ihr und sagst, es weiß doch jeder, wie sie sich für die jungen Damen einsetzt und aufpasst, dass sie nicht von üblen Zuhältern über den Tisch oder in den Drogensumpf gezogen werden, wenngleich sich im Linzer Puffmilieu immer mehr osteuropäische Zuhälter breitmachen. Von mir erwähnst du kein Wort. Ich hatte zwar nie persönlich

Kontakt zu ihr, trotzdem – sicher ist sicher. Wer weiß, was meine damaligen Kontakte mit ihr zu schaffen hatten. Für Dealer der mittleren Hierarchie hat sie sicher mitunter gegen gutes Geld Drogen gebunkert."

Strotti war mit dem Gehörten zufrieden, hatte er nun endlich eine Person, die Licht in das Leben der toten Prostituierten bringen konnte. Die Verabschiedung erfolgte kühl und knapp. Hakim hatte Strotti noch verdeutlicht, dass er künftig auf seine Anrufe nicht mehr reagieren werde. Das konnte ihm Strotti wahrlich nicht verdenken. Die Gefahr, enttarnt zu werden, war für Hakim oder wie immer er hieß, noch längst nicht gebannt.

Auf dem Rückweg nach Amstetten beschäftigte sich Strotti gedanklich mit Michael, den er Samstagnacht wieder auf den Boden der Realität zurückholen wollte.

Während der Zeit, als Strotti mit dem ehemals verdeckten Ermittler in Grein zusammen gesessen hatte, trafen sich Hans und Paul bei der Gerichtsmedizin Wien mit Dr. Hauser. Die Beamten erkannten, dass der Pathologe nicht so gut gelaunt war wie sonst. Machten ihm die vielen Leichen, die er zu obduzieren hatte, zu schaffen oder hatte es einen anderen Grund? Wie sie ihn kannten, konnte Hauser nicht genug Leichen auf den Tisch bekommen, um es makaber auszudrücken.

Paul sprach ihn geradewegs darauf an: „Manfred, ist dir eine Laus über die Leber gelaufen? So zerknirscht kennen wir dich nicht.“

Ohne Verzögerung klärte der Mediziner die Kriminalisten auf: „Leute, ich muss mich bei euch entschuldigen, mein Gutachten zu dem Toten im Verlies ist unvollständig. In meinem Innersten habe ich gefühlt, dass mir etwas entgangen ist. Es hat mir keine Ruhe gelassen, weshalb ich mir den Toten, bevor ihn die Bestattung geholt hat, noch einmal auf den Tisch habe legen lassen. Die Hepatitiserkrankung ist im Gutachten angeführt. Als Todesursache habe ich mich auf Erdrosseln, mutmaßlich mit einem Draht, festgelegt. Es stimmt zwar, dass der Mörder Sven Kunze erdrosselt hat. Die Untersuchung des Herzens und der großen Blutgefäße sowie die Ergebnisse aus dem Labor lassen jedoch den dringenden Schluss zu, dass das Opfer an einem Herzinfarkt gestorben ist. Dieser kann natürlich durch das Erdrosseln ausgelöst worden sein. Es spricht vieles dafür, dass Kunze kurz vor seinem Tod gefoltert wurde. Mehrere Finger und die Elle des rechten Unterarmes weisen frische Frakturen auf. Mit Sicherheit sind das keine alten Verletzungen. Die Kallusbildung hatte noch nicht eingesetzt. Ihr müsst also davon ausgehen, dass der Mörder sein Opfer gequält hat, um an Informationen zu kommen, wie ich vermute. Die Lösung dieses Rätsels obliegt Ihnen, meine Herren. Einen Nachtrag zum ersten Gutachten habe ich bereits erstellt, meine Sekretärin hat ihn schon vorbereitet.“

Hans und Paul erkannten die Erleichterung des Arztes, nachdem er seinen Bericht beendet hatte.

„Nun kommen wir zu der Dame, die aus dem Wasser gefischt wurde“, setzte Dr. Hauser ohne Pause fort, wohl auch, um unangenehmen Fragen der Beamten auszuweichen. „Beim zweiten Mordopfer, eigentlich bereits beim vierten, wie ich euren Berichten entnehmen konnte, war die Todesursache leicht zu eruieren. Nina Hacker wurde schlichtweg durch einen Kopfschuss getötet und bereits tot in der Donau versenkt. Warum blickt ihr so erstaunt? Eurem Chef habe ich die Todesursache bereits telefonisch mitgeteilt“, erklärte er und setzte sogleich fort. „Da gibt es keine Zweifel. Die Dame war kerngesund und nahm auch keine Drogen, wie wir durch die Haar- und Knochenanalysen feststellen konnten. Das Projektil wird euch meine Sekretärin mitgeben. Wahrscheinlich werdet ihr geradewegs zum Bundeskriminalamt fahren und das Geschoss dort bei der kriminaltechnischen Untersuchungsstelle überprüfen lassen. Das ist eure Sache.“ Damit verabschiedete sich Dr. Hauser, weil noch weitere Leichen auf ihn warteten, wie er immer zu sagen pflegte.

„Hast du bemerkt, wie peinlich es Hauser war, dass er bei der ersten Obduktion etwas übersehen hatte?“, fragte Hans Paul auf dem Weg zum Sekretariat.

„Hans, das bleibt unter uns, davon muss niemand wissen. Er hat sich sicher hinlänglich über seinen Fehler, den er selbst ausgebessert hat, geärgert.“ Hans strich mit dem Zeigefinger über seinen

Mund und deutete damit Paul seine Loyalität zu diesem Thema an. „Wir behalten die Todesursache von Nina Hacker, was uns Michael in seinem Grant vergessen hat, weiterzugeben, für uns. Es hätte ohnedies nichts geändert, wenn wir darüber bereits früher Bescheid gewusst hätten."

Wie vom Pathologen vorhergesagt, brachten die Kriminalisten das Projektil in die KTU zur Überprüfung. Sie hofften, dass dort in der Sammlung bereits Geschosse einlagerten, die von derselben Waffe abgefeuert worden waren. Sie glaubten nicht, dass die Waffe selbst in der Waffensammlung bereits evident war.

Auf der Fahrt nach Amstetten unterhielten sich die Ermittler über das anstehende Wochenende. Paul würde am Samstag mit seinen Jungs den Haager Tierpark besuchen und sie nach Strich und Faden zu verwöhnen, während Anita in der Leitzentrale der Inspektion einen 24-stündigen Dienst zu verrichten hatte. Anita achtete penibel darauf, dass die Buben nicht zu viel naschten.

Hans hatte für das Wochenende in seiner kleinen Landwirtschaft einige Vorbereitungen für die bevorstehende Getreideernte zu treffen. Die Maschinen mussten gewartet werden, aber er würde sich nicht unter Druck setzen. Die Ruhephasen durften auf keinen Fall zu kurz kommen. Außerdem freute er sich auf das Familiengrillfest am Samstagabend, das seine Frau organisiert hatte. Sein Sohn war inzwischen fürs Grillen zuständig. Er selbst würde es sich bei einem Bier in einem Gartenstuhl gemütlich machen und sich bedienen lassen. Selbstredend, dass es nur bei einem frommen Wunsch blieb, zumal seine drei Enkelkinder zwischen sechs und zehn Jahren mit ihren Eltern kommen würden. Alles in allem freute er sich, die ganze Familie wieder einmal um sich zu haben.

Strotti hätte diesen Samstag gerne mit seinen Kollegen getauscht, fühlte sich jedoch als Freund berufen, Michael wieder in die Spur zu bringen. Den ganzen Tag dachte er schon nach, wie er dieses heikle Thema am besten ansprechen sollte. Michael war zuweilen sehr dickköpfig. Ein falsches Wort konnte ausreichen, um ihn zu verärgern, und er würde ihn dann allein sitzen lassen. Strotti stellte ein richtiges Programm für die Nacht zum Sonntag zusammen. Es ist verrückt, mit welchem Problem ich mir meinen freien Samstag womöglich versaue. Wenigstens hatte Brigitte mit Anita in der Bezirksleitzentrale Dienst, daher musste er keine Unternehmung mit seiner Freundin absagen. Strotti hatte sie sogar in sein Vorhaben eingeweiht, aber auf Ratschläge von ihr wartete er vergeblich. Da musste er jetzt durch.

Kurz vor 19.00 Uhr holte Strotti Michael von seiner Wohnung ab. Er hatte beschlossen, mit seinem Freund ein China-Restaurant in Purgstall aufzusuchen, da sie dort am ehesten ungestört speisen konnten. In Amstetten war Michael bekannt wie ein bunter Hund. Als Michael ihm in Sakko und Krawatte öffnete, musste er sich gleich die erste Rüge anhören. „Wir gehen jetzt essen und danach habe ich nicht vor, mich mit dir in eleganter Gesellschaft zu zeigen. Die Krawatte kannst gleich zu Hause lassen."

Michael kam der Aufforderung von Strotti ohne Widerrede nach. Er sah wohl ein, dass der Schlips überzogen war.

Im Restaurant erzählte Strotti seinem Freund und Vorgesetzten erst einmal, was es mit dem Besuch eines ehemaligen verdeckten Ermittlers in Grein auf sich hatte. Michael akzeptierte, dass Strotti keine Einzelheiten zu seinem Hinweisgeber preisgab. Ihm war die Einheit für verdeckte Suchtgiftermittlungen bekannt. Nach dem zweiten Bier wurde Michael schon redseliger und der Alkohol tat sein Übriges, zumal die Kellnerin nach dem Essen noch einen Schnaps auf Kosten des Hauses servierte. Als Michael Strotti über die Beziehung zur Kollegin ausfratscheln wollte, wechselte der sofort das Thema. „Bei Brigitte und mir läuft alles bestens, also trinken wir auf unsere Mädels." Strotti hatte noch zwei Schnäpse kommen lassen. Michael durfte sich natürlich nicht lumpen lassen und bestellte ebenfalls eine Runde von diesem Gesöff, das ihm zunehmend besser mundete. Als andere Gäste zu ihnen hinüberblickten, weil die Unterhaltung der beiden Kieberer immer lauter wurde, entschied Strotti, ein Taxi kommen zu lassen und mit Michael in einem Nachbarort ein Tanzlokal für ältere Semester aufzusuchen.

Das *Poseidon* war gerammelt voll. Zum Glück kannte Michael den Türsteher, sonst hätten sie nicht mehr eintreten dürfen oder zumindest so lange warten müssen, bis andere Gäste das Lokal verließen. Es war knapp vor 23.00 Uhr, als Michael und Strotti noch einen Platz an der Bar fanden. Während ihres nächtlichen Ausfluges musste Strotti zigmal schwören, dass er Linda keinesfalls von ihrer Tour erzählen dürfe. Später war Michael dann bereits dermaßen in Feierstimmung, dass er nicht mehr an seine Linda dachte. Die Besucher standen an den Theken und vor der Tanzfläche eng beisammen, durch den Lärm der Musik war eine Unterhaltung schwer möglich. Zwei Damen mittleren Alters hatten sich zu ihnen gesellt und deutlich gemacht, dass sie gerne tanzen würden. Strotti hasste tanzen. Michael dagegen war in Stimmung und führte eine der Damen umgehend auf die Tanzfläche, wo er gleich loslegte, als gäbe es kein Morgen. Er hatte indessen alle Hemmungen über Bord geworfen und tanzte ab wie John Travolta in seinen besten Tagen. Seine Tanzeinlagen waren eine Kreation oder besser ein Mix aus sämtlichen lateinamerikanischen Tänzen, gepaart mit Rock and Roll und Twist. Mittlerweile befanden sich auf der Tanzfläche nur mehr Michael und seine Tanzpartnerin. Die anderen Tanzpaare hatten sich am Rand der Tanzfläche zusammengefunden und applaudierten sichtlich amüsiert Michaels Tanzkünsten. Als dieser dann auch noch den Vogeltanz und den koreanischen Gangnam-Style einfließen ließ, holte ihn Strotti von der Tanzfläche. Michael unterhielt die Gäste mit seinen Tanzeinlagen bestens, sollte sich aber trotzdem nicht zum Deppen machen. Strotti wusste ja nicht, was Michael noch für Absurditäten einfallen würden. Erste Gäste hatten schon gerufen „Strippen, Strippen!“

In seinem Zustand konnte leicht passieren, dass Michael den Aufmunterungen gar nachkam – sein weißes Hemd hatte er bereits bis zum Bauchnabel geöffnet.

Mit einem Bier konnte Strotti ihn von der Tanzfläche holen, wonach andere Besucher wieder ihre Tanzkünste zeigen konnten. Michaels Partnerin war fix und fertig. Sie hatte so gut es ging, mitzuhalten versucht, musste aber bald klein beigeben. Michael trank die kleine Flasche Bier auf zweimal Ansetzen aus und machte danach wieder Anstalten, sich eine Tanzpartnerin zu suchen. Die Erste war mit ihrer Freundin im Trubel der Gäste verschwunden. Strotti befand sich nun in einem Dilemma, sein Freund war richtiggehend hungrig auf Tanzen. Einige Damen erkannten, dass Michael einen Blick auf sie hatte, wonach sie sich demonstrativ wegdrehten und den Tanzmeister erkennen ließen, dass sie kein Interesse hatten, mit ihm das Tanzbein zu schwingen. Strotti gelang es schließlich, Michael zu überreden, mit ihm die Kaffeelounge des Tanzlokals aufzusuchen. Dort war es ruhiger und sie konnten reden. So zumindest hatte sich Strotti das vorgestellt. Michael wurde mit einem lauten Hallo im Café empfangen und zu Getränken ohne Ende eingeladen. Strotti hatte alle Hände zu tun, dass sein Freund nicht noch mehr Alkohol in sich hineinkippte. Er fühlte sich schon als Michaels Kindermädchen und musste ihn fast zwingen, eine Tasse schwarzen Kaffee zu trinken. Sie waren mittlerweile mehr als drei Stunden im Lokal und Michael war völlig außer Rand und Band. Strotti fand es an der Zeit, ein Taxi zu rufen und Michael nach Hause zu bringen. Es kostete ihm einiges an

Überzeugungskraft und die mehrfache Erwähnung des Namens Linda, um Michael in ein Taxi zu bringen.

In der Wohnung bekam der ansonsten harte Kriminalist richtiggehend einen ‚Moralischen'. Inzwischen hatte die Alkoholisierung nachgelassen und Schuldgefühle machten sich breit. „Wenn Linda von diesem Ausrutscher", wie er es nannte, „erfährt, packt sie ihre Sachen und zieht wieder aus, wo sie doch gerade erst eingezogen ist. Du sagst nichts! Außerdem hast du Schuld, dass ich mich so habe gehen lassen. Ich gehe erst einmal kalt duschen. In fünf Stunden muss ich salonfähig sein, wenn Linda vom Nachtdienst nach Hause kommt." Die letzten Worte hatte er voller Selbstmitleid von sich gegeben.

Als Michael im Badezimmer verschwand, begann Strotti mit der Umdekorierung der Wohnung. Zuerst holte er die Vorhänge von den Stangen und steckte sie in einen Müllsack, dann folgten das Tischtuch in der Küche und eine geblümte potthässliche Decke, die Michael über die Wohnzimmercouch gebreitet hatte. Die halb verwelkten Schnittblumen steckte er in den Kübel für den Biomüll. Michael kam gerade im Bademantel zurück, als sein Freund die klassischen CDs in einen großen Karton steckte. Michael wollte eben zu einem lautstarken Protest und Schimpfen ansetzen, als ihn Strotti in einem keine Widerrede duldendem Ton aufforderte, sich zu setzen. Gleichzeitig stellte er ihm ein Häferl starken Kaffee vor die Nase, den er schon vorher hergerichtet hatte, und nahm ebenfalls am Tisch Platz.

„Mike, du hörst mir jetzt zu und unterbrichst mich nicht. Also heute warst du wieder der Michael, den ich kenne und nein, damit meine ich nicht, weil du dich dermaßen mit Alkohol vernichtet hast. Nein, du hast geredet wie der alte Michl, du warst freundlich, hast Spaß verstanden und die Leute belustigt, na, vielleicht etwas zu gut unterhalten, aber worauf will ich hinaus? Meinst du wirklich, dass du dich wegen deiner Linda verstellen musst, um sie zu beeindrucken? Bist du immer noch von dieser Sabine geschädigt? Ich habe dir in Thailand ausführlich erklärt, dass es nicht deine Schuld war, dass sie dich verlassen hat. Nun bist du überzeugt, dass du Linda beweisen musst, welch nobler Kerl du bist und was du alles für sie zu tun bereit bist. Allein bei deinem Geschmack, die Wohnung zu dekorieren, ergreift eine Frau die Flucht. Du hast es zwar gut gemeint, liegst aber vollkommen daneben. Michael, ich bin dein Freund, deshalb habe ich die Beislralley mit dir geplant und durchgezogen. Um ehrlich zu sein, ich habe mich auch bestens unterhalten. Aber darum ging es nicht. Denkst du, ich sitze aus freien Stücken hier, weil es ausschließlich nur meine Meinung ist, dass du in puncto Beziehung gerade kurz davor bist, sie in den Sand zu setzen? Deine Linda liebt dich, ist aber unsicher, wie sie mit deinen Macken umgehen soll. Du weißt doch, dass meine Freundin Brigitte mit Linda bekannt ist und sie sich natürlich auch über uns austauschen, das machen Frauen so. Wenn Linda zweimal in der Woche Schnittblumen auf die Station geliefert bekommt, meinst du nicht, dass es peinlich für sie ist? Du bist ein Pfundskerl und hast es nicht nötig, dich zu verstellen. Sei authentisch. Authentizität ist doch auch eine Form von Ehrlichkeit. Übrigens, wie du zuletzt mit deinem Team umgesprungen bist, das war kein vorbildlicher Führungsstil. Zum Glück sind die Kollegen der SOKO nicht wehleidig und nachtragend. Des Weiteren, dein neuer Modestil passt nicht zu dir. Ich könnte noch lange so weiterreden, doch mittlerweile musst auch du erkannt haben, woher der Wind weht und dass du wieder deine alte Verhaltensweise annehmen musst, wenn du nicht Schiffbruch erleiden willst."

Michael saß jetzt in seinem Sessel wie ein Häufchen Elend, der Alkohol ließ ihn nicht klar denken. Ihm wurde erst langsam bewusst, was ihm sein Freund gerade gegeigt hatte. Er blickte durch das Wohnzimmer und schien zu begreifen, wie dämlich er sich verhalten hatte, nur um für Linda den perfekten Partner darzustellen. Wusste er überhaupt, welchen Geschmack Linda hatte? Plötzlich erkannte er, dass er eigentlich viel zu wenig über Linda wusste. Sie waren noch nicht fix zusammengezogen. Michael musste gezwungenermaßen zur Kenntnis nehmen, dass sein Freund recht hatte. Zaghaft fragte er Strotti: „Bist du dir sicher bei dem, was du mir vorgeworfen hast?"

„Denke ruhig darüber nach. In ein paar Stunden hast du Erklärungsbedarf, wenn Linda aus dem Nachtdienst kommt. Im Übrigen habe ich, wie du weißt, seit Kurzem Brigitte als Gefährtin und wir sind uns beide auch noch nicht im Klaren, wie es mit uns weitergehen soll. Ich werde zu Fuß nach Hause gehen, damit mein

Kopf wieder klarer wird." Damit erhob er sich und ging mit „Man sieht sich" als Verabschiedung zur Wohnungstür. Kurz vor der Tür drehte er sich noch einmal um: „Michael, besser du erzählst Linda von deinen Tanzeinlagen heute Nacht. Ich habe gesehen, wie einige Besucher voller Begeisterung deine Vorstellung mit ihren Handys aufgenommen haben. Wahrscheinlich ist sie gerade der Renner auf Facebook", meinte er augenzwinkernd. Das war der nächste Tiefschlag für Michael.

Als Linda vom Nachtdienst nach Hause kam, empfing Michael sie frisch rasiert mit einem Kuss. Als sie das Wohnzimmer betrat, fragte sie, wo die Vorhänge geblieben waren.

„Ich muss mit dir reden", lautete seine Antwort.

„Kann das bis Mittag warten? Ich bin todmüde. Die ganze Nacht ging es rund auf der Station, eine Aufnahme nach der anderen. Es interessiert mich zwar brennend, warum du in der letzten Nacht die Vorhänge und Tischtücher gewechselt hast, die Erklärung dafür wird vielleicht einige Zeit in Anspruch nehmen. Deshalb nehme ich nicht einmal einen Kaffee, sondern springe kurz unter die Dusche und dann ins Bett." Sie gab ihm noch einen flüchtigen Kuss, bevor sie ins Badezimmer ging.

Es war halb zwei Uhr am Nachmittag, als Linda aus dem Schlafzimmer kam. Michael hatte ungeduldig in der Küche auf sie gewartet, zuvor aber zwei Stunden auf der Wohnzimmercouch geschlafen, weshalb er einigermaßen erholt wirkte. Linda umarmte ihren Freund und entschuldigte sich, weil sie es am Morgen so eilig gehabt hatte, ins Bett zu kommen. Sie schlug ihm ein gemütliches Essen zu Hause vor und dachte dabei an eine Pizza. Das Wetter war herrlich an diesem Sonntag, weshalb Michael den kleinen Tisch auf dem Balkon deckte, nachdem er den Pizzaservice angerufen hatte.

Linda trug ein enges Sommerkleid, das ihre Figur besonders betonte. Er hatte nicht gleich die Gelegenheit, seine Begeisterung auszudrücken, weil eben der Pizzabote an der Tür klingelte.

Es wurde für das Liebespaar ein wunderschöner Nachmittag, Michael kam dem Rat seines Freundes nach und schüttete Linda sein Herz aus. Sie machte es ihm aber auch leicht. Schon nach wenigen Sätzen nahm sie ihn liebevoll in die Arme und ließ ihn mit sanfter Stimme wissen, längst erkannt zu haben, dass er ihr einen Mann vorspielte, der er nicht war.

„Gott sei Dank hast du diesen Mann nur gespielt und das auch noch grottenschlecht, mit diesem Kerl würde ich nie und niemals eine Beziehung führen wollen. Da ist mir der Mike mit allen seinen Ecken und Kanten, den nichts so schnell etwas aus der Bahn wirft, höchstens eine Frau wie ich, um Welten lieber." Grinsend ergänzte sie: „Irgendwie gefällt es mir, dass ich dich dermaßen beeindruckt habe und du dich so ins Zeug gelegt hast."

„Du meinst wohl, dass ich mich zum Deppen gemacht habe."

Anstatt einer Antwort gab sie ihm einen langen Kuss, wonach sich langsam der zweite Teil der Unterhaltung ins Schlafzimmer verlagerte.

An diesem Sonntag arbeiteten nicht nur Michael und Linda an ihrer Beziehung, auch Jörg und Brigitte hatten in Bezug auf ihre Bindung einiges zu bereden und klarzustellen. Brigitte war im Kollegenkreis die Einzige, die Strotti mit Jörg anredete. Ihr gefiel der Spitzname ihres Freundes nicht. Das ließ sich nicht so schnell ändern. Zu viele Jahre hatte er mit seinem schrägen Outfit als Suchtgiftermittler gearbeitet und der Rufname Strotti war so etwas wie ein Markenzeichen für ihn geworden.

Brigitte fuhr an diesem Sonntag mit Jörg nach Purgstall, von wo sie sein Auto abholten. Sie gingen vorher entlang der Erlauf spazieren und führten Gespräche zu privaten Themen. Bisweilen schlenderten sie schweigend, Händchen haltend nebeneinander und genossen den Tag.

Schließlich einigten sie sich, dass beide ihre Wohnungen behielten und auf sich zukommen lassen wollten, wie sich die Beziehung entwickelte und welche Hindernisse sie aus dem Weg räumen mussten. Strotti hatte ohnehin eine neue Wohnung in Aussicht, die er hoffte, bald beziehen zu können.

Kapitel 29

Am Montag nach dem für Michael und Strotti ereignisreichen Wochenende kam das Team der SOKO bestens gelaunt zum Dienst. Auch Michael machte da keine Ausnahme. Mit Verwunderung stellten seine Kollegen fest, dass er sich kleidungstechnisch verändert hatte. Er trug kein Sakko mit Hemd und Krawatte mehr, sondern seine alte Lederjacke mit einem T-Shirt der Hardrock-Band Metallica darunter. Seine Halbschuhe hatte er gegen Stiefeletten getauscht.

Der SOKO-Leiter hielt die Besprechung kurz und gab seinen Mitarbeitern zu verstehen, dass sie sich den letzte Woche vereinbarten Aufgaben zuwenden sollten. Vorher entschuldigte er sich für sein unhöfliches Benehmen letzten Freitag. Außer Anita, Paul und Strotti hatten die Kollegen keine Ahnung, warum es bei Michael zu einer positiven Veränderung gekommen war. Beim Verlassen der Chefkanzlei meinte Anita: „Gut gemacht, Strotti."

Paul hatte die Kollegen in aller Kürze über das Ergebnis der Obduktion der Toten aus der Donau informiert und war mit seinen Gedanken bereits wieder beim Kriminalfall. Die Aussage des Pathologen stimmte ihn nachdenklich. Deshalb entschloss er sich, mit Hans die Entdeckung von Dr. Hauser genau zu analysieren und anschließend Michael darüber zu berichten.

Anita wollte dringende Recherchen zu alten Fällen am Computer führen, wobei sie knapp erwähnte, dass sie vielleicht an etwas Großem dran sei.

Fred und Johnny waren ebenfalls in ihrem Büro verschwunden. Ihre Aufgabe bestand darin, für Mutmaßungen klare Antworten zu finden. Das bezog sich auf ihre Berichte letzten Freitag, wonach die Ehefrau von Sven Kunze einen Bruder haben soll, der vermeintlich in ein asiatisches Land ausgewandert ist. Michael reagierte ziemlich ungehalten, als seine Beamten von einem angeblich ausgewanderten Schwager von Sven Kunze berichteten. Der Leiter der Sonderkommission wollte klare Antworten und nicht ständig neue Rätsel. Er hätte es allerdings freundlicher einfordern müssen.

Fred und Johnny waren keine Mimosen, die gleich beleidigt waren. Sie zeigten Verständnis für ihren Chef, der mit seinem ersten großen Fall reichlich Last zu tragen hatte, denn er wollte unbedingt seinen Erwartungen gerecht werden. Dass Michael seine neue Liebe mehr zu schaffen machte als der Job, kam ihnen nicht in den Sinn.

Fred telefonierte mit einem Stuttgarter Kollegen und ersuchte ihn um sämtliche Informationen zu diesem angeblichen Schwager von Sven Kunze, während Johnny sämtliche polizeiinternen Vormerkungen und Dateien zum wiederholten Male durchforstete, um Hinweise zu Kunze zu finden. Vielleicht hatte er doch etwas übersehen, schließlich war Kunze mehrfach in Linz gesehen worden. Ihm stellte sich die Frage, wer war der Kontaktmann in Linz? Es musste jemanden geben, den Sven Kunze in der oberösterreichischen Hauptstadt kannte. Es gab keine anderen Kontaktpersonen in Linz als die ermordeten Prostituierten. Diese Damen konnten unmöglich der einzige Grund sein, warum er gekommen war. Johnnys Blick wurde immer trüber, je länger er nach einer Antwort suchte. Er entschloss sich folgernd, mit Strotti zur Befragung der ‚Roten Mitzi' nach Linz zu fahren, sofern Michael und Strotti nichts dagegen hatten. Der SOKO-Leiter überließ die Entscheidung seinem Kollegen, der froh war, bei den Erhebungen in Linz auf Johnny zählen zu dürfen.

Fred konnte die Telefonate und Mails mit dem Stuttgarter Kriminalisten allein bewältigen.

Strotti weihte Johnny ein, wer diese ‚Rote Mitzi' eigentlich war und wie sie ihnen unter Umständen weiterhelfen konnte.

Der SOKO-Leiter besprach wie meist an einem Montag mit dem Bezirkskommandanten die Pläne für die laufende Woche. Überdies wurden die Medien wieder ungeduldig und wollten wissen, ob sich in den Mordfällen etwas getan hatte. Natürlich wussten sie indessen Bescheid, dass die Tote aus der Donau ermordet wurde. Es war durchgesickert, dass die Frau erschossen worden war. Die Medien hatten das Recht, auf den letzten Stand der Dinge gebracht zu werden, sofern dadurch Ermittlungen nicht beeinträchtigt wurden. Herbert Stummer setzte keine große

Pressekonferenz an, sondern empfing die Reporter in seiner Kanzlei. Einen Teil der Journalisten nahm ihm der SOKO-Leiter ab.

Bevor Michael Stummers Büro verließ, erzählte ihm dieser noch voller Bewunderung, dass ihm seine Frau ein Facebook-Posting gezeigt habe, wo er seine Tanzkünste zum Besten gab.

„Michael, das nächste Mal nimmst du uns mit, wenn du wieder einmal einen Samstagabend in einem Tanzpalast verbringst. Meine Frau ist begeisterte Tänzerin, ich dagegen weniger. Da könntest du mit ihr doch ein paar Runden drehen und ihr ein paar neue Schritte zeigen. Sie ist dermaßen beeindruckt von deinen Tanzkünsten, dass sie mir schon einen Tanzkurs vorgeschlagen hat. Davor musst du mich unbedingt bewahren."

„So ein guter Tänzer bin ich nun auch wieder nicht", antwortete Michael zerknirscht.

„Beim nächsten Mal sind wir dabei. Keine falsche Bescheidenheit."

Michael konnte nicht glauben, was ihm da gerade sein Vorgesetzter vermittelt hatte. Er und ein beeindruckender Tänzer? Das war für ihn undenkbar, hatte er in vom Alkohol benebelten Zustand tatsächlich getanzt wie ein Weltmeister. Unvorstellbar, dass er damit die Frau von Herbert Stummer beeindruckt hatte. Er musste sich unbedingt bei passender Gelegenheit das Posting ansehen. Dazu würde er Linda bitten müssen, denn er selbst war auf Facebook nicht angemeldet.

Hans und Paul kamen aus der Kantine, als Michael eben im Begriff war, sein Büro zu betreten. „Wir müssen dich dringend sprechen, Chef", sagte Paul, „es gibt da wichtige Neuigkeiten aus der Gerichtsmedizin, die den Mord an Sven Kunze im Kellerraum in einem anderen Licht erscheinen lassen." Paul hatte Michael eine Tasse Kaffee mitgebracht.

„Wenn es so dringend ist, dann bitte", erwiderte Michael und öffnete die Tür zu seinem Büro. Hans und Paul nahmen vor dem Schreibtisch Platz. Der SOKO-Leiter blieb stehen, als ihm Paul den Kaffee reichte, er hatte auf dem Bezirkskommando lange genug gesessen.

Paul berichtete über die ergänzenden Untersuchungsergebnisse des Pathologen zum Tod von Sven Kunze. „Dr. Hauser ist sich einigermaßen sicher, dass Kunze nicht durch Strangulieren und daraus resultierender Erstickung zu Tode gekommen ist. Er behauptet, dass Kunze vor seinem Tod gefoltert wurde und durch die dabei erlittenen Qualen das Herz plötzlich versagt hatte. Ihr kennt Kunzes Gesundheitszustand vor seinem Tod. Er stand ohnehin schon am Rande seines Grabes. Es ist nur zu gut verständlich, dass Kunze die Tortur einer schweren Folterung nicht überleben konnte. Damit hat sein Mörder offenbar nicht gerechnet. Jetzt stellt sich die zwingende Frage, was wollten die Täter durch die Misshandlung von ihm erfahren? Chef, ich würde daher vorschlagen, dass Hans und ich uns den Kellerraum noch einmal genauestens vornehmen und jede Stelle in der Wand, Boden und

Decke mit Gummihammer abklopfen. Also, ich wäre nicht überrascht, wenn wir einen Hohlraum finden."

„Meine Zustimmung habt ihr. Aufgrund dieser Erkenntnisse ist es unerlässlich, den geheimen Raum einschließlich der speziellen Stiege Zentimeter für Zentimeter zu überprüfen. Paul, eines will ich noch zum Tod der Frau aus der Donau wissen. Bleibt Dr. Hauser dabei, dass sie erschossen wurde?"

„Michael, das wollte ich noch ergänzend anbringen: Das Projektil, das Hauser aus dem Kopf der Frau geholt hat, befindet sich bereits in der kriminaltechnischen Untersuchungsstelle. Ich hoffe, dass wir bald Ergebnisse zur Untersuchung des Geschosses erhalten. Du weißt, erfahrungsgemäß dauert es drei Wochen, bis sie mit einem Ergebnis aufwarten. Chef, du kennst doch den Leiter der KTU persönlich. Vielleicht könntest du intervenieren und den Vorgang beschleunigen."

„Werde ich. Gut gemacht, Kollegen. Haltet mich am Laufenden, ich muss mich heute noch mit Reportern herumschlagen. Von der Folter des Mordopfers Kunze berichte ich natürlich nicht. Die Todesursache der Frau, die vom Mörder mit ihrem Pkw in der Donau versenkt wurde, dürfen sie erfahren." Da sich seine Kollegen nicht äußerten, bewertete er es als Zustimmung.

Hans und Paul fuhren zunächst zu einem Baumarkt, wo sie zwei Gummihämmer unterschiedlicher Größen kauften. Sie hatten beschlossen, solange in dem Verlies und der Stiege herumzuwühlen, bis sie die entscheidende Entdeckung machten.

Anita gefiel gar nicht, dass sich Paul mit Hans auf Außendiensterhebungen begab. Er hätte ihr bei dringenden Computerrecherchen helfen sollen. Paul vertröstete sie auf die nächsten Tage. Bevor er sich von seiner Frau verabschiedete, meinte er schelmisch: „Gib den Buben einen Kuss von mir!"

Anita wusste ohnehin, dass sie an diesem Tag für die Jungs zuständig war, schließlich hatte ihr Michael das Arbeiten von zu Hause ermöglicht. Das war an und für sich kein Problem, wenn nicht da einige Computereinstellungen zu richten gewesen wären und diese IT-Tätigkeit war nun einmal Pauls Aufgabe. Wenn er nach Hause kam, würde sie ihn heute noch zu diesen Umstellungen drängen. Ein laszives Lächeln, ein Seidennachthemd und Paul hatte die notwendigen Programme auf dem Computer in Rekordzeit installiert.

Trotzdem ließ Anita das Video vom Banküberfall in Grein, das ihr Brigitte während des gemeinsamen Dienstes in der Bezirksleitzentrale gezeigt hatte, keine Ruhe. Sie machte auf dem Film eine Wahrnehmung, die sie vermutete, in einem anderen Zusammenhang bereits gesehen zu haben. Sosehr sie sich auch den Kopf zerbrach, sie konnte die Verbindung nicht herstellen. Leichte Verzweiflung kam in ihr hoch, Michael hatte sie als Analystin des Fallkonstrukts eingeteilt, als solche sollte sie neue Zusammenhänge erkennen. Sie ahnte auch, dass sie knapp davor war, eine entscheidende Spur zu erkennen, nur brachte es ihr zurzeit nichts. Sie musste sich ablenken. Bei ihren Zwillingen war dies wohl das geringste Problem. Ihr kam der Einfall für den Nachmittag Brigitte auf einen Kaffee einzuladen. Anita wollte hören, wie Brigitte über die Fälle dachte, obwohl diese infolge ihrer Scheidung die letzten Monate genug um die Ohren hatte. Fragen kostet nichts, sagte sich Anita und wählte gleich die Handynummer von ihrer Kollegin, die heute dienstfrei hatte. Nach dem dritten Mal Läuten meldete sich Brigitte, wonach Anita sie zum Kaffeeklatsch einlud. Brigitte wirkte zwar leicht verwundert in Anbetracht der unerwarteten Einladung, willigte dann freudig ein. Einzig hoffte sie, dass Anita sie nicht mit Beziehungsanleitungen behelligen würde.

Beide Frauen freuten sich auf einen gemütlichen Nachmittag ohne Männer, abgesehen von den Zwillingen, die ein neues Legospiel geschcnkt bekommen hatten und sich allein den Bausteinen widmeten. Es konnte zwar vorkommen, dass Anita dazwischen gehen musste, wenn sie in Streit gerieten und das würde ihrer Erfahrung nach sicher einige Male der Fall sein. Als Mutter wusste sie, wie sie ihre Lieblinge rasch wieder zur Ruhe bringen konnte.

Als sie so in Gedanken versunken war, dachte sie wieder an ihre Wahrnehmung auf dem Video vom Banküberfall in Grein, das ihr Brigitte gezeigt hatte. Zum gegenwärtigen Zeitpunkt hatte sie noch mit niemandem aus der SOKO über ihre Vermutung gesprochen. Anita blätterte im Akt. Sie wollte sich die Kleidung des Mordopfers Kunze ansehen, sofern die Kriminaltechnik sie bereits untersucht und geschickt hatte. Sie fand lediglich ein kurzes Schreiben ganz oben auf dem Akt, wonach die Kleidung einschließlich des Untersuchungsergebnisses abgeholt werden könnte.

Mit dem Schreiben ging sie zum SOKO-Leiter ins Büro und fragte ihn mit einem leichten, nicht überhörbaren Vorwurf in der Stimme: „Wer holt die Kleidung von Kunze aus der »Technik«?"

„Danke, dass du mich erinnerst. Geht es sich bei dir zeitlich noch aus, das Gewand zu holen?"

„Bis ‚eins' sollte ich es schaffen, dann sind die Jungs aus der Schule zu holen. Wenn es sich nicht ausgeht, muss Paul einspringen."

„Eile ist nicht notwendig. Besprich es mit deinem Mann, euch wird schon etwas einfallen."

Anita informierte Paul, der mit Hans in einem Baumarkt war, und fuhr anschließend sofort zur Abholung von Sven Kunzes Kleidung. Kurz nach 13.00 Uhr hatte Anita die Botenfahrt erledigt und fuhr nach der Verwahrung der Opferkleidung umgehend nach Hause. Dort staunte sie nicht schlecht. Paul und Hans saßen mit den Jungs am Küchentisch, aßen Pizza und hatten dem Anschein nach eine Mordsgaudi. Bei dem Gedanken an das Wort Mordsgaudi kam Anita in den Sinn, dass sogar diesem negativen Wort eine positive Auslegung abgewonnen werden konnte.

Zu ihren Söhnen gewandt, meinte sie: „Wie ich sehe, geht es euch gut, Papa hat die Lieblingspizza besorgt. Da gehe ich gleich wieder, ich habe ohnehin im Büro reichlich Arbeit."

„Mama, du hast versprochen, wir gehen heute ins Freibad", protestierten die Buben unisono.

„Da bin ich raus", äußerte sich Paul knapp und erhob sich. Hans tat es ihm gleich. Paul gab seiner Frau noch einen flüchtigen Kuss und sagte vor der Tür, sodass es die Buben hören konnten: „Wenn sie brav sind, bekommen sie ein Eis." Ein freudiges, nicht näher definierbares Aufschreien war die Folge.

Anita hatte jetzt ein anderes Problem. Als sie Brigitte zum Kaffee einlud, hatte sie vergessen, dass sie ihren Söhnen am Vortag einen Nachmittag im Schwimmbad versprochen hatte. Brigitte war auch Mutter, sie würde Verständnis für ihre Absage zeigen. Beim folgenden Telefonat meinte ihre Kollegin, dass sie ins Bad mitkommen werde, sie müsse ohnehin ihren neuen Bikini ausführen. Gebongt, der Nachmittag war gerettet.

Kapitel 30

Nach dem Mittagessen fuhren Paul und Hans zum Möbelhaus, wo sie mit ihren Untersuchungen bei der Tarnstiege begannen. Sie hätten sich zwar gerne Unterstützung von Tatortbeamten geholt, die jedoch wegen einer Reihe von Einbrüchen in Firmen nicht abkömmlich waren.

Die Stiege bestand aus einem zweiteiligen Eisengestell, die an Scharnieren in einem Metallrahmen hingen. Sie war ein listig konstruiertes Bauelement zum Abstieg in den Keller.

Hans und Paul fragten sich, warum so viele Jahre, sogar Jahrzehnte niemand aus dem Möbelhaus Krüger die Besonderheit dieser Stiege bemerkt hatte. Die Beamten nahmen den winzigen Spalt, der beim Auseinanderklappen der Stiege entstand, genauer unter die Lupe. Sie erkannten, dass die Fuge nach dem Schließen der Treppe mit einem weißen Silikonstift nachbearbeitet wurde, sodass sie nicht wahrgenommen werden konnte. Nun war dieser schmale Spalt zu sehen, doch man musste von der getarnten Mechanik der Treppe wissen, um ihn zu erkennen. Kleine Eisenkeile im Eisengerüst auf der linken Seite sorgten für einen festen Halt. Die Unterseite der Holzplanken war mit reichlich Filz abgedeckt worden. Der leichte hohle Klang beim Betreten der Stiegen fiel den Kriminalisten nur deshalb auf, weil sie die Konstruktion inzwischen kannten.

Die Ermittler kamen zu dem Schluss, dass der verborgene Kellerraum nicht nur als Bunker, sondern auch als Tresorraum genutzt wurde. Er wurde zu einer Zeit gebaut, als Alarmanlagen noch nicht üblich waren. Sie wurden meist nur in Banken und bei Juwelieren installiert. Der einstige Betreiber der Reinigungsfirma hatte für sich die ideale Lösung gefunden. Seinerzeit wurden die meisten Aufträge bar bezahlt, weshalb stets große Summen in der Firma verwahrt werden mussten.

Die Begutachtung der Treppe nahm mehrere Stunden in Anspruch. Paul schlug vor, für heute die Arbeit zu beenden und die Eindrücke und Feststellungen in einem ausführlichen Bericht zusammenzufassen. Sie wollten sich am kommenden Tag weiter mit dem Raum auseinandersetzen und hofften, für ihre Arbeit belohnt zu werden.

Johnny und Fred waren längst in Linz. Die diensthabenden Beamten der Kripo kannten keine ‚Rote Mitzi'. Als sie auf dem Gang mit einem älteren Beamten sprachen und nach der besagten Dame fragten, hörte dies ein uniformierter Polizist, der gerade auf dem Weg zur Kantine war.

„Was, die lebt noch? Kommt mit, ich lade euch auf einen Kaffee ein. Vielleicht kann ich euch weiterhelfen."

Erfreut nahmen Strotti und Johnny die Einladung an. In der Kantine mussten sich die Amstettner Ermittler zuerst einige Wehwehchen, die den Kollegen plagten, anhören, bevor er auf die ‚Rote Mitzi' zu sprechen kam.

„Ich habe nicht gedacht, dass es die Mitzi noch gibt. Früher war sie im Prostituiertenmilieu eine große Nummer. Sie wurde auch von den brutalsten und geldgierigsten Zuhältern akzeptiert. Das hatte verständlicherweise seine Gründe. Sie betreute Kunden bis in die höchsten Kreise – ihr wisst, wen ich damit meine: Politiker, gstopfte Leute aus Wirtschaft und Kultur. Durch ihre Bekanntschaften war es ihr möglich, diese oder jene gewerberechtliche Bewilligung eher zu erhalten als andere. Dadurch hatte sie bei den ‚Peitscherlbuam' einen Stein in der Krone. Aber seit sich in der Linzer Halbwelt immer mehr Kriminelle aus dem Osten breitmachen, habe ich nichts mehr von ihr gehört. Wenn sie noch lebt, muss sie um die 75 Jahre alt sein. Mitzi hat sich auch besonders um ihre jüngeren Kolleginnen gekümmert und dafür gesorgt, dass sie nicht über den Tisch gezogen wurden. Sie hatte Kerle um sich, die auf die Mädchen aufpassen mussten. So mancher Freier, der übergriffig wurde, lernte diese Beschützer kennen und erwachte später im Krankenhaus. Im Prinzip war das in diesem Milieu nichts Besonderes, außer dass eine Frau das Sagen hatte. Die Polizei hatte nie Probleme mit der Mitzi, im Gegenteil: So mancher heiße Tipp soll sogar von ihr gekommen sein. So wurde es zumindest auf dem Kriminalamt unter vorgehaltener Hand gemunkelt. Meines Wissens wohnte sie in der Nähe des Bahnhofes in einer Wohnung neben dem Nachtclub Fun Night. Den gibt es nicht mehr. Ein Italiener betreibt jetzt in dem ehemaligen Puff nach einem Umbau ein Kaffeehaus. Also, ich würde dort nachzufragen beginnen. Leider weiß ich den richtigen Namen der ‚Roten Mitzi' nicht, sonst würde ich im Melderegister Nachschau halten. Bis ich den richtigen Namen aus einem alten Akt ausgegraben habe, habt ihr sie auch so gefunden."

Die Beamten bedankten sich und fuhren ohne Verzögerung zu dem vom Kollegen beschriebenen Kaffeehaus. Es gehörte zu ihrem Job, dass sie jetzt Klinken putzen mussten, um die Mitzi zu finden, von der sie sich einen aufschlussreichen Hinweis erhofften. An diesem Tag war das Glück auf ihrer Seite. Als sie zum Café kamen, trafen sie vor dem Eingang zum Nebenhaus auf eine alte Dame, die sie höflich nach der ‚Roten Mitzi' fragten. „Kommen Sie mit. Sie hat ihre Wohnung direkt neben der meinen."

Mitzi sah durch den Spion in der Tür und erkannte sofort, dass Polizisten davor standen. „Was will die Polizei jetzt noch von mir? Mit meinen 75 Jahren kann ich nicht mehr mit den Jungen mitmischen." Sie war dann aber doch neugierig, wie sie den Bullen noch helfen konnte. Sie bat die Beamten in ihr geräumiges Wohnzimmer und bot ihnen sogar Tee an, den sie sich eben aufgegossen hatte.

Strotti und Johnny nahmen die Einladung gerne an. Sie hatten vereinbart, dass Strotti das Reden übernehmen würde, zumal er mehr Erfahrung mit Leuten aus dem Milieu aufzubieten hatte. Mitzi servierte den Beamten Tee, wobei diese feststellten, dass ihre Gastgeberin trotz ihres fortgeschrittenen Alters noch eine sehr attraktive und gepflegte Erscheinung war. Wie sie es von jeher gewohnt war, sparte sie auch heute noch nicht mit Schminke. Ihre

Haare waren schon etwas dünner, Mitzi trug sie trotzdem noch hochtoupiert. Nachdem sich die alte Dame ebenfalls ihren Tee zubereitet hatte, zündete sie sich eine Zigarette an und meinte mit Blick auf die Polizisten: „Es stört Sie hoffentlich nicht, wenn ich rauche. Die Tschick bringen mich noch ins Grab, aber dieses Laster ist mir geblieben." Mitzi wartete die Antwort gar nicht an, sondern zog genussvoll an dem Glimmstängel. „So, meine Herren, wie kann ich helfen?"

„Mitzi, ich darf Sie doch mit diesem Namen ansprechen? Sind Ihnen die Prostituierten Nina Hacker und Ana Slavicka bekannt?"

„Von daher weht der Wind", erkannte die alte Dame sofort: „Sie ermitteln in den Mordfällen der beiden Frauen und von mir wollen Sie jetzt erfahren, wie sie gelebt haben und wer ihre Kontakte waren. Bevor ich Ihnen weiterhelfe, müssen Sie mir erklären, warum Kieberer aus Amstetten ermitteln. Sie sind doch aus Amstetten, wenn ich richtig gehört habe, als Sie sich vorgestellt haben."

„Ja, das sind wir", antwortete ihr Strotti und erörterte ihr in kurzen, wenig aussagekräftigen Sätzen, warum sie die Amtshandlungen führten. Strotti wusste ja nicht, welche Kontakte Mitzi in die Linzer Halbwelt noch pflegte.

Die Gastgeberin gab sich mit Strottis Erklärung zufrieden. „Beide Mädchen", wie sie Nina und Anna bezeichnete, „kannte ich gut. Sie haben auch auf dem Straßenstrich gearbeitet, obwohl ich ihnen davon abgeraten habe. Manche honorige Freier bedienten sie auch in einem Zimmer im Laufhaus Fun Night. In diesen Fällen mussten sie dem Lokalbetreiber ein ordentliches Stück vom

Kuchen abgeben. Übrigens, der Betreiber wurde vor Jahren in Prag erschossen. Solche Leute leben gefährlich, das brauche ich euch nicht eigens zu sagen. Nina wohnte seit 25 Jahren gemeinsam mit Ana in einer Mietwohnung in Leonding. Meines Wissens haben sie nie Kundschaft mit nach Hause genommen. An diesen Rat haben sie sich wenigstens gehalten. Nun, das hilft euch alles nicht weiter. Ich merke, dass er schon ungeduldig wird", sie deutete mit der Kopfbewegung auf Johnny. „Nina bot Freiern, die besonders gut zahlten, einen besonderen Kick. Sie fuhr mit ihnen zu einem Möbelhaus nach Amstetten, wo sie ihre Kunden auf nagelneuen Betten oder wo auch immer bediente. Ich war nie dabei, das weiß ich bloß aus ihrer Erzählung. Fragen Sie mich nicht, woher sie den Schlüssel hatte. Ebenso hat sie mir nie gesagt, um welches Möbelhaus es sich handelt. Meiner Vermutung nach hatte sie mit einem Angestellten von dort oder gar dem Chef etwas am Laufen."

Strotti unterbrach sie und fragte Mitzi, ob sie ungefähr sagen könne, wie oft Nina Hacker nach Amstetten zum Möbelhaus gefahren ist.

Die Altprostituierte meinte nach kurzem Nachdenken: „Nicht regelmäßig, vielleicht ein paar Mal im Jahr, soweit ich mich entsinne. Sie werden mich gleich fragen, ob ich Leute kenne, die sie im Möbelhaus bedient hat. Wenn Ganoven-Eddy nicht gerade wegen Bruch gesessen ist, begleitete er Nina nach Amstetten. Ein bis zweimal im Jahr besuchten Freier aus Deutschland das Fun Night, meines Wissens fuhr sie mit ihnen auch nach Amstetten. Den Dritten, der eher unser Deutsch sprach, habe ich nur einmal mit dem Kleineren seiner Kumpane an der Theke der Bar gesehen. Vor ihren Fahrten hat sie sich bei Ana abgemeldet. Wenn Sie mich fragen, mir kam die ganze Möbelhausgeschichte von vornherein nicht ganz koscher vor. Wer fährt 60 Kilometer, nur um auf neuen Betten in einem Möbelhaus zu bumsen und bezahlt dafür auch noch ein anständiges Sümmchen. Der Betrag hätte gereicht, um in der Bar dreimal mit einem Mädchen auf ein Zimmer zu gehen."

Mitzis Redefluss geriet langsam ins Stocken. Strotti stellte ihr daher Fragen zu den drei unbekannten Männern, die nur sporadisch in die Bar kamen. Mitzi vermutete, dass sie im Ausland arbeiteten und auf Heimaturlaub waren. Ein Militäreinsatz kam für sie eher nicht infrage. Der Kleinere der Männer war sichtlich schwer von Drogen abhängig und körperlich bereits derart geschwächt, dass er niemals bei einem Heer hätte dienen können. „Der war vor etwa drei Jahren, als ich ihn zuletzt hier im Café gesehen habe, im Gesicht derart ‚zerfressen', dass er mit Sicherheit schon Crystal Meth konsumiert hat."

Johnny nahm jetzt ein Foto von Sven Kunze aus der Tasche und zeigte es Mitzi.

„Da war der ‚Meth-Tiger' noch gut beieinander", war ihre knappe Bewertung des Fotos.

„Ist Ihnen sonst noch etwas aufgefallen? Worüber haben die Männer gesprochen? Gibt es da noch einen Hinweis, der uns weiterhelfen könnte? Denken Sie ruhig nach."

„Meint ihr, ich will euch ewig in der Wohnung haben? Früher hätte ich in dieser Zeit schon gut und gerne 500 Kröten gemacht."

Mit den Kröten meinte sie wohl noch Schillinge. Diese Zeit war längst vorbei. Als die Beamten gerade im Begriff waren zu gehen, fiel Mitzi doch noch etwas ein. „Ich meine gehört zu haben, wie der ‚Methmann' seinen Begleiter einmal mit Schwager Uwe angesprochen hat."

Johnny hatte sich die von Mitzi abgegebenen Personenbeschreibungen notiert, während Strotti von ihr noch wissen wollte, wann sie sich zuletzt mit den toten Animierdamen Nina und Ana getroffen habe.

„Wir haben uns im Schnitt alle zwei Monate hier im Café zu einem Plausch getroffen, schließlich interessiert mich immer noch, was heutzutage im Milieu abgeht. Die Mädchen trafen ihre Freier meist in bestimmten Nachtclubs, den Club Cecile bevorzugten sie. Nach den Treffen denke ich mir oft, dass ich mich besser gar nicht erkundigt hätte. Mittlerweile haben Zuhälter aus den ehemaligen Ostblockländern die Straßen übernommen und unter sich aufgeteilt. Diese Kerle sind äußerst gefährliche Gewalttäter. Immer, wenn ich höre oder lese, dass sich Banden gegenseitig bekämpfen, kommt bei mir leichte Genugtuung auf. Heutzutage gibt es so etwas wie Ganovenehre nicht mehr. Die meisten Freudenmädchen kommen aus dem Osten und gehen sehr wahrscheinlich nicht immer freiwillig ihrer Arbeit nach. Außerdem spielen in diesem Geschäft jetzt auch Drogen eine nicht unbedeutende Rolle. Nina und Ana konnten sich dank meiner Ratschläge halbwegs die Selbstständigkeit als Liebesdienerinnen erhalten. Ob ihres Alters wurden sie nicht mehr als echte Konkurrenz betrachtet. Nun, meine Herren, ich habe wohl mehr gequatscht, als ich ursprünglich vorhatte, aber wie überall bleibt auch im Milieu die Zeit nicht stehen."

Die Männer traten eben in den Flur, als Johnny von Fred auf WhatsApp ein Foto erhielt. In diesem Augenblick läutete auch schon das Telefon. Fred fragte, ob sie noch bei der alten Nutte wären. Glücklicherweise stand Johnny schon einige Meter von der Wohnungstür weg, wo sich Strotti von Mitzi verabschiedete. „Moment Mitzi, ich möchte Ihnen ein weiteres Foto zeigen", sagte er und hielt ihr das Handyfoto vor die Nase.

„Ja, das ist der Schwager vom Meth-Mann."

„Vielen Dank, Sie haben uns sehr geholfen", verabschiedeten sich die Männer.

„Bedankt euch bei dem Mann, der mich angerufen hat. Ohne dessen Fürsprache hätte ich nie mit euch gesprochen."

Die Amstettner Kriminalisten hatten knapp eine Stunde bei Mitzi in der Wohnung zugebracht. Sie waren mit den erhaltenen Auskünften mehr als zufrieden. Nach zwei Tassen Tee hatten sie Appetit auf einen guten Kaffee, weshalb sie zum Rasthaus Haag zufuhren. Die Befragung hatte sie müde gemacht. Daher redeten sie nicht mehr über den Fall, sondern über anstehende Sportereignisse.

Sie waren froh, nach Hause zu kommen, hatten am nächsten Tag viel zu berichten und waren neugierig, wie die anderen bei ihren Ermittlungen vorangekommen waren.

Kapitel 31

Am folgenden Tag tauschten die Ermittler in gewohnter Manier ihre Erkenntnisse aus. Fred hatte mit den Kollegen in Stuttgart gemailt und telefoniert, dass die Drähte heiß liefen. Es war mühsam, sich in einer derart pressierenden Angelegenheit über die technischen Kommunikationsmittel auszutauschen. Hätte er gewusst, wie umständlich die Kommunikation sein würde, wäre er in den nächsten Zug gestiegen und nach Stuttgart gefahren. Fred war froh, dass der Kollege aus Deutschland Verständnis für seine Anliegen und hartnäckigen Nachfragen zeigte. Schließlich war der Stuttgarter Kriminalist den ganzen Tag mit den Anfragen von Fred gebunden. Er war unkompliziert und fragte nicht lange nach, warum der Amstettner Kriminalist dieses und jenes über den Schwager vom Mordopfer Sven Kunze wissen wollte. Uwe Rötzer, wie er hieß, war in Deutschland nicht polizeilich gemeldet. Ein- bis zweimal im Jahr besuchte er seine Schwester in der Klinik. Rötzer war stets allein gekommen, nie in Begleitung seines Schwagers.

Als der deutsche Kollege Fred mitteilte, dass dieser Uwe Rötzer nach Asien, wahrscheinlich nach Thailand ausgewandert sei, erinnerte sich Fred sofort an die Worte des SOKO-Leiters, der klare Antworten verlangte. „Ist Rötzer nach Thailand ausgewandert oder nicht? Wahrscheinlich reicht mir nicht“, sagte Fred dem Polizisten der Stuttgarter Kriminalpolizei mit einem ungehaltenen

Unterton in der Stimme, entschuldigte sich aber umgehend für seine Ungeduld. Er durfte seinen Kollegen auf keinen Fall verärgern. Der tat ohnehin bereits mehr, als auf kurzem Weg vorgesehen war.

Der Kriminalist aus dem Nachbarland machte sich dann sogar die Mühe und fuhr erneut in die Klinik, in der Rötzers Schwester Dauerpatientin war, um mit einem Pfleger zu reden, der kurz vor der Pensionierung stand. Auf diesem Weg erhielt Fred die sichere Auskunft, dass Rötzer offenbar tatsächlich nach Thailand ausgewandert war. Die Patientin verwahrte unter ihren persönlichen Sachen auch ein Foto ihres Bruders. Der deutsche Kripokollege fotografierte dieses Lichtbild ab und sandte es gleich über WhatsApp auf das Handy von Fred, der es ohne Verzögerung an Johnny weiterschickte. Auf diese Weise gelang es den Ermittlern in kürzester Zeit durch die Aussage der Roten Mitzi abzuklären, dass Sven Kunze mit seinem Schwager Uwe Rötzer in der Bar in Linz gewesen war.

Die Tätowierung des Mordopfers Kunze und die Aussage des Pflegers über Uwe Kröger ließen den dringenden Schluss zu, dass beide nach Thailand ausgewandert waren. Von ihnen lagen genaue Personenbeschreibungen vor. Die Beschreibungen passten nicht auf den Mann, der nach dem Mord an dem Cafébetreiber Klaus Kargl nackt, nur in Socken und mit einem Handtuch aus dem Möbelhaus geflüchtet war. Wer war dieser geheimnisvolle dritte Mann und welche Geschäfte, wahrscheinlich kriminellen Machenschaften, betrieben die Männer? Handelten sie mit Suchtgift im großen

Stil? Der Zustand von Sven Kunze vor seinem Tod sprach für eine Verbindung zu Drogen. Warum wurde Kunze gefoltert, hatte er Geschäfte auf eigene Rechnung gemacht? Diente der versteckte Kellerraum gar als Suchtgiftdepot? Antworten zu diesen Fragen würden sie direkt zum oder zu den Mördern führen. Als Nächstes galt es noch herauszufinden, wo die Männer während ihrer Heimaturlaube logierten, welche Flugroute sie nach Thailand nahmen, zu welchen Leuten in Österreich sie Kontakt hatten und noch einiges mehr. Die Ermittler hatten jetzt vielversprechende Anhaltspunkte für ihre Nachforschungen. Außerdem hofften sie, dass ihnen die fertigen Obduktionsgutachten und die Untersuchung des im Kopf der Prostituierten Nina Hacker gefundenen Projektils weitere Aufschlüsse geben konnten.

Indessen war es schon Sommer. Die Mitarbeiter der SOKO stellten ihre Urlaubsanträge, weshalb die Ermittlungen die nächsten Wochen schleppender vorangehen würden. Michael sorgte in dieser Zeit vordergründig dafür, dass unaufschiebbare Ermittlungen geführt und keine Hinweise verschlampt wurden. Es war zu gut verständlich, dass die Kollegen gedanklich bereits in ihren Urlaubsorten waren. Fred und Johnny waren die Ersten, die sich mit ihren Familien in die Ferien verabschiedeten.

Hans und Paul gelang vor ihrem Urlaub noch ein Durchbruch bei den Erhebungen. Sie waren bei der Überprüfung des Kellerraumes tatsächlich fündig geworden. Nachdem sie die Stiege eingehend durchleuchtet hatten, nahmen sie sich mit den

Gummihämmern des Fliesenbodens und die teils gefliesten Seitenwände des Verlieses an. Bald erkannten sie, dass eine Vielzahl von Fliesen hohl lagen und dann doch nur reiner Beton darunter war. Hans fuhr daher zu sich nach Hause und holte zwei Krampen und eine Schaufel. Paul und er hatten beschlossen, mit den Werkzeugen die Fliesen aus dem Boden und von den Wänden zu reißen. Sie fragten gar nicht lange beim Betreiber des Möbelhauses nach, sondern fanden es für unbedingt erforderlich, die Abrissarbeiten umgehend durchzuführen.

Sie fanden im Boden unter vier Fliesen Vertiefungen, die aber leer waren und kamen zur Überzeugung, dass die Hohlräume sicher nicht als Lager für große Suchtgiftmengen gedient haben konnten. Dafür waren die Volumen der Aushöhlungen zu gering. Hans forderte einen Suchtmittelspürhund an, denn sie wollten sehen, ob das Tier anschlug. In diesem Falle hätten sie zumindest einen Beweis, dass in den Lücken Suchtgift versteckt gewesen war. Anderenfalls war davon auszugehen, dass die hohlen Bereiche als Bargelddepots verwendet worden waren.

Während sie auf den Hundeführer warteten, machten die Kriminalisten eine Pause, die physische Arbeit hatte Paul ziemlich zugesetzt. Sie saßen dabei auf Schemeln, die im Raum standen und betrachten die ungewöhnliche Stiegenkonstruktion jetzt erstmals von unten. Hans bemerkte, dass bei der letzten Stufe die Stirnseite gefliest war. Die linke äußere Kachel hing leicht seitlich weg. Sofort machte sich Hans daran, den Grund der Schräglage zu erkunden. Beim ersten leichten Andrücken fiel ihm die Fliese entgegen und offenbarte ein Loch. Die letzte Stufe war nicht mehr Teil der Konstruktion, sondern bildete ein schmales Betonplateau vor dem Eingang. Mit der Taschenlampe leuchtete Hans in den Hohlraum, wonach er sofort einen lauten Pfiff ausstieß und sich staunend äußerte: „Was haben wir denn da?“ Schon zog er einen schmalen, olivgrünen Leinensack aus dem Loch. Jetzt wurde auch Paul auf seinen Kollegen aufmerksam und kniete sich neben Hans. Die Neugierde hatte seine Müdigkeit weggeblasen. Der Leinenbeutel war ein Sack, wie sie zum Hochwasserschutz mit Sand gefüllt werden. Eben weil er so schmal war, konnte er in das Loch im Beton gesteckt werden. „Schau schon rein, was drin ist“, forderte Paul seinen Kollegen ungeduldig auf.

Anstatt den Sack zu öffnen, reichte Hans ihn Paul mit der Bemerkung: „Schau doch selbst, ich habe Angst vor Schlangen!“

Es war nicht schwer zu erraten, was jetzt gerade in Pauls Kopfkino ablief. Nach kurzem Zögern zurrte er den Sack auf und leerte den Inhalt auf den Boden. Jetzt stießen beide Kriminalisten unisono einen derart lauten Pfiff aus, dass jedes Murmeltier beschämt in seinem Bau verschwunden wäre.

Vor den Polizisten lagen gebündelte Euroscheine auf dem Fußboden. Damit später auch nicht einmal ansatzweise ein Verdacht aufkommen konnte, rief Paul sofort Michael an und verständigte ihn von ihrem Fund. Dieser riet ihnen, die Filialleiterin in den Keller zu holen, damit beim Zählen ein unabhängiger Zeuge anwesend war. Natürlich war diese Maßnahme nicht erforderlich, soweit musste Polizisten Vertrauen geschenkt werden. Es war jedoch nie abzusehen, wie sich der Fall entwickeln konnte, daher wollten sie etwaigen dummen Redereien und Gerüchten vorbeugen.

Erika Brunner kam kurz darauf in den Kellerraum, Michael hatte sie angerufen, im Keller gab es kein Signal.

Das Bargeld wurde dreimal gezählt. Stets ergab die Zählung exakt die Summe von 30.000 €. Danach gingen sie gemeinsam in das Büro der Filialleiterin, wo sie einen schriftlichen Beleg über die Zählung anlegten, den die Beamten wie auch Erika Brunner unterfertigten.

Als Nächstes fuhren Paul und Hans direkt zum Landesgericht nach St. Pölten, wo sie das Geld aus dem Keller wie bereits Monate zuvor den Geldfund im versenkten Pkw deponieren ließen. Laut interner Richtlinien war es ohnehin längst an der Zeit, das sichergestellte Bargeld dem Landesgericht zu übergeben.

Vorher hatten sie die schmutzige Kleidung gewechselt und den Kellerraum verschlossen. Dem Hundeführer hatten sie abgesagt und auf den Einsatz für den nächsten Tag avisiert.

Notwendigerweise mussten sie am kommenden Tag wieder in den Kellerraum. Die Arbeit dort musste abgeschlossen werden. Einige Stellen waren noch zu prüfen, die Raumdecke musste ebenfalls genau inspiziert werden.

Gegen Mittag des folgenden Tages hatten Hans und Paul ihre Arbeiten im Keller abgeschlossen. Der Suchtgiftspürhund hatte an keiner einzigen Stelle im Kellerraum den Geruch von Drogen aufgenommen.

Nun wussten die Ermittler zwar, dass der versteckte Raum als Gelddepot diente, aber noch lange nicht, woher dieses Geld stammte und wie lange es schon dort versteckt war. Eines konnten sie mit Sicherheit belegen: Das Bargeld konnte nichts mehr mit der ehemaligen Reinigungsfirma zu tun haben. Damals war in Österreich noch der Schilling die aktuelle Währung.

Kapitel 32

Anita wuselte in ihrer Kanzlei herum, sie hatte sich die Kleidung des ermordeten Sven Kunze aus der Asservatenkammer geholt. Ihr fehlten die Schuhe und Socken des Opfers. Daher erkundigte sie sich bei ihren Kollegen nach dem Verbleib. Michael und Strotti waren, wie es sich anhörte, mit einem privaten Problem beschäftigt. Offenkundig konnten sie sich in einer Urlaubsangelegenheit nicht einigen.

Von Michael bekam sie bloß zu hören: „Warum sollte ich die Schuhe und Socken von Kunze in meiner Kanzlei haben?“

Strotti nahm gar keine Notiz von seiner Kollegin, die Probleme mit dem Urlaub emotionalisierten ihn zu sehr. Mit saurer Miene verließ Anita das Büro des Leiters, um gleich darauf ihren Mann in dessen Kanzlei aufzusuchen.

Paul saß an seinem Computer und hatte die Seite eines Reisebüros geöffnet. „Hallo Schatz“, war alles, was er sagte.

„Nimmt denn hier niemand mehr den Akt ernst? Michael und Jörg streiten sich über den Urlaub und du? Wir haben unser Hotel doch bereits vor Wochen gebucht, was suchst du auf dieser Seite? Fred und Johnny urlauben mit ihren Familien bereits auf dem Campingplatz in Caorle, Hans machte Ferien auf seinem Hof und bringt die Ernte ein. Wie es aussieht, bin ich die Einzige, die sich noch mit dem Fall beschäftigt.“

„Babe", warum bist du so schlecht gelaunt? Freust du dich nicht auf die Reise nach Kroatien?"

„Aber sicher, doch mir ist da beim Akt etwas aufgefallen, das ich noch überprüfen will. Dazu benötige ich aber die Schuhe und Socken des Mordopfers Kunze. In der Asservatenkammer sind sie nicht, daher dachte ich, dass sie einer vom Team geholt hat."

„Da muss ich dich enttäuschen. Vielleicht sind sie in der KTU oder in der Gerichtsmedizin zurückgelassen worden, ich würde dort nachfragen."

Anita befolgte den Rat ihres Mannes. Sie rief umgehend bei der Gerichtsmedizin an, wo sie mit einer Dame, die für die Logistik zuständig war, verbunden wurde.

Die Angestellte zeigte wenig Interesse, auf das Anliegen der Kriminalistin einzugehen. „Wenn die Kleidung des Mordopfers bei uns abgeholt wurde, dann auch Schuhe und Socken."

Die unfreundliche Dame, die sich nicht einmal die Mühe gemacht hatte, in den Regalen nachzusehen, kam Anita gerade richtig. „Wenn du zu faul bist, dass du in eure Kammer gehst und dort nachschaust, ob die Schuhe und Socken möglicherweise doch vergessen wurden, muss ich dir wohl auf die Sprünge helfen." Anita äußerte sich scharf in die Richtung, dass es sich um eine Unterdrückung von Beweismitteln, Beihilfe beim Vertuschen einer Straftat und ähnliche Straftaten handeln könnte. Die Angestellte der Pathologie gab schließlich klein bei. Sie meinte „Warten Sie!" und legte den Hörer auf den Schreibtisch. Kaum fünf Minuten später war sie zurück und äußerte sich mit beleidigter Stimme: „Ich schick die Sachen noch heute weg.“ Schon wurde aufgelegt.

„Geht doch“, sagte Anita zu sich selbst und blickte dabei auf den Hörer. In ihrem tiefsten Inneren wusste sie, dass ihre Unhöflichkeit und Drohungen völlig unangebracht waren. Sie hatte die Kleidung selbst aus der Pathologie abgeholt und bei der Entgegennahme nicht gegengeprüft.

Bis Mittag waren es noch zwei Stunden. Anita überlegte, wie sie die Zeit bis dahin sinnvoll verwenden konnte. Sie entschied sich, den Film aus der Überwachungskamera zum wiederholten Male anzuschauen, um möglicherweise etwas zu entdecken, das sie bisher übersehen hatten. Eigentlich wollte sie die Socken des aus dem Möbelhaus geflüchteten Mannes mit jenen des Mordopfers Kunze vergleichen. Das war nun aus bekannten Gründen nicht möglich. Anita meinte auf dem Socken des flüchtenden Mörders ein Zeichen auf der Ferse erkannt zu haben. Paul hatte ihr das Bearbeiten von Fotos auf dem Computer so weit erklärt, dass sie dieses Zeichen zwar verschwommen, aber doch erkennbar herausarbeiten konnte. Anitas Einschätzung war dieses Merkmal ein thailändisches Schriftzeichen oder Symbol – und wieder war eine Verbindung zu Thailand hergestellt. Als sie das Standbild des Täters betrachtete, fiel ihr ein, was Brigitte beim letzten Dienst in der Leitzentrale festgestellt hatte. Gemeinsam hatten sie sich mehrere Fahndungsvideos nach Banküberfällen angeschaut. Brigitte war aufgefallen, dass in einigen Fällen ein Bankräuber weiße Socken trug. Beim Überfall in Grein war auf dem rechten Socken über der Ferse deutlich ein Muster zu erkennen, als der Täter über das Kassenpult sprang. Anita wurde gleichzeitig heiß und kalt, wenn das stimmte, woran sie eben dachte. Waren die Bankräuber auch die gesuchten Mörder, zumindest einer von ihnen? Sie musste in aller Ruhe die Videos von den Überfällen vergleichen, womöglich war ihr Gedankengang gar nicht so abwegig. Vorerst wollte sie nur mit ihrem Mann darüber sprechen. Mit zwei Häferln Kaffee aus der Kantine suchte sie Paul in seinem Büro auf. Erstaunt blickte er sie an, weil sie ihm Kaffee mitbrachte. Im Dienst war das Kaffeeservieren eigentlich sein Part. Offenbar fand sie daran Gefallen, wenn die Kollegen sein Kavaliersverhalten mitbekamen.

Paul verwarf diesen Gedanken, weil er es als höflich empfand, während der Arbeit nett zu seiner Frau zu sein. „Liebling, wo drückt dich der Schuh, weil du mich auf einen Kaffee einlädst?"

Anstelle einer flapsigen Bemerkung setzte sich ihm gegenüber an den Schreibtisch und erzählte ihr von ihren Mutmaßungen, mehr waren sie ohnehin noch nicht. Paul dachte nach der Erzählung seiner Frau eine gefühlte Ewigkeit nach, um ihr dann zu verdeutlichen, dass sie es vorerst für sich behalten sollten. „Schatz, jetzt mitten in den Urlaubswochen ist keine gute Zeit, um über dieses Thema zu diskutieren. Wenn die Urlaubszeit vorbei ist, werden wir im Sinne deiner Wahrnehmung recherchieren und nach Verbindungen unseres Mörders zu den Bankräubern suchen. Wir müssen uns dazu sämtliche Videoaufzeichnungen besorgen, die es von Überfällen gibt. Ich weiß nicht, wie weit wir da zurückgehen müssen und welche ungeklärten Bankraube überhaupt infrage kommen. Da haben wir einiges zu tun. Zu gegebener Zeit werden wir Michael Bescheid geben, auf jeden Fall dann, wenn deine Vermutungen an Substrat gewinnen. Zurzeit sind Michael und Jörg geistig schon mehr im Urlaub als bei der Arbeit."

„Stimmt, da hast du recht. Ich habe sie heute Morgen streiten hören, kann mir aber beim besten Willen nicht vorstellen, was es über die Ferien zu streiten gibt."

„Wenn ich mich nicht ganz täusche, haben Brigitte und Linda ihren Freunden den Vorschlag von einer gemeinsamen Urlaubsreise gemacht. Das scheint beiden gegen den Strich zu gehen. Ich vermute einmal, Michael und Jörg haben gemeinsame Leichen im Keller." Anita schüttelte bloß den Kopf, um die Stunde bis Mittag Paul ihre Mutmaßung näher zu erläutern.

Michael und Jörg hatten tatsächlich Zoff wegen des bevorstehenden Urlaubes. Hatten ihnen ihre Freundinnen doch glatt vorgeschlagen, gemeinsam Urlaub in einem Hotel am Wörthersee zu verbringen. Ihnen gefiel das gar nicht. Sie hielten es für zu riskant, gemeinsam die Ferien zu verbringen. Beim gemütlichen Beisammensein und in launiger Stimmung konnte sich leicht einer von ihnen über nicht gerade rühmliche Liebesaffären aus der Vergangenheit verplappern. Diese Peinlichkeiten wollten sie sich ersparen.

Jörg schlug seinem Chef vor, ihm einfach zu der von den Damen geplanten Zeit keinen Urlaub zu genehmigen.

„Das kommt gar nicht infrage, ich spiele in dieser Angelegenheit sicher nicht den ‚Pfui Teufel'. Was muss sich Linda von mir denken, wenn ich meinem Freund gegenüber dermaßen den Chef heraushängen lasse? Nein, du lässt dir etwas einfallen. Du bist ja auch sonst um keine Ausrede verlegen."

Sie stritten einige Zeit lang, ohne zu einem Ergebnis zu gelangen. Schließlich einigten sie sich auf den gemeinsamen Urlaub und vereinbarten per Handschlag, dass sie abends nie mehr als zwei alkoholische Getränke konsumieren würden. Auf diese Weise hofften sie, ihre Zungen im Zaum halten zu können.

Bei diesem absurden Streit hätten sie die Einschätzung eines Außenstehenden als hart gesottene Kriminalisten verspielt.

Während der Sommermonate war der Druck von Vorgesetzten und Medien merklich geringer. Die Medienberichterstattung verlagerte sich auf Vorkommnisse im Urlaub, schwere Verkehrsunfälle und kilometerlange Staus auf den Autobahnen in Richtung Süden.

Die Kriminalisten der SOKO setzten zwar ihre Ermittlungen fort, öffneten in dieser Zeit keine neuen Baustellen, sondern erledigten ausständige Befragungen, dokumentierten noch nicht zu Papier gebrachte Ermittlungsschritte und Erkenntnisse daraus. Anita versuchte noch, die Socken des Opfers Kunze mit denen des flüchtenden Mörders und auch jenen des unbekannten Greiner Bankräubers zu vergleichen. Das Ergebnis war wenig aussagekräftig, obwohl Kunzes Socken ebenfalls mit einem asiatischen

Symbol versehen waren. Wegen der schlechten Bildqualität der Überwachungsvideos war jedoch ein Vergleich nicht möglich.

Die letzten beiden Augustwochen verabschiedete sich auch Paul mit seiner Familie in den Urlaub. Vorher weihte er Michael in die neue Entwicklung des Falles ein, wiederholte aber mehrfach nachdrücklich, dass ihre Mutmaßungen zu den Socken wie eine Seifenblase zerplatzen konnten.

Der SOKO-Leiter wünschte den Stohls einen erholsamen Urlaub und versprach, dass sie nach ihrer Rückkehr gemeinsam über ihre Ahnungen beraten würden. Bevor sie auseinandergingen, ergänzte Michael: „Mich würde in diesem Fall nichts mehr wundern. Eine innere Stimme flüstert mir, dass ihr auf der richtigen Spur seid.“

Michael war nach seinem Urlaub mit Jörg wieder viel entspannter als die Wochen vorher. Ihre Angst vor dem gemeinsamen Urlaub hatte sich als unbegründet erwiesen. Im Gegenteil, der erste Urlaub mit den Freundinnen hatte ihre Beziehungen gefestigt. Den Vorsatz mit den zwei alkoholischen Getränken an einem Tag brachen sie bereits am ersten Abend, wobei die Schuld nicht unbedingt bei ihnen lag – ihre Freundinnen hatten sie in der Hotelbar zur Urlaubseinstimmung zu dem einen und anderen Cocktail verführt. Zu später Stunde in launischer Stimmung hatte Jörg den Damen sogar erzählt, welch abstruses Übereinkommen Michael und er vor Urlaubsbeginn getroffen hatten.

Die Damen lachten: „Denkt ihr im Ernst, wir haben kein Vorleben? Mit jenseits der Vierzig ist das wohl nichts Außergewöhnliches."

„Aber hallo! Und erzählt ihr uns von euren Sünden?", fragte Jörg neugierig.

Statt einer Antwort ernteten sie ein laszives Grinsen ihrer Freundinnen. Damit waren alle zwischenmenschlichen Bedenken ausgeräumt und es wurde ein traumhafter Urlaub.

Kapitel 33

Nachdem Anita und Paul sich als Letzte aus dem Urlaub zurückgemeldet hatten, sorgte Michael dafür, dass das gesamte Team mit neuem Elan die Mordermittlungen fortsetzte.

Bei der ersten Zusammenkunft in seiner Kanzlei bat er Anita, den ganzen Fall einschließlich der von ihr und Kollegen gezogenen Schlüsse zusammenzufassen. Die Kriminalistin hatte die Wochen vor ihrem Urlaub tatsächlich versucht, aus den gesamten Ermittlungserkenntnissen ein abgerundetes Bild von den Mordtaten zu schaffen.

„Leute", begann Anita ihren Bericht. „Der Chef hat uns angewiesen, alle Vermutungen aus dem Aktenbestand zu entfernen und durch Tatsachen zu ersetzen. Mit diesem Auftrag im Hinterkopf bin ich den Akt zum gefühlt hundertsten Mal von vorn bis hinten durchgegangen. Bereits im ersten Teil des Aktes, der sich primär mit der Ermordung des Kaffeehausbesitzers befasst, entdeckte ich in der Historie des Möbelhauses *Krüger*, dass der jetzige Betreiber Arnold Krüger das Möbelhaus ursprünglich mit seinem Cousin Gunter Krüger weiterführen sollte. Laut Aussage von Arnold Krüger ließ sich Gunter abfertigen, weil er kein Interesse an der Teilhaberschaft hatte. Er war schon damals ein Freigeist, der seinen eigenen Weg ging. Gunter ließ sich seinen Ausstieg mit fünf Millionen Euro abfertigen. Vor knapp 18 Jahren soll Gunter laut seines Cousins Arnold nach Südafrika ausgewandert sein.

Kollegen, habt ihr jetzt genau zugehört? Da haben wir ein *Soll*, das nicht geprüft wurde. Wer sagt, dass er wirklich in das südlichste Land Afrikas gezogen ist? Zwei Ansichtskarten, die er zwei Monate nach seiner Abreise seinem Cousin aus Johannesburg gesandt hat, sind wohl kein Beweis, dass er sich tatsächlich seither in Südafrika aufhält. Da sind wir uns einig."

Anita unterbrach kurz ihre Ausführungen und atmete tief durch. Bewundernde Blicke trafen sie. Es war ganz ruhig im Raum, alle warteten gespannt auf die Fortsetzung der Erläuterungen ihrer Kollegin. Diese spannte sie nicht lange auf die Folter.

„Gunter Krüger erhielt zwar fünf Millionen Euro Abfertigung, wie wir von seinem Cousin wissen, aber er war ein Lebemensch, der von geregelter Arbeit wenig hielt und seine Zeit lieber in Nachtclubs und auf Urlaubsreisen verbrachte. Diese Art zu leben ist entsprechend kostspielig. Das heißt, dass Gunter seine Abfertigung schneller durchgebracht hatte, als ihm lieb war. Wenn er möglicherweise auch ein Spieler war, dann erübrigt es sich einen Gedanken zu verschwenden, wie lang ihm das Geld gereicht hat." Anita bat jetzt Michael, dass Hans oder Paul über ihre Entdeckung berichten sollten, denn diese sei ein weiteres wichtiges Indiz. Mit einem Kopfnicken in Richtung Paul deutete der SOKO-Leiter diesem an, fortzufahren. Paul wusste, dass Hans das Reden lieber anderen überließ.

„Wie ihr wisst, haben Hans und ich den geheimen Raum im Keller ganz genau unter die Lupe genommen. Wir gingen so weit, dass wir mit Spitzhacken die Fliesen aus dem Boden und von den

Wänden schlugen. Tatsächlich befanden sich unter vier Fliesen Hohlräume. Für uns stellte sich die Frage, was wurde in diesen einst versteckt. Vorerst dachten wir an ein Suchtgiftdepot und forderten daher einen Suchtmittelspürhund an. Der Hund zeigte nicht den Ansatz der Aufnahme eines Geruches von Drogen. Während wir auf den Hund warteten, fiel Hans eine schräg gestellte Kachel an der Stirnseite der untersten Stufe auf. Hinter dieser Stufe lag ein tiefer Hohlraum." Dann zeigte Paul einen schlauchförmigen Sack in die Runde.„Kollegen, in diesem Sack fanden wir 30.000 € Bargeld. Jetzt gilt es herauszufinden, woher dieses Geld stammt."

„Bevor wir uns dieser Frage widmen und die Möglichkeiten ausloten, will ich, dass Fred über seine Erhebungen mit den deutschen Kollegen berichtet und im Anschluss daran erzählt uns Jörg, was er und Johnny bei der Altprostituierten in Linz ausgerichtet haben. Zum Schluss habe auch ich eine Überraschung, die euch einiges an Kopfzerbrechen bereiten wird", gab Michael den weiteren Verlauf vor.

„Ich habe in Stuttgart eine Vermutung bestätigt bekommen", legte Fred gleich los. „Unser Mordopfer Sven Kunze hat tatsächlich einen Schwager mit Namen Uwe Rötzer. Er ist der Bruder von Kunzes schwerbehinderter Frau. Kunze und Rötzer waren wiederholt zu Gast in einem Linzer Puff, darüber wird euch Jörg Näheres berichten. Wie sein Schwager hat auch Rötzer seit Jahren keinen festen Wohnsitz mehr in Deutschland. Ein oder zweimal im Jahr besucht er seine Schwester in der Klinik. Übrigens, ein

Pfleger aus der Klinik hat uns aus den persönlichen Sachen der Frau von Kunze ein Foto von Uwe Rötzer besorgt. Daher konnten wir ihn eindeutig als Kunzes Begleiter in Linz identifizieren. Das wärs in groben Zügen, Jörg, jetzt bist du an der Reihe. Erzähl, was ihr bei der ‚Roten Mitzi' erreicht habt."

Es war auffällig, dass Strotti seit einiger Zeit häufig mit seinem Vornamen Jörg angesprochen wurde. Anita hatte mit Michael über ihre Unterhaltung mit der Freundin von Strotti gesprochen und ihm mitgeteilt, dass diese die abwertende Anrede mit Strotti nicht angebracht fände. Der SOKO-Leiter hatte zu Beginn einer Besprechung auf das Anliegen von Strottis Freundin hingewiesen, als der Betroffene noch nicht im Raum war. Die Ermittler sagten zu, sich zu bemühen und ihren Kollegen künftig mit Jörg anzusprechen. Natürlich nahm Strotti wahr, dass seine Kollegen ihn oft mit seinem Vornamen anredeten. Er ließ es unkommentiert und war sich bewusst, dass Brigitte ihre Finger im Spiel hatte. „Zuerst hole ich uns Kaffee", merkte Jörg kurz an, stand auf und ging in die Kantine.

Eine Pause von den vielen Informationsströmen tat allen gut. Natürlich unterhielten sie sich beim Kaffee trotzdem weiter über einzelne Details, die sie gerade erfahren hatten. In ihren Köpfen schwirrten Fragen über Fragen herum, worauf sie die Antworten zwar kannten, aber nicht zuordnen konnten, ihre Denkapparate arbeiteten auf Hochtouren.

Da sie ohnehin über den Fall diskutierten, trug der SOKO-Leiter Jörg auf, mit seinem Bericht zu beginnen.

Dieser erzählte von dem Treffen mit der Altprostituierten und welche wichtigen Hinweise sie ihnen geben konnte. „Kunze und Rötzer sind uns bekannt, da gibt es aber noch einen ominösen dritten Mann. Dieser Mann war einmal mit Kunze in der Bar. Er ist mit Nina Hacker in das Möbelhaus nach Amstetten gefahren, dabei bezweifle ich, dass sie dort nur bumsen wollten. Es muss auch einen anderen Grund geben. Nina Hacker ist nicht nur mit dem ‚dritten Mann' nach Amstetten gefahren, sondern öfter auch mit dem Einbrecher Eduard Kleist. Langsam glaube ich, dass für Nina der Sex nur ein Vorwand für die Ausflüge in das Möbelhaus war, um aus dem Versteck im Keller Bargeld zu holen. Wir müssen unbedingt diesen Eddy befragen, wie so eine ‚Sexreise' im Detail abgelaufen ist. Er muss uns dazu die Einzelheiten schildern. Wenn ihr nichts dagegen habt, werde ich ihn vernehmen."

Keine Antwort ist auch eine Antwort. Dann berichtete Jörg noch, dass der dritte Mann laut Mitzi kein ‚Piefkedeutsch' sprach. Abschließend teilte er seinen Kollegen mit, dass er über die Befragung von Mitzi lediglich einen Aktenvermerk, in dem sie als anonym angeführt ist, geben werde. „Ich habe es ihr versprochen und meine Versprechen halte ich. Selbst ich kenne ihren Namen nicht, aber Johnny und ich wissen verständlicherweise, wo sie wohnt."

Hans hatte die Zeit über aufmerksam zugehört. Jetzt riss ihm anscheinend der Geduldsfaden: „Stopp, Stopp!", brachte er sich in einem lauten, fordernden Tonfall ein, „Hört ihr euch noch zu? Warum bringt es hier keiner auf den Punkt? Wir sind doch unter uns. Wieso halten wir uns mit den Vorstellungen, die wir gemeinsam bereits im Vorfeld abgesprochen haben, zurück? Ich werde das Kind beim Namen nennen: Wir haben drei mutmaßliche Verbrecher – Nr. 1 Sven Kunze wurde von seinem Komplizen ermordet, Nr. 2 ist sein Schwager Uwe Rötzer und Nr. 3 ist der ominöse dritte Mann, der Gunter Krüger, der Cousin des Möbelhausbetreibers sein könnte. Die Kriminellen verübten in den vergangenen zwölf Jahren wahrscheinlich schon länger in Oberösterreich und den angrenzenden Bundesländern Banküberfälle und finanzierten so ihren Lebensunterhalt. Nach den Überfällen setzten sie sich offenbar für eine gewisse Zeit nach Thailand ab. Das bei den Raubzügen erbeutete Bargeld bunkerten sie im geheimen Kellerraum des Möbelhauses. Die Nutte Nina Hacker wirkte vermutlich als eine Art Vermögensverwalterin in dem verbrecherischen Komplott mit. Ich wage sogar zu behaupten, dass sie ihre Liebesdienste im Möbelhaus nur als Vorwand nutzte, um dorthin zu kommen. In erster Linie holte sie bei diesen Besuchen Bargeld aus dem Keller und ließ es auf welche Weise auch immer ihren Komplizen zukommen. Sven Kunze wird wohl aufgrund seines exzessiven Drogenkonsums eine Gefahr für seine Helfer geworden sein. Das kostete ihm das Leben. Dieser Kunze hat vermutlich im Kellerraum eigenmächtig ein Versteck angelegt. Rötzer und Krüger bemerkten den Schwund des Beutegeldes, wonach sie Kunze folterten, damit er ihnen das Versteck verriet. Dabei dürfte Kunzes Herz versagt haben, wonach er verstarb, ohne das geheime Gelddepot preisgegeben zu haben. Deshalb haben wir den Sack mit dem Geld später gefunden. Die Prostituierte Nina Hacker wurde ebenso eine Gefahr für Rötzer und Krüger, – ich lege mich da auf Gunter Krüger einmal fest -, weshalb sie auch sterben musste. Das ist in aller Kürze eine Zusammenfassung der Gedankengänge des SOKO-Teams. Michael, ich möchte dir nicht dazwischenfunken, aber das Herumlamentieren über Fakten und Indizien geht mir ziemlich an die Nieren. Es muss doch erlaubt sein, in diesem Rahmen eine Indizienkette mit Teilbeweisen kundzutun. Nimm mir meinen Vorstoß nicht übel, aber ich konnte mich mit meiner Betrachtungsweise nicht mehr zurückhalten. Für die Rolle des Kaffeehausbesitzers in der Verbrecherbande habe ich noch keine Erklärung gefunden. Unter Umständen war er wirklich nur zur falschen Zeit am falschen Ort."

Mit deutlicher Anerkennung in den Gesichtern blickten die Kollegen Hans an, wurde ihnen doch mit einem Mal klar, dass er mit seiner Anschauung völlig recht hatte.

Michael mochte die offensive Vorgehensweise seines Kollegen und erkannte auch, dass ihn Hans als SOKO-Leiter eben ziemlich alt aussehen ließ. Er hatte aber noch ein Trumpf im Ärmel, der nicht ganz in die Darstellung von Hans passte. „Hans, wie du es eben geschildert hast, können die Verbrechen tatsächlich abgelaufen sein. Daher schlage ich vor, dass wir zunächst versuchen, deine Vorstellungen abzurunden. Da haben wir noch reichlich

Recherchearbeit vor uns. Kurz vor der Besprechung erhielt ich von der Waffen- und Munitionsuntersuchungsstelle per Mail ein Gutachten über das Projektil, das der Pathologe aus dem Kopf der Donauleiche operiert hat. Jetzt haltet euch an: Es wurde mit derselben Waffe abgefeuert wie jenes Projektil, das in einem Friseursalon in Mauthausen vor einem zertrümmerten Spiegel gefunden wurde. Wenn ihr euch erinnern könnt, geschah die Schussabgabe in den Salon am selben Wochenende, an dem der Kaffeehausbesitzer ermordet wurde. Wie dieser Anschlag mit dem Mord zusammenhängen könnte, ist mir schleierhaft, denn wer schießt mitten in der Nacht durch die Tür eines Friseurgeschäftes? Hans, vielleicht hast du auch dafür eine Erklärung?", meinte der SOKO-Leiter mit einem leicht süffisanten Unterton in der Stimme. Dieser wusste natürlich, dass ihm Michael eine Retourkutsche erteilte, tat aber so, als ob er es nicht gemerkt hätte.

„Wie machen wir weiter?", meldete sich Fred ungeduldig.

„Wie wohl, Hans hat es schon vorgegeben. Wir versuchen seine Geschichte abzurunden und hoffen dabei, dass uns keine neuen Ecken und Kanten durchkreuzen. Nun ab in eure Büros und setzt eure Erhebungen fort. Morgen werde ich euch die Ermittlungsaufträge zuteilen, vorher muss ich mir selbst die Erkenntnisse der heutigen Besprechung durch den Kopf gehen lassen. Bei Hans nehme ich an, dass er bereits wissen wird, wie er die Nachforschungen fortsetzt."

Diese weitere Spitzfindigkeit erregte Hans' Zorn: „Michael, wenn du dir einbildest, du allein hättest Zugriff auf den Löffel mit der Weisheit, dann hast du dich ordentlich getäuscht. Da ich vorhin meine Anschauung kundgetan habe, musst nicht gleich unrund werden. Ränke dich wieder ein, wenn du willst, dass der Akt nicht aus dem Ruder läuft." Hans drehte sich um und verließ das Chefbüro.

Michael blieb wie ein begossener Pudel zurück. Er ärgerte sich, dass er wieder einmal unnötig die Beherrschung verloren hatte. Als er einsam und verlassen in seinem Schreibtischsessel saß und über das Gesagte nachdachte, kam er letztlich zur Einsicht, dass er sich Hans gegenüber unfair verhalten hatte. Für eine Entschuldigung war er sich aber zu stolz. Schließlich rief er Jörg in seine Kanzlei zurück. Der war gegenwärtig der Einzige im Team, mit dem er wegen seines vorhin missglückten Auftritts reden wollte.

Jörg sagte Michael ohne Umschweife, dass er sich bei der Besprechung Hans gegenüber nicht gerade mit Ruhm bekleckert habe.

„Gehst du nach Dienst mit mir auf ein Bier weg? Linda und Brigitte gehen heute Abend auf solch eine Party für ein neues Küchengerät. Ich will mit dir über den Akt reden und von dir wissen, wie du über mich als SOKO-Leiter denkst. Da verlange ich, dass du mir reinen Wein einschenkst."

„Das ist auch höchst notwendig", antwortete ihm Jörg unverblümt, „sonst verrennst du dich wie vor einigen Wochen in Liebesdingen. Komm besser zu mir in die Wohnung, da sind wir ungestört und können uns nach der Aussprache auch noch das Champions-League-Spiel der Bayern im Fernsehen anschauen."

„Abgemacht, um halb acht bin ich bei dir.“

Michael und Hans trafen an diesem Tag nicht mehr zusammen. Ob gewollt oder ungewollt, das wussten nur die beiden. Für Michael stand fest, dass er am kommenden Tag die frostige Stimmung zwischen Hans und ihm aus dem Weg räumen musste. Eine Entschuldigung bei seinem Kollegen stand an, und zwar sofort nach Dienstbeginn.

Pünktlich wie vereinbart stand Michael abends vor Jörgs Wohnungstür. Jörg führte ihn in das Wohnzimmer und servierte Michael, ohne lange zu fragen, eine Flasche Bier. Er wusste, dass sein Freund das Bier gerne aus der Flasche trank und noch lieber, wenn sie Fußball schauten. Bevor Jörg ihm wieder eine Standpauke erteilen konnte, legte Michael gleich los. „Du brauchst mich gar nicht auf mein dümmliches Verhalten heute bei der Besprechung hinweisen. Ich weiß ohnedies, wie blöd ich mich Hans gegenüber benommen habe. Gleich morgen früh werde ich mich bei ihm entschuldigen.“

„Es ist gut, dass du deinen Fehler einsiehst. Ich sag’ dir, Mike, Hans hat heute bei der Besprechung den Nagel punktgenau getroffen. Die Kollegen, einschließlich du und ich waren zu zögerlich, um endlich einen möglichen Tatablauf offen auszudrücken. Hans tat genau das und dafür müssen wir ihm dankbar sein. Was hat uns eigentlich gehindert, unsere Versionen offen darzulegen? Jeder hat es gedacht, niemand wollte es aussprechen. Nunmehr haben wir eine Interpretation, die wir beweisen müssen. Es versteht sich, dass es zu Abweichungen kommen wird, aber ein Ausgangskonzept besteht. Der SOKO-Chef bist du und außer deinen wenigen kleinen Entgleisungen erfüllst du deine Arbeit ganz ordentlich, sofern du auf mein Urteil Wert legst. Was glaubst du, wie tief die Hackeln in einzelnen Abteilungen des LKA aus nichtigen Gründen oft geflogen sind? Da ist unsere SOKO im Vergleich eine Friedensmission."

„Jörg, wir kennen uns schon seit der Polizeischule und ich weiß, welch großartigen Erfolge du bei deinen Suchtgiftermittlungen erzielt hast. Du bist ein gerissener Kieberer und verstehst etwas von deinem Handwerk, deshalb höre ich gerne auf deine Ratschläge. Wie würdest du die Ermittlungen koordinieren? Ich teile dir meine Vorstellungen mit und du sagst mir, ob sie ebenso in deinem Sinne sind. Fred und Johnny schicke ich morgen wieder nach Deutschland, sie sollen dort mit den Stuttgarter Kollegen sämtliche Daten zu diesem Uwe Rötzer abklären, ob er außer seiner geisteskranken Schwester noch Angehörige hat, ob es eine Ehefrau, Ex-Frau oder Kinder gibt. Ich will über diesen Rötzer einfach alles erfahren. Warum wir ihn erst spät auf den Schirm bekommen haben, lag nicht an uns, jedoch meine ich heute, dass es gar kein Nachteil war. Die Kollegen müssen zudem herausbekommen, ob Rötzer für Fernreisen um Visa angesucht und hinterfragen, bei welchem Anbieter er Flüge gebucht hat. Vielleicht finden Fred und Johnny eine Verbindung zu Gunter Krüger oder einem anderen Komplizen. Sie bleiben so lange in Stuttgart, wie sie es für notwendig finden. Hans hatte die Idee, dass der Cousin vom Möbelhändler der ominöse dritte Mann sein könnte. Er wird seine Vorstellungen für die entsprechende Beweisführung bereits überdacht haben. Du kannst ihm dabei zur Seite stehen, denn unter Umständen findet ihr eine bereits Jahre zurückliegende Verbindung zwischen Gunter Krüger und den Nutten. Außerdem muss die Vergangenheit der ermordeten Prostituierten besser durchleuchtet werden, zum Beispiel, wo sie aufgewachsen und die Jugend verbracht haben, wer ihre Eltern waren und dergleichen mehr.

Anita und ihr Mann bekommen die Aufgabe, sämtliche Banküberfälle, beginnend beim Letzten in Enns zu überprüfen und herauszufinden, welche Indizien oder Beweise unsere Verdächtigen ins Spiel bringen. Nicht von jedem Überfall gibt es Videoaufzeichnungen, wiewohl aber Zeugenaussagen, die nach dem jetzigen Stand in einem ganz anderen Licht erscheinen werden.

Ich selbst werde trachten, dass die örtlichen, sachlichen und rechtlichen Rahmenbedingungen klar festgelegt bleiben oder notwendigenfalls geändert werden. Es wird vonnöten sein, dass wir Beamte der Raubgruppe des Landeskriminalamtes Oberösterreich in die Ermittlungen einbeziehen, schließlich verfolgen diese seit Jahren die Bankräuber und kennen die Zusammenhänge zwischen den Überfällen. Das heißt für mich, neuerlich Besprechungen mit dem zuständigen Abteilungsleiter zu führen. Natürlich muss ich dazu Herbert Stummer mit ins Boot holen. Auf seine Unterstützung kann ich ohnehin zählen. In diesem Stadium der Ermittlungen wird uns der Akt sicher nicht mehr entzogen. Außerdem werde ich dem zuständigen Staatsanwalt einen umfassenden Bericht vorlegen. Schließlich muss er die Entscheidung treffen, ob die Banküberfälle ebenfalls von der Staatsanwaltschaft St. Pölten übernommen werden. Wenn ich es durchsetzen kann, möchte ich unseren Staatsanwalt, den Staatsanwalt der StA Linz, den Leiter des Landeskriminalamtes Oberösterreich und den Leiter der Raubgruppe zu einem Arbeitsessen nach Amstetten einladen. Du siehst, Jörg, da kommt einiges an Überzeugungsarbeit auf mich zu."

„Das ist dein Los als Leiter der SOKO. Ich gebe dir recht, wie du die weiteren Nachforschungen koordinieren wirst. Es gibt ein paar Einzelheiten, die wir nicht aus dem Auge verlieren dürfen. Um diese werden Hans und ich uns kümmern. Wir sind in der Hierarchie altersmäßig nach dir, daher ist es unsere Verpflichtung, dich in dieser Hinsicht zu unterstützen. Wir passen tunlichst auf, dass du dich nicht verrennst. Es wäre verwegen zu behaupten, dass eine Person allein in so einem umfangreichen Akt alles im Kopf haben kann. Im Grunde stimme ich deinen Vorstellungen der Aktenerledigung zu. Jetzt ist es an der Zeit, zum gemütlichen Teil des Abends überzugehen. Schau auf die Uhr, die Mannschaften müssen schon einlaufen. Schalt endlich den Fernseher an."

An diesem Abend wurde kein Wort mehr über die Arbeit verloren, das Interesse am Fußballspiel hatte die Oberhand gewonnen.

Bevor sich die Männer nach dem Spiel und einer kurzen Nachbesprechung verabschiedeten, bedankte sich Jörg bei Michael, weil dieser seinen Einfluss geltend gemacht hatte, dass er von den Kollegen nicht mehr oder nur mehr selten mit dem abwertenden Spitznamen Strotti angesprochen wurde. Langsam ging sein Vorname schon in eine Selbstverständlichkeit über. Jörg war darüber froh, auch wegen Brigitte.

Kapitel 34

Der SOKO-Leiter bat Hans wie beabsichtigt am nächsten Morgen nach Dienstbeginn in seine Kanzlei und entschuldigte sich bei ihm für sein unfreundliches Verhalten vom Vortag. Hans war von seinem Naturell her kein wehleidiger und nachtragender Mann. Ihn brachte nicht so schnell etwas aus der Fassung. Außerdem konnte er sich gut selbst wehren, wie er am Vortag deutlich bewiesen hatte. Mit ein paar Sätzen hatten Michael und er die Unstimmigkeit aus der Welt geschafft und gingen zur Tagesordnung über.

Michael gab die Aufträge an die Kollegen des Teams weiter. Fred und Johnny nahmen sich einen Wagen, fuhren kurz nach Hause und holten sich Kleidung zum Wechseln, um gleich weiter nach Stuttgart zu fahren. Sie hatten sich auf dem Polizeipräsidium dort bereits telefonisch für den frühen Nachmittag angekündigt. Das Polizeigebäude in Stuttgart umfasste auch Unterkünfte für Beamte, die ihren Wohnsitz nicht in der Stadt hatten. Es standen zwei freie Zimmer zur Verfügung, die Fred und Johnny belegen konnten. Dadurch ersparten sie sich die Suche nach einem Quartier.

Auf dem Weg nach Deutschland unterhielten sich die Ermittler über das Team der SOKO. Hauptsächlich interessierte sich Fred, was Johnny von Strotti hielt, mit dem er bereits enger zusammengearbeitet hatte.

„Fred, Jörg passt wie die Faust aufs Auge zu unserer Gruppe. Er hat eine Art Menschen von sich einzunehmen, die ich noch selten bei Kollegen gesehen habe. Unser pensionierter Chef war dazu imstande, Michael kommt ihnen nahe. Mir scheint aber, er muss sich in seiner Führungsposition erst festigen. Zu seiner Verteidigung, er hatte kaum Zeit, sich in seiner Rolle einzuleben, denn er musste gleich eine SOKO leiten, wo wir indessen wissen, welche verzwickten Zusammenhänge es in diesem Verbrechenskonstrukt gibt. Wer hätte zu Beginn der Ermittlungen ahnen können, dass zwei Dienstreisen nach Deutschland notwendig sein würden. Unfassbar, wie sich dieser Akt entwickelt hat. Da du mich vorhin nach Jörg gefragt hast: Ich finde, dass er eine Ermittlungsgruppe wie unsere auf der Inspektion gesucht hat. Hier wird ihm das nötige Vertrauen entgegengebracht. Wie ich gehört habe, war er beim Landeskriminalamt immer dann der große Zampano, wenn er Drogendealer aus dem Verkehr gezogen hat. Die umfangreichen Vorermittlungen wurden nur wenig beachtet. Jörg wurde oftmals wegen seiner Bekanntschaften im Milieu kritisiert. Wir beide wissen genau, wenn du bei Suchtgiftermittlungen Erfolg haben willst, musst du dich auch mit Leuten aus der Szene abgeben. Und ich gönne ihm, dass er mit Brigitte einen Ruhepol gefunden hat und finde es absolut angemessen, dass wir ihn nicht mehr mit dem abfälligen Strotti anreden. Anita und Michael haben es angeregt. Nach meiner Kenntnis hat sich Brigitte Anita anvertraut und ihr gesagt, dass sie es überhaupt nicht mag, wenn ihr Freund ständig mit Strotti angesprochen wird."

„Johnny, ich bin ganz deiner Meinung. Wenn er sich gegenüber Brigitte schäbig verhalten sollte, dann kann er sich ordentlich was anhören, obwohl es mich nichts angeht."

Sein Partner erwiderte sarkastisch: „Es stimmt, es geht dich nichts an und du bist auch nicht der Schutzengel für betrogene Frauen."

Die weitere Unterhaltung führten sie über private Angelegenheiten. Beide waren auch Taufpaten für die Kinder des anderen Ehepaares.

Sie fuhren gerade am Walserberg über die Grenze, als Johnny von Hans einen Anruf erhielt. „Johnny, Fred und du, ihr habt doch seinerzeit den Einbrecher Eduard Kleist nach Paul und mir noch einmal befragt. Wir stehen gerade vor der Haftanstalt in Steyr, wo Eddy einsitzt. Er kennt mittlerweile die meisten Häfn in Oberösterreich und Salzburg von innen. Wir wollen von ihm genau wissen, wie der Erotikausflug ins Möbelhaus abgelaufen ist. Kannst du uns einen Tipp geben, wie wir ihn zum Reden bringen können, wenn er sich wegen seiner Gangsterehre sträubt?"

„Die letzte Vernehmung von Kleist haben wir zusammen mit Jörg vorgenommen. Ich dachte, du bist mit ihm unterwegs. Er weiß am besten, wie man mit trotzigen Häftlingen umgeht, aber gut, wenn du mich schon fragst. Verdeutliche Eddy, dass du anderen Insassen mitteilst, wie er bei der polizeilichen Vernehmung gesungen hat. Das wäre die größte Bloßstellung für ihn“, riet ihm Johnny.

Mit einem knappen „Danke und kommts wieder gesund heim“ beendete Hans das Gespräch. Zu Jörg gewandt rechtfertigte er sich: „Du, ich habe offenbar vergessen, dass du Kleist auch schon vernommen hast.“

„Kein Ding, wer kann bei diesem umfangreichen Akt noch alles im Kopf haben“, äußerte sich der Angesprochene.

„In Kleists Haut möchte ich nicht stecken. Wie wir Hans und Jörg kennen, machen sie ihm ordentlich Feuer unter dem Arsch, wenn er nicht offenlegt, was sie hören wollen“, flüsterte Johnny vor sich hin.

Fred kostete die Bemerkung seines Beifahrers ein langes Grinsen. Augenscheinlich stellte er sich vor, wie die Kollegen mit diesem Einbrecher verfahren würden.

Hans und Jörg waren im Vernehmungsraum der Haftanstalt Steyr. Zwei Justizwachebeamte führten ihnen Eduard Kleist in Handschellen vor. „Die können Sie ihm abnehmen, wir passen auf ihn auf“, meinte Jörg zu einem der Beamten und zeigte dabei auf die Handschellen.

„Ihr könnt mich alle gleich einmal am Arsch lecken“, ließ Eddy als Begrüßung wenig freundlich verlauten.

Hans wollte nicht allzu viel Zeit mit diesem plumpen Einbrecher vergeuden, der mehr Zeit in Haft verbrachte als in Freiheit. „Eddy, was ich dir jetzt sage, hörst du nur einmal von mir: Du erzählst uns jetzt in allen Einzelheiten, wie deine Sexausflüge mit der ermordeten Prostituierten Nina in das Möbelhaus abgelaufen sind. Anderenfalls mache ich einen Rundgang in dieser Anstalt hier und erzähle Mithäftlingen, wie sangesfreudig du bei der Einvernahme gewesen bist."

Ein entsetzter Blick traf die Kriminalisten. „Nina lebt nicht mehr?", fragte er mit flüsternder Stimme.

Den Ermittlern wurde bewusst, dass Eduard Kleist erst jetzt von der Bergung Ninas Leiche aus der Donau erfahren würde. Sie informierten ihn so weit wie nötig über die Todesumstände der Prostituierten. Eddy reagierte sichtlich entsetzt und zeigte sich schockiert über die schreckliche Tat. Die Polizisten gewährten ihm eine Nachdenkpause.

Als er sich wieder halbwegs gefangen hatte, beteuerte er mit weinerlicher Stimme: „Meine Herren Kommissare, ich habe mit Ninas Tod nichts zu tun. Sie wurde ertränkt? Weil Sie von einer Bergung aus der Donau sprechen."

Hans und Jörg merkten urplötzlich, dass sie beim Verhör aufpassen mussten. Sie hatten völlig außer Acht gelassen, dass auch Eddy Nina ermordet haben könnte. Jörg zeigte auf sein Handy und signalisierte Hans, dass er telefonieren müsse, dann verließ er den Verhörraum. Derweil versuchte Hans, das Vertrauen von Eddy, der noch immer geschockt war, zu gewinnen. Er konnte sich nicht vorstellen, dass Eddy ihm seine Fassungslosigkeit eben nur vorspielte, trotzdem innerlich schalt er sich, die Option Eddy als Mörder vernachlässigt zu haben.

Kaum fünf Minuten später kam Jörg in das Zimmer zurück. Er flüsterte Hans ins Ohr, dass Eddy zum Zeitpunkt der Ermordung bereits in Linz in Haft gesessen hatte. Hans fiel ein Stein vom Herzen. Für die Kriminalisten war es nun ein Leichtes, von Eddy eine Aussage über den Ablauf eines Sexdates im Möbelhaus zu bekommen.

Der Häftling schilderte ängstlich, wie diese Sextreffen abgelaufen waren. Jörg musste ihn bremsen, als Eddy sogar den Geschlechtsakt zu schildern begann.

Eddys Darstellung nach war die Fahrt nach Amstetten von Nina Hacker und nicht von ihm betrieben worden. Sie hatte von Eddy auch kein zusätzliches Honorar für den Sex im Möbelhaus verlangt. Es wurde offenkundig, dass Nina Hacker ihren Freier Eddy weitestgehend als Vorwand nach Amstetten mitnahm. Nach dem eher unaufgeregten Geschlechtsakt musste sich Eddy umgehend ankleiden, das Möbelhaus durch den Lieferanteneingang verlassen und im Auto warten. Dem Freier erörterte sie, dass sie noch Spuren ihrer Anwesenheit entfernen müsse. Eddy hatte die Zeitspanne, die er im Auto auf Nina wartete, zwischen 15 und 20 Minuten geschätzt. Nachdem Eddy von den Justizwachebeamten abgeführt worden war, gaben sich Hans und Jörg High Five. Endlich hatten sie jetzt den Beweis, wozu der Kellerraum gedient hatte und welche Rolle der Prostituierten Nina Hacker in dem verbrecherischen Komplott zukam.

Jörg mutmaßte, dass Nina deshalb sterben musste, weil sie bei der Ermordung des Komplizen Sven Kunze dabei war oder zumindest davon wusste.

„Kollege, das gefällt mir. Du stellst Thesen auf. Diese lassen wir so stehen und versuchen, sie bei den weiteren Erhebungen zu beweisen oder zu widerlegen. Ein guter Ansatz, wie ich finde“, ließ Hans verlauten.

„Hast du bereits überlegt, wie der Schuss in den Friseursalon zu unseren Morden passen könnte? Bevor wir weggefahren sind, habe ich den Schuss in das Geschäft zeitlich mit der Ermordung der Nina Hacker abgeglichen. Die Tatzeit könnte tatsächlich hinkommen, aber erklär mir bitte, warum schießt ein Täter nach einem Mord mit der Mordwaffe in einen Friseurladen?“

„Hans, wir kennen den Akt über den Schuss in den Salon praktisch nicht, daher sollten wir zum jetzigen Zeitpunkt keine Prognosen abgeben. Wie wir wissen, hat sich Paul den Gerichtsakt bereits besorgt.“

Die Beamten fuhren nicht direkt zurück zur Inspektion, sondern zum Donauufer, wo die Prostituierte mit ihrem Auto aus der Donau gefischt wurde. Von dort nahmen sie die kürzeste Route zum Friseurladen nach Mauthausen. Etwa in der Mitte der Donaubrücke nach Mauthausen verringerte Hans die Fahrgeschwindigkeit und merkte an: „Etwa von hier hat der Täter den Schuss ins Geschäft abgefeuert.“

Über ein Motiv wollten Hans und Jörg keine Spekulationen anstellen.

Jörg meinte: „Anita stellt schon Betrachtungen in diese Richtung an. Sie will herausgefunden haben, wie der Täter vom Tatort weggekommen ist. Drei Kilometer vom fraglichen Donaubereich entfernt wurde vom Parkplatz eines Kfz-Händlers in Strengberg ein Kundenauto gestohlen. Anita wird uns dazu alle Einzelheiten verraten, ich möchte ihr nicht vorgreifen. Die Kollegin hat mich wiederholt mit ihren Fähigkeiten, Zusammenhänge zu erfassen und Sachverhalte zu analysieren, beeindruckt."

Dann redeten sie über die berufliche Zukunft von Jörg und ob er sich diese auf der Inspektion in Amstetten vorstellen könne. Jörg gefiel in Amstetten vordergründig der kameradschaftliche Umgang untereinander, auch mit den Vorgesetzten. Als Grenzgänger im Suchtmittelerhebungsbereich agierte er beim Landeskriminalamt in einer anderen Welt. Außerdem hatte Brigitte ihm einige wunderbare Orte und Wanderwege im Mostviertel gezeigt. Jörg war von dem beeindruckenden Landschaftsbild begeistert und hatte erstmals die Mostbaumblüte live mitbekommen.

Hans unterbrach Jörgs Schwärmen und fragte ihn: „Haben wir vom Möbelhausbetreiber einen DNA-Abrieb genommen?"

„Ich weiß nichts davon, aber bei seiner Einvernahme war ich noch nicht in der SOKO", antwortete ihm Jörg, der vom plötzlichen Themenwechsel seines Kollegen überrascht war.

„Cousins haben zu 12,5 Prozent den gleichen DNA-Anteil", philosophierte Hans. „Wenn wir die auf den Tatorten gesicherten

DNA-Spuren mit jenen von Arnold Krüger abgleichen, wissen wir, ob sein Cousin Gunter mit den Verbrechen im Zusammenhang steht, sofern wir den Möbelhausbetreiber selbst ausschließen können."

Jörg staunte über die Multitasking-Fähigkeit von Hans. Hatten sie gerade noch über die Schönheit des Mostviertels gesprochen, kam er plötzlich mit einem genialen Ermittlungsansatz.

„Vielleicht ist Paul inzwischen bei seinen Nachforschungen zum Möbelhausbetreiber weitergekommen", meinte Jörg.

Kapitel 35

Paul saß fluchend vor seinem Computer, als Hans und Jörg in seine Kanzlei traten.

„Welche Laus ist dir denn über die Leber gelaufen?“, wollte Hans wissen.

„Serverprobleme seit Mittag. Mehrere Programme, die ich dringend benötige, verweigern mir den Zugriff. Ich habe schon dreimal in der IT-Abteilung angerufen. Dort heißt es, sie würden am Problem arbeiten.“

„Sei nicht so ungeduldig. Komm mit uns auf einen Kaffee in die Kantine, ich lade dich ein“, bot Hans an, um Pauls Laune zu verbessern.

„Danke, das ist eine gute Idee. Michael ist schon den ganzen Tag beim Bezirkskommandanten. Ich vermute einmal, die kippen sich heute einen gehörig hinter die Binde.“

Die Kriminalisten gönnten ihren Vorgesetzten die Entspannung, in deren Lage wollten sie ohnehin nicht sein. Es gab vieles zu koordinieren, sämtliche örtlich oder sachlich beteiligten Dienststellen mussten informiert werden, denn andernfalls waren Spannungen vorprogrammiert.

Mitten in ihre Unterhaltung platzte Michael herein und nahm eine Flasche Wein aus dem Kühlschrank. „Das werden noch ein paar harte Stunden, in ein Lokal begleite ich sie sicher nicht mehr.

Herbert Stummer hat heute Geburtstag. Sein trinkfester Rechtsanwaltsfreund ist bei ihm in der Kanzlei. Wie es den Anschein hat, werden die beiden noch einige Lokale in der Stadt aufsuchen. Ich beneide euch." Dann war er auch schon weg.

Ein paar Monate zuvor hätte Michael keinen Kampftrinkereinsatz ausgelassen, heute hielt er es für ein Opfer, das er da für eine gedeihliche Zusammenarbeit bringen musste.

Hans und Jörg wollten von Paul wissen, ob er es für möglich halte, dass der Möbelhausbesitzer Arnold Krüger mit der Verbrecherbande in krimineller Verbindung stehen könnte. Paul dachte nach und kratzte sich dabei mit Daumen und Zeigefinger der rechten Hand das Kinn. „Ausgeschlossen kann nie etwas gänzlich werden. In diesem Fall ist es beim jetzigen Ermittlungsstand schwer vorstellbar, dass er Mitglied der Verbrecherbande in welcher Form auch immer ist. Wir bräuchten eine Speichelprobe von ihm, die wir mit Tatortspuren vergleichen könnten." Paul schaute kurz auf, holte sein Handy aus der Tasche und wählte eine Nummer. Jörg und Hans waren neugierig, was ihrem Kollegen gerade durch den Kopf ging.

„Hallo Herr Krüger, hier Paul Stohl von der SOKO, wir müssen Ihnen zu den Mordfällen in Ihrer Filiale in Pindorf noch ein paar Fragen stellen. Es ist wichtig. Uns wäre sehr geholfen, wenn Sie morgen zur Dienststelle nach Amstetten kommen könnten."

„Moment, ich schau eben auf meinen Terminplan, 10.00 Uhr ließe sich einrichten."

„Vielen Dank für Ihr Entgegenkommen“, sagte Paul und beendete das Gespräch.

„Wir werden dem Herrn morgen bei der Befragung eine Tasse Kaffee servieren.“ Weiter konnte Paul nichts sagen.

„Du Schlaukopf“, unterbrach ihn Hans, „mit der Tasse haben wir letztlich biologisches Material zum Vergleich mit den Tatortspuren.“

Die Männer beratschlagten folgernd, wie weit sie Arnold Krüger zu seinem Cousin Gunter Fragen stellen durften.

„Wir müssen das Risiko eingehen und ihm zu Gunter Fragen stellen. Dabei achten wir genau, wie er reagiert“, warf Jörg ein. „Derart abgebrüht scheint er mir nicht zu sein, dass er keine Regung zeigen würde.“

Michael kam ganz aufgeregt zur Tür herein und störte die Männer bei ihrer Beratung. „Burschen, ihr müsst mir helfen. Die Frau von Herbert Stummer ruft bereits zum dritten Mal an und fordert von ihm, dass er endlich nach Hause kommen solle, weil sie Gäste erwarten würden. Die letzten beide Male habe ich die Anrufe entgegengenommen, weil ich Angst hatte, er würde seiner Angetrauten böse Worte durchs Telefon schicken. Wir müssen ihn die nächsten zwei Stunden halbwegs auf die Beine bekommen. Ich habe bei seiner Frau mit dringenden Presseterminen zwei Stunden herausschlagen können, kommt, seht ihn euch selbst an.“

Die Kollegen begleiteten ihren Leiter in das Büro des Bezirkskommandanten. Dieser saß dort mit einer Bouteille Wein in der Hand in seinem Stuhl und brüllte: „Ich feiere heute mit euch meinen Geburtstag, nicht mit der edlen Gesellschaft, die meine Frau geladen hat. Die sind so fein, dass sie sogar mit Servietten pinkeln gehen." Er hielt die Weinflasche in die Höhe. „Pizza und Wein für die Kollegen, Sekt und Kaviar für den König!" Viel hätte nicht gefehlt und er wäre vom Sessel gefallen.

Michael schickte Paul zu Stummer nach Hause, um einen Anzug für ihn zu holen.

Dort wurde er wenig freundlich empfangen: „Junger Mann, passen Sie auf meinen Mann auf. Nicht, dass er sich noch mit Reportern besäuft. Meine beiden Schwestern kommen mit ihren Männern, um ihm zum Geburtstag zu gratulieren."

Paul kannte die Gäste. Ein Schwager des Bezirkskommandanten war Arzt in einem Wiener Krankenhaus und der zweite Leiter der Kreditabteilung einer Bank. Daher konnte der junge Kriminalist nachempfinden, warum der Bezirkschef lieber mit ihnen gefeiert hätte.

Derweil sich Paul um den Anzug kümmerte, spielten sich auf dem Bezirkskommando Szenen ab, die in jeder Faschingsveranstaltung ihre Berechtigung gehabt hätten. Mit viel Mühe gelang es den Beamten, Stummer bis auf Unterhose und Socken aus seiner Kleidung zu bekommen. Dann stellten sie ihn unter die kalte Dusche, wo ihm die Wassertemperatur ein paar laute Brüller entlockte. Michael und Hans hielten ihn fest, während Jörg starken Kaffee braute. In zwei Stunden mussten sie ihn so weit hinbekommen haben, dass sie ihn zu Hause vor die Tür stellen konnten. Dank des kalten Wassers gelang es ihnen, das Denkvermögen ihres Chefs wieder in vernünftige Bahnen zu lenken. Es war ein Erfolg, dass er nicht mehr nach alkoholischen Getränken verlangte und sich stattdessen dem Kaffee zuwendete. Der Umstand, dass Herbert Stummer sich dabei den Gaumen verbrannte, weil er das Heißgetränk derart ungestüm in sich hineinschüttete, war ein positiver Nebeneffekt bei dem Projekt, Herbert Stummer wieder auf die Beine zu bringen.

Die Nachrichtensendung *Zeit in Bild* war gerade angelaufen, als Michael seinen Chef nach Hause fuhr. Er hätte nie gedacht, dass sich Herbert Stummer derart rasch erholen würde. Während der Fahrt wies ihn Stummer noch an, alles umzusetzen, was sie heute besprochen hatten. „Ich verlasse mich auf dich. Morgen werde ich mir freinehmen, ein paar Gläschen werde ich notgedrungen auch mit meinen Schwestern und Schwägern trinken müssen."

Es war tatsächlich so, dass sie nicht nur gefeiert hatten, vorher hatten sie logistische Einzelheiten besprochen. Michael war es gleichgültig, dass er am nächsten Tag auf sich allein gestellt war. Wichtige Entscheidungen standen mutmaßlich erst für die kommende Woche an.

Auf der Rückfahrt zur Dienststelle wurde Michael bewusst, welches Glück sie eigentlich mit Herbert Stummer als Bezirkspolizeikommandanten hatten. Trotz seines oder gerade wegen seines burschikosen Umganges mit den Kollegen zollten ihm alle

Respekt und akzeptierten stets seine Entscheidungen. Die Polizeiarbeit im Bezirk funktionierte, ohne dass der Bezirkskommandant seine Autorität ständig zeigen musste. Michael wusste von Kollegen anderer Bezirke, dass es Kommandanten gab, die einen autoritären Führungsstil pflegten. Selbstredend, dass sich diese Vorgesetzten eine Aktion, wie sie Herbert Stummer heute gesetzt hatte, niemals leisten konnten. In diesen Fällen wären wohl anonyme Vernaderungen in der Landespolizeidirektion eingegangen.

Seine seltenen Ausrutscher machten Herbert Stummer dagegen nur sympathischer.

Kapitel 36

Fred und Johnny bezogen nach ihrer Ankunft im Stuttgarter Präsidium am späten Nachmittag ihre Zimmer und besuchten anschließend eine Pizzeria. Zwei junge Kriminalisten der Stuttgarter Polizei begleiteten sie. Die Amstettner Ermittler erklärten ihren Kollegen beim Essen, welche Informationen sie benötigten. Bei einem Telefonat hatten sie ihnen schon angekündigt, dass ihnen dringende Auskünfte zu Uwe Rötzer helfen würden. Dieser stand in Verdacht, an einer Reihe von Verbrechen, von Raub bis zum Mord mitgewirkt zu haben.

Fred und Johnny hofften, in der Klinik im Zimmer von Dagmar Kunze persönliche Dokumente ihres Bruders Uwe zu finden. Ein Pfleger hatte einem Stuttgarter Ermittler in diese Richtung einen Tipp gegeben.

Das Rechtshilfeersuchen der Staatsanwaltschaft war indessen über das Amtsgericht Stuttgart bei der dortigen Kriminalpolizei eingelangt. Daher stand am nächsten Tag einer Durchsuchung des Zimmers von Rötzers Schwester nichts mehr im Wege. Der Krankenpfleger entpuppte sich auch gleichzeitig als Erwachsenenvertreter von Frau Kunze, was die ganze Angelegenheit vereinfachte.

Die Recherchen im Vorfeld hatten ergeben, dass Uwe Rötzer seit mehr als 15 Jahren keinen festen Wohnsitz mehr in Deutschland besaß. Die letzte polizeiliche Meldeadresse war in einem kleinen Ort nahe der französischen Grenze. Sein ehemaliges

Wohnhaus hatte mehrmals den Besitzer gewechselt und musste letztlich einem Gewerbepark weichen. Man vermutete, dass Rötzer schwul war, weil ihn der Pfleger bei einem Besuch wegen seiner Eile angesprochen und dieser geantwortet habe, dass sein Mann im Auto warten würde.

Schließlich wurde es ein gemütlicher Abend mit den Kollegen in einem Bier-Pub, wo nicht mehr über Dienstliches, sondern über Fußball gesprochen wurde. Johnny und Fred kamen gar nicht gut weg, weil sie bekennende Fans von Bayern München waren. Wie konnte es auch anders sein? Die deutschen Polizisten waren Anhänger des VFB Stuttgart, der gerade im letzten Spiel den Abstieg in die zweite Liga hatte vermeiden können. Sie boten sogar an, ihnen Karten für das nächste Heimspiel gegen Bayern zu besorgen.

Kurz vor Mitternacht machten sich die Polizisten auf den Weg in die Unterkunft. Sie wollten am nächsten Tag den entscheidenden Durchbruch zu den Mordfällen schaffen und endlich den dritten Täter ausfindig machen.

Nach einem ausgiebigen Frühstück in der Kantine des Präsidiums fuhren Fred und Johnny mit den beiden Stuttgarter Kriminalisten zur Klinik, um dort das Zimmer von Kunzes Ehefrau und Rötzers Schwester zu durchsuchen.

Der Pfleger wartete bereits auf sie, er hatte sich eigens für die Polizisten von seinem Vorgesetzten frei planen lassen. Als

Erwachsenenvertreter von Dagmar Kunze musste er ohnedies anwesend sein.

Bei der Durchsicht der persönlichen Sachen der Patientin fanden die Ermittler im Wäschekasten unter einem Stapel von Pullovern und Blusen eine braune Kunststoffmappe. Wenig überraschend entdeckten sie persönliche Dokumente von Uwe Rötzer wie seinen Staatsbürgerschaftsnachweis, alte Blutbefunde, Impfzeugnisse und dem ersten Anschein nach belanglose Rechnungen und Belege.

Nicht unbedingt gerechnet hatten sie mit einer Bestätigungsurkunde über eine Homo-Ehe, ausgestellt 2013 von einer Behörde der Stadt Aarhus in Dänemark. Der Eintragung nach war sein gleichgeschlechtlicher Partner ein gewisser Günter Knögen, geboren in Lenzkirch in Baden-Württemberg. Beim Überprüfen der Dokumente wuchs die Enttäuschung der Amstettner Kriminalisten. Sie hatten gehofft, den entscheidenden Indizienbeweis zu Gunter Krüger, dem verschollenen Cousin vom Möbelhausbetreiber Arnold Krüger zu finden.

Frustriert rief Fred seine Dienststelle in Amstetten an, wo Anita den Hörer abnahm. Er erkannte an der Stimme seiner Kollegin, dass auch sie alles andere als guter Stimmung war. „Welche Laus ist dir über die Leber gelaufen? Anita, du weißt noch nicht, welchen Rückschlag wir erleiden müssen.“

Anita war sofort hellwach und die schlechte Laune wich der Neugier. „Ich habe mich mit Paul gestritten, weil er sich bei den

Buben zu wenig einbringt. Du weißt, vor einer Woche hat wieder der Unterricht begonnen. Aber nicht der Rede wert. Sag schon, was ist schuld an deiner miesen Stimmung?“

Fred erzählte ihr von der Urkunde mit der eingetragenen Homo-Ehe.

„Ihr werdet die Dokumente zwar ohnehin beschlagnahmen, mach aber trotzdem Fotos und schick sie bitte auf mein Handy!“

„Wenn du es nicht erwarten kannst, in zwei Minuten bekommst du die Fotos der eingetragenen Partnerschaft von Uwe Rötzer und Günter Knögen, also dann bis morgen.“

Anita behielt das Gespräch mit Fred vorerst noch für sich. Sie wollte den anderen nicht die Stimmung verderben.

Als Anita hin und her tüftelte, öffnete sich die Tür und Paul trat ein. „Du, ich werde heute die Jungs von der Schule abholen und den Nachmittag mit ihnen verbringen. Deine Anwesenheit auf der Dienststelle hat momentan Vorrang.“ Dann drehte er sich wieder um und verließ den Raum, ohne eine Entgegnung seiner Frau abzuwarten.

Da ist wohl einer angepisst, Anita grinste in sich hinein. Ich werde ihn halt heute Abend mit den neuen Dessous überraschen. Wusste sie doch, wie er dann in ihren Armen dahinschmelzen würde. Insgeheim bereute sie, dass sie Paul heute Morgen derart rüde angegriffen hatte. In dieser heiklen Phase der Ermittlungen war ein Streit das Letzte, das sie brauchen konnten. Anita rief folgernd ihre Mutter an und bat sie, den Nachmittag ihre Enkel zu beaufsichtigen. „Ich hole sie von der Schule ab und koche ihnen das Mittagessen. Wenn du dann da bist, muss ich in den Dienst", erklärte sie ihr. Anita war wohl bewusst, dass sie die letzten Wochen und Monate ihre Eltern über Gebühr zum Sitten der Jungs eingeteilt hatte. Der Thermengutschein, den sie ihnen kürzlich geschenkt hatte, war nur eine kleine Anerkennung.

Dieser Akt muss jetzt wirklich bald einmal ein Ende finden. Sogar im Urlaub hatten sie gelegentlich über den Fall gesprochen.

Nach dem Telefonat mit ihrer Mutter ging sie zu Paul ins Büro. Dieser schaute kurz auf, als sie eintrat. „Pauli, meine Mutter beaufsichtigt heute Theo und Jonas. Ich hole sie von der Schule ab und richte ihnen das Mittagessen. Sobald meine Mutter da ist, komme ich wieder ins Büro. Bestimmte Nachforschungen kann ich nicht von zu Hause anstellen." Schließlich erzählte sie ihm vom Telefonat mit Fred und der wenig erfreulichen Nachricht.

Hatte Paul anfangs noch den Beleidigten gespielt, verbesserte sich seine Stimmung zunehmend. Er brachte es ohnehin nicht fertig, seiner Frau lange böse zu sein. Immer wenn sie ihn mit dem niedlichen Pauli ansprach, wusste er, dass es ihr leidtat, ihn mürrisch angemotzt zu haben. Das ganze Team arbeitete seit Wochen unter Anspannung, da mussten kleine verbale Ausritte eingesteckt werden. Ein langes Beleidigtsein diente nicht der Sache.

Demzufolge zeigte sich Paul seiner Frau gegenüber gleich freundlicher und war mit ihrer Lösung zufrieden. „Wir können die Buben gemeinsam holen, Michael hat sicher nichts dagegen. Nach dem Mittagessen fahre ich zu unserem Waffenhändler in der Stadt, dem ich einige Fragen stellen muss."

„Das passt gut, derweil erledige ich einige Tätigkeiten im Haushalt und beschäftige mich bis zum Eintreffen meiner Mutter mit den Jungs. Ich komme später mit ihrem Auto zur Inspektion.“

Während das Ehepaar Stohl ihre kleinen zwischenmenschlichen Probleme beilegte, befragten Hans und Jörg den Möbelhändler Arnold Krüger im Vernehmungsraum. Jörg hatte der Auskunftsperson eine Tasse Kaffee und ein Glas Wasser auf einem kleinen silbernen Tablett serviert. Er achtete penibel darauf, dass er die Gefäße nur mit zwei Fingern berührte, schließlich wollten sie später eine zuordenbare biologische Spur abnehmen.

Anita blätterte an ihrem Schreibtisch die in der Wohnung der ermordeten Prostituierten sichergestellten Fotoalben durch. Auf einer Seite hielt sie inne. Auf einem Foto war ein jugendliches Pärchen abgebildet. Bei dem Mädchen war sie sich sicher, dass es sich um die junge Nina Hacker handelte. Beim Burschen meinte sie eine Ähnlichkeit zum Möbelhändler zu erkennen. Sie fand in der Folge noch weitere Fotos mit dem Pärchen. Anita musste unbedingt mit Jörg oder Hans reden. Sie rief umgehend im Verhörraum an und bat Jörg, dringend zu ihr ins Büro kommen.

Keine Minute später stand Jörg schon vor ihrem Schreibtisch. Ohne viele Worte legte ihm Anita die betreffenden Lichtbilder vor. „Denkst du, was ich denke?“, fragte Anita. Sie konnte sich nicht mehr zurückhalten.

„Das Mädchen ist die spätere Prostituierte Nina Hacker und der Bursche ist der Möbelhändler oder sein Cousin“, entgegnete ihr Jörg. „Holen wir noch Paul hinzu“, schlug er vor, „womöglich kann er die Fotos mit einem Computerprogramm bearbeiten. Heute ist es schon möglich, Menschen mittels Bildbearbeitungsprogrammen um zig Jahre älter zu zeigen.“

Paul stimmte Jörg zu, erklärte aber, dass es ihnen nicht viel weiterhelfen würde, außerdem kannten sie Arnold Krüger. Sein Cousin Gunter konnte ihm ähnlich sehen. „Konfrontieren wir den Händler mit den Fotos. Was soll dabei viel schiefgehen? Jetzt bin ich voll bei Hans. Nicht zaudern, sondern anpacken.“

Nachdem sie auch Hans zu seiner Meinung gefragt hatten, legte Jörg Arnold Krüger drei Fotos von dem jugendlichen Pärchen vor. Ohne im Geringsten unruhig oder nervös zu werden, erklärte Krüger, dass der junge Mann auf dem Foto sein Cousin Gunter sei. Das Mädchen sei ihm völlig fremd. Er meinte, dass er schon während seiner Jugendzeit kaum Kontakt zu Gunter hatte. „Mein Vater wollte nicht, dass ich mich mit ihm treffe. Er nannte ihn schon damals einen Hallodri. Zu Gunter kann ich Ihnen wirklich nicht mehr erzählen, als ich bereits getan habe. Ich kenne ihn nur aus meiner Kindheit. Was aus ihm geworden ist, wo er lebt oder ob er überhaupt noch lebt, da kann ich Ihnen beim besten Willen nicht weiterhelfen.“

Jörg fragte Arnold Krüger höflich, ob er sich freiwillig einen Mundhöhlenabstrich nehmen lasse, denn damit hätten sie auch eine Teil-DNA seines Cousins.

„Sie sind aber gerissen. Wenn ihr auf einem Tatort einen Teil meiner DNA findet, war mein Cousin Gunter dort. Weitere Verwandte in diesem Grad sind mir nicht bekannt. Natürlich stelle ich meine DNA zur Verfügung."

Die Ermittler waren erleichtert, weil sich ihre Bedenken in Luft aufgelöst hatten. Was konnte ihnen der Möbelhändler noch groß verbergen? Außerdem hätte die erschlichene DNA von Arnold Krüger auf der Kaffeetasse später juristisch zu Problemen führen können.

Bevor sie sich von Krüger verabschiedeten, ließ dieser sie noch wissen, dass er den ganzen Tag in der Filiale in Pindorf zu tun haben werde, falls sie weitere Fragen hätten.

Den Beamten würde das Mittagessen heute besonders gut schmecken. Jörg war heute an der Reihe, mit Hans nach Hause zum Essen zu fahren. Emilie hatte köstlichen Schweinebraten gekocht und jeder von Hans' Kollegen kam zumindest einmal in den Genuss einer Essenseinladung.

Paul meinte grinsend zu Jörg: „Ich hoffe, du hast keine Probleme mit der Verdauung. Der Braten wird deftig, aber köstlich sein. Den Most, unser typisches Getränk im Mostviertels und seine Tücken hast du ja bereits kennengelernt."

So kam es, wie es kommen musste. Kaum trafen Jörg und Hans vom Mittagessen zur Dienststelle zurück, sprang Ersterer aus dem Dienstwagen, stürmte in das Polizeigebäude und weiter auf die naheliegendste Toilette. Der Most hatte bei dem Grünschnabel, was den Mostkonsum betraf, seine Schuldigkeit getan. Trotz seiner Erfahrungen, die Jörg bereits beim Mostheurigen mit diesem Getränk gemacht hatte, hatte er zum Schweinsbraten ein paar Gläser Most genossen.

Hans kostete es ein Lächeln. Noch war jeder der Kollegen mit Ausnahme von Anita Opfer seiner Mostverkostungen geworden. Er betrachtete sein Projekt als letzte Integrationsprüfung, um in den Kreis der Mostviertler aufgenommen zu werden, insofern war es seine amüsante persönliche kleine Finte.

Der SOKO-Leiter hatte gleich am Morgen aufgrund heftiger Zahnschmerzen einen Zahnarzt aufgesucht. Jörg saß gerade auf der Toilette, als er von Michael einen Anruf erhielt, wonach ihm dieser mitteilte, dass ihm zwei Zähne gezogen wurden, er starke Schmerzmittel eingenommen habe und deshalb den Rest des Tages freinehmen werde. „Jörg, wo bist du eigentlich, dass ich ein hallendes Echo in der Stimme mithöre?“

„Ich war bei Hans zu Hause zum Mittagessen eingeladen und habe da die Aufnahmeprüfung zum Mostviertler absolviert, jetzt kämpfe ich mit den Nachwehen.“

Jörg hörte ein lautes Lachen am anderen Ende der Leitung.

„Schau, dass alles glattgeht, Jörg. Morgen sehen wir uns wieder, ich nehme an, Fred und Johnny sind dann aus Deutschland zurück."

Es bedurfte keiner besonderen Absprache, dass Jörg das Zepter in der SOKO übernahm, solange Michael nicht anwesend war. Zum einen war Jörg der Dienstälteste und hatte die entsprechenden Schulungen absolviert und zum anderen scheute er sich nicht schwierige Entscheidungen zu fällen. Ein Duckmäuser gegenüber höhergestellten Ämtern und Gerichten war er ohnehin nicht.

Die Kollegen der SOKO nahmen es als gegeben hin, dass Jörg in Michaels Abwesenheit das Sagen hatte, obwohl er erst seit einem halben Jahr in Amstetten Dienst verrichtete.

Als Jörg das Kapitel ‚Aufnahmeprüfung zum Mostviertler' so recht und schlecht hinter sich gebracht hatte, kam Paul eben vom Waffenhändler zurück.

„Kollegen, das müsst ihr euch anhören. Ich komme gerade vom größten Waffenhändler der Stadt. Dieser hält es für möglich, dass der Mörder der Prostituierten während der Fahrt über die Mauthausener Donaubrücke die Pistole aus dem Fenster direkt in die Donau werfen wollte. Dabei könnte die Tatwaffe mit einem der vielen Metallgeländer kollidiert sein, wonach sich ein Schuss löste. Allerdings muss der Täter irrtümlich den Abzug betätigt haben. Die neuen Waffen sind mit Stoß- und Fallsicherungen ausgestattet. Deshalb dürfte der Täter den Schuss versehentlich gelöst haben. Der Zufall wollte es, dass das Projektil durch die Tür des Friseurgeschäftes schlug. Ob die Waffe nachher direkt in den Fluss gefallen ist oder sie der Täter erst vom Boden aufgehoben und dann entsorgt hat, kann uns nur er erzählen. Was haltet ihr von dieser These?", fragte Paul am Ende seines Berichts.

„Paul, ich schlage vor, du holst dir eine zweite Meinung von einem Schusssachverständigen der KTU beim Bundeskriminalamt ein. Für mich scheint die Version des Waffenhändlers nachvollziehbar", regte Jörg an.

„Werde mich gleich ans Telefon hängen. Übrigens, meine Frau versucht abzuklären, inwieweit das in Strengberg gestohlene Auto vom Mörder der Nina Hacker als Fluchtwagen benutzt worden sein kann. Sie versucht, den Zeitraum des Autodiebstahls so eng wie möglich einzugrenzen."

„Paul, nimm dir einen Wagen und fahr mit den notwendigen Unterlagen zum Bundeskriminalamt. Mit dem Schusssachverständigen hat ohnehin noch niemand von uns persönlich gesprochen. Du weißt, dass der direkte Kontakt häufig effektiver ist als ein Telefonat."

„Wenn heute noch einer im Büro ist, mache ich mich gleich auf den Weg", befürwortete Paul die Entscheidung seines Kollegen und stand auf.

„Gut, dass sich Anita um den in Strengberg gestohlenen Pkw kümmert. Ich habe nicht mehr daran gedacht."

„Bei uns denkt jeder mit“, bemerkte Hans nebenbei.

„Na sicher, Herr ‚Mostwinzer‘, solange du uns mit deinem Gesöff nicht vergiftest.“

Hans schüttelte nur den Kopf, weil Jörg ihn einen Winzer nannte. Glaubte dieser ernsthaft, dass Obstbauern wie Weinbauern als Winzer bezeichnet werden?

Während die Männer im Büro neben der Arbeit auch Zeit für den einen oder anderen Schmäh fanden, mühte sich Anita zu Hause am Akt ab. Jonas und Theo hatten ihre Hausaufgaben erledigt. Die Mutter erlaubte ihnen, einen Freund zu besuchen. Die Kriminalistin konnte sich jetzt ungestört ihrer Arbeit widmen. Entgegen ihrer ursprünglichen Absicht wollte sie an diesem Tag nicht mehr zur Dienststelle fahren. Sie hatte ihrer Mutter bereits Bescheid gegeben.

Ein Zeitwegdiagramm zeigte, dass der Mörder von Nina Hacker nach Versenkung des alten Honda über Feld- und Güterwege nach Strengberg marschiert war und dort den alten Audi 80 vom Gelände des Kfz-Händlers gestohlen hatte. Danach fuhr er mit dem Fluchtauto nach Pasching, wo er das Fahrzeug auf dem Stadionparkplatz abstellte und anzündete, um seine Spuren zu vernichten. Wie Anita eruierte, betrug die Entfernung vom Parkplatz bis zur Wohnung der Prostituierten in Leonding knapp fünf Kilometer, also war die Strecke problemlos zu Fuß in einer Stunde zu schaffen. Einen Haken hatte die Annahme der Beamtin dann doch. Es gab weder eine genaue Zeit, wann der Honda in der

Donau versenkt wurde, noch war die Tatzeit des Pkw-Diebstahles bekannt. Der gestohlene Audi gehörte einem Präsenzdiener, der sein Fahrzeug am Freitag vor dem Mord zur Reparatur in die Werkstatt gestellt und die folgende Woche in einer Kaserne beim Bundesheer verbracht hatte. Der Werkstattinhaber und seine Mitarbeiter konnten keine konkreten Angaben machen, wann der Audi gestohlen wurde. Sie erfuhren zudem von dem Diebstahl erst durch die Paschinger Polizei, als diese die Herkunft des ausgebrannten Autos aufdeckte. Obwohl sich Anita intensiv mit dem Thema beschäftigte, konnte sie keine andere annähernd mögliche Lösung finden. Es war ihr nicht möglich, eine Erklärung dafür zu finden, wie der Kaffeehauspächter als Mordopfer ins Bild passte. Zum gefühlten sechsten Mal blieben ihre Kollegen und sie an der Alternative »Zur falschen Zeit am falschen Ort« hängen.

Alle Recherchen der SOKO-Leute, eine Verbindung des Kaffeehausbetreibers zur Linzer Bande zu finden, waren im Sand verlaufen. Die Überprüfung der technischen Geräte von Klaus Kargl hatte nicht den geringsten Hinweis gebracht. Anita fand, dass sie sich schon reichlich den Kopf zerbrochen hatte über die Flucht des Täters und andere Details, weshalb sie anderweitig ihre Nachforschungen fortsetzen wollte. Der Anruf von Fred aus Deutschland war nicht gerade ermutigend. Hatten sie doch den Verdacht gehegt, dass Arnold Krügers Cousin Gunter Krüger mit den Straftaten in Verbindung stehen könnte. Jetzt brachten die Erhebungen in Stuttgart eine weitere Person ins Spiel, nämlich einen gewissen Günter Knögen, der angeblich mit Uwe Rötzer verheiratet war. Fred hatte ihr Fotos von sichergestellten Dokumenten über WhatsApp gesandt. Sie lud die Fotos auf ihren PC, wo sie diese vergrößern und auch auf andere Weise verändern konnte. Anita nahm an den Handyfotos alle möglichen Veränderungen vor. Besonders die Geburtsurkunde von Günter Knögen tat es ihr an. Nach einigen Vergrößerungen, schärferer Bildqualität und Aufhellungen speicherte sie die Änderungen ab, um sie dann später auf dem Bildschirm nebeneinanderzulegen und abzugleichen. Die Kriminalistin vermutete, eine Fälschung des Familiennamens erkannt zu haben oder es trogen sie die Sehwerkzeuge. Letztlich starrten sie bereits einen längeren Zeitraum auf den Bildschirm. Daher schaltete sie den PC aus und schrieb auf einen Zettel die Namen Gunter Krüger und Günter Knögen. Wie Schuppen fiel es ihr von den Augen, als sie feststellte, wie einfach der Name Günter Knögen in Gunter Krüger abgeändert werden konnte.

Hatte sie da eben eine Entdeckung gemacht, aufgrund der die Identität des dritten Täters festgestellt werden konnte? Verständlicherweise mussten die Originalurkunden einem Schriftsachverständigen vorgelegt werden. Ein Gutachten würde schließlich den hieb- und stichfesten Beweis bringen, dass Gunter Krüger der Linzer Bande angehörte und sogar ihr Anführer war. Auf jeden Fall freute sich Anita diebisch, dass sie bei der nächsten SOKO-Besprechung mit einem Ass im Ärmel aufwarten konnte.

Als sie in Gedanken versunken war, rissen sie die Zwillinge aus ihren Träumen. Pünktlich kamen sie von ihrem Freund zurück und machten dabei ordentlich Lärm. Beide wollten gleichzeitig erzählen, was sie getrieben hatten und wer der Bessere bei diesem oder jenem Spiel war. Anita schickte die Buben ins Bad und versprach ihnen, vor dem Abendessen ein Video anschauen zu dürfen. Mit der Aussicht auf einen Videofilm hatte sie immer Erfolg.

Die Eltern mussten bereits aufpassen, dass sich die Jungs nicht ein Handy schnappten und selbstständig Videofilme wählten. Sie waren technisch so versiert, dass sie Filme selbst laden konnten. Wie Anita von anderen Müttern erfahren hatte, war es offenbar schon alltäglich, dass Kinder im Alter ihrer Söhne mit Handys umzugehen wussten.

Die Mutter wollte ihre Buben heute pünktlich zu Bett bringen, denn es stand noch die große Versöhnung mit ihrem Mann an. Sie dachte an eine gemeinsame Dusche und brach dann ihre sündigen Gedanken ab, schließlich musste sie noch das Abendessen zubereiten. Eine Flasche guten Weines legte sie vorsorglich gleich in den Kühlschrank.

Paul kam pünktlich vom Dienst nach Hause. Offenbar freute er sich ebenso wie Anita auf die Versöhnung. Er begrüßte seine Frau mit einem Kuss, um danach gleich zu den Jungs ins Kinderzimmer zu gehen und ihnen vor dem Einschlafen, wie es indessen zum Ritual geworden war, eine Gutenachtgeschichte vorzulesen.

Als Paul nach endlos langen Minuten zurück in die Küche kam, hörte er aus dem Bad bereits das Prasseln des Wassers aus der Dusche. Er war nun nicht mehr zu halten, ging ins Bad, entledigte sich in Rekordzeit seiner Kleidung und sprang zu Anita unter die Brause.

Die darauffolgende Versöhnung hätte nicht prickelnder verlaufen können, wobei jetzt Versöhnung nur ein fiktiver Vorwand war.

Das Abendessen fiel an diesem Tag aus.

Kapitel 37

Am nächsten Tag war die SOKO wieder komplett. Michaels rechte Wange war noch geschwollen, was ihm von den ach so netten Kollegen etwas an Häme einbrachte. Nach dem Motto „Wer den Schaden hat, hat auch den Spott“ wurde die Schwellung auf einen ersten Beziehungsstreit mit Linda zurückgeführt.

Mit ein paar lauten mahnenden Worte brachte Michael seine Kollegen wieder in die Spur. Fred und Johnny wirkten ohnehin etwas bedrückt und enttäuscht. Sie waren in der Nacht aus Stuttgart zurückgekommen, allerdings mit ihrem in Deutschland erreichten Ermittlungsergebnis alles andere als zufrieden. Vor der Abreise hofften sie, Gunter Krüger als dritten und wahrscheinlich Hauptverdächtigen identifizieren zu können. Doch ihnen wurde nun mit Günter Knögen ein weiterer mutmaßlicher Verdächtiger bekannt.

Anita überlegte, ob sie die Laune ihrer Kollegen heben sollte. Beim Frühstück zu Hause hatte sie Paul erzählt, was sie auf den fotografierten Dokumenten glaubte entdeckt zu haben. Für Paul war das gemütliche Frühstück abrupt vorbei. Er stand umgehend auf, um die Feststellung seiner Frau auf dem PC zu prüfen. Wie Anita kam auch er zum Schluss, dass die Geburtsurkunde von diesem Günter Knögen gefälscht worden war. Er behauptete, dass Gunter und Krüger auf plumpe Art und Weise zu Günter und Knögen abgewandelt wurden.

Anita blickte Paul an, der die Kollegen nicht länger auf die Folter spannen wollte. Eine halbe Stunde später traf sich das SOKO-Team wie oftmals vorher bei Michael im Büro.

„Fred und Johnny, ärgert euch nicht, ihr habt in Stuttgart mehr erreicht, als es euch momentan vorkommt. Die Geburtsurkunde von diesem Knögen ist gefälscht. Kommt mit zum PC“, forderte Paul sie und die anderen Kollegen auf. Er öffnete seinen privaten, mit speziellen Programmen aufgerüsteten Laptop und zeigte ihnen die Fotos der Geburtsurkunde.

Mehrere Pfiffe hallten durch Michaels Büro. „Das ist ja ein Ding“, meldete sich Hans zu Wort. „Ich weiß, dass in Dänemark kein großes Aufheben bei gleichgeschlechtlichen Trauungen gemacht wird. Das heißt, dass sie die Geburtsurkunde von Gunter Krüger alias Günter Knögen kaum geprüft haben. Wahrscheinlich lautet sein Reisepass längst auf Günter Knögen und er reist unter diesem Namen um die Welt.“

„Kollegen, ich bin mir sicher, das war der endgültige Durchbruch bei unseren Ermittlungen. Jetzt müssen wir unsere Erkenntnisse noch auf beweiskräftige Beine stellen und die einzelnen Gutachten abwarten. Ich bin neugierig, was die DNA-Abgleiche der involvierten Personen mit den Tatorten zutage fördern. Als Nächstes müssen wir Überlegungen treffen, wie wir Uwe Rötzer und Gunter Krüger habhaft werden. Da liegt noch einiges an Arbeit vor uns. Die Dokumente von diesem Knögen müssen der Untersuchungsstelle für Urkunden überbracht werden. Macht untereinander aus, wer welche Aufgaben übernimmt. Fred und Johnny bleiben auf der Dienststelle und schreiben ihre Berichte."

Die beiden jungen Kieberer ersuchten Michael um Zeitausgleich ab Mittag, zumal sie ihre Familie einige Tage nicht gesehen hatten. Natürlich zeigte der SOKO-Leiter für dieses Anliegen Verständnis.

Michael schickte schließlich alle aus seinem Büro an die Arbeit und ließ die Ermittler noch wissen, dass er die nächste Stunde nur in dringenden Fällen gestört werden wolle. Zuerst würde er der Staatsanwaltschaft einen Bericht vorlegen. Der zuständige Ankläger musste dafür sorgen, dass sämtliche Abläufe im rechtlichen Rahmen abgewickelt werden. Eine Rechtsverletzung durfte auf keinen Fall zu einem aufgelegten Elfmeter für einen gewieften Anwalt werden.

Nach der Absprache und Berichtslegung an die Staatsanwaltschaft führte den SOKO-Leiter der Weg zum Bezirkskommandanten. Dieser musste sich darum kümmern, dass vonseiten des Landeskriminalamtes keine störenden Zwischenrufe kamen. Da war wieder die Freundschaft des Bezirkskommandanten mit dem Leiter des Landeskriminalamtes von Vorteil. Michael hatte für sich beschlossen, dass er diesmal seinen Aufenthalt bei seinem Vorgesetzten so knapp wie möglich halten würde. Er hatte zurzeit dermaßen viel um die Ohren, dass er keine Zeit für die Spompanadeln von Herbert hatte. Diese Bedenken hätte er sich sparen können, weil der Vorgesetzte wegen der Organisation der Überwachungsmaßnahmen bei einer bevorstehenden sportlichen Großveranstaltung reichlich zu tun hatte.

Stummer speiste ihn kurz ab: „Du weißt ohnehin, was du zu tun hast. Ich habe andere Probleme, die mich derzeit beschäftigen."

So hatte sich Michael die Unterstützung seines Vorgesetzten zwar nicht vorgestellt, einerseits konnte er jetzt eigenständig die Entscheidungen treffen. Es war ihm allemal lieber, Detailpläne mit seinen Kollegen der SOKO zu besprechen.

Paul wollte eben mit den Dokumenten von Gunter Krüger zum Bundeskriminalamt fahren, um dort mit einem Urkundensachverständigen zu sprechen, als Hans seine Kanzlei betrat.

Paul bemerkte sofort, dass seinen Kollegen der Schuh drückte. „Was ist mit dir los? Hat dich deine Frau auf Diät gesetzt? Wundern würde es mich nicht."

„Wenn es bloß das wäre. Sag, kannst du dich an die Kleiderbügel aus Draht, wie sie in Putzereien Verwendung finden, erinnern, die im Kellerraum auf dem Bett lagen?"

„Natürlich, vor dem Möbelhaus stand auf dem Grundstück eine Putzerei. Was ist daran so ungewöhnlich?"

„Im Prinzip nichts, wenn mir nicht ein komplett verbogener Bügel aufgefallen wäre. Ich habe diese Entdeckung wieder vergessen, Paul. Könnte es nicht sein, dass die Täter mit genau diesem

Drahtbügel Sven Kunze erdrosselt oder ihn wenigstens damit gefoltert haben?“

„Damit du beruhigt bist. Ich fahre vorher noch in das Möbelhaus und stelle diesen Bügel sicher, sofern ich ihn von den anderen unterscheiden kann, und übergebe ihn im Labor der Tatortgruppe einem Beamten.“

Hans war erleichtert, als ihm Paul sein Vorhaben kundtat.

Anita und Jörg brachten Fred und Johnny auf den letzten Stand der Erhebungen, infolge ihres Auslandsaufenthaltes war ihnen einiges entgangen.

Am Nachmittag saß Jörg mit Michael allein im Büro. Hans hatten sich ebenfalls freigenommen, er musste seinem Schwiegersohn bei der Maisernte helfen.

Anita hatte angesprochen, dass die Zuordnung der Raubüberfälle auf Geldinstitute nur mit Unterstützung der ‚Räuber des Landeskriminalamtes Oberösterreich‘, wie die Beamten der Raubgruppe häufig von Kollegen bezeichnet wurden, möglich sei.

Jörg hatte diesen Gedanken schon länger verfolgt. Es war wirklich an der Zeit, den Kollegen reinen Wein einzuschenken. Außerdem hielt er der Höflichkeit wegen ein Gespräch mit den Beamten der Mordgruppe längst für überfällig. Zum jetzigen Zeitpunkt konnte ihnen ohnehin niemand mehr in die Suppe spucken und den Akt abnehmen, zu weitgefächert war der Fall, der mittlerweile zwölf Aktenordner umfasste.

Er hoffte, Michael überreden zu können, mit ihm nachmittags zum Landeskriminalamt Linz zu fahren und mit den zuständigen Ermittlern ein Arbeitsgespräch zu führen. Letztlich musste die Verhaftung der Täter genauestens abgesprochen werden, aber noch war es nicht so weit.

Die erste Verbindung der Tätergruppe zu den Banküberfällen hatten Anita und eine aufmerksame Kollegin hergestellt. Ihnen waren die auffälligen weißen Socken mit dem asiatischen Symbol aufgefallen. Jetzt galt es, sämtliche ungeklärten Überfälle zu den Verdächtigen um Gunter Krüger zu überprüfen. Verständlicherweise war die Tätergruppe nicht für alle Überfälle der letzten zehn bis fünfzehn Jahre verantwortlich. Daher mussten die Straftaten beweiskräftig zugeordnet werden. Ein Überfall, der unter dem Motto ‚weil es ohnehin schon wurscht ist', der Tätergruppe angerechnet wird, konnte die gesamte Beweisführung ins Wanken bringen, obwohl in diesem Fall doch die Mordfälle oberste Priorität hatten.

Jörg unterbreitete Michael beim gemeinsamen Mittagessen den Vorschlag, die Kollegen beim Landeskriminalamt Linz aufzusuchen und sie über die letzten Erkenntnisse zu informieren.

„Jörg, du hast recht. Jetzt ist der Zeitpunkt gekommen, wo wir uns mit den vorgesetzten Dienststellen austauschen müssen. Der Bezirkskommandant hat mir in dieser Hinsicht freie Hand gegeben. Wir fahren heute nicht zum Landeskriminalamt

Oberösterreich, sondern nach St. Pölten zu unserem LKA. Ich habe uns bei Oberst Schöndorfer bereits angemeldet."

„Dieser wird eine besondere Freude haben, wenn er mich sieht", entgegnete Jörg Michael mit einem Grinsen im Gesicht. Er stimmte seinem Chef zu, dass der Kontakt mit dem eigenen Kriminalamt Vorrang hatte.

Jörg freute sich, seinen ehemaligen Chef wiederzusehen, wusste er doch, dass dieser einer der wenigen war, der für seine oft unkonventionelle Arbeitsweise Verständnis gezeigt hatte, nur durfte er es nach außen nicht zeigen. Oberst Schöndorfer hatte ihn wiederholt in sein Büro befohlen, um ihm eine mündliche Mahnung zu erteilen, wie zumindest die Kollegenschaft vermutete. Tatsächlich hatte sich der Oberst eher väterlich ihm gegenüber verhalten und ihm geraten, vorsichtig zu sein, damit er nicht selbst in das ‚Kriminelle' hineinschlittere, denn der Feind lauere überall, besonders oft bei der Neidgesellschaft in den eigenen Reihen.

Jörg kannte seine Neider. Es waren allesamt Kollegen, die mit seinen Ermittlungserfolgen nicht mithalten konnten. Er wäre nicht er gewesen, wenn er damit nicht umzugehen gewusst hätte.

Als Michael und Jörg am Nachmittag den Leiter des Landeskriminalamtes in seinem Büro aufsuchten, freute sich dieser ehrlich, die Beamten aus Amstetten zu begrüßen. Er ließ von seiner Sekretärin Kaffee servieren und die Beamten unterhielten sich über den umfangreichen Akt in Amstetten.

Oberst Schöndorfer schien über die Ermittlungen besser Bescheid zu wissen, als sie geahnt hatten. Als er erkannte, dass sich die Amstettner Kollegen sichtlich über seinen Kenntnisstand wunderten, erklärte er ihnen: „Ihr wisst doch, dass ich mit Herbert Stummer befreundet bin. Immer, wenn er in St. Pölten dienstlich wie privat zu tun hat, sucht er mich hier auf. Er ist angetan von eurer Arbeit und steht loyal hinter euch, und natürlich haben wir über die Ermittlungen in den Mordfällen und was sonst noch bekannt wurde, gesprochen. Meine Abteilung ist seit Monaten mit Arbeit eingedeckt. Es gibt kaum einen Ermittlungsbereich, der ein bisschen Luft hat und wenn, müssen die Kollegen andere Gruppen unterstützen. Daher sind wir froh, dass wir uns auf die Arbeit bei euch draußen im Bezirk verlassen können. Leider läuft es nicht in jedem Bezirk so unkompliziert ab, wie bei euch. Das ist vor allem Stummer zu verdanken. Er versteht viel vom Kriminaldienst. Kein Wunder! Hat er doch vor der Absolvierung der Sicherheitsakademie bei der damaligen Kriminalabteilung in der Gruppe für Eigentumsdelikte ermittelt. Einen Rat möchte ich euch mitgeben: Passt bei der Festnahme auf. Ihr habt es mit gefährlichen, wahrscheinlich schwer bewaffneten Verbrechern zu tun. An eurer Stelle würde ich Beamte der Cobra zur Verhaftung beiziehen."

Danach sprach der Oberst noch mit Jörg Strasser und goutierte seine Entscheidung, sich dienstlich in eine andere Richtung verändert zu haben. „Eines Tages wärst du im Milieu auf den/die

Falschen geraten und niemand hätte dir mehr helfen können. Das wäre wohl das Ende deiner Polizeikarriere gewesen. Eine Weile auf dem Grat zu wandern, geht zwar eine gewisse Zeit gut, aber niemals auf Dauer. Außerdem hast du deiner Gesundheit einen Gefallen getan, dass du dich in die heimliche Hauptstadt des Mostviertels hast versetzen lassen. Wie ich gehört habe, sollst du gerade an einer Beziehung arbeiten. Nichts wäre dir mehr vergönnt als ein geregeltes Leben in einer vertrauensvollen Partnerschaft. Ich bin froh, dass du erkannt hast, dass es neben dem Dienst wichtigere Angelegenheiten gibt."

Jörg wurde klar, dass der Bezirkskommandant und der Kommandant des Landeskriminalamtes einander genau informierten. Wie sonst konnte der Oberst wissen, dass er mit Brigitte in einer Beziehung lebte.

Der Verabschiedung erfolgte knapp, aber herzlich: „Viel Glück meine Herren und passt auf euch auf."

„Danke, das werden wir", erwiderte Jörg. Vor der Tür machte er noch einmal kehrt und bat den Oberst, im Labor des Bundeskriminalamtes anzurufen und für sie zu intervenieren, dass die Untersuchungen für die Fälle in Amstetten vorrangig behandelt werden.

„Bist doch noch in gewissen Bereichen der Alte", meinte der Oberst und deutete ihm endlich sein Büro zu verlassen.

Jörg wusste, dass sein ehemaliger Chef der Bitte nachkommen würde.

Auf der Rückfahrt nach Amstetten entschieden sich die Kriminalisten, am kommenden Tag nach Linz zu fahren und dort mit den Kollegen des Landeskriminalamtes klar Schiff zu machen.

Kapitel 38

Als die SOKO-Beamten das Büro ihres Chefs betraten, stand in einer hinteren Ecke ein Flipchart, wo auf dem Papier ein großer Kreis mit mehreren nummerierten Zacken gezeichnet war. Verwundert schauten die Kriminalisten auf die Zeichnung, fanden jedoch keine Erklärung, was Michael damit bezweckte. Erst als sie erkannten, dass jede Zacke eine offene Frage darstellte, wurde ihnen klar, welche Aufgaben auf sie zukamen.

„Nun, Kollegen, ihr habt erkannt, was es mit dem Kreis und den Fragen auf sich hat. Wir müssen die Unregelmäßigkeiten aus dem Kreis wegbringen, das heißt, die letzten offenen Fragen beantworten. Die nächsten Tage oder möglicherweise bereits heute werden die ausständigen Gutachten abholbereit sein. Paul, du machst dich bitte gesetzt des Falles umgehend auf den Weg. Jörg und ich werden nach Linz zum Landeskriminalamt fahren und dort Gespräche über die Fortführung der Ermittlungen führen. Wir werden eine Lösung finden, wie sich die Kriminalisten der Raubgruppe dort einbringen werden. Ich habe bereits eine Vorstellung davon."

Fred erkundigte sich: „Chef, wäre es nicht an der Zeit, mit den Nachforschungen über die Reisetätigkeit der Verdächtigen zu beginnen? Vielleicht können wir erkunden, wann und über welche Flughäfen sie von Fernost zurückkommen."

„Fred, da kann ich dir folgen. Kalkuliert die letzten Überfälle und das erbeutete Bargeld mit ein, vielleicht können wir die Zeit ihrer Rückkehr eingrenzen. Wenn ihnen das Geld knapp wird, werden sie zurückkommen und neuerlich Banken ausrauben. Der Jackpot wäre es, anhand der Fluglisten genau herauszufinden, wann sie landen.“

Fred erklärte, dass er sich mit Johnny der Sache annehmen werde und sie überdies auf die Unterstützung der Stuttgarter Kollegen zählen konnten.

„Jörg, ich hoffe, du bist heute gut zu Fuß. Wir werden eine Zeit-Weg-Berechnung vom Möbelhaus in Pindorf bis zur Wohnung der Prostituierten in Leonding erstellen. Das heißt, dass du die Wegstrecke vom Treppelweg, wo das Auto mit der Prostituierten versenkt wurde, bis zur Autowerkstätte nach Strengberg gehen musst. Später musst du auch die Strecke von Parkplatz vor dem Fußballstadion in Pasching bis zur Wohnung der Prostituierten marschieren. Wir müssen halbwegs genau feststellen, wie viel Zeit für den Mord im Möbelhaus bis zur Ankunft in Leonding notwendig war. Gehen wir davon aus, dass der oder die Mörder in Amstetten-Ost auf die Autobahn aufgefahren sind und den Weg durch das Stadtgebiet gemieden haben.“

Jörg war nicht sehr erfreut über diese Ansage, wusste jedoch, dass dieser Ermittlungsschritt unumgänglich war.

Nachdem mehrere Detailfragen abgeklärt waren, machten sich Michael und Jörg auf den Weg.

Tatsächlich kam kurz vor Mittag ein Anruf vom Labor, dass der Abgleich der Tatortspuren mit den Opfern und den Beschuldigten erledigt sei und die Gutachten im Sekretariat zum Abholen bereitlägen. Ein Bericht des Schusssachverständigen war bereits per Mail eingelangt. Demnach ist es möglich, dass sich ein Schuss beim Wegschleudern der Waffe gelöst hat, wenn der Werfer einen Finger am Abzug hatte oder diesen bloß gestreift hat.

Nach dem Mittagessen fuhr Paul zum Bundeskriminalamt, um die Gutachten der DNA-Vergleiche abzuholen. Diese Beurteilungen würden die Mörder endgültig überführen. Hans musste wegen eines Notfalles in seiner Landwirtschaft den Dienst beenden. Ein Rind hatte sich ein Bein verletzt und er hoffte, dass es nicht zu einer Notschlachtung kommen musste. Letztlich oblag diese Entscheidung dem Tierarzt.

„Schau, dass deine Kuh wieder auf die Beine kommt, wir informieren Michael“, sagte Johnny aufmunternd.

Anita zerbrach sich zum wiederholten Male den Kopf, wie der Kaffeehauspächter in das Bild passte. Die Fragen, die der SOKO-Leiter aufgeschrieben hatte, ärgerten sie, da sie indessen wussten, wer die Täter waren. Ihrer Ansicht nach sollten sie trachten, der Verdächtigen habhaft zu werden, um später bei ihrer Vernehmung endlich die Antworten zu finden, wie sie hoffte.

Sie legte den Akt beiseite und suchte Fred und Johnny in ihrem Büro auf. „Ihr sollt doch erkunden, wie das Ehepaar Rötzer festgenommen werden soll“, fiel sie gleich mit der Tür ins Haus.

Die Kollegen stutzten erst einmal. Die Bezeichnung Ehepaar Rötzer wurde noch nie ausgesprochen, die beiden Beamten erkannten aber sofort, dass Anita recht hatte. „Willst du uns helfen? Hast du nicht eine Cousine, die bei der Lufthansa arbeitet? Die könnte uns sicher hilfreiche Tipps geben.“

„Ich werde Esma sofort anrufen. Sie kann uns sicher sagen, wie lange Passagierlisten aufbewahrt werden.“ Gesagt, getan, fünf Minuten später hatte sie ihre Cousine im Büro der Lufthansa erreicht. Danach folgten zehn Minuten Austausch von privaten Angelegenheiten, wie es den Familien ging, Esma war zum vierten Mal Tante geworden und dergleichen mehr.

Nach ein paar netten Floskeln fragte Esma: „Du rufst mich doch nicht an, nur weil du Neuigkeiten aus der Familie erfahren willst, da kenne ich dich zu gut. Also, wie kann ich dir helfen?“

Darauf erklärte ihr Anita so kurz und knapp wie möglich das polizeiliche Interesse an Passagierlisten der Fluglinien und wie lange diese archiviert werden.

„Anita, weißt du nicht, dass bei den Polizeibehörden in Europa seit 2016 eine Fluggasterfassungszentralstelle eingerichtet ist? Ich weiß nicht, wie weit eure Polizei mit anderen europäischen Zentralstellen zusammenarbeitet. Das herauszufinden ist eure Angelegenheit. Die Fluggastdaten werden auf jeden Fall fünf Jahre evident gehalten. Das heißt, dass ihr die Flugreisen eurer Verdächtigen die letzten fünf Jahre erfahren könnt.“

Auch Fred und Johnny hatten von einer Fluggastmeldezentralstelle, die beim Bundeskriminalamt angesiedelt sein soll, noch nichts gehört. „Das ist wieder eine solche geheime Truppe der

Staatspolizei, die sich wahrscheinlich selbst nicht kennt", äußerte sich Johnny verächtlich.

Fred setzte sich mit den Stuttgarter Kriminalisten in Verbindung, die zu dieser Zentralstelle schon Kontakt aufgenommen hatten. Das hatte auch seinen Grund, wie Fred erfuhr.

Während Uwe Rötzer bei seiner Schwester im Krankenhaus war, wurden zwei Geldinstitute in benachbarten Städten überfallen. In beiden Fällen waren die Überfälle vor den Besuchen verübt worden. Die Kollegen aus Deutschland versprachen der Staatsanwaltschaft St. Pölten sämtliche Akten betreffend der deutschen Banküberfälle zukommen zu lassen. Das Amtsgericht Stuttgart war mit dieser Vorgehensweise einverstanden. Außerdem sicherten ihnen die deutschen Kollegen zu, sämtliche Auskünfte aus der Fluggastmeldestelle in Deutschland an sie weiterzuleiten.

Nach dem Telefonat mit Stuttgart meinte Fred euphorisch: „Jetzt haben wir sie am Arsch, da fährt die Eisenbahn darüber."

„Halt deine Freude noch ein wenig zurück. Du weißt ja, wie oft wir bei diesem Fall auf der sicheren Seite zu sein glaubten", mahnte ihn Johnny.

„Gehen wir auf einen Kaffee in die Kantine und spielen das Szenario durch, wie wir vorgehen, wenn die Verdächtigen, nehmen wir mal an, in Stuttgart landen."

Die Kollegen stimmten ihm zu. „Ich hole uns Kaffee ins Büro, da sind wir ungestört", sagte Johnny und verließ die Kanzlei.

Die drei jüngsten Kriminalisten im Team entwickelten einen Plan, der von der Strategie her von Profis einer Einsatzeinheit hätte stammen können.

Während die jungen Kollegen die Strategie für das Vorgehen bei der Verhaftung ausbaldowerten, waren Michael und Jörg bereits im Landeskriminalamt Oberösterreich angekommen und saßen bei Kaffee zusammen, um die weitere Herangehensweise zu besprechen. Der Weg vom Möbelhaus in Pindorf bis zur Wohnung der Prostituierten in Leonding dauerte etwa drei Stunden, einschließlich der Fußmärsche.

Bei der Besprechung ging es primär darum, wie nach der Festnahme der Täter weiter vorgegangen und wo die Vernehmungen durchgeführt werden sollten. Über die Strategie bei der Verhaftung wurde noch nicht gesprochen, weil der Informationsaustausch mit den Stuttgarter Kollegen eben im Gange war.

Schließlich einigten sich die Kriminalisten, die Vernehmungen in Amstetten vorzunehmen, weil dort sicher weniger Presserummel zu erwarten war wie auf dem Kriminalamt und zudem die gezielten Täternachforschungen dort ihren Ausgang genommen hatten. Außerdem hatten die Amstettner Beamten den gesamten Schriftverkehr und auch persönliche Kontakte mit der Gerichtsmedizin, den Labors und kriminaltechnischen Untersuchungsstellen abgewickelt. Das hieß, dass etwaige Widersprüche bei den Vernehmungen in Amstetten schneller gegengeprüft werden konnten.

Vor ihrer Verabschiedung vereinbarten sie ein Treffen auf der Inspektion Amstetten. Die zwei zuständigen Kollegen der Linzer Raubgruppe fanden es ausreichend, wenn sie an den Abschlussermittlungen teilnahmen. Viele andere Kollegen hatten ebenso bei einzelnen Überfällen ermittelt, letztlich waren sämtliche Aktenvorgänge bei den Hauptsachbearbeitern der Raubgruppe zusammengelaufen.

Gegen Abend kam Paul mit den Gutachten aus Wien und St. Pölten zurück. Diese Bewertungen von Sachverständigen auf wissenschaftlicher Basis hatten es wahrlich in sich. Viele offene Fragen und Mutmaßungen waren mit einem Mal geklärt. Die Zacken in Michaels Kreis auf dem Flipchart wurden weniger.

Kapitel 39

Die Spannung am nächsten Morgen im Chefbüro war zum Greifen, weil es entscheidende Neuigkeiten zu den Fällen gab. Besonders Paul verhielt sich wie ein junges Rennpferd. Anita konnte ihn verstehen, wusste sie doch außer Paul als Einzige, welche durchschlagenden Ergebnisse die DNA-Vergleiche der Verdächtigen mit den Tatorten ergeben hatten.

Daher hörten sich die jungen Ermittler den Bericht des SOKO-Leiters über Jörgs und seine Tätigkeiten am Vortag mit begrenzter Empathie und Neugier an. Im Prinzip erfuhren sie nichts, das ihnen schon bekannt war, abgesehen von der Zeitspanne vom ersten Mord im Möbelhaus in Pindorf bis zur Prostituiertenwohnung in Leonding. Für die Rahmenbedingung bei den Ermittlungen hatten ohnehin die Vorgesetzten zu sorgen. Mit einem Wort waren die Informationen des SOKO-Leiters im Vergleich mit dem, was die jungen Kriminalisten zu bieten hatten, geradezu Nichtigkeiten.

„Es scheint, als ob mein Bericht kein besonderes Interesse bei euch weckt. Lasst mich bitte hören, was ihr zu bieten habt." Michael war nicht entgangen, dass seinen Kollegen etwas auf den Zungen brannte, das sie unbedingt loswerden wollten.

Die Ermittler blickten einander an, schließlich begann Paul über die Inhalte der Gutachten zu berichten. „Wie ihr wisst, haben Cousins zu 12,5 Prozent dieselbe biologische Erbmasse und Gunter Krüger ist der Cousin von unserem Möbelhausbesitzer Arnold

Krüger. Nun ratet einmal, wo überall die 12,5 Prozent DNA gesichert werden konnte? Da Arnold für die Taten nicht infrage kommt, muss Gunter auf den jeweiligen Tatorten gewesen sein, sofern es keine weiteren Cousins gibt. Im versteckten Kellerraum wurden unzählige biologische Rückstände von Gunter gesichert. Sogar auf dem Drahtbügel, mit dem Sven Kunze erdrosselt werden sollte, aber vorher an einem Herzinfarkt gestorben ist, wurden DNA-Rückstände von ihm und seinem Opfer gefunden. Auf den Fliesen in diesem Raum, die Hohlräume abdeckten, konnten DNA-Rückstände der Prostituierten Nina Hacker gefunden werden. Das wiederum belegt unsere Theorie, dass die Dame gewissermaßen die Vermögensverwalterin der Bankräuber war. Natürlich wurden im Bereich des Geldversteckes, das wir zuletzt entdeckt haben, Spuren von Sven Kunze festgestellt."

Michael mengte sich mit hörbarer Freude in der Stimme kurz in den Vortrag von Paul ein, denn er wollte wissen, wie sie eigentlich auf den Drahtkleiderbügel als Tatwerkzeug gekommen seien. Paul errötete leicht und erklärte dem SOKO-Leiter, dass Hans und er den Bügel erst bei einem der letzten Ermittlungsarbeiten im Kellerraum entdeckt und ihn gleich ins Labor gebracht hätten. Michael gab sich mit dieser Erklärung zufrieden und forderte Paul auf, fortzufahren.

Dieser war froh, dass sein Vorgesetzter wegen des Kleiderbügels nicht nachhakte. Er berichtete weiter, dass im Lokal auf einer halb vollen Sektflasche, die auf der Theke stand, ebenfalls Spuren von Gunter gefunden wurden. „Jetzt stellt sich die Frage, mit wem wollte Gunter feiern? Wohl mit Nina. Die Fete wurde offenbar vom Kaffeehauspächter Klaus Kargl gecrasht, was ihm vermutlich das Leben kostete."Folgend berichtete Paul weniger detailliert über die weiteren Spurenzuordnungen. „Auf jeden Fall können wir davon ausgehen, dass Gunter Krüger mit großer Wahrscheinlichkeit für vier Morde, das Ableben von Sven Kunze eingerechnet, verantwortlich war. Seine Identitätsveränderung auf Günter Knögen hatte ein Sachverständiger für Dokumentenfälschungen ohne großen Aufwand beweisen können. Die vielen Spuren in der Wohnung der Prostituierten in Leonding lassen den Schluss zu, dass Gunter dort sogar zwischendurch gewohnt haben könnte", beendete Paul seinen Vortrag.

„Was ist mit Uwe Rötzer, wo tauchen dessen DNA-Rückstände auf?", fragte Jörg.

„Da muss ich dich enttäuschen. Wie es aussieht, hat er mit den Morden nichts zu tun. Das Gleiche gilt für Kunze. Beide sind dringend verdächtig, in unterschiedlichen Zusammensetzungen, mit Gunter Krüger oder gemeinsam Banküberfälle in Österreich und aller Voraussicht nach auch in Deutschland verübt zu haben. Übrigens, mit den Tatorten der Überfälle wurde noch kein Spurenabgleich veranlasst."

„Das ist auch besser so. Bei dieser Vielzahl von Tatorten hätte etwas durcheinandergebracht werden können", brachte sich Michael ein. „Wir haben gestern mit den Beamten der Raubgruppe in Linz abgemacht, dass wir die Ermittlungen und Vernehmungen zu den Überfällen gemeinsam mit ihnen hier in Amstetten vornehmen werden. Ohne das Insiderwissen der Sachbearbeiter des LKA OÖ könnten wir rasch an unsere Grenzen kommen."

„Jetzt haben wir die Beweise schwarz auf weiß und müssen uns nur noch Gedanken machen, wie wir die Täter ‚aufstellen'", schlug Jörg vor.

„Meine Herren Chefs", meldete sich Anita zu Wort, „denkt ihr, wir haben in der Pendeluhr geschlafen, während ihr beim Landeskriminalamt an einer Besprechung bei Kaffee und Kuchen teilgenommen habt und euch", mit Blick auf Jörg, „vorher sportlich ertüchtigt habt? Fred, Johnny und ich haben schon eine Strategie ausgearbeitet, die Fred euch jetzt vorschlagen wird."

Hans, der wieder anwesend war – die Kuh musste er nicht notschlachten lassen –, bat die Kollegen, die nächsten Informationen bis nach dem Mittagessen zurückzuhalten, denn er wolle das eben Gehörte überdenken.

Michael stimmte Hans zu. „Gehen wir in die Pizzeria und machen nach dem Essen weiter. Hans hat recht. Das sind viele maßgebliche neue Erkenntnisse, die geordnet werden müssen."

Nachdem sich wieder alle in der Chefkanzlei versammelt hatten, stellte Hans die Frage in den Raum: „Womöglich ist Gunter Krüger – alle waren sich indessen einig, dass er der Mörder war – nicht wegen der blutigen Kleidung nackt geflüchtet, sondern weil er gerade mit der Prostituierten Nina Hacker im Möbelhaus zugange war. Ich könnte mir vorstellen, so abartig es sich auch anhört, dass der Verdächtige zur Feier des Tages mit der Prostituierten Sekt getrunken hat. Möglicherweise brachte er die angebrochene Flasche zurück ins Café, in der Bettenabteilung konnte er sie schlecht zurücklassen. Dort traf er auf den Lokalbetreiber, was dessen Tod bedeutete. Diese Version würde auch die DNA-Rückstände von Gunter Krüger auf der Sektflasche erklären."

Die Blicke der Anwesenden staunten, als sie Hans' Interpretation des Geschehens hörten. Trotzdem, diese Vorstellung war makaber, wenn man bedenkt, dass Gunter und Nina ihren Komplizen vorher im Keller folterten und zu Tode brachten. In diesem Fall war nichts mehr undenkbar.

Allein Fred schien es nicht zu gefallen, dass er von Hans unterbrochen worden war. Es war abgemacht, dass er nach dem Mittagessen die Strategie zur Verhaftung der Verdächtigen darbringen sollte. In rüdem Ton meldete er sich zu Wort: „Es ist doch völlig ‚wurscht', ob der Cousin des Geschäftsbetreibers und die Nutte die Ermordung des Kunze mit einem Fick gefeiert haben oder aus welchen Gründen er immer nackt geflüchtet ist. Das wird er uns selbst erzählen müssen. Dazu müssen wir ihn erst einmal haben und jetzt lasst mich endlich unsere Strategie vortragen."

Paul blickte auf seine Frau und erkannte sofort, was jetzt kommen würde. Sie war nicht prüde und zimperlich, aber angesichts der obszönen und derben Wortwahl Freds konnte sie sich nicht zurückhalten.

„Fred, was ist mit dir los, spinnst du schon komplett? Wie kannst du Hans so in die Parade fahren, wenn er seine Meinung kundtut und warum drückst du dich aus wie ein mit Anabolika gefütterter verblödeter Zuhälter?“

„Hallo, hallo! Die SOKO leite noch immer ich und jetzt bleibt schön auf dem Teppich“, mischte sich Michael lautstark ein. „Fred, wir haben uns bis jetzt immer halbwegs sittsam ausgedrückt. Warum dieser verbale Ausrutscher? Und Anita, wenn dir etwas nicht passt, besprich es mit mir und mach nicht vor dem ganzen Team ein Riesenfass auf.“

Nun gab auch noch Hans seinen Senf dazu: „Danke Anita, dass du dich für mich eingesetzt hast, aber glaub mir, ich bin selbst in der Lage, mich durchzusetzen.“

„Fred, lasse uns endlich euren Plan wissen“, forderte Michael ihn auf.

Der Angesprochene bat Johnny, diesen Part für ihn zu übernehmen, weil er momentan emotional nicht in der Lage sei.

Bei Johnnys Vortrag waren nicht alle gedanklich bei der Sache. Michael erkannte das ebenfalls. Es herrschte eine ziemlich angespannte Stimmung in der Gruppe.

Der SOKO-Leiter schlug seinen Kollegen vor, den Rest des Nachmittags Sportstunden abzubauen, um den Kopf wieder freizubekommen. Jedem Beamten standen monatlich eine gewisse Anzahl von Stunden für sportliche Betätigung zu. Keine 15 Minuten später hatten die Ermittler der SOKO mit Ausnahme von Michael und Jörg bereits die Inspektion verlassen.

Michael und Jörg saßen bei Kaffee und Kuchen, den Jörgs Freundin gebacken hatte, in der Kanzlei zusammen. „Sag, musste Anita gleich so hochgehen, weil sich Fred vulgär ausgedrückt hat? Die ist doch sonst für jeden Spaß zu haben und lacht auch über anzügliche Witze."

„Anita und Paul haben es zurzeit nicht leicht, Beruf und Familie zu vereinbaren. Glücklicherweise springen Anitas Eltern oft beim Kindersitten ein. Paul hat seine Eltern bereits vor vielen Jahren bei einem Autounfall verloren. Ich glaube, Anita hat unbewusst einen Auslöser gesucht, um richtig Dampf abzulassen. Fred kam ihr da mit seiner vulgären Aussage gerade recht. Morgen wird alles wieder in Ordnung sein. Beide wissen, dass sie sich nicht richtig verhalten haben."

Jörg war mit dieser Erklärung zufrieden und brachte das Gespräch wieder auf den Fall zurück, indem er erwähnte, dass die Strategie, die Anita mit Fred und Johnny ausgearbeitet hatte, seine volle Zustimmung habe. „Mit Personal haben die ‚Jungen' nicht gespart. Ob uns diese Anzahl von Beamten genehmigt wird?"

„Es geht um die Verhaftung von zumindest zwei Schwerverbrechern. Mit welchen Argumenten sollen sie uns die Unterstützung verwehren? Darüber mach dir mal keine Sorgen", entgegnete ihm Jörg.

„Wir werden die notwendigen Maßnahmen in die Wege leiten. Wenn aus Deutschland die Nachricht kommt, dass Rötzer und Knögen gelandet sind, müssen wir bereit sein. Jörg, schreib mit, welche Abteilungen uns unterstützen sollen."

Eine Stunde später hatten sie sich auf einen Einsatzplan geeinigt. Sie hofften, dass die Observation der deutschen Polizeikräfte bis zur Grenze funktionierte. Natürlich mussten sie für jegliche Abweichungen gerüstet sein. Die Verbrecher konnten von Deutschland auch einen Flug nach Linz-Hörsching nehmen, das würden sie erfahren. Schwieriger wurde es, wenn sie über ein anderes Land einreisten. Sie konnten in Rom landen und mit dem Zug weiter nach Österreich fahren oder wer sagt, dass sie die nächsten Coups nicht in Deutschland oder einem anderen europäischen Land landen würden. Bei ihren letzten Raubüberfällen hatten sie keine größeren Summen erbeutet. Das sprach dafür, dass sie in absehbarer Zeit wieder Überfälle verüben würden. Die Beamten hofften, dass die Räuber nicht allzu sehr von ihren Gewohnheiten abwichen. Da hatten sie in den kommenden Tagen einiges mit den Einsatzkräften zu besprechen.

Jörg schlug vor, die Kollegen aus Stuttgart, die ihnen bis dato so hilfreich zur Seite gestanden hatten, nach Amstetten zur Lagebesprechung einzuladen.

Bis Dienstende führten Michael und Jörg noch zahlreiche Telefonate als Vorinformationen, denen sie E-Mails folgen ließen. Nachdem sie die letzte Mail abgesetzt hatten, lehnte sich Michael zufrieden in seinem Sessel zurück und schlug Jörg vor, mit ihm in der Kantine noch ein Bier zu trinken und dass er bezahlen werde.

Jörg hatte wohl bereits den Geschmack des köstlichen Gerstensaftes auf der Zunge, wonach er die Einladung nur zu gerne annahm.

Kapitel 40

Zwei Tage später am frühen Vormittag saßen im Schulungsraum der Inspektion Amstetten die Einsatzkräfte für die Ergreifung der Schwerverbrecher zusammen. Die Aufgaben der einzelnen Gruppen mussten festgelegt und von den einzelnen Einsatzkoordinatoren genehmigt werden.

Herbert Stummer hatte als Bezirkspolizeikommandant und Hausherr die Begrüßung vorgenommen. Die Kommandanten der Landeskriminalämter nahmen ebenso teil wie der stellvertretende Kommandant der Cobra sowie zwei Beamte der Polizei Stuttgart. Die Chefs der Landeskriminalämter waren deshalb dabei, weil nach der Verhaftung ein ordentlicher Medienrummel zu erwarten war. Sie mussten informiert sein, um vor den Reportern Rede und Antwort stehen zu können. Die Erfahrung zeigte, dass sich bei derart spektakulären Verhaftungen die Medienleute primär an die leitenden Beamten der Kriminalämter wendeten. Außerdem wurde festgelegt, wer neben den Offizieren an der Pressekonferenz teilnehmen sollte. Die leitenden Polizeibeamten hatten beschlossen, zu gegebener Zeit einen Termin für Reporterfragen zu fixieren und möglichst viele Fragen zu beantworten, denn sie wollten die Zahl der Pressetermine so niedrig wie nur möglich halten.

Dem SOKO-Leiter stand die Aufgabe zu, die Anwesenden über die für die Fahndung erforderlichen Aktinhalte zu informieren.

Mehrmals wurde betont, dass von gefährlichen bewaffneten Verbrechern auszugehen war und auf Eigensicherung besonders zu achten sei. Der Zugriff auf die Täter sollte von Cobra-Teams umgesetzt werden. Bis es so weit war, waren noch einige Fragen zu klären.

„Wir gehen davon aus, dass die beiden Verdächtigen auf einem deutschen Flughafen landen werden. Allerdings müssen wir auf weitere Täter gefasst sein, obwohl es derzeit keine Hinweise gibt. Wie geht ihr vor?“, fragte er die Kriminalisten aus Stuttgart.

Der Ältere der deutschen Kriminalbeamten übernahm die Antwort. „Die Flughafenpolizei auf den großen Flugplätzen ist instruiert und kennt die Namen, unter denen die Verdächtigen nach Deutschland einreisen werden. Beamte des Bundeskriminalamtes fragen die Fluggastdatei kontinuierlich ab. Es ist für die Beschuldigten nahezu unmöglich, in Deutschland anzukommen, ohne dass sie ins Visier der Polizei geraten. Hoffen wir also, dass sie nicht auf dem Flughafen eines Drittstaates landen und mit der Eisenbahn oder per Auto in Deutschland oder Österreich einreisen.“

Michael bedankte sich für die Informationen des Kollegen aus dem Nachbarland und ließ seinerseits die Anwesenden wissen, dass in Österreich ebensolche Maßnahmen getroffen wurden. „Angenommen, wir erfahren, wo die Verbrecher ankommen werden: Wie soll weiter vorgegangen werden?“, fragte Michael in die Runde.

Wieder meldete sich der Ältere der Deutschen zu Wort. „In diesem Fall aktivieren wir sofort vier Observationsteams zu je zwei Beamten. Wenn es sich ergeben sollte, dass wir mit den Teams nicht das Auslangen finden, werden wir improvisieren. Zu diesem Zeitpunkt seid ihr in Österreich längst über die Lage informiert, damit ihr eure Maßnahmen vorbereiten könnt, im Falle, dass sie tatsächlich Österreich als Ziel haben."

„Das wird alles kein Problem sein, solange sich die Fahndung in diese Richtung entwickelt. Wann greifen wir zu? Ich habe kein gutes Gefühl, wenn wir sie noch einen Überfall durchführen lassen", brachte sich der Kommandant des Landeskriminalamtes Oberösterreich in die Diskussion ein.

„Der Grund, warum wir sie observieren, ist jener, weil wir möglicherweise noch Kontaktadressen der Verdächtigen in Deutschland und auch in Österreich herausfinden könnten. Sollte sich im Zuge der Beschattung herausstellen, dass es keine Mittäter oder Mitwisser mehr gibt, steht meiner Ansicht nach einem Zugriff nichts mehr im Weg", stellte Michael fest.

Jetzt meldete sich erstmals der anwesende Offizier der Cobra zu Wort. „Wie ich der Diskussion entnehmen konnte, werden den Zugriff auf jeden Fall Beamte des Einsatzkommandos durchführen. Das heißt, wir werden mit Teams immer in der Nähe des Fahrzeuges mit den Verdächtigen sein. Wenn aus ermittlungstaktischen Gründen nichts mehr gegen eine Verhaftung spricht, werden wir diese vorbereiten und an einem geeigneten Ort zuschlagen. Primär werden wir trachten, dass der Zugriff im Freiland und nicht auf einer belebten Straße in einem Ort vonstattengeht. Wir kennen Mittel und Wege, um möglichst einen Schusswechsel zu vermeiden."

Ein Beamter der Raubgruppe des Landeskriminalamtes ließ anklingen, dass bei einigen der Überfälle der Verdacht aufgekommen war, dass die Täter den Polizeifunk mithörten. „Wir stellen 15 speziell gesicherte Handfunkgeräte zur Verfügung", lieferte der Cobra-Offizier für dieses mögliche Problem eine Antwort.

In der Folge versuchten die Teilnehmer, die anstehenden Fahndungsmaßnahmen etwas detaillierter auszuarbeiten, erkannten jedoch, dass es nichts brachte, solange sich die Täter nicht auf dem Radar der Polizei befanden. Es machte keinen Sinn, konkrete Gedanken über mögliche Vorgehensweisen zu überlegen, ohne zu wissen, wie sich dic Lage dann tatsächlich entwickelte.

Schließlich endete die Besprechung für alle Beteiligten einigermaßen zufriedenstellend. Herbert Stummer teilte den Kollegen mit, dass rechtlich alles mit der Staatsanwaltschaft abgesprochen sei, bevor er sich bei allen für die Teilnahme bedankte und sie verabschiedete.

Kapitel 41

Das Team der SOKO teilte die Akten in Abschnitte ein, damit die Beamten, die nicht über das gesamte Insiderwissen verfügten, den Fall besser verstehen konnten. Schließlich mussten sich Staatsanwälte, Anwälte und Richter damit befassen. Die Linzer Raubermittler hatten ihnen eine Liste der infrage kommenden Raubüberfälle zukommen lassen. Diese Aufzeichnungen umfassten 18 Banküberfälle und zwei Überfälle auf Wettbüros, die innerhalb der letzten 15 Jahre verübt worden waren.

Anita versuchte anhand der vorliegenden Informationen die möglichen künftigen Tatortsbereiche festzulegen. Sie hatte vor sich auf dem Schreibtisch eine Österreich-Karte liegen. Mit einem Kugelschreiber zog sie Kreise um jene Orte, in denen Überfälle verübt wurden. Sie markierte die Straftaten der letzten Jahre zusätzlich mit einem Rotstift. Dem Bild nach, das sich anhand der Markierungen ergab, war mit den nächsten Überfällen im westlichen Niederösterreich zu rechnen. Anita wurde das Gefühl nicht los, dass Autobahnraststationen oder Parkplätze vor Auffahrten eine Rolle bei der Flucht der Täter spielten. Die Kriminalistin teilte ihre Vermutung den Kollegen mit. Gemeinsam betrachteten sie die Landkarte und fanden, dass sich Anitas Analyse schlüssig anhörte.

Dieser Gunter Krüger oder Günter Knögen, wie er sich jetzt nannte, hatte doch in Strengberg nach dem Mord an Nina Hacker ein Auto gestohlen. Das hieß immerhin, dass ihm der Ort nicht unbekannt war. Von der geografischen Lage her könnten die Geldinstitute in und um Strengberg potenzielle Ziele sein.

„Hans, du kennst den Bezirk am besten, du hast doch vor Jahren auf der Inspektion in Haag Dienst verrichtet. Sag, gibt es zu den Raststationen Haag und Strengberg Zufahrtsmöglichkeiten abseits der Autobahn?"

„Ja, du hast recht, solche geschotterten Zufahrten gibt es tatsächlich. Zwar sind die direkten Zufahrten zu den Raststätten mit Schranken versehen, aber sie sind meist nicht abgesperrt oder können umfahren werden. Einheimische haben da eine Art Abkürzungswege ausgefahren. Diese unbefestigten Zufahrten wird es wohl zu vielen Raststätten entlang der Autobahnen geben. Ich kann mir gut vorstellen, dass der gebürtige Linzer Gunter Krüger von diesen Fluchtwegen weiß."

„Gut. Erkundet diese Zufahrten und macht euch mit den Örtlichkeiten herum vertraut. Übrigens, wenn der Einsatz losgeht: Anita und ich werden in meinem Büro eine Zentrale einrichten, euch von hier unterstützen und sämtliche Vorgänge dokumentieren."

Paul war froh, dass Michael Anita zu seiner Unterstützung einteilte. So konnte sie nicht in eine direkte Konfrontation mit den Tätern geraten. Anita war an ihrer Miene anzusehen, dass sie lieber unmittelbar an der Fahndung teilgenommen hätte.

Die Tage zogen sich dahin, ohne den geringsten Hinweis auf die Täter. Mittlerweile war es schon Ende Oktober und die Uhr war auf Normalzeit umgestellt worden, somit wurde es früher dunkel. Die Ermittler nahmen an, dass sich Rötzer und Krüger diesen Umstand bei einem Überfall zunutze machen könnten. Tatsächlich hatten sie zwei Drittel der Überfälle unmittelbar vor Schalterschluss verübt.

In der ersten Novemberwoche erhielt Fred einen Anruf von einem Kollegen aus Stuttgart, der Hoffnung aufkeimen ließ, dass die Verdächtigen demnächst in Deutschland einreisen könnten. Der Pfleger der Klinik, in der Rötzers Schwester untergebracht war, teilte ihnen mit, dass Uwe vor zwei Tagen die Nachtschwester angerufen und sich lang und breit nach dem Befinden seiner Schwester erkundigt hatte. Unter anderem wollte er wissen, ob sie die letzte Zeit Besuch empfangen habe. Der Pfleger war für die Polizei die Vertrauensperson und er war auch der Einzige, der eingeweiht war, allerdings nur in abgeschwächter Form.

Der Stuttgarter Ermittler war sich einigermaßen sicher, dass Rötzer nur erkunden wollte, ob jemand besonderes Interesse an seiner Schwester gezeigt habe, wie zum Beispiel Polizisten. Außerdem vermutete er, dass die Rückkehr der Verdächtigen die nächsten Tage anstünde.

Fred bedankte sich für die Information und leitete sie sofort an das Team weiter. Bei den Kollegen kam Vorfreude über den bevorstehenden Einsatz auf, war nun endlich die Zeit des Wartens vorbei.

Tatsächlich lag der Stuttgarter Polizist mit seiner Vorahnung richtig. Zwei Tage später erreichte Fred ein neuerlicher Anruf, der bestätigte, dass Uwe Rötzer und Günter Knögen von London kommen, in Frankfurt am Main landen und von dort direkt nach Stuttgart weiterfliegen würden.

Michael unterrichtete umgehend sämtliche an der Aktion beteiligten Dienststellen. Als die Verdächtigen in Stuttgart landeten, hatten die Sicherheitsbehörden bereits alle besprochenen Maßnahmen getroffen. Die involvierten Streifen waren von der Cobra mit den gesicherten Handfunkgeräten ausgerüstet worden. Jetzt galt es abzuwarten, wie sich die Lage in Deutschland entwickelte.

Das gesamte SOKO-Team war durchgehend im Dienst, geschlafen wurde stundenweise in Bereithalteräumen der Inspektion. Michael war in ständigem Kontakt mit einem Kollegen in Stuttgart, die dort im Präsidium ebenfalls eine Einsatzzentrale eingerichtet hatten.

In der Ankunftshalle des Flughafens Stuttgart warteten zur Mittagszeit bereits sechs Beamte der Kripo Stuttgart, darunter vier auf Observationen besonders geschulte Kriminalisten, auf das Eintreffen des Fliegers aus Frankfurt/Main mit dem Ehepaar Uwe und Günter Rötzer an Bord.

Die Polizisten erkannten die Verbrecher beim Auschecken sofort und hefteten sich an ihre Fersen.

Die Kriminellen begaben sich unerwarteterweise zum großen Parkplatz des Flughafens, als würden sie dort ein Fahrzeug geparkt haben oder von dort abgeholt werden. In der Mitte der Parkfläche hielten sie an und steckten sich Zigaretten an. Die Observationsbeamten hatten den Eindruck, als würden die Verdächtigen die ankommenden Fahrzeuge beobachten. Während der Größere, Gunter Rötzer, stehen blieb, ging Uwe zu einem Pkw, der kurz zuvor eingeparkt und der Lenker sich mit einem Koffer in Richtung Abflughalle entfernt hatte. Die Verdächtigen blieben in Sichtkontakt. Mit einem Kopfnicken deutete Gunter seinem Partner an, dass er sein Vorhaben ausführen könne. Dann ging alles zügig, Uwe stahl von dem Pkw die Kennzeichen, indem er sie einfach mit einem flachen Metallstück aus den Halterungen zwängte und in seiner Reisetasche verstaute. Das Eisenstück hatte Rötzer kurz vorher aus einem Müllcontainer genommen.

Rötzer und Krüger stiegen in das erste ankommende Taxi und ließen sich zu einer heruntergekommenen Kfz-Werkstätte mit einem Gebrauchtwagenhandel in einer Kleinstadt südlich von Stuttgart bringen.

In gebührendem Abstand folgten zwei Observationsfahrzeuge der Kripo.

Die Verdächtigen schienen den Besitzer der Werkstätte zu kennen. Indessen war es später Nachmittag und der Betrieb hatte schon geschlossen. Auf Klopfen wurde den Verbrechern eine Tür geöffnet – und offenbar wurden sie bereits erwartet.

Die Kriminalisten fanden schnell heraus, dass es sich bei dem Betreiber der Werkstätte um einen 50-jährigen Deutschen mit italienischen Wurzeln handelte. Dieser Mann war wiederholt mit der organisierten Kriminalität in Verbindung gebracht worden. Außer kleineren Drogendelikten konnte ihm nie etwas nachgewiesen werden. Jetzt konnte sich das Blatt rasch wenden, zwei Schwerverbrecher verbrachten die Nacht in seinem Haus. Es war offenkundig, dass sie sich schon länger kannten.

Die Observationsteams mussten die ganze Nacht die Werkstatt im Auge behalten. Weil es auf der Rückseite des Gebäudes keine Wegfahrtmöglichkeit gab, reichte die Überwachung der Vorderseite. Daher konnte jeweils wie abgesprochen ein Team in der Nähe für vier Stunden eine Pause einlegen. Die Nacht verlief ruhig. Um sechs Uhr morgens ging in einem Nebenraum der Werkstatt Licht an. Eine halbe Stunde später traten die verdächtigen Männer ins Freie, gingen zu einem dunklen Audi und luden zwei Taschen in den Kofferraum. Auf den Audi montierten sie letztlich die auf dem Flughafenparkplatz in Stuttgart gestohlenen Kennzeichen und fuhren in Richtung Stuttgart weg. Die Observationsbeamten waren sofort hellwach und nahmen die Verfolgung auf.

Während der Fahrt organisierten sie die Ablöse. Eine Stunde später folgten ausgeruhte Beamte den Verdächtigen. Die Kriminalisten erkannten anhand der Fahrtroute bald, dass Uwe Rötzer anscheinend seiner Schwester in der Klinik einen Besuch abstatten wollte. Es kam tatsächlich wie vermutet. Während Uwe Rötzer in die Klinik ging, wartete sein Komplize im Auto. Die Kriminalisten überprüften währenddessen das Kennzeichen auf dem Audi aus der ominösen Werkstatt. Es schien in der Kfz- und Sachenfahndungsdatei noch keine Eintragung auf. Das hatten sie erwartet, schließlich war der Besitzer erst am Vortag von Stuttgart abgeflogen.

Uwe verweilte knapp eine Stunde in der Klinik. Danach ging die Fahrt weiter in Richtung Osten. Indessen waren vier Observationsfahrzeuge am Fahrzeug mit den Verdächtigen dran. Sie fuhren inzwischen auf Autobahnen. Das hieß, dass die Polizisten besonders bei den Ausfahrten achten mussten, ob das Zielfahrzeug die Autobahn verließ. Wenn sie den Standort des Fahrzeugs aus den Augen verloren, war es schwierig, es wiederzufinden. Außerdem wollte man sich vor den österreichischen Kollegen diese Blamage ersparen.

Nach mehreren Stunden Fahrt vorbei an München und auch am Atomkraftwerk in Deggendorf wurde Gewissheit, dass sie über Suben nach Österreich einreisen würden.

Das Team um die SOKO war bereits über die bevorstehende Einreise der Zielpersonen informiert.

Den Kriminalisten war die Anspannung anzumerken, sie durften sich keinen Fehler erlauben. Nach einem kurzen Tankstopp und der Aufnahmen von Essen ging die Fahrt weiter an Linz vorbei bis zur Abfahrt St. Valentin, wo das Täterfahrzeug die Autobahn verließ. Es war schon spät am Nachmittag und es wurde langsam dunkel.

Der SOKO-Leiter und Anita koordinierten von der Zentrale aus über die codierten Funkgeräte den Einsatz. Anitas Annahme, dass die Verdächtigen einen Überfall in Strengberg verüben könnten, wurde immer konkreter. Da sich ihnen im Stadtgebiet von Haag offenbar zu viele Menschen um die Banken auf den Straßen aufhielten, fuhren sie weiter nach Strengberg, wo sie langsam durch den Ort und weiter auf der Bundesstraße 1 in Richtung Amstetten fuhren. Vor Amstetten nahmen sie die Auffahrt in Richtung Salzburg und fuhren die Wegstrecke zurück. Über die Zufahrt zur Raststation Strengberg verließen sie die Autobahn und parkten in der hintersten Ecke des Parkplatzes. Während Uwe Rötzer zu einem Automaten neben dem Eingang zum Lokal ging, schlenderte sein Komplize Gunter Krüger hinter das Rasthaus. Er steckte sich eine Zigarette an und erweckte den Eindruck, als würde er sich nach einer langen Fahrt die Beine vertreten. Tatsächlich überprüfte er, ob die Zufahrt zur Raststätte über einen Güterweg, den er von früher her kannte, möglich war. Er fand heraus, dass der Absperrschranke umfahren werden konnte.

Keine 20 Minuten später setzten sie die Fahrt fort und verließen über die Abfahrt St. Valentin die Autobahn, fuhren zum nächsten Supermarkt, wo sie von einem dort parkenden Auto die Kennzeichentafeln stahlen und umgehend auf der Bundesstraße 1 weiter in Richtung Strengberg fuhren. Auf der Strecke hatten sie an einer geeigneten Stelle kurz angehalten und die Kennzeichentafeln ausgetauscht. Mit einem Kennzeichen aus dem Bezirk Amstetten waren sie weniger auffällig als mit dem deutschen Nummernschild.

Zurzeit war der schwierigste Teil der Observation im Gange. Da ausreichend Streifen im Einsatz waren und Beamte mit besten Lokalkenntnissen mitwirkten, war es möglich, den Standort des Täterfahrzeuges permanent zu wissen.

Die Anspannung bei den Kriminalbeamten stieg. Jetzt hing alles davon ab, dass sie die richtigen Entscheidungen trafen und diese umsetzten.

Die Zugriffsteams der Cobra wirkten weniger nervös. Sie hatten solche Situationen hundertfach trainiert. Die Täter durften nur nicht plötzlich den Plan ändern, dann ersparten sie sich das Improvisieren. Es sah momentan danach aus, als würden sie nach einem Überfall die Fluchtroute über die Zufahrtswege zur Raststation wählen.

In der Kommandozentrale in Amstetten waren sich die führenden Polizeikräfte uneins, ob sie die Verdächtigen noch vor dem Betreten der Bank oder nachher festnehmen sollten. Die Entscheidung erübrigte sich, weil das Ehepaar Rötzer zurück in

Strengberg vor der Zentralbank anhielt. Der Beifahrer stürmte mit einer Motorradhaube maskiert die Bank, bedrohte die Angestellten mit einer Pistole und forderte die Herausgabe des Bargeldes. Kaum fünf Minuten später lief der Räuber wieder aus dem Geldinstitut und sprang zu seinem Komplizen in das Fluchtfahrzeug. Danach begann eine wilde Flucht. Das passierte alles vor den Augen der Kriminalisten zweier Observationsfahrzeuge.

Über Funk erhielten sie die Anweisung, in der Ortschaft keinen Schusswechsel zu riskieren, sondern ihnen zu folgen und kontinuierlich den Standort des Täterautos an die eingesetzten Kräfte weiterzugeben. Wie erwartet flüchteten die Verbrecher über Landesstraßen in Richtung Autobahnraststation. Den eingesetzten Beamten blieb eine Planänderung erspart.

Daher konnten die Teams der Cobra sich auf ihren Zugriff vorbereiten und den Ort dazu auswählen.

Das Fluchtauto mit den Bankräubern näherte sich einer Autobahnunterführung, wo kurz vorher eine Baustelle wegen eines Rohrbruches angekündigt wurde. Am anderen Ende der Unterführung erkannten sie im Scheinwerferlicht Fahrzeuge der Straßenmeisterei und Arbeiter in oranger Arbeitskleidung, die dort an der Behebung des Schadens arbeiteten, so schien es den Verbrechern. Die Hälfte der Straße war gesperrt und ein Straßenarbeiter regelte mit einer Kelle den Verkehr. Günter Rötzer erkannte, dass die Leitkelle auf Grün gestellt war, weshalb er die Baustelle in langsamer Fahrt passieren wollte. Als das Fahrzeug mit den Räubern eben die Unterführung passiert hatte, ging es Schlag auf Schlag. Die Verbrecher hatten nicht die geringste Chance auf Gegenwehr. Plötzlich sprangen zwei Straßenarbeiter seitlich auf den Fluchtwagen zu und zertrümmerten mit Rammböcken die Seitenscheiben des Autos. Ein dritter Mann knallte einen Rammbock auf das Autodach, während ein weiterer Mann in Orange mit einer Baumaschine die Weiterfahrt des Fluchtwagens blockierte.

Der Zugriff erfolgte dermaßen überraschend und professionell, dass die Räuber erst begriffen, was um sie geschah, als sie aus dem Fahrzeug gerissen und zu Boden gedrückt wurden. Jetzt erkannten sie, dass die Straßenbaustelle eine Falle der Polizei gewesen war und die Arbeiter Polizisten einer Sondereinheit waren.

Als die Kommandozentrale von dem erfolgreichen Zugriff und der Festnahme über Handy erfuhr, applaudierten die anwesenden Beamten, alle waren erleichtert. Bei dem Einsatz war niemand körperlich zu Schaden gekommen, sah man von den überfallenen Bankangestellten ab, die von einem Kriseninterventionsteam des Roten Kreuzes betreut werden würden.

Die festgenommenen Räuber wurden den Amstettner Ermittlern übergeben.

Jörg und Hans sowie Johnny und Fred übernahmen die Überführung der Verbrecher zur Inspektion nach Amstetten, wo sie fürs Erste in Anhaltezellen festgesetzt wurden. Uwe Rötzer hatte sich bei der Festnahme vor Aufregung in die Hose gemacht.

Deshalb wurde auf der Rückbank des Streifenwagens ein Plastikmüllsack gelegt. Auf der Dienststelle würde ihm Johnny seinen alten Polizeitrainingsanzug geben.

Inzwischen war bereits ein vorab avisierter Abschleppwagen der Feuerwehr Amstetten am Festnahmeort eingetroffen. Das Täterfahrzeug wurde zum Feuerhaus nach Amstetten geschleppt, wo es in einer Garage sicher verwahrt wurde.

Knapp eine Stunde später war das Straßenstück, wo die Festnahme vorgenommen worden war, wieder für den Verkehr freigegeben und nichts erinnerte mehr an den gefährlichen Polizeieinsatz.

Kapitel 42

Nachdem die Festgenommenen in ihren Zellen festgesetzt wurden, das sichergestellte Bargeld vom Überfall dem SOKO-Leiter Michael Ebert übergeben wurde und dieser es in einem Tresor verwahrte, trafen sich alle eingesetzten Kräfte im Schulungsraum der Inspektion zu einer Abschlussbesprechung.

Der Bezirkskommandant bedankte sich für die Arbeit der Polizisten, bevor die einzelnen Gruppenleiter ihre Stellungnahmen abgaben. Prinzipiell hatte der gesamte Ablauf bis auf die überschaubaren Kommunikationsprobleme bestens funktioniert. Die Observationsteams hatten die Zielpersonen nie aus dem Blickfeld verloren. Den Banküberfall in Strengberg mussten die Fahnder zulassen, denn das Risiko eines Schusswechsels in oder vor der Bank war für einen Zugriff zu hoch.

Nach den Berichten der Spartenleiter löste sich die Versammlung rasch auf. Die meisten Beamten kehrten zu ihren Dienststellen zurück und beendeten den Dienst. Inzwischen war es ohnehin kurz vor Mitternacht. Die Einsatzberichte würden sie am nächsten Tag schreiben und der SOKO per Mail zukommen lassen.

Neben den SOKO-Beamten blieben noch drei Raubermittler des Landeskriminalamtes Oberösterreich für eine kurze Aktbesprechung zurück. Rasch einigten sich die Beamten am kommenden Tag in aller Ruhe zu erörtern, wie weiter vorgegangen werden sollte. Michael und Jörg hatten einen Plan, wollten damit ihre Kollegen zu so später Stunde nicht mehr belasten. Der Zeitdruck war nun weg. Die Verhöre und das Dokumentieren der einzelnen Vorgänge konnten in Ruhe und ohne Termindruck erfolgen.

Pünktlich um 09.00 Uhr des nächsten Tages traf sich das Team der SOKO mit den Linzer Raubermittlern in der Kanzlei von Michael. Der SOKO-Leiter hatte mit Jörg die weiteren Schritte abgesprochen, dazu hatten sie den Dienst eine Stunde früher angetreten.

„Jörg, bitte, leite du die Besprechung. Ich muss auf das Bezirkskommando, dort arbeiten wir eine Strategie über das Vorgehen bei den Pressemitteilungen aus. Die Herren Offiziere sind schon reichlich nervös. Wir können zurzeit weitere Mittäter nicht ausschließen, daher müssen wir bei unseren Aussagen gegenüber der Presse sehr vorsichtig sein. Ach, übrigens, die deutschen Kollegen nehmen gerade die Kfz-Werkstätte auseinander, von der das Täterfahrzeug stammt. Wir werden umgehend informiert, wenn sie an Informationen kommen, die für uns von Bedeutung sein könnten."

Nach diesen Mitteilungen verließ Michael sein Büro in Richtung Kanzlei von Herbert Stummer. Dieser saß im Aufenthaltsraum bereits mit den Kommandanten der Landeskriminalämter

Niederösterreich und Oberösterreich beim Kaffee. Ihnen war die Erleichterung anzumerken, als der SOKO-Leiter eintrat. Die ersten Journalisten hatten sich bereits telefonisch gemeldet. Es wurde beschlossen, eine Pressekonferenz im Schulungsraum abzuhalten und zunächst nur über den gestrigen Banküberfall zu berichten und auf mögliche Zusammenhänge zu Mordfällen hinweisen.

Einen Stock tiefer übernahm Jörg die Leitung der Besprechung. Er informierte die Kollegen, dass bereits drei Beamte der Spusi das Täterfahrzeug untersuchen würden. Des Weiteren wies er darauf hin, dass im Fahrzeug bereits am Vortag zwei Pistolen der Marke Glock 17 mit vollen Magazinen sichergestellt wurden.

„Warten wir ab, vielleicht fördern die Spusi-Leute noch eine Überraschung zutage."

Danach bestimmte er Teams und teilte ihnen die jeweiligen Aufgaben zu. Dazwischen erkundigte er sich, ob etwas gegen seine Entscheidungen spreche. Obwohl nicht jeder Kollege seine Entscheidung zu hundert Prozent teilte, wussten sie doch, dass sie sich in den Dienst der Sache stellen mussten.

Jörg und Hans sowie Johnny und Fred wollten den Mordverdächtigen Günter Krüger abwechselnd vernehmen, während die Ermittler aus Linz seinen Komplizen Uwe Rötzer ins Verhör ziehen sollten. Anita und Paul war die Aufgabe zugedacht, allenfalls anfallende neue Erkenntnisse aus den Aussagen der Beschuldigten auf ihren Wahrheitsgehalt zu prüfen und dem zugrunde den Ablauf der Ereignisse zu rekonstruieren.

Johnny und Fred begannen mit dem Verhör von Gunter Krüger. Sie nahmen sich Zeit für ihre Fragen, die primär auf seine Identität abzielten. Der Beschuldigte erzählte ihnen, dass er nach der Verehelichung in Dänemark den Namen seines Komplizen Rötzer angenommen habe. Auf die Frage nach dem Namen vor der Eheschließung nannte er Günter Knögen und dass sich sämtliche Identitätsdokumente in Händen seines Partners befänden. Die sich hinziehende Vernehmung zerrte an den Nerven des Beschuldigten.

Schließlich konnte er sich nicht mehr im Zaum halten. Krüger sprang von seinem Stuhl auf und brüllte. „Was wollt ihr überhaupt? Den Überfall gestern auf die Bank in diesem Kaff gebe ich zu. Ab nun hört ihr ohne Anwalt von mir kein Wort mehr."

Fred legte ihm daraufhin einen Zettel mit einem Stift vor die Nase und bat ihn, den Namen und die Telefonnummer seines Rechtsvertreters aufzuschreiben, damit sie ihn verständigen können. „Reden möchten Sie ja nicht mehr mit uns, daher der Zettel."

„Rufen Sie einen Anwalt aus Linz an, der auf Strafrecht spezialisiert ist", äußerte sich Günter Rötzer, der er für die Beamten noch zu sein glaubte, mit erkennbarer Resignation in der Stimme.

Fred verließ den Verhörraum und kam knapp zehn Minuten später wieder zurück. „In zwei Stunden wird Ihr Anwalt eintreffen."

Wie vorausplant, begannen Fred und Johnny vor dem Beschuldigten einen Dialog zu führen, schließlich verweigerte ihnen dieser Rede und Antwort.

„Johnny, glaubst du, dass der Geburtsname des Mannes hier tatsächlich Günter Knögen ist? Mir kommt er auf unbekannte Weise bekannt vor."

„Denke, er hat eine gewisse Ähnlichkeit mit dem Möbelhändler Arnold Krüger, aber unsere Mutmaßungen bringen uns nicht weiter. Warten wir das Ergebnis seiner DNA und die Vergleiche seiner Fingerabdrücke ab", entgegnete ihm Johnny.

Die beiden Ermittler beobachteten den Beschuldigten aus den Augenwinkeln und meinten bei der Erwähnung des Namens Krüger ein leichtes Flackern in seinen Augen erkannt zu haben.

„Außerdem hat der Möbelhändler meines Wissens nach keinen Bruder und sein Cousin Gunter ist schon seit Jahrzehnten im Ausland", setzte Johnny fort.

Sie führten ihre Unterhaltung in der eingeschlagenen Richtung weiter und warfen sporadisch Andeutungen über das Möbelhaus, den toten Kaffeehausbesitzer und die ermordeten Prostituierten ein. Wenn Gunter Krüger nicht ganz dumm war, wusste er zu diesem Zeitpunkt längst, wie die Uhr tickte. Er zeigte keine Regungen mehr, war völlig ruhig und überlegte, wie er sich am besten aus der Affäre ziehen konnte.

Als Johnny anmerkte: „Bin schon neugierig, was sein Ehemann unseren Kollegen aus Linz erzählt. Angeblich verzichtete er auf einen Anwalt.“ Beim Beschuldigten machte sich eine leichte Unruhe breit.

Tatsächlich lief die Vernehmung von Uwe Rötzer anders ab als bei seinem Komplizen Gunter Krüger, wie dessen realer Name nun einmal war. Gunter Krüger hatte seine Identitätspapiere auf Günter Knögen gefälscht und bei der Ehelichung von Uwe Rötzer dessen Namen angenommen. Diesen Beweis konnten die Beamten zweifelsfrei erbringen.

Als die Linzer Beamten Uwe Rötzer mit den Morden in Verbindung brachten, brachen bei diesem alle Dämme.

„Mit diesen Verbrechen habe ich nichts zu tun. Ich bin auch nicht schwul und habe Krüger nur auf sein Drängen in Dänemark geheiratet und ihm beim Verschleiern seiner Identität geholfen. Krüger soll einmal in Linz Teilhaber eines großen Möbelhauses gewesen sein. Er erzählte mir, dass in Österreich wegen schweren Betruges nach ihm gefahndet wird, weshalb er seine Identitätspapiere auf Günter Knögen gefälscht hat.

Wahrscheinlich hat mein Pseudo-Ehemann sogar meinen Schwager Sven umgebracht. In Thailand hat er im betrunkenen Zustand eine Bemerkung gemacht, dass er alle aus dem Weg räumt, die ihm seine Tour vermasseln, was immer er auch damit gemeint hat.

Mein Schwager Sven Kunze hat mir erzählt, dass in Österreich eine vertrauenswürdige Nutte das Geld aus den Überfällen verwalte. Diese Dame hat auf telefonische Anforderung von Gunter Krüger kleinere Summen auf ein Konto bei einer Bank auf Koh Samui überwiesen. Dort war er allein zeichnungsberechtigt."

Uwe Rötzer legte ein umfassendes Geständnis ab. Anhand einer Straßenkarte konnte er zwölf Banküberfälle, die er mit Gunter Krüger verübt hatte, konkretisieren. Er schilderte die Abläufe so, wie er sie in Erinnerung hatte. Verständlicherweise kamen ihm dabei gewisse Einzelheiten durcheinander. Uwe verheimlichte den Beamten auch nicht, dass sein Schwager bei einigen Überfällen mitgewirkt hatte, wie er sich auch gewiss war, dass Sven und Gunter auch ohne sein Mitwirken Straftaten verübt hatten.

Anita und Paul überprüften seine Angaben anhand der Originalakten zu den Überfällen. Auf diese Weise konnten Ungereimtheiten rasch ausgeräumt werden. Bald erkannten die Vernehmungsbeamten, dass der Beschuldigte bereit war, ein umfassendes Geständnis abzulegen. Sie mussten behutsam und ohne Druck bei der Befragung vorgehen, damit sich Rötzer bei der Vielzahl von Ereignissen und Eindrücken nicht verzettelte.

Nachdem die Prostituierte als Verwalterin des Beutegeldes ausgefallen war, trug Gunter, der als Anführer der Bande galt, Uwe auf, im Zimmer seiner Schwester in der Klinik in Stuttgart ein heimliches Geldversteck anzulegen. Uwe gab den Beamten das Versteck preis. Er hatte im Krankenzimmer ein Bild aufgehängt, in dem er zwischen dem Kunstwerk und dem Verstärkungskarton dahinter 8.000 EUR versteckt hatte. Dabei schilderte er den Ermittlern, wie er vorgegangen war.

Nach stundenlangen Vernehmungen mussten die Ermittler eine Pause einlegen. Der Beschuldigte verlor langsam die Konzentration. Obwohl er sich bemühte, brachte er verschiedene Fakten durcheinander. Er wurde in seine Zelle zurückgebracht und mit Essen und Trinken versorgt. Auch ermöglichten ihm die Ermittler, im Hof des Dienstgebäudes eine Zigarette zu rauchen. Uwe war jetzt soweit, dass keine Vertuschungsversuche mehr zu erwarten waren. Er hoffte, durch sein Geständnis Milde von einem Richter zu erhalten. Da er sich kooperativ zeigte und wesentlich bei der Aufklärung von Raubüberfällen und anderen Verbrechen mitwirkte, würde ihm dieses Verhalten bei der Urteilsverkündung zugutekommen. So sah es die Strafprozessordnung vor, dennoch oblag die Entscheidung dem Richter.

Indessen war der Anwalt aus Linz, den Fred angerufen hatte, auf der Dienststelle eingetroffen. Jörg und Hans unterrichteten ihn knapp, wie es um dessen Mandanten stand, was Krüger zur Last gelegt wurde, ohne Details zu nennen und dass die Beweise erdrückend wären.

Danach führten sie den Rechtsvertreter in den Verhörraum zu Gunter Krüger. Auf Wunsch verließen Fred und Johnny das Zimmer, beobachteten durch eine fix verankertes schalldichtes

Fenster das Geschehen von außen. Der Anwalt durfte dem Mandanten nicht schutzlos ausgeliefert sein. Notfalls konnten sie rasch eingreifen.

20 Minuten später kam der Advokat aus dem Verhörraum und teilte den Beamten mit, dass sich sein Mandant im Sinne seiner Ratschläge bei der weiteren Vernehmung äußern werde. Er selbst habe einen wichtigen Termin und könne daher dem Verhör nicht beiwohnen.

Gunter Krüger gab bei der folgenden Befragung zu, der Cousin des Möbelhändlers Arnold Krüger zu sein. Er sei bei dem Ausstieg aus dem Unternehmen vor mehr als 15 Jahren von Arnold und dessen Vater über den Tisch gezogen worden, weshalb er mit Uwe Rötzer fünf Banküberfälle verübt habe. Mit dem Beutegeld hätten sie einige Monate in Thailand gut leben können. Das war es dann aber auch schon mit seiner Aussage. Schließlich sagte er zu den Ermittlern: „Fragt doch den Uwe, der hat ein besseres Gedächtnis als ich. Es wird schon stimmen, was er euch erzählt. Ich habe hinreichend ausgesagt. Jetzt lasst mich in Ruhe und bringt mich in die Zelle."

„Das stellen Sie sich so vor, Herr Krüger. Nun werden Kollegen, die viele Einzelheiten von Ihrem Komplizen erfahren haben, die Vernehmung fortsetzen. Außerdem muss abgeklärt werden, ob Sie gar nach Thailand ausgeliefert werden."

Diese letzte Bemerkung war für Gunter Krüger ein regelrechter Schlag ins Gesicht. Er wusste, dass mitteleuropäische Gefängnisse geradezu Erholungstempel waren im Vergleich zu den Haftanstalten in Thailand, fragte sich aber, wie die Ermittler von seinem schweren tätlichen Übergriff in Thailand wissen konnten. Gunter hatte bei einer Kneipenschlägerei in einer Bar einen Kontrahenten schwer verletzt. Auf der Insel Koh Samui konnte die Polizei den Täter nie finden. Jetzt bekam er leichte Zweifel, ob er möglicherweise verraten wurde. Eigentlich wusste nur Kunze davon. Er war damals der Einzige in der Bar, der ihn kannte. Ihn hatte er mit heftigen Drohungen zum Stillschweigen eingeschworen, außerdem war er jetzt tot. Die Skepsis übernahm immer mehr überhand und er mutmaßte, dass Kunze seinem Schwager Uwe von dem Vorfall erzählt haben könnte. Erst viel später erfuhr er, dass er auf einen Trick der Kriminalisten hereingefallen war.

Fred und Johnny merkten, dass es jetzt an der Zeit war, sich von Jörg und Hans ablösen zu lassen und diese den Druck auf den Beschuldigten erhöhen mussten. Fred ging zuerst aus dem Verhörzimmer und informierte die Kollegen über den momentanen Gemütszustand von Krüger.

Kurz darauf betraten Jörg und Hans den Vernehmungsraum. Fred und Johnny hatten sich längst eine Kaffeepause verdient, um danach ein Protokoll über die Befragung anzulegen.

Bereits als Jörg und Hans den Raum betraten, wurde dem Beschuldigten deutlich, dass der gemütliche Teil vorbei war.

Jörg setzte sich verkehrt auf einen Sessel und stützte seine Arme auf der Lehne ab, direkt vor Krüger, während sich Hans hinter diesen stellte. Natürlich war das eine unangenehme Lage für den Beschuldigten, darin lag auch der Sinn.

Jörg kündigte Gunter Krüger direkt an: „Wir werden dich ab sofort duzen, ob es dir passt oder nicht. Bei einer Vernehmung, wo wir über schwerste Verbrechen bis zu Morden sprechen müssen, ist das höfliche Sie nicht angemessen. Natürlich werden wir es akzeptieren, wenn auch du uns duzt. Wir werden respektvoll mit dir umgehen, trotzdem musst du dir diese Achtung auch verdienen. Sollten wir feststellen, dass du uns an der Nase herumführst, wird sich unser Verhalten grundlegend verändern."

Jetzt ergriff Hans das Wort, weil er merkte, dass Krüger zu einer Entgegnung angesetzt hatte. „Gunter, du bist noch nicht am Wort." Dabei beugte er sich mit dem Kopf in Richtung Tischplatte, blickte dem Beschuldigten direkt in die Augen und setzte seine Ansage fort. „Du weißt bereits, welche Antworten wir von dir erwarten. Solltest du uns diese Auskünfte schuldig bleiben, werden wir auf andere Weise die Lösungen finden und dir Schritt für Schritt jedes einzelne Verbrechen nachweisen. Du hast richtig gehört, wir reden hier von Morden und keinen Hühnerdiebstählen. Wahrscheinlich wirst du ohnehin zu einer lebenslangen Haftstrafe verurteilt, trotzdem besteht die Chance auf ein milderes

Urteil. Ob du diese Option ziehst und uns bei der Aufklärung durch deine Aussage hilfst, entscheidest du allein. Wir geben dir 15 Minuten Bedenkzeit."

Krüger schien nachzudenken, sein Selbstbewusstsein hatte sichtlich einen Knick bekommen. Dann bat er Hans: „Könntest du mir eine Tasse Kaffee bringen? Ohne Milch und Zucker, bitte."

„Sicher, wenn er dir beim Nachdenken hilft", antwortete Hans knapp und machte sich auf den Weg in die Kantine.

Nachdem Hans den Kaffee gebracht hatte, verließen er und Jörg den Raum. Der Beschuldigte sollte in Ruhe nachdenken.

Kapitel 43

Gunter Krüger saß im Verhörraum. Er fühlte sich einsam und wusste, dass auf ihn viele Jahre im Gefängnis warteten. Er wog ab, ob ein Geständnis wirklich hilfreich sein konnte. Sein Anwalt hatte ihm geraten, alles zuzugeben, was ihm die Kriminalisten ohnehin nachweisen konnten. Je länger er überlegte, desto mehr kam er zu der Überzeugung, dass ihm nur noch die Flucht nach vorn half. Gunter hoffte auf seinen Anwalt, der mildernde Umstände geltend machte und bei seinen Mordverbrechen auf Totschlag plädieren konnte. Er kannte den Anwalt aus Medienberichten her, er galt als gewiefter Strafverteidiger. Daher entschloss er sich, ein umfassendes Geständnis abzulegen, wollte dabei aber geschickt ausloten, was die Ermittler bereits wussten.

Als Jörg und Hans in den Verhörraum zurückkamen, erklärte ihnen der Beschuldigte ohne lange Umschweife, dass er alles ‚beichten' werde, aber es einige Zeit in Anspruch nehmen würde.

„Wir haben reichlich Zeit, an dem wird es nicht scheitern", entgegnete ihm Jörg.

Gunter Krüger begann zu erzählen. Er redete, redete und die Beamten machten sich Notizen zu seinen Aussagen. Sie wollten seinen Redefluss nicht unterbrechen, obwohl ihnen schon die eine oder andere Frage auf den Lippen brannte.

Er berichtete, dass er sich von der Ablösesumme aus der Möbelhandelsfirma ein Weingut in Südafrika gekauft habe. Bald erkannte er, dass er einem betrügerischen Makler aufgesessen war. Als Deutscher hatte er in Südafrika rechtlich keine Möglichkeiten, den Schaden einzuklagen, zumal er beim Geschäftsabschluss dem Makler zu sehr vertraut und wichtigen Details zu wenig Beachtung geschenkt hatte. So blieb ihm nichts anderes übrig, als das Grundstück zu einem Spottpreis weiterzuverkaufen. Mit dem Erlös lebte er einige Jahre in Thailand. Das Visum besorgte er sich in der Botschaft in Bangkok.

Auf der Ferieninsel Koh Samui eröffnete er mit dem Rest des Geldes eine kleine Strandbar. Dort traf er auf die deutschen Staatsbürger Sven Kunze und Uwe Rötzer, die beide nicht ganz freiwillig in Thailand waren. Krüger freundete sich mit den Deutschen an, sie halfen ihm auch mehr schlecht als recht bei der Führung der Bar. Teils waren sie selbst die besten Gäste und überdies gingen sie sehr großzügig mit ihren Besuchern um. Oft gingen die Getränke auf das Haus, besser gesagt auf die Palmhütte. Viel mehr war die Strandbar auch nicht. Es kam, wie es kommen musste. Nach einigen Monaten standen die stolzen Barbetreiber ohne Geld da. So entstand die Idee, sich durch Überfälle auf Geldinstitute in Österreich und Deutschland Bargeld zu verschaffen.

Sven und Uwe waren wegen kleinerer Vergehen in Deutschland schon vor Gericht gestanden. Gunter Krüger war völlig unbescholten. Er war dann derjenige, der seinen künftigen Komplizen den Vorschlag unterbreitete, in Österreich einen Helfer anzuheuern und dachte da auch an eine gewisse Person.

Zwischenzeitlich brachte Jörg dem Beschuldigten ein Glas Wasser. Sogar das Rauchen im Verhörraum wurde ihm gestattet, obwohl in öffentlichen Gebäuden ein generelles Rauchverbot herrschte. Wer schert sich schon um ein Verbot, wenn es hier um die Aufklärung von vier Morden und einer Vielzahl von Banküberfällen und weiteren Straftaten ging?

Während Krüger genüsslich eine rauchte, unterbrach er seine Schilderung, trat jedoch an die Beamten mit der Bitte heran, seinem Cousin Arnold Krüger, der das Möbelgeschäft betrieb, nicht gegenübertreten zu müssen.

„Das kommt ganz auf dich an. Wenn dein Geständnis lückenlos sein wird, können wir auf eine Gegenüberstellung verzichten. Versprechen kann ich es nicht, weil der Staatsanwalt auch noch ein Wörtchen mitzureden hat. Es ist wichtig, dass deine Angaben unseren Erhebungsergebnissen nicht widersprechen. Das ist die Voraussetzung für den Verzicht auf einen Lokalaugenschein", erklärte ihm Hans.

Das Letzte, das Gunter wollte, war ein Lokalaugenschein auf den Tatorten. Infolgedessen bemühte er sich redlich, sein Leben mit besonderem Fokus auf die Straftaten in allen Einzelheiten darzustellen. Nachvollziehbarerweise ging er auf mehrere Details nicht ein, weil sie ihm nicht wichtig vorkamen.

Nachdem der Beschuldigte mit seinen Schilderungen bis zur Verhaftung geendet hatte, stellten ihm die Beamten noch Fragen, wo ihnen noch die Antworten und die Logik dahinter fehlten.

Zuerst wollten sie die Nacht, in der er den Café-Betreiber ermordet hatte, detaillierter beschrieben haben. Der Beschuldigte wusste, worauf die Kriminalisten hinauswollten, weil sie ihm von der Filmsequenz auf der Überwachungskamera erzählt hatten.

„Ich verstehe, euch ist unklar, warum ich nackt nur mit einem Handtuch über die Schultern aus dem Geschäft geflüchtet bin. Das hat nichts damit zu tun, dass meine Kleidung nach dem Mord an dem Kerl im Caféhaus blutverschmiert gewesen wäre. Nein. Ich war nackt, als ich auf ihn eingestochen habe. Nachdem Nina Hacker und ich beim Tod von Sven Kunze im Keller nachgeholfen hatten – wir wollten ihn dazu zwingen, uns sein Geldversteck zu verraten. Die Beutesummen passten nicht mit den Beträgen zusammen, die wir versteckt hatten. Sven war von schweren Drogen abhängig und das Suchtgift, das er konsumierte, kostet richtig Geld. Daher waren wir uns sicher, dass er ein eigenes Versteck angelegt hatte. Ihr habt die Kleiderbügel im Keller gesehen. Ich habe ihm einen Drahtbügel um den Hals gelegt und die Enden links und rechts immer mehr zusammengedreht. Auf diese Weise wollte ich ihn zwingen, uns sein Versteck zu verraten. Dazu kam es nicht mehr, weil er plötzlich ohnmächtig wurde. Wir warteten einige Minuten, fühlten dann seinen Puls und stellten fest, dass er tot war. Sein von Drogen zerfressener Körper hatte die Misshandlung nicht überstanden. Den Drahtkleiderbügel als Folterwerkzeug habe ich unter die anderen Bügel im Keller gemischt. Wahrscheinlich hat er sich auch einen Arm gebrochen, weil ich ihn vorher die Stiege in den versteckten Raum hinuntergestoßen habe. Nina machte mir keine Vorwürfe, weil uns sein Ableben ohnehin gelegen kam, obwohl ich ihn nicht töten wollte. Wir waren uns bewusst, dass Sven schon längst eine Gefahr für unsere Unternehmen geworden war. Einer Vernehmung durch Polizisten hätte er keine zehn Minuten standgehalten. Seine Drogensucht hatte ihn zu einem unkontrollierbaren Menschen werden lassen. Wir suchten den Kellerraum noch nach dem geheimen Versteck von Kunze, ohne Erfolg. Danach gingen wir zurück in den Ausstellungsraum, um dort mit einer Flasche Sekt und Sex die durch Kunzes Tod aufgekommene körperliche und psychische Unruhe abzubauen. Ich weiß, es hört sich abartig an: Zuerst einen Menschen umbringen und dann mit einem Fick Stress abbauen. Ehrlich, uns kam Svens Tod gelegen, wie wir erst allmählich registrierten. Ich holte eine Flasche Sekt aus dem Café, die Verbindungstür war nicht verschlossen, um dann im Möbelhaus mit Nina zu feiern. Wie zuvor erwähnt, Nina und ich wollten den Vorfall im Kellerraum vergessen. Bis zu diesem Tag hatte ich noch niemanden getötet. Wir unterbrachen unser Stelldichein nach ungefähr einer halben Stunde, weil es in unseren Gehirnen brodelte und unser Sexspiel im wahrsten Sinne des Wortes zu einem Rohrkrepierer wurde. Nackt nur in Socken brachte ich die halb volle Flasche Sekt in das Café zurück, um den restlichen Inhalt im Abwaschbecken zu entsorgen. Dort stand mir plötzlich ein Mann gegenüber. In Panik ergriff ich ein großes Küchenmesser, das im Schankbereich lag und stach wie ein Verrückter auf ihn ein. Er hat mich gesehen. Ich muss ihn töten, sonst verrät er mich, ging mir damals durch den Kopf. Danach lief ich zurück in den Verkaufsraum zu Nina, trug ihr auf, sich anzuziehen und sofort zum Auto zu gehen und dort auf mich zu warten. Die Sektflasche ließ ich auf der Schank stehen, das Messer nahm ich mit. Als Trinkgläser haben wir einfach Sektflöten aus dem Verkaufssortiment verwendet. Soweit ich mich erinnern kann, hat Nina die Gläser ausgewischt und wieder in das Regal gestellt.

Ich täuschte danach einen Einbruch in das Geschäft vor und lief anschließend nackt zum Auto. Trotz der Stresssituation dachte ich noch an eine Überwachungskamera, weshalb ich ein Handtuch aus dem Verkaufsraum mitnahm und es mir vor dem Verlassen des Geschäftes über die Schultern legte. Ich wollte meine Tattoos im Schulterbereich abdecken, die mich verraten hätten. Das Messer hatte ich in ein Putztuch gewickelt. Wenn ihr auf dem Fenstergriff und dem Stein keine Spuren gefunden habt, so liegt das daran, dass ich dünne Gartenhandschuhe übergezogen hatte, die ich aus dem Geschäft mitgehen ließ. Die Handschuhe habe ich auf dem Autobahnparkplatz vor Amstetten, auf dem ich Nina erschossen habe, in eine Mülltonne geworfen."

Nun stand Gunter von seinem Sessel auf und zog sich seinen Pulli über den Kopf. Tatsächlich hätten die thailändischen Motive auf seinen Schultern den Ermittlern allein durch ihre Herkunft einiges verraten. Ein Sachverständiger für fernöstliche Tätowierungen, die es mittlerweile bereits gibt, hätte den Kriminalisten weiterhelfen können. Gunter nahm nach dieser Vorführung wieder Platz. Warum Nina Hacker und ihre Freundin Ana Slavicka sterben mussten, hatte er den Beamten bereits erzählt. Hacker, die er schon seit seiner frühen Jugend kannte, hatte ihm bei der Wegfahrt vom Möbelgeschäft heftige Vorwürfe gemacht, weil er einen Mann im Café, der dort offenbar zufällig anwesend war, erstochen hatte. Das blutige Messer lag mit dem Fetzen umwickelt im Kofferraum. Nina faselte, sich bei der Polizei zu stellen, damit war ihr Schicksal besiegelt. Krüger bat sie auf den ersten Parkplatz auf der Autobahn in Richtung Linz einzufahren, weil er sich ankleiden und das Messer entsorgen wolle. Widerwillig kam die Prostituierte der Forderung nach. Sie waren das einzige Fahrzeug auf dem Parkplatz. Gunter nutzte das umgehend aus und schoss Nina mit seiner Pistole eine Kugel in den Kopf. Danach setzte er die Fahrt fort, verließ in Oed die Autobahn und fuhr nach Wallsee, dort weiter auf dem Donaubegleitweg am Kraftwerk vorbei weiter in Richtung Strengberg-Au. Nach geschätzten zwei Kilometern hielt er seinen Wagen an und versenkte sein Mordopfer samt dem Auto in der Donau. Das Messer hatte er vorher aus dem Kofferraum genommen und samt dem Tuch weit in den Fluss hinaus geschleudert. Zu diesem Zeitpunkt hatte Gunter längst das Todesurteil über Ana Slavicka gefällt. Sie war die Freundin von Nina, lebte mit ihr in einer Wohnung zusammen und war die Einzige, die seine

Herkunft kannte. Sie und Nina hatten für ihn und seine Komplizen Geldinstitute für Überfälle ausgekundschaftet. Das Versteck im Keller des Möbelhauses Krüger in Pindorf kannten nur Nina, Sven und er selbst, wie Gunter annahm.

Keine drei Stunden später war auch Ana Slavicka tot. Gunter hatte sie mit dem Kabel eines Ladegerätes erdrosselt. Er kannte sich in der Wohnung aus und wusste auch, wo die Damen die Ladekabel verwahrten. Tageweise hatte er in der Wohnung der Prostituierten Unterkunft genommen. Ana fand es nicht ungewöhnlich, als Gunter an der Tür klopfte. Sie ließ ihn ein. Was danach geschah, ist bereits bekannt.

Johnny wollte noch wissen, warum Krüger in der Tatnacht mit seiner Pistole einen Schuss in ein Friseurgeschäft in Mauthausen abgefeuert hatte.

„Von dem Schuss in den Friseurladen weiß ich nichts, habe aber trotzdem eine Erklärung dafür. Ich habe meine Flucht auf der nördlichen Donauseite fortgesetzt. Daher bin ich mit dem in Strengberg gestohlenen Pkw über die Mauthausener Donaubrücke gefahren. Zu dieser Zeit begegneten mir nur vereinzelt Fahrzeuge. Die Pistole wollte ich so schnell wie möglich loswerden. Ich öffnete das Seitenfenster der Fahrertür, um sie direkt aus dem Auto in den Fluss zu schleudern. In meiner Hektik hatte ich beim Werfen den Finger am Abzug, weshalb sich ein Schuss löste. Die Waffe landete auf dem Gehsteig der Brücke. Folgend stieg ich schleunigst aus, hob sie auf und warf sie in den Fluss. Bei dieser Aktion hätte ich mich auch selbst erschießen können."

Fred legte dem Beschuldigten ein Gutachten vor, das besagte, dass das Projektil, das Nina Hacker im Kopf traf, und jenes, das aus dem Friseurgeschäft gesichert wurde, aus derselben Waffe stammten.

Gunter hatte eine annehmbare Erklärung für die Existenz dieses geheimen Raumes im Keller des Möbelhauses. „Mein Vater hat mir als Kind einmal im Keller das Versteck gezeigt. Er nannte das Verlies einen Schatzraum. Durch diese Bezeichnung habe ich mich immer wieder an den Raum erinnert. Die Technik zum Öffnen der Stiege hatte ich bald gefunden, weil ich wusste, dass sich die Stiege öffnen lässt. Er dachte auch daran zu erwähnen, drei Schlüssel zur Filiale in Pindorf in der Wohnung seines Vaters gefunden zu haben."

Mit jeder weiteren Frage wurde der Ablauf der gesamten Verbrechen zu einem klaren, abgerundeten Bild, in dem die Tatmotive zweifelsfrei erkennbar wurden. Hatte die Bande ursprünglich vorgehabt, sich mit der Beute aus den Banküberfällen ein schönes Leben zu finanzieren, endete die verhängnisvolle Nacht im Café Komfort mit dem Leben der Täter – bei Sven, Nina und Ana – im wahrsten Sinne des Wortes.

Das Verhör hatte bis jetzt neun Stunden mit kurzen Unterbrechungen angedauert. Die Ermittler beschlossen, es für diesen Tag gut sein zu lassen und brachten Gunter Krüger in seine Zelle zurück.

Es war jetzt an der Zeit für einen Austausch der Erkenntnisse aus den Vernehmungen. Die Linzer Spezialisten für Rauberhebungen hatten Uwe Rötzer schon früher in die Anhaltezelle gesetzt.

Während die Kollegen die Vernehmungen führten, überprüften Anita und Paul die Aussagen mit den aufliegenden Akten. Es blieben einige offene Fragen. Die Aussagen über das erbeutete Bargeld wiesen überwiegend Abweichungen zu den im jeweiligen Akt festgehaltenen Beträgen auf. Es hatte den Anschein, dass sich die Täter, eingeschlossen jener, die nicht mehr lebten, ohne Wissen der anderen Geld abzweigten. Sven Kunze dürfte infolge seiner Drogensucht ständig Geld benötigt haben. Seine inhaftierten Komplizen vermuteten, dass er mit der Animierdame Nina Hacker auch ohne ihr Wissen in das Möbelhaus nach Pindorf auf eine Téte á Téte gefahren ist. Diese Schäferstündchen nutzen wohl beide, um aus dem Geldversteck Beutegeld zu holen. Gunter Krüger behauptete insgesamt nur zweimal das geheime Versteck im Möbelhaus aufgesucht zu haben. In einem Fall vor Jahren mit Nina, wo er sie in die örtlichen Gegebenheiten einweihte und ihr auch den Schlüssel übergab. Der zweite Besuch in der verhängnisvollen Nacht endete mit dem Tod seines Komplizen Sven Kunze und dem Kaffeehausbetreiber, der ihn überrascht hatte.

In den nächsten Tagen wurde Gunter Krüger weiteren Vernehmungen unterzogen. Es gab noch Ungereimtheiten, die abgeklärt werden mussten. Primär ging es um seine Aufenthalte, die letzten 18 Jahre und die Vorgangsweise bei der Planung der Verbrechen. Nina Hacker war tatsächlich die Verwalterin der Beute und auch die Organisatorin der Überfälle. Sie war es auch, die die Gegebenheiten im und um das Möbelhaus ausgekundschaftet hatte und wusste, wie die Alarmanlage umgangen werden konnte.

Nicht geklärt werden konnte, wie Sven Kunze sein Geldversteck in der letzten Stufe der Stiege hatte anlegen können. Es lag nahe, dass Nina Hacker mit ihm gemeinsame Sache machte. Gunter Krüger vermutete sogar, dass Nina vor Jahren etwas mit seinem Vater im Möbelhaus in Pindorf gehabt haben könnte. Beim ersten Besuch in der Pindorfer Filiale des Möbelhauses kam es Gunter vor, als ob Nina diese Örtlichkeit nicht unbekannt war. Sie war zielgerecht zum Lieferanteneingang gegangen. Damals wusste er, dass sich sein Vater mit ihr gelegentlich in einem Etablissement in Linz traf, aber er hätte nie gedacht, dass er sie auch in die Filiale nach Pindorf mitgenommen hatte.

Die Tage nach der Verhaftung kamen der SOKO-Leiter Michael Ebert und der Bezirkskommandant samt den Offizierskollegen der Landeskriminalämter kaum zum Durchatmen, derart groß war der Andrang der Medien. Sogar ein deutscher Fernsehsender hatte sich angemeldet.

Michael fand keine Zeit, um sich genauer über die Erkenntnisse aus den Vernehmungen zu informieren.

Jörg erkannte, wie sehr sein Freund unter Druck stand, weshalb er ihn mit den neuesten Fakten vertraut machte. Er sprach mit ihm nur über Einzelheiten, die bereits für eine Weitergabe an die Medien geeignet waren. Beim Kaffee in der Kantine erkannte er auch, dass die anstrengenden Tage von intensiven Recherchen und Verhören alle erschöpft und ziemlich mitgenommen hatten. Nach telefonischer Rücksprache mit Michael verfügte er, dass alle heute Schluss machen sollten und die Besprechung am Vormittag des nächsten Tages die bessere Lösung wäre.

Jörg unterstützte seinen Freund und Vorgesetzten bei den notwendigen administrativen Tätigkeiten. Michael sollte nach der Pressearbeit damit nicht mehr befasst werden und ohne Aufschub zu Linda nach Hause fahren können. Er selbst freute sich auf ein gemeinsames Schaumbad mit Brigitte. Jörg hatte längst erkannt, dass es nach derart schwierigen, aufwendigen und monatelangen Ermittlungen nichts Besseres gab, als zu Hause einen Ruhepol zu finden. Sowohl Linda als auch Brigitte wussten, wie sie zur gegenwärtigen Zeit mit ihren Gefährten umgehen mussten.

Kapitel 44

Es war eine gute Idee, die Kollegen am Vortag früher nach Hause zu schicken, so konnten sie wenigstens einigermaßen den Kopf freibekommen. Michael bat sein Team, ihm die weitere Vorgangsweise darzulegen, er würde zuhören und sich auch heute wieder den Medien stellen.

Größere Unstimmigkeiten, mit Ausnahme der Beute aus den Raubzügen, gab es nicht mehr abzuklären. Die Linzer Ermittler waren sich bewusst, dass sie die eine oder andere Bank zur Abklärung der erbeuteten Geldbeträge noch einmal aufsuchen mussten. Außerdem hatten sich die Bandenmitglieder bei der Aufteilung des geraubten Bargeldes augenscheinlich gegenseitig betrogen. Die Angaben der noch lebenden Täter waren wenig aussagekräftig für eine konkrete Feststellung der Beutesumme aus sämtlichen Überfällen. Überdies war nicht auszuschließen, dass die ermordeten Prostituierten noch eigene Geldverstecke angelegt hatten.

Die Gerissenheit der ‚Roten Mitzi' und ihre Sorge um die Animierdamen lassen vermuten, dass sie für beide Bargeld verwaltete und dabei auch selbst nicht zu kurz kam. Allein dazu fehlte den Kriminalisten neben einem Ermittlungsansatz auch die Motivation, um die Erhebungen noch in diese Richtung auszudehnen, zumal ihnen Mitzi wesentliche Hinweise geliefert hatte. Außerdem schien die ‚Rote Mitzi' im gesamten Akt nicht auf.

Vor allem stand heute die schriftliche Dokumentation der Geständnisse an. Jörg und Hans würden, wie es sich bereits bewährt hatte, abwechselnd die Angaben von Gunter Krüger niederschreiben.

Die schriftliche Dokumentation der Vernehmung von Uwe Rötzer würden die Ermittler der Raubgruppe erledigen.

Paul meldete sich bei der Staatsanwaltschaft. Schließlich benötigte der Staatsanwalt einen umfassenden Bericht, um den Antrag auf Untersuchungshaft zu stellen. Bei der Schwere der Delikte war es im gegenständlichen Fall nur mehr Formsache.

Anita erhielt die Aufgabe, die Ex-Frau von Klaus Kargl aufzusuchen und ihr Mitteilung über die Festnahme des Mörders zu machen. Sie bat ihre Kollegin und Freundin von Jörg um Unterstützung bei dieser undankbaren Aufgabe. Schließlich traf mit der Verständigung der Angehörigen diese die Erinnerung wieder mit voller Härte.

Michael fand, dass die Kolleginnen am besten mit dieser Aufgabe umgehen konnten.

Um die Verständigung weiterer Opfer von Gunter Krüger würden sich die Linzer Beamten kümmern, zumal in diesen Fällen die Angehörigen in Oberösterreich wohnten.

Für das Team der SOKO war es ein Tag am Schreibtisch. Die Fakten aus den Ermittlungen mussten penibel genau überarbeitet werden. Jedes kleinste, auch noch so unwichtig erscheinende Detail musste hinterfragt werden.

Wie die Erfahrung bei dieser Anzahl an Tötungsdelikten und bewaffneten Raubüberfällen zeigte, würde bald ein Promi-Anwalt die Verteidigung von Gunter Krüger übernehmen.

Bei einigen Printmedien zierte das Titelblatt die Schlagzeile ‚Möbelhauserbe als Mehrfachmörder entlarvt'.

Kurz vor Mitternacht waren die Ermittler mit ihren Arbeiten fertig und die Beschuldigten wurden in die Haftanstalten nach St. Pölten und Linz überstellt. Sie durften nicht die geringste Möglichkeit einer Absprache haben.

Die nächsten Wochen arbeitete das SOKO-Team weiter an der Aufarbeitung des Aktes. Wo es graue Flecke gab, mussten nachträgliche Erhebungen geführt werden.

Der Bezirkskommandant Herbert Stummer kam indessen allein mit den Medien zurecht und Michael konnte sich seinen Aufgaben als SOKO-Leiter zuwenden. Er trug schließlich die Hauptverantwortung, dass das Gericht einen lückenlosen Bericht vorgelegt bekam.

Kapitel 45

Einige Wochen später war der gesamte Akt fast zur Gänze aufgearbeitet, als Herbert Stummer den SOKO-Leiter auf das Bezirkskommando bestellte.

„Guten Morgen Herbert, sag nicht, dass du schon wieder einen besonderen Fall für uns hast, wo wir den Letzten gerade zum Abschluss bringen."

Der BPK-Kommandant lachte und meinte: „Ich weiß dein Engagement und die Motivation des Teams der SOKO zu schätzen, aber Spaß bei Seite, deshalb hab ich dich nicht gerufen. Nimm Platz, trinken wir einen Kaffee, ich muss mit dir etwas bereden."

Nachdem Herbert Michael den Kaffee serviert und sich gesetzt hatte, trug er dem SOKO-Leiter sein Anliegen vor.

„Du weißt doch noch, wie wir seinerzeit den erfolgreichen Abschluss der Morderhebungen der damaligen SOKO-Reifberg würdig gefeiert haben."

„Natürlich", unterbrach er den Vorgesetzten: „Ich kann mich daran erinnern, den »Anwalt-Spezi« hat damals die gesamten Kosten der Feier übernommen. Ich denke heute noch gerne an die erfolgreiche Arbeit zurück, aber bitte komme zum Punkt, ich habe noch ein paar wichtige Telefonate zu führen."

„Hättest mich nicht unterbrochen, wüsstest du bereits, worauf ich hinaus will. Deinem Vorgänger als Leiter der

Kriminaldienstgruppe Amstetten und auch der damaligen SOKO August Klein war es ein Anliegen, den Ermittlungsabschluss mit dem ganzen Team einschließlich der Partnerinnen in einem würdigen Ambiente zu feiern. Meinst du nicht, dass du es deinem Vorgänger gleichmachen und eine Abschlussfeier organisieren solltest. Übrigens, wenn ich ehrlich bin, kam der Vorschlag von meiner Frau, ich dachte nicht an eine Feier, muss meiner besseren Hälfte aber beipflichten."

Michael meinte nach einer kurzen Nachdenkpause: „Herbert, deine Frau hat völlig recht, ich werde meinen Damen die Organisation der Feier überlassen. Du musst mir nur sagen, wen du dabeihaben willst."

Der BPK-Chef druckste etwas herum, bevor er sich deutlich äußerte.

„Michael, das soll vordergründig unsere Feier sein, trotzdem ersuche ich dich zu überlegen, ob wir nicht den LKA-Kommandanten Oberst Gerhard Schöndorfer und seine Frau zur Feier einladen sollten. Er würde sich sicher freuen. Außerdem hat er uns während der Ermittlungen nicht nur einmal den Rücken gestärkt."

„Da gibt es nichts zu überlegen, Schöndorfer wird samt seiner besseren Hälfte dabei sein, er bekommt eine förmliche Einladung."

Herbert war sichtlich erleichtert über die spontane Zusage von Michael.

Auf dem Rückweg ging Michael zu Anita in die Kanzlei und erzählte ihr von der Abmachung mit dem Bezirkskommandanten bezüglich einer Abschlussfeier. Er musste die Kollegin nicht bitten, die Feier zu organisieren. Anita war sofort begeistert und bat ihn, die Ausrichtung der Feier mit ihren »Mädels« übernehmen zu dürfen. Wen sie mit »Mädels« meinte, war ihm egal, Hauptsache sie kümmerte sich um die Organisation.

Auf dem Weg in seine Kanzlei fiel Michael ein, dass er mit Stummer nicht über die Kosten gesprochen hatte, als sein Handy klingelte. Herbert teilte ihm mit, dass er sich über den Kostenaufwand keine Gedanken machen müsse.

Anita stellte bereits in den nächsten Tagen ein Organisatskomitee, bestehend aus Brigitte, Linda und Emilie, der Frau von Hans, und ihr zusammen. Emilie riet ihnen, auch Klara Stummer, die Frau des Bezirkskommandanten, zu den Vorbereitungsarbeiten einzuladen. Klara freute sich riesig, sich an der Planung der Feier beteiligen zu dürfen.

Zwei Wochen später, an einem Samstagabend, fand die Feier in einem bekannten Restaurant in Amstetten statt. Herbert Stummer hielt die Begrüßungsrede, fand treffende Dankesworte für die großartige Arbeit der SOKO und bedankte sich schließlich beim LKA-Kommandanten Oberst Gerhard Schöndorfer für dessen wiederholte Unterstützung bei der Festlegung des Zuständigkeitsbereiches.

Michael fasste den gesamten Ermittlungsakt in einem kurzen Bericht zusammen, bevor er den Vorgesetzten und dem Team seinen Dank aussprach.

Oberst Schöndorfer ließ sich nicht nehmen, ebenfalls eine bewegende Rede zu halten. Bewegend war die Ansprache deshalb, weil der LKA-Kommandant nicht über den Akt und die Ermittlungen sprach, sondern den zwischenmenschlichen Bereich unter den beteiligten Kriminalisten hervorhob. Er betonte den Zusammenhalt unter den Beamten bei den Erhebungen bis hin in den privaten Bereich. Ebendieses füreinander eintreten sei ein wesentlicher Faktor für einen positiven Abschluss der Erhebungen. Schöndorfer bedankte sich bei den Partnerinnen der Kriminalisten, da sie während der Aktbearbeitung Abstriche im privaten Bereich machen mussten. Dabei wies er darauf hin, dass es einem engagierten Polizisten gerade in einem derart umfangreichen Akt mit mehreren Kapitalverbrechen schwer möglich ist, nach dem Verlassen der Dienststelle die Arbeit auch mental hinter sich zu lassen. Während der LKA-Kommandant redete, nickten Herbert Stummer, wie einige andere Anwesende zustimmend.

Der gemütliche Teil der Feier zog sich über Mitternacht hinaus, wobei der eine oder andere eine lustige Anekdote über den Fall zu berichten wusste. Die Ehefrauen der Offiziere Klara Stummer und Gerda Schöndorfer waren besonders angetan von dem lockeren und unkomplizierten Umgang untereinander. Sie hatten ihre Männer bereits öfter zu Veranstaltungen des Ministeriums begleitet. Dort schien es bei den Damen vordergründig darum zu gehen, wer das schönste und teuerste Kleid hat und wessen Ehemann die höchste Funktion bekleidet. Diese Feier mit netten Gästen war kein Vergleich mit den »Präpotenzwettkämpfen« bei Feiern der sogenannten feineren Gesellschaft.

Bei der Verabschiedung versprach man, sich öfter zu treffen und einige chwadronierten schon von der nächsten Feier.

In drei Wochen war Weihnachten, alle freuten sich auf das Fest mit ihren Familien. Die Beamten waren froh, den Akt noch vorher abgeschlossen zu haben.

Für Jörg war die Feier, zu der er natürlich mit Brigitte gekommen war, ganz speziell. Derartige fröhliche Feiern unter Kollegen kannte er nicht. Die Feiern beim Landeskriminalamt endeten meist im Alkoholnebel. Hier kam bei ihm etwas wie Rührung auf. Dieses Gefühl hatte er seit Ewigkeiten nicht mehr erlebt. Er freute sich auf das erste gemeinsame Weihnachtsfest mit Brigitte. Die letzten Jahre hatte er sich über die Feiertage vornehmlich zum Dienst einteilen lassen oder er verbrachte einen Urlaub in Thailand.

Wer für die Kosten der Feier aufgekommen war, wurde nicht bekannt. Es interessierte ohnedies niemanden.

Kapitel 46

Ein halbes Jahr später fand beim Landesgericht St. Pölten die Hauptverhandlung gegen die Beschuldigten Gunter Krüger und Uwe Rötzer statt.

Die SOKO war zu dieser Zeit bereits aufgelöst worden, Hans Spatt versah wieder auf seiner Stammdienststelle in Pindorf Dienst und die anderen Kollegen aus dem SOKO-Team gingen bei der Kriminaldienstgruppe der Inspektion in Amstetten ihren gewohnten Aufgaben nach. Den Beziehungen der Beamten tat es gut, dass nun der deutlich höhere Ermittlungsdruck und die vielen Überstunden wegfielen. Bald kehrte wieder der ‚normale' Polizeialltag mit seinen schönen und auch weniger schönen Aufgaben ein.

Gunter Krüger wurde zu einer Haftstrafe von 20 Jahren verurteilt. Seinem listigen Anwalt war es gelungen, eine lebenslange Freiheitsstrafe abzuwenden, wie sie der Staatsanwalt gefordert hatte. Der Vertreter von Krüger wies immer wieder darauf hin, dass es ohne Geständnis seines Mandanten niemals zu der vollständigen Aufklärung gekommen wäre.

Uwe Rötzer wurde zu zehn Jahren Freiheitsstrafe verurteilt. Er profitierte wohl davon, dass Krüger nicht lebenslang hinter Gitter musste.

Zwei Tage nach dem Urteil fuhr beim Möbelgeschäft Krüger in Pindorf ein Bagger auf. Arnold Krüger, den die Verhaftung seines Cousins wenig berührt hatte, ließ den geheimen Kellerraum zuschütten.

Jörg Strasser hatte den alten ‚Strotti' endgültig hinter sich gelassen, er fühlte sich pudelwohl auf der Inspektion in Amstetten. Natürlich wurde er von den Kollegen der Kriminaldienstgruppe noch vereinzelt mit seinem Spitznamen angesprochen. Die Zeit als Suchtgiftermittler beim LKA, wo er sich diesen Namen eingehandelt hatte, war Teil seiner Polizeikarriere, die er nicht missen wollte. Hauptsächlich dank seiner nunmehrigen Lebensgefährtin Brigitte Hold fand er einen Ruhepol, der ihn sein früheres umtriebiges Leben vergessen ließ.

Michael hat seine erste Leitung einer SOKO erfolgreich abgeschlossen. Ihm ging es ähnlich wie Jörg, er fand mit Linda eine verlässliche Partnerin.

Über den Autor:

Josef MARKSTEINER, geb. 1957 in Wallsee

Ging 40 Jahre seiner Arbeit als Polizist nach, arbeitete viele Jahre als Ermittler in einer Kriminaldienstgruppe und war 10 Jahre lang Leiter einer Polizeidienststelle im Bezirk Amstetten in Niederösterreich.

Nach der Pensionierung und dem Wegfall der beruflichen Aufgaben suchte er nach einer neuen Herausforderung. Nach längerem Überlegen beschloss er, Kriminalromane zu schreiben.

Einerseits kann er hier seine Erfahrungen aus dem aktiven Dienst einfließen lassen und andererseits ist es ihm möglich, die Täter, Tatorte, Opfer und ‚Spielwiesen' der Kriminalitätsbekämpfung selbst zu bestimmen.

Er versucht die einzelnen Ermittlungsschritte und die Zusammenarbeit zwischen Gerichten, Behörden und Polizeieinheiten möglichst authentisch zu schildern.

Ebenfalls bei der Buchschmiede publiziert:

Nie gelebt und doch gestorben

ISBN Softcover: 978-3-99129-752-9
ISBN Hardcover: 978-3-99129-698-0
ISBN E-Book: 978-3-99129-738-3

Nach dem Brand auf einem Bauernhof im niederösterreichischen Mostviertel werden bei den Aufräumungsarbeiten zwei völlig verbrannte Leichen gefunden. Die polizeilichen Ermittlungen gestalten sich äußerst schwierig, weil die Identitäten der Toten vorerst nicht festzustellen sind. Es entsteht der Eindruck, dass sie offiziell nicht gelebt haben, weil in sämtlichen polizeilichen Dateien keine Eintragungen auf passende abgängige Personen aufscheinen. Daher bleibt auch lange Zeit ungeklärt, wie die Toten auf den Futterspeicher des Hofes gelangt sind, und in welchem Zusammenhang sie mit dem Brandgeschehen stehen. Wurden sie selbst Opfer ihrer eigenen Straftat, gibt es andere Hintergründe, Fragen über Fragen, die die Polizei zu klären hat. Verschiedenste Gruppen von polizeilichen Ermittlern einschließlich von Gerichtsmedizinern arbeiten an der Aufklärung des Falles, der im Verlaufe der Erhebungen immer bizarrer wird. Der Autor versuchte die Ermittlungsschritte und die Zusammenarbeit zwischen Gerichten, Behörden und der Polizei möglichst authentisch zu schildern.

Korruption - Eine dunkle Macht greift ein

ISBN Softcover: 978-3-99139-833-2
ISBN E-Book: 978-3-99139-834-9

Seit Mitte 2019 scheint in Österreich keine Woche zu vergehen, ohne dass neue politische Skandale bekannt werden. In viele dieser Affären sind politische Amtsträger und hohe Beamte involviert.

Ausgelöst wurde das durch das Auftreten zweier Politiker in einem Ferienhaus, die unwissentlich gefilmt wurden.

Ab dieser Zeit werden die Sicherheits- und Justizbehörden mit schier nie endenden Ermittlungsarbeiten eingedeckt. Aufgrund der zahlreichen Verstrickungen wurde und wird es den Kriminalisten erheblich erschwert, die einzelnen Fälle zuzuordnen und vollständig aufzuklären.

Es kam zu Geschehnissen, die den Eindruck erweckten, dass die Verdächtigen den Ermittlern einen Schritt voraus waren. Das lässt wiederum darauf schließen, dass gewisse Nachforschungen wem auch immer nicht gewollt waren und sind.

Hartnäckige Journalisten erreichten mit Recherchen und Aufdeckungen, dass die Pfade im Labyrinth der korrupten Handlungen und anderer Straftaten immer leichter begehbarer wurden und werden.